ULLSTEIN

Das Buch

Nie im Leben hätte Anwalt Jack Swyteck zugestimmt, Tatum Knight zu vertreten, wenn dieser nicht der Bruder seines besten Freundes Theo wäre. Denn Tatum ist eine reichlich zwielichtige Gestalt: ein bekannter Auftragskiller, der allerdings behauptet, keine krummen Dinger mehr zu drehen. Vor kurzer Zeit noch wollte die Millionärin Sally Fanning ihn für einen Mord anheuern – das Opfer sollte sie selbst sein. Nun ist Sally tot, erschossen, doch Tatum schwört Stein und Bein, nichts damit zu tun zu haben. Pikanterweise wird er zur Testamentseröffnung eingeladen, wo er erfährt, dass Sally auch ihn als Erben eingesetzt hat. Das Vermögen erhält allerdings nur derjenige der insgesamt sechs Erbberechtigten, der alle anderen überlebt. So kommt es schon bald zu wüsten Drohungen und schließlich gibt es den ersten Toten. Um seinen Mandanten zu schützen, muss Jack herausfinden, wer dahintersteckt – aber ist Tatum wirklich das Unschuldslamm, das er vorgibt zu sein?

Der Autor

James Grippando arbeitete als Rechtsanwalt und war Teilhaber einer der führenden Kanzleien Floridas, bevor er zum internationalen Bestsellerautor avancierte. Seine Romane wurden in vierzehn Sprachen übersetzt. James Grippando lebt in Coral Gables, Florida.

In unserem Hause sind von James Grippando bereits erschienen:

*Die Abfindung*
*Die Entführung*
*Das Fehlurteil*
*Im Namen des Gesetzes*
*Im Schutz der Dunkelheit*

James Grippando

# *Wer zuletzt stirbt*

Roman

Aus dem Englischen
von Norbert Möllemann

Ullstein

Besuchen Sie uns im Internet:
www.ullstein-taschenbuch.de

*Umwelthinweis:*
Dieses Buch wurde auf
chlor- und säurefreiem Papier gedruckt.

Ullstein Verlag
Ullstein ist ein Verlag der Ullstein Buchverlage GmbH.
Deutsche Erstausgabe
1. Auflage Mai 2004

Titel der amerikanischen Originalausgabe: *Last to die*
(HarperCollins Publishers, New York)
Published by arrangement with HarperCollins Publishers, Inc.
Übersetzung: Norbert Möllemann
Redaktion: Lothar Strüh
Umschlaggestaltung: Thomas Jarzina, Köln
Titelabbildung: Mauritius, Mittenwald
Gesetzt aus der Sabon
Satz: hanseatenSatz-bremen, Bremen
Druck und Bindearbeiten: Ebner & Spiegel, Ulm
Printed in Germany
ISBN 3-548-25845-X

Für Tiffany

Es wird einfach immer besser

## *Prolog: 1996*

Endlich war es ruhig in dem alten Haus. Sally Fenning saß allein an ihrem Küchentisch, drei Stapel mit Rechnungen vor sich – die fälligen, die überfälligen und die hoffnungslosen.

Sie wusste nicht, wo sie anfangen sollte. Das Trinkgeld war heute Abend erbärmlich ausgefallen, dafür lohnte sich der Stress kaum, als Kellnerin zu arbeiten. »Kellnerin« war eher eine hochtrabende Bezeichnung für ihren Job, der darin bestand, betrunkenen Touristen, die jede ihrer Bewegungen mit gierigen Blicken verfolgten, Bierkrüge und Teller mit scharf gewürzten Hähnchenflügeln vorzusetzen. In ihren kurzen Joggingshorts und ihrem tief ausgeschnittenen, engen T-Shirt kam sie sich manchmal vor, als könnte sie genauso gut nackt auf Tischen tanzen. Dafür würde sie wenigstens ordentlich bezahlt werden.

Die Ankündigung, ihr Telefon würde abgestellt, warf sie in den Papierkorb. Normalerweise schickte die Telefongesellschaft zwei Mahnungen, bevor sie ihre Drohung wahr machte.

Es war ihr nicht immer so schlecht gegangen. Früher hatten ihr Mann und sie ein italienisches Restaurant in Miami Shores besessen. Der Laden war gut gelaufen, sie hatten expandiert und waren prompt auf die Nase gefallen. Man sollte nichts ändern, was funktioniert, war ihre Haltung zum Thema Expansion gewesen. Aber Mike wollte auf Wachstum setzen und war davon überzeugt, dass sie binnen fünf Jahren ein Franchise-Unternehmen aufziehen würden. Geködert von den niedrigen Zinsen, die während der ersten sechs Monate zu zahlen waren, nahmen sie einen Privatkredit auf, um den Aufbau zu finanzieren. Doch dann stieg der Zinssatz so steil an, dass der Taschenrechner heiß lief, wenn man ausrechnete, was man über die gesamte Laufzeit des Kredits abzahlen musste. Die Farbe an den Wänden war noch nicht trocken, als ein namenloser tropischer Sturm durch die Einkaufsstraße peitschte und ihre rotweiß karierten Tischdecken über den Parkplatz trieb. Sie hatten keine Versicherung gegen Überschwemmungsschäden. Das Restaurant machte nie wieder auf. Drei Jahre später hatte ihr Mann zwei Jobs, sie arbeitete bei Hooters als Animierkellnerin, und von den Schulden, die ihnen von ihrem Restaurant geblieben waren, war fast nichts abgezahlt.

Manche Leute meinten, sie hätte keinen Stolz. Aber sie hatte *zu viel* Stolz – zu viel, um einfach das Handtuch zu werfen und Bankrott anzumelden.

»Mamiiii«, rief die dünne Stimme aus dem Kinderzimmer am Ende des Flurs. Ihre vierjährige Tochter schlief selten durch und der mitternächtliche Ruf nach der Mami wurde schon zur Routine.

Sally blickte von ihrem Scheckbuch auf, rührte sich jedoch nicht von der Stelle. »Katherine, schlaf weiter, bitte.«

»Aber ich will eine Geschichte.«

Sie zögerte. Es war spät, aber die Arbeit an fünf Tagen die Woche bis abends um elf erlaubte ihr nicht den Luxus, ihr Kind ins Bett zu bringen. Das machte Mike, bevor er zur Spätschicht als Wachmann aus dem Haus ging, oder seine Mutter, die netterweise jeden Abend, während Katherine schlief, zu ihnen kam und fernsah und so die Zeit zwischen Mikes Aufbruch zu seinem Zweitjob und Sallys Heimkehr überbrückte. Bei dem Gedanken daran, ihrer Tochter noch etwas vorzulesen, wurde Sally ganz warm ums Herz. Sie stand vom Tisch auf und ging ins Schlafzimmer. »Also gut. Eine Geschichte.«

»Au ja!«

»Aber dann musst du schlafen. Versprochen?«

»Versprochen.«

Sie schlüpfte neben Katherine ins Bett und lehnte sich mit dem Rücken gegen das Kopfteil. Ihre Tochter kuschelte sich eng an sie. »Welche Geschichte hättest du denn gerne?«

»Die hier«, sagte das kleine Mädchen und nahm ein Buch vom Nachttisch.

»*Wo die wilden Kerle wohnen*«, las Sally den Titel vor. Sie kannte sie gut, die Geschichte des kleinen Jungen, der in seiner Fantasie sein Kinderzimmer in eine von Ungeheuern bevölkerte Insel verwandelt und sich zu deren Herrscher machen lässt. Sally erinnerte sich, dass ihre Mutter ihr diese Geschichte vorgelesen hatte, als sie selbst als kleines Mädchen von Albträumen geplagt worden war. Zwanzig Jahre später war die Botschaft immer noch dieselbe: Angst entsteht im Kopf.

»Hast du immer noch schlimme Träume, Kleines?«

»Mmmm hmmm.«

»Warum denn bloß?«

»Hab Angst.«

»Und was macht dir Angst?«

»Ungeheuer.«

»Es gibt keine Ungeheuer.«

»Doch, dahinten«, erwiderte Katherine und zeigte auf die Vorhänge vor der gläsernen Schiebetür.

»Nein, Liebes. Da draußen sind keine Ungeheuer.«

»Doooch.«

»Komm. Wir lesen jetzt die Geschichte.«

Sally spürte den Kopf ihrer Tochter an ihrer Brust, während sie ihr vorlas. Sie gab jedem Ungeheuer eine andere Stimme, ließ sie jedoch nicht Furcht erregend klingen. Sie wollte Katherine nicht noch zusätzlich ängstigen. Katherine war längst eingeschlafen, bevor der kleine Junge namens Max von der abgelegenen Insel in die Sicherheit seines Kinderzimmers zurückkehrte. Sally schlüpfte leise aus dem Bett, küsste Katherine auf die Stirn und schlich auf Zehenspitzen hinaus.

Zurück zu den Rechnungen. Greenleaf Financing. Großartig. Computerausrüstung und Restaurantsoftware im Wert von zweitausend Dollar, die sie über einen Zeitraum von fünf Jahren zu einem Gesamtpreis von achtundzwanzigtausend Dollar geleast hatten. Supersonderangebot.

»Mami!«, ertönte es erneut aus dem Kinderzimmer.

»Was gibt's, Liebling?«

»Hab Angst. Da sind Ungeheuer.«

Sie schob den Stuhl vom Küchentisch und ging zu Katherines Zimmer, blieb aber vor der Tür stehen, weil sie sich nicht überreden lassen wollte, hineinzugehen. »Es gibt keine Ungeheuer.«

»Aber Mami –«

»Du musst jetzt schlafen.«

»Kannst du das Licht anlassen?«

»Ich lass das Flurlicht an.«

»Danke. Du bist die beste Mami.«

Es war schwer, streng zu sein mit jemand, der einem sagte, dass man die Beste war, und es auch wirklich glaubte. Sie lächelte. »Gute Nacht, mein Schatz, ich hab dich lieb.«

»Ich dich auch.«

Sie ging zurück in die Küche, doch es widerstrebte ihr, sich weiterhin durch den Stapel Rechnungen zu quälen. Die Miete war fällig und nur der liebe Gott wusste, woher das Geld dafür kommen sollte. In Anbetracht ihrer finanziellen Schwierigkeiten war es reichlich extravagant, statt einer Wohnung ein Haus zu mieten, auch wenn es nur eine Bruchbude mit zwei Zimmern und einem Bad war, das jeder Bauunternehmer auf der Stelle abgerissen hätte. Aber Sally war in einer Wohnung aufgewachsen – ohne Garten, ohne Privatsphäre, ohne Schornstein, durch den der Weihnachtsmann an Heiligabend herabsteigen konnte. Katherine sollte es besser haben, auch auf die Gefahr hin, dass ihr Vermieter irgendwann gezwungen sein könnte, sie auf die Straße zu setzen.

Sally öffnete den Kühlschrank und goss sich ein Glas Orangensaft ein.

»Mami, ich will was trinken.«

Sally drehte sich um, aber Katherine war gar nicht da. Sie lag in ihrem Bett. *Dieses Mädchen hat übersinnliche Fähigkeiten.* »Schlaf wieder, Liebes.«

»Bitte, Mami, ich hab dich doch den ganzen Tag nicht gesehen.«

Das saß. Es traf genau die Schuldgefühle einer berufstätigen Mutter. Ein letztes Mal ging sie zu ihrer Tochter und setzte sich auf die Bettkante. Im fahlen Schein des Flurlichts sah sie die Angst in den Augen des Kindes.

»Hast du immer noch Angst?«

Katherine nickte.

Sally fühlte Katherines Stirn. Sie war schweißnass, aber nicht von Fieber. Die Kleine war überhitzt von den beiden Decken, die sie sich über den Kopf gezogen hatte. »Warum hast du denn solche Angst?«

»Das Ungeheuer.«

»Wenn ich mich eine Weile zu dir lege, schläfst du dann?«

»Ich möchte bei dir im Zimmer schlafen. Nur bis Daddy nach Hause kommt.«

»Liebes, du bist doch schon ein großes Mädchen. Das hier ist dein Zimmer.«

»Aber das Ungeheuer.«

»Hier ist kein Ungeheuer.«

»Wirklich nicht?«

»Ganz bestimmt nicht.«

»Kannst du mal nachsehen?«

Sally seufzte erschöpft. »Gut, ich sehe nach.« Sie kniete sich hin und schaute unter das Bett. »Hier ist nichts.«

»Nein, aber da hinten.« Katherine zeigte wieder auf die Vorhänge, die die Glasschiebetür bedeckten.

Sally zögerte. Selbst im Dämmerlicht konnte sie die verspielten rosafarbenen Bilder von Vögeln, Kaninchen und anderen Tieren aus Kinderliedern erkennen, die über die Vorhänge tanzten. Nicht gerade der Stoff, aus dem die Mäntel von Ungeheuern gemacht waren, aber dennoch schlug ihr Herz schneller. Die Angst in den Augen ihrer Tochter wirkte so echt.

»Da ist kein Ungeheuer.«

»Schau lieber nach, Mami. Bitte.«

Jetzt sah sie etwas genauer hin. Merkwürdig, aber sie war sich plötzlich selbst nicht ganz so sicher, ob das Kaninchen an derselben Stelle war wie noch eine Minute zuvor oder ob es sich bewegt hatte. Es schien so, als befände es sich nicht mehr auf gleicher Höhe mit der gelben Ente auf dem anderen Vorhang. Erst glaubte sie, ihre Augen hätten ihr einen Streich gespielt, bis sie es wieder sah.

Dieses Kaninchen bewegte sich. Wenn auch nur ganz wenig, aber es hatte sich *eindeutig* bewegt.

Die Klimaanlage schaltete sich ab, und der Kloß in ihrem Hals löste sich, als die Vorhänge wieder gerade herunter hingen. Der Luftzug hatte offenbar die Falten erfasst und die Schwingung verursacht. Also kein Ungeheuer.

»Mach schon, Mami.«

»Was soll ich machen?«

»Nach dem Ungeheuer sehen.«

»Okay, ich sehe nach.«

Sie rührte sich nicht.

»Los, Mami.«

Plötzlich kam sie sich albern vor. Sie war tatsächlich drauf und dran gewesen, das Licht einzuschalten, aber damit hätte sie dem Kind nur ihre eigene irrationale Angst verraten. All das Gerede von Ungeheuern machte sie ganz verrückt, es führte dazu, dass sie sich allein fühlte und ihr bewusst wurde, wie schutzlos und verletzlich sie waren, nur durch ein läppisches Schloss und eine Glasscheibe von der Welt und ihren Gefahren getrennt.

*Hör auf damit.* Sie durchquerte das Zimmer, setzte einen Fuß vor den anderen. Es schien ewig zu dauern. Sie machte nur kleine Schritte, dachte sie plötzlich, noch ein weiteres Zeichen von Angst.

*Das ist doch verrückt.*

Endlich hatte sie es geschafft. Sie warf einen Blick zurück zum Bett und sah, wie Katherine unter ihren Decken hervorlugte, nur ihre Augen und ihre Stirn waren zu sehen. Sallys Puls ging schneller, als sie ihre Hand ausstreckte und vorsichtig den Rand des Stoffs mit Daumen und Zeigefinger anfasste, ohne sich der Glastür mehr als absolut nötig zu nähern. Katherine zog sich die Decken ganz über den Kopf. Sally holte tief Luft. Ganz langsam und vorsichtig zog sie den Vorhang zur Seite.

Nichts.

»Siehst du«, sagte Sally. »Ich hab's dir doch gesagt. Keine Ungeheuer.«

»Die andere Seite. Da musst du auch nachsehen«, sagte Katherine, den Kopf immer noch unter der Decke.

Sally zögerte. Sie war sich nicht sicher, ob es ihr Instinkt war, der ihr sagte, nicht dorthin zu gehen, oder ob sie allmählich paranoid wurde, aber sie konnte Katherine nicht ihre törichte Angst zeigen. Sie machte einen kleinen Schritt, dann noch einen auf die andere Seite des Vorhangs zu – wo sich der Hase bewegt hatte.

»Vorsicht, Mami.«

»Es gibt keinen Grund, sich zu ängstigen, Liebes.« Der

Klang ihrer Stimme gefiel ihr nicht. Es war, als versuchte sie, sich selbst zu überzeugen.

Sie betrachtete die tanzenden Enten und singenden Vögel auf dem Vorhang. Dann blieb ihr Blick an dem Kaninchen hängen. Sie wusste selbst nicht genau, worauf sie eigentlich wartete. Wenn man irgendetwas lange genug anstarrte, das wusste sie, dann hatte es irgendwann den Anschein, als würde es sich bewegen, so wie Sterne am Nachthimmel zu wandern scheinen, wenn man auf dem Rücken liegt und lange genug hinschaut. Doch es gelang ihr nicht, den Blick loszureißen. Das Kaninchen rührte sich nicht. Und dann passierte es. Vielleicht war es eine Sinnestäuschung wie die wandernden Sterne, aber der Brustkorb des Kaninchens schien anzuschwellen und wieder zu schrumpfen. So als würde es atmen.

Als hätte etwas hinter dem Vorhang gerade Luft geholt.

»Alles in Ordnung, Mami?«

Entschlossen griff sie nach der Schnur und zog. Der Vorhang öffnete sich, und sie erschrak sich gehörig. Sie blickte auf ihr eigenes blasses Spiegelbild in der Glasschiebetür. Hinter ihr, im Bett, kam Katherines Kopf unter den Decken hervor.

Sally wartete einen Augenblick, bis sie sich von dem Schrecken erholt hatte. Dann sagte sie betont locker: »Na, siehst du. Ich hab's dir doch gesagt, dass es hier kein Unge –«

Die Tür des Wandschranks flog auf, und aus dem Augenwinkel sah Sally einen Schatten auf sich zukommen. Sie hörte ihren eigenen Schrei und dann den ihrer Tochter. »Mami!«

Der Schatten traf sie frontal mit voller Wucht und schleuderte sie gegen die Wand. Sie fuhr herum und schlug mit aller Kraft zu, aber es ging alles viel zu schnell, und der Mann war viel zu stark. Ein Hieb in den Bauch raubte ihr den Atem. Ihr Kopf flog nach hinten, als der Angreifer sie bei den Haaren packte. Sie versuchte, ihm das Gesicht zu zerkratzen, glitt jedoch mit den Fingernägeln an dem Nylonstrumpf ab, mit dem es verhüllt war. Ihr Körper verdrehte sich, ihre Tochter schrie, und Sallys Augen weiteten sich vor Schreck, als sie im Lichtschein der Flurlampe die glänzende Klinge aufblitzen sah. Das Messer bewegte sich wie in Zeitlupe auf sie zu, aber sie fühlte sich außer Stande, es aufzuhalten. Verzweifelt bäumte sie sich auf, doch es gelang ihr nicht, sich dem festen Griff zu entwinden.

Ihre Bluse zerriss, und sie sah die Klinge eindringen, als die Faust des Mannes ihr Fleisch traf.

Schreiend und nach Luft ringend sank sie zu Boden, während sie versuchte, den heißen, nassen Schmerz aufzuhalten, der aus dem Loch unter ihren Rippen floss.

*Blut. Alles voller Blut.*

»Mami, Mami!«

Katherines Schreie gaben ihr Kraft, und es gelang ihr, ihren Angreifer bei den Knöcheln zu packen. Es war, als versuchte sie, ein Maultier zu bändigen. Sein Tritt raubte ihr fast die Sinne. Sie wollte aufstehen, aber das Zimmer drehte sich.

»Tun Sie ... meiner Tochter nichts«, brachte sie mühsam hervor.

Er trat noch einmal zu, diesmal noch härter. Sie spürte, wie ihr die Zähne brachen und der salzige Geschmack von Blut ihren Mund füllte. Vergeblich versuchte sie, den Kopf zu heben.

»Mami, das Ungeheuer! Das Ungeheuer!«

Die Schreie ihrer Tochter verstummten, und um Sally herum wurde alles schwarz.

# Teil Eins

*Fünf Jahre später*

# *Eins*

Der heftige Regen nahm einem jede Sicht und Sally war verflixt spät dran. Sie hatte nicht vorgehabt, zu spät zu kommen, auch wenn das allgemein üblich war. Sie hatte einfach einen schlechten Orientierungssinn und in dieser Gegend kannte sie sich nicht besonders gut aus.

Der Regen prasselte auf die Windschutzscheibe, es hörte sich an, als würden Murmeln vom Glas abprallen. Sie versuchte, die Scheibenwischer schneller zu stellen, aber sie liefen bereits auf höchster Geschwindigkeit. Seit Jahren hatte sie keinen solchen Regen mehr erlebt, nicht seit sie und ihr erster Mann ihr Restaurant bei einem Hurrikan verloren hatten.

Vor ihr flackerten rote Rücklichter auf. Eine Autoschlange kroch mit der Geschwindigkeit von abkühlender Lava den Highway entlang. Sally verlangsamte fast auf Schrittgeschwindigkeit und schaute auf die Uhr. 23.25 Uhr.

*Verdammt.* Er würde einfach warten müssen. Irgendwann würde sie schon eintreffen.

Sie hatten sich telefonisch verabredet. Sie hatten nur einmal miteinander gesprochen und seine Anweisungen waren kurz und knapp gewesen. Donnerstag, 23 Uhr. Kommen Sie nicht zu spät. Sie hatte nicht gewagt, den Termin zu verschieben, selbst bei diesem Wetter nicht. Das war der richtige Mann. Da war sie sich ganz sicher.

In einiger Entfernung blinkte flackernd ein Neonschild, als würde es vom Sturm geschüttelt. Es war, als würde sie sich auf dem Grund eines Sees einem Sehtest unterziehen und könnte nur einen Teil der verschwommenen Buchstaben erkennen: S-P-irgendwas-irgendwas-K-Y-Apostroph-S.

»Sparky's«, las sie laut. Das musste es sein. Sie bog vom Highway ab und fuhr auf den überfluteten Parkplatz. Unter all dem Wasser konnte sie die genaue Lage der Parkbuchten nur erahnen. Sie würgte den Motor ab und überprüfte im Rückspiegel kurz ihr Äußeres. Ganz in der Nähe zuckte ein Blitz. Das Wageninnere wurde hell erleuchtet und kurz darauf gab es einen gewaltigen Donnerschlag, bei dem es ihr kalt den Rücken hinunterlief. Sie bekam Angst, doch dann konnte sie sich ein Grinsen nicht verkneifen. Das wäre ja wohl der größte Witz, wenn sie nach all der sorgfältigen Planung vom Blitz erschlagen würde.

Sie holte tief Luft und atmete wieder aus. *Jetzt gibt's kein Zurück mehr. Tu's einfach.*

Sie sprang aus dem Wagen und hastete im strömenden Regen über den Parkplatz. Eine Bö riss ihr den Regenschirm aus der Hand und schleuderte ihn irgendwo in die Landschaft. Sie rannte einfach weiter und hielt sich schützend die Hände über den Kopf, trat bei jedem Schritt in eine Pfütze. Als sie die Eingangstür erreichte, war sie bis auf die Haut durchnässt und ihre Jeans und die weiße Bluse klebten ihr am Körper.

Ein muskelbepackter Türsteher in einem T-Shirt mit dem Logo eines Fitnessstudios stand im Eingang und hielt ihr die Tür auf. »Der Nasse-T-Shirts-Wettbewerb findet erst morgen statt, Verehrteste.«

»Das könnte dir so passen«, antwortete sie und ging schnurstracks zu den Toiletten, um sich abzutrocknen. Als sie in den Spiegel schaute, blieb ihr fast das Herz stehen. Durch BH und die nasse Bluse waren ihre Brustwarzen nicht nur gut zu sehen, sie sprangen einem direkt ins Auge.

*Großer Gott!*

Sie drückte auf den Knopf des Händetrockners in der Hoffnung auf heiße Luft. Nichts. Nach mehreren vergeblichen Versuchen langte sie nach den Papierhandtüchern, aber der Behälter war leer. Also Klopapier. Sie ging in die Kabine, nahm die Reserverolle vom Spülkasten und begann entnervt, sich von Kopf bis Fuß abzutupfen. Es war einlagiges Papier, nicht sonderlich saugfähig, und sie brauchte die ganze Rolle auf. Endlich verließ sie die Kabine, warf noch einen Blick in den Spiegel, und diesmal hätte sie beinahe laut aufgeschrien. Sie war von oben bis unten mit winzigen Klopapierschnipseln übersät.

*O Gott, du siehst aus wie eine Baumwollpflanze!*

Dann prustete sie los, ohne eigentlich zu wissen warum, lachte so laut, dass es fast wehtat. Schließlich beugte sie sich vor, die Hände auf den Rand des Waschbeckens gestützt, und ließ den Kopf hängen. Sie spürte, wie all ihre Gefühlsenergie in den ständig vorhandenen Spannungsknoten unter der Schädeldecke wanderte. Ihr Schultern begannen zu beben und das Lachen ging in Schluchzen über, doch sie riss sich zusammen und hatte sich schnell wieder im Griff.

»Du bist ein totales Wrack«, sagte sie zu ihrem Spiegelbild.

So gut es ging, zupfte sie sich das Papier von der Kleidung, brachte ihr Make-up halbwegs in Ordnung und fand sich mit ihrem Schicksal ab. Nichts sollte diese Verabredung scheitern lassen. Sie nahm all ihren Mut zusammen und betrat die Bar.

Die Menge der Gäste überraschte sie. Es war weniger die Zusammensetzung – die entsprach ungefähr ihren Vorstellungen – als vielmehr die Tatsache, dass der Laden bei so einem Sauwetter brechend voll war. Neben der Musikbox hockten ein paar Trucker und spielten Blackjack. Motorradfahrer in Lederkleidung und ihre wasserstoffblonden Freundinnen hatten auf einem Billardtisch ein Monopolyspiel ausgebreitet und warteten offenbar auf das Ende des Gewitters. Die Kleiderordnung für einen Sitzplatz an der Theke schien T-Shirts, Jeans und Flanellhemden vorzuschreiben. Das waren alles hart gesottene Leute, und die Bar lebte zweifellos von ihren Stammkunden.

»Kann ich Ihnen helfen, Miss?«, fragte der Mann hinter der Theke.

»Ich glaube, eher nicht, danke. Ich suche jemanden.«

»Ach ja? Wen denn?«

Sally zögerte, unsicher, wie sie darauf antworten sollte. »Na ja, es ist so eine Art Blind Date.«

»Das kann nur Jimmy sein«, meinte einer der Männer an der Theke.

Die anderen lachten. Sally lächelte verlegen, der Insiderwitz ging völlig an ihr vorbei. »Jimmy ist der Schiedsrichter in unserer Softball-Liga. Blinder geht's nimmer«, erklärte der Barkeeper.

»Ach so, verstehe«, sagte sie. Sie lachten erneut auf Jimmys Kosten. Sally wandte sich ab und ging durch die Bar, bevor das Interesse der Männer sich wieder der Frau in der nassen Kleidung zuwenden konnte. Sie heftete ihren Blick auf die dritte Nische von hinten, neben dem kaputten Air-Hockey-Tisch. Ein schwarzer Typ mit durchdringenden Augen starrte sie mit ernster Miene an. Er trug ein dunkelblaues Hemd und eine schwarze Hose, worüber Sally lächeln musste. Sie war ihm noch nie begegnet, aber dieser Blick und seine Kleidung entsprachen genau dem, was er am Telefon beschrieben hatte. Das war er.

Sie trat auf ihn zu und sagte: »Ich bin Sally.«

»Ich weiß.«

»Wie können Sie –«, setzte sie an, vollendete den Satz jedoch nicht. In dem ganzen Laden gab es keine Frau, die aussah wie sie.

»Setzen Sie sich«, sagte er.

Sie nahm auf der Bank ihm gegenüber Platz. »Tut mir Leid, dass ich so spät dran bin. Es regnet wie verrückt.«

Er langte über den Tisch und zupfte einen Fetzen Papier von ihrem Ärmel. »Was regnet's denn? Kunstschnee?«

»Das ist Klopapier.«

Er hob die Brauen.

»Das ist eine lange Geschichte«, sagte sie. »Alles ist gleichzeitig schief gelaufen. Vor fünf Minuten war ich von oben bis unten voll mit dem Zeug.«

»Supersexy.«

Sie verschränkte die Arme vor der Brust. »Tja. Geschmacksache.«

»Wollen Sie was trinken?«

»Nein, danke.«

Er ließ die Eiswürfel in seinem halb leeren Glas kreisen. Rum mit Cola, vermutete sie, offensichtlich der Cocktail des Abends. Die Cola sah ziemlich dünn aus, was sie bei Sparky's nicht anders erwartet hatte.

»Ich hab Sie hier hereinfahren sehen«, sagte er. »Schöner Wagen.«

»Wenn man auf Autos steht.«

»Das tu ich. So wie's aussieht, Sie auch.«

»Eigentlich nicht. Mein Mann war ein Autonarr.«

»Ihr erster oder Ihr zweiter Gatte.«

Sie rutschte verlegen hin und her. Am Telefon hatte sie nicht mit ihm über ihre Ehen gesprochen. »Mein zweiter.«

»Der Franzose?«

»Haben Sie Nachforschungen über mich angestellt?«

»Ich überprüfe alle meine Auftraggeber.«

»Noch bin ich nicht Ihr Auftraggeber.«

»Aber bald. Leute, die so aussehen wie Sie, lassen sich in der Regel nicht hier draußen blicken.«

»Wie sehe ich denn aus?«

»Jung, reich, sexy und frustriert.«

»Das nennen Sie sexy?«

»Ich schätze, dass das nicht Ihre beste Aufmachung ist.«

»Da könnten Sie Recht haben.«

»Und wie sieht's mit Ihrer Gemütslage aus? Liege ich da auch richtig?«

»Nicht ganz.«

»So?«

»Ich wüsste nicht, was meine Gefühle Sie angehen. Hier geht es nur darum, ob Sie an einem Job interessiert sind, Mr – wie auch immer Sie heißen mögen.«

»Sie können mich Tatum nennen.«

»Ist das Ihr Name?«

»Ein Spitzname.«

»Wie Tatum O'Neal?«

Er verzog das Gesicht und kippte seinen Drink. »Nein verdammt, nicht wie Tatum O'Neal. Tatum wie Jack Tatum.«

»Und wer ist Jack Tatum?«

»Der gemeinste Football-Spieler aller Zeiten. Defensive Back bei den Oakland Raiders. Der Typ, der Darryl Stingley so übel zugesetzt hat, dass er jetzt ein Krüppel ist. Man nannte ihn Killer. Der war sogar stolz darauf, sich selbst Killer zu nennen.«

»Würden Sie sich selbst auch so bezeichnen? Als Killer?«

Er beugte sich über den Tisch, sein Gesichtsausdruck wurde plötzlich sehr ernst. »Ist das nicht der Grund, warum Sie hier sind?«

Bevor sie dazu kam, ihm zu antworten, stand plötzlich der Barkeeper an ihrem Tisch und bedachte sie mit einem wütenden Blick. »Was wollen Sie von dem Kerl?«, raunzte er.

»Wie bitte?«, fragte sie.

»Ich meine dieses Stück Scheiße, das Ihnen direkt gegenübersitzt. Warum treffen Sie sich hier mit ihm?«

Sie schaute erst Tatum, dann den Barkeeper an. »Das geht Sie nicht im Geringsten etwas an.«

»Das ist meine Bar. Das geht mich sehr wohl etwas an.«

»Theo, bleib auf dem Teppich, okay?«, schaltete Tatum sich ein.

»Mach, dass du rauskommst.«

»Ich hab meinen Drink noch nicht ausgetrunken.«

»Ich gebe dir fünf Minuten«, sagte Theo. »Dann bist du draußen.« Er drehte sich um und ging zurück hinter den Tresen.

»Was ist denn mit dem los?«, fragte Sally.

»Großkotz. Seit irgend so ein Anwalt ihn aus der Todeszelle geholt hat, hält er sich für was Besseres.«

»Sie glauben doch nicht, dass er weiß, worüber wir hier reden, oder?«

»Natürlich nicht. Er denkt wahrscheinlich, ich schicke Sie auf den Strich.«

Sally kam sich auf einmal halb nackt vor in ihrer regennassen Bluse. »Ich schätze, das hab ich mir selbst eingebrockt.«

»Kümmern Sie sich nicht um ihn. Lassen Sie uns zur Sache kommen.«

»Ich habe kein Geld bei mir.«

»Klar. Ich hab Ihnen ja noch keinen Preis genannt.«

»Wie viel wird es denn kosten?«

»Kommt darauf an.«

»Worauf?«

»Wie kompliziert die Sache wird.«

»Was wollen Sie wissen?«

»Zunächst mal, was genau wollen Sie? Zwei gebrochene Rippen? Gehirnerschütterung? Fleischwunden? Sein Gesicht verunstalten oder lieber nicht? Ich kann den Kerl für einen Monat ins Krankenhaus schicken, wenn Sie wollen.«

»Ich will mehr als das.«

»Mehr?«

Sie sah sich nach allen Seiten um, als wollte sie sich vergewissern, dass sie alleine waren.

»Ich will den Tod dieser Person.«

Tatum antwortete nicht.

»Was würde das kosten?«, fragte sie.

Nachdenklich schob er seine Zunge in die Wange, als müsste er es sich noch einmal überlegen. »Das kommt ebenfalls darauf an.«

»Worauf?«

»Um wen geht's denn überhaupt?«

Sie senkte den Blick, dann sah sie ihm direkt in die Augen. »Sie werden es nicht glauben.«

»Warten Sie's ab.«

Sie unterdrückte ein Lachen. »Ich meine es ernst. Sie werden es *wirklich* nicht glauben.«

## *Zwei*

Endlich war ihr Tag gekommen.

Sally saß am Küchentisch. Sie spürte einen Adrenalinschub, als sie ihren ersten Schluck Kaffee trank. Keine Sahne, zwei Tütchen Süßstoff. Dazu ein einfaches Brötchen, getoastet, ohne Butter oder Frischkäse, nur Himbeermarmelade, die sie wie üblich nicht anrührte. Ein kleines Glas Saft, frisch gepresst aus den rosafarbenen Pampelmusen, die ihr Gärtner vom Baum aus ihrem Garten gepflückt hatte. Das war ihr normales Alltagsfrühstück und heute sollte es nicht anders sein als sonst.

Außer dass sich heute alles ändern würde, wie sie wusste.

»Noch etwas Kaffee, Ma'am?«, fragte Dinah, ihre Hausangestellte.

»Nein, danke.« Sie legte die Zeitung beiseite und ging hinauf ins Schlafzimmer. Das Haus hatte zwei geräumige Schlafzimmer im ersten Stock. Ihres lag nach Osten, mit Blick auf die Bucht, ausgestattet im luftigen britischen Kolonialstil, der an die karibischen Inseln erinnerte. Seins lag nach Westen, ein viel dunkleres Zimmer mit Holzbalkendecke und im afrikanischen Stil. Sally konnte all die toten Tiere an den Wänden nicht ausstehen, deshalb benutzten sie diesen Raum nur, wenn er sich nicht gerade im Ausland aufhielt, was etwa jeden zweiten Monat während ihrer gesamten achtzehn Monate dauernden Ehe der Fall gewesen war. Ihr Arrangement hatte gerade lange genug gedauert, dass sie den ersten finanziellen Meilenstein des ausgeklügelten Ehevertrags erreichte. Achtzehn Monate entsprachen achtzehn Millionen Dollar, außerdem das Haus – ein Haufen Geld für Sally, Peanuts für Jean Luc Trudeau. Zu ihrem Glück hatte sie den Weitblick besessen, sich die achtzehn Millionen nicht in bar auszahlen, sondern als Anteile an der Firma ihres Mannes überschreiben zu lassen. Die Firma war kurz darauf an die Börse gegangen und hatte Sally auf einen Schlag um sechsundvierzig Millionen Dollar reicher gemacht. Sie hätte jeden weiteren Monat eine Viertelmillion dazu verdienen können und es gab weiß Gott schlechtere Ehemänner als Jean Luc. Er war reich, erfolgreich, halbwegs ansehnlich und sehr großzügig gegenüber seiner dritten und viel jüngeren Frau. Aber Sally war nicht glücklich. Die Leute meinten, sie sei nie glücklich. Sie entschuldigte sich nicht dafür. Sie hatte ihre Gründe.

Sally betrat ihr Ankleidezimmer, legte ihren Morgenmantel über eine Stuhllehne und zog eine hautfarbene Strumpfhose an. Mit nacktem Oberkörper stand sie still vor dem dreiteiligen Spiegel. Langsam hob sie beide Arme, und als sie sich umdrehte, schien ihr neunundzwanzigjähriger Körper zu schweben. Im Spiegel sah sie es, immer noch gut erkennbar nach all den Jahren. Eine fünf Zentimeter lange rosafarbene Narbe unterhalb des Brustkorbs. Sie befühlte sie erst leicht mit den Fingerspitzen, dann drückte sie etwas fester, schließlich so hart, dass es schmerzte, als versuchte sie wie damals, die Blutung zu stoppen. Jahre waren vergangen, aber die Wunde war immer noch da. Sie hätte sie durch eine Schönheitsoperation beseitigen lassen können, aber damit hätte sie sich ihrer wichtigsten täglichen Erinnerung daran beraubt, dass sie den Überfall tatsächlich überlebt hatte. Leider hatte ihre erste Ehe ihn nicht überlebt.

Tragischerweise ihre Tochter auch nicht.

»Haben Sie heute etwas zu bügeln, Miss Sally?«

Beim Klang der Stimme bedeckte sie instinktiv ihre Brüste, aber sie war allein im Ankleidezimmer. Dinah stand draußen vor der Tür.

»Ich glaube nicht«, antwortete Sally und zog wieder ihren Morgenmantel über.

Als sich Dinahs Schritte entfernt hatten, öffnete Sally die Tür und ging ins Bad, um ihre Haare zu richten und Make-up aufzulegen. Anschließend kehrte sie ins Ankleidezimmer zurück, um ihre Garderobe auszuwählen, was länger dauerte als gewöhnlich, da es diesmal genau das Richtige sein sollte. Sie entschied sich schließlich für ein dunkelblaues Kostüm von Chanel, eine pfirsichfarbene Bluse und neue Schuhe von Ferragamo, dazu eine einfache Perlenkette und passende Ohrringe. Ihr Ehering aus Platin mit zwei Diamantenreihen von insgesamt vier Karat kam ihr – wie immer – reichlich protzig vor, dennoch streifte sie ihn über. Nach der Scheidung würde sie ihn endgültig ablegen, aber heute diente er einem Zweck.

Sally trat einen Schritt zurück und warf einen letzten Blick in den Spiegel – einen zufriedenen, langen Blick. Zum ersten Mal seit ewiger Zeit erlaubte sie sich den Anflug eines Lächelns.

*Heute ist dein Tag, Mädel.*

Sie nahm ihre Handtasche, lief die Treppe hinunter und verließ das Haus durch den Vordereingang zum Carport, wo ihr Mercedes-Cabrio mit heruntergeklapptem Verdeck auf sie wartete. Die Haare hatte sie sich sicherheitshalber zu einem französischen Knoten gebunden, trotzdem hatte sie sich à la Grace Kelly in Schale geworfen, mit weißem Kopftuch und dunkler Sonnenbrille. Sie setzte sich ans Steuer, ließ den Motor an und folgte der gepflasterten Einfahrt zum schmiedeeisernen Tor. Es öffnete sich automatisch und Sally lenkte den Wagen hinaus auf die Straße.

Gemächlich fuhr sie durch die Straßen des Villenviertels und ließ ihr Gesicht von der Sonne Floridas wärmen. Es war ein fantastischer Tag, selbst für Miami. Fünfundzwanzig Grad, relativ geringe Luftfeuchtigkeit, wolkenloser blauer Himmel. Als junges Mädchen hatte sie immer davon geträumt, auf den

Venetian Isles zu leben. Sie lagen nebeneinander in der Bucht wie vier riesige Trittsteine zwischen dem Festland und den größeren Inseln von Miami Beach. Die Häuser direkt am Wasser waren der Traum jedes Bootsbesitzers, viele davon hatten einen unverbauten Blick auf die Luxusliner im Hafen und die sich dahinter erhebende farbenprächtige Skyline von Miami. Im Grunde genommen war die Villa mitten in diesem urbanen Paradies ihr wahr gewordener Traum.

*Tja, überleg dir gut, was du dir wünschst.*

Sally hielt an, um die Maut zu zahlen, dann folgte sie weiter dem Venetian Causeway. Auf dem Teil der Brücke, der zu Miami gehörte, hatten ein paar alte Kubaner ihre Angeln ausgeworfen, direkt neben dem Schild mit der Aufschrift ANGELN STRENG VERBOTEN.

Sally befand sich jetzt nördlich von Downtown Miami, nicht gerade der sicherste Stadtteil, aber hier war vieles im Umbruch. Vor nicht allzu langer Zeit hätte sie noch einen großen Bogen um die Gegend gemacht.

Sie überquerte den Biscayne Boulevard, bog mehrmals ab und hielt an der Ampel. Vor ihr lag die Auffahrt zur Autobahn, der einzige Fluchtweg zu mindestens einem Dutzend von Ost-West-Straßen befand sich direkt über ihr. Sie konnte den Autobahnverkehr hören, den ständigen Strom unzähliger Autos und lärmender Lastwagen, der von überall widerhallte. Normalerweise fuhr sie so zügig, dass sie an keiner roten Ampel halten musste, vor allem nachts, aber das war nicht immer möglich. Wie bestellt kamen Obdachlose aus ihren Pappbehausungen unter der Rampe. Bewaffnet mit schmutzigen Lumpen und mit trübem Wasser gefüllten Plastiktrinkflaschen schienen sie wild entschlossen, die Windschutzscheiben der ganzen Welt zu putzen. Sie waren zu zweit. Einer näherte sich ihrem Wagen, während der andere den Geländewagen vor ihr ansteuerte.

Der Geländewagen fuhr mit quietschenden Reifen los, ignorierte die rote Ampel und ließ Sally allein mit den Fensterputzern. Es war später Vormittag, aber im dunklen Schatten der Autobahnrampe war es wie in der Morgendämmerung. Die Interstate 395 und ihre diversen Auffahrten kreuzten sich oberhalb wie Betonbänder. Anders als der Fensterputzer, der den Geländewagen anvisiert hatte, näherte sich dessen Kumpel nicht von der Seite, sondern direkt von vorn. Sally hätte die rote Ampel nicht überqueren können, ohne ihn zu überfahren.

»Nein, danke«, rief sie.

Grinsend kam er weiter auf sie zu und zielte mit seiner Trinkflasche auf ihre Windschutzscheibe. Der andere hatte den Mercedes seinem Konkurrenten überlassen und war schon wieder unterwegs zu seiner Behausung unter der Rampe.

»Nein, danke, habe ich gesagt.«

Der Mann baute sich direkt vor ihrem Wagen auf, so dicht, dass er den Mercedesstern hätte abreißen können. Plötzlich wurde es hell. Überall brachen Sonnenstrahlen durch die Wolken, als hätten die sich gerade so weit zur Seite geschoben, um das Tageslicht durch die Spalten des Autobahnlabyrinths über ihr hindurchscheinen zu lassen. Der hellste Sonnenstrahl schien es auf ihren Diamantring abgesehen zu haben, der wie ein Feuerwerk zu glitzern begann. An jedem anderen Tag hätte sie ihre Hand unauffällig vom Lenkrad auf den Schoß gleiten lassen. Aber nicht heute.

Der Mann starrte sie immer noch durch die Frontscheibe an. Langsam hob er einen Arm und zielte direkt auf ihr Gesicht. Sie rechnete damit, dass sich ein Schwall schmierigen Wassers auf die Scheibe ergießen würde, aber nichts passierte. Einen Augenblick später wurde ihr klar, dass er keine Wasserflasche in der Hand hielt.

Sie erstarrte, den Blick fixiert auf das schwarze Loch am Ende des glänzenden Metalllaufs. Es dauerte nur den Bruchteil einer Sekunde, aber es kam ihr vor, als hätte sie ihren Körper verlassen, um das Geschehen von außen zu betrachten. Vor ihrem geistigen Auge sah sie den Mündungsblitz, sah, wie die Windschutzscheibe zerbarst, ihr Kopf in den Nacken kippte, ihr Körper nach vorn sackte und das Blut auf die Ledersitze spritzte. Sie konnte sogar das Hupen hören, das von ihrem Kopf ausgelöst wurde, als er auf das Lenkrad knallte und dort liegen blieb. Und zum zweiten Mal an diesem Tag sah sie sich selbst wirklich lächeln.

Mit einem einzigen Revolverknall, der von all dem Beton widerhallte, fand der Albtraum ihres Lebens schließlich ein Ende.

## *Drei*

Die Sonne ging unter, als Jack Swyteck in seine Auffahrt einbog. Er wohnte auf Key Biscayne, einer Insel praktisch im Schatten von Downtown Miami, aber Welten davon entfernt. Auf der anderen Seite der Bucht, jenseits der ausufernden Metropole und irgendwo über den fernen Everglades lösten sich aufgelockerte Streifen von Rosa, Orange und Magenta langsam in der Dunkelheit der Nacht auf. Erst als die ganze Farbenpracht verschwunden war, dämmerte ihm plötzlich, welcher Tag heute war. Auf den Tag genau vor einem Jahr hatten Cindy und er sich voneinander getrennt, was zur Scheidung ihrer fünf Jahre dauernden Ehe geführt hatte.

*Herzlichen Glückwunsch,* gratulierte er sich selbst.

Jack war Anwalt, spezialisiert auf Strafverteidigung, jedoch prinzipiell nicht abgeneigt, alles anzunehmen, was ihm interessant erschien. Andererseits lehnte er Fälle ab, die er uninteressant fand, wodurch er zwar meist Spaß an seiner Arbeit hatte, aber leider nicht reich wurde. Profit war nie sein oberstes Ziel gewesen. Er hatte die ersten vier Jahre nach dem Jurastudium am Freedom Institute verbracht, einem zusammengewürfelten Haufen von Idealisten, die die Verteidigung von Häftlingen in Todeszellen übernahmen. Damals war Jacks Vater Harry Swyteck Gouverneur von Florida gewesen, ein konservativer Politiker und knallharter Verfechter der Todesstrafe. Die Aktivitäten seines Sohnes waren ihm ein Dorn im Auge, und das war durchaus beabsichtigt. Aber nach vier Jahren hatte Jack seinen alten Herrn genug gepiesackt und diejenigen, die ihn als liberalen Gutmenschen abgeschrieben hatten, staunten nicht schlecht, als er ganz neue Saiten aufzog und sich einen Namen als fairer, aber aggressiver Staatsanwalt machte. Nach einiger Zeit schied er im freundschaftlichen Einvernehmen aus dem Büro des Bundesstaatsanwalts aus, aber fast zwei Jahre später versuchte er immer noch, als selbstständiger Anwalt Fuß zu fassen. Zwischenzeitlich musste er sich mit allem Möglichen von einer chaotischen Scheidung bis zu einer toten Mandantin in seiner Badewanne herumschlagen, dennoch war er fest entschlossen, seiner Kanzlei eine reelle Chance zu geben, bevor er eine erneute berufliche Veränderung in Erwägung zog.

»Hallo Theo«, rief er über den Rasen.

Theo schien ihn nicht gehört zu haben. Er war emsig dabei, sein Acht-Meter-Sportboot zu schrubben, das gerade an Davits über dem Wasser hing. Das Einzige, was Jack mit seinem armseligen Mietshaus versöhnte, war die Tatsache, dass es direkt am Wasser lag und eine eigene Anlegestelle hatte. Seit der Scheidung war dies schon seine dritte Bleibe, Ausdruck seiner rastlosen Suche nach der richtigen Lebensform für einen geschiedenen Mann ohne Kinder, ohne Laster und mit erstaunlich wenig Interesse daran, Frauen kennen zu lernen. Sein derzeitiges Experiment war ein »Mackle-Haus«, ein einfaches Haus aus Hohlblocksteinen mit drei Zimmern, Bad und einer kleinen mit Fliegengitter eingezäunten Veranda, natürlich ohne Klimaanlage. In den frühen fünfziger Jahren hatten die Brüder Mackle Dutzende solcher einfachen Strandhäuser gebaut, hauptsächlich für Veteranen des zweiten Weltkriegs und deren Familien. Damals war Key Biscayne kaum mehr als moskitoverseuchtes Sumpfland gewesen und so waren damals die Mackle-Häuser die billigsten in der ganzen Gegend, bei einem Endpreis von zwölftausend Dollar. Heute bekam man für zwölftausend gerade mal ein Wassergrundstück von einem halben Meter Breite. Und alle paar Tage klingelten irgendwelche Archtitekten an Jacks Tür, die mit ihren Bauplänen wedelten und am liebsten gleich mit einem Bulldozer in sein Wohnzimmer eingedrungen wären. Sein Haus war das letzte der Mackle-Strandhäuser, das noch stand.

»Theo!«

Immer noch keine Reaktion. Wenn er bei voll aufgedrehter Musik auf einem Boot arbeitete, war Theo in einer anderen Welt. Da Jack kein Boot besaß, überließ er Theo das Dock hinter dem Haus. Für Theo, der seine Bar nachts betrieb, war es ideal, da er tagsüber angeln und auf dem Boot schlafen konnte. Er war einer der wenigen Freunde, die nie zu altern schienen, was nicht hieß, dass er nicht von einem Jahr zum nächsten älter *aussah*. Er weigerte sich nur, erwachsen zu werden, und deswegen war es angenehm, ihn um sich zu haben. Manchmal.

Theo war dabei, das Deck abzuspritzen, als Jack näher kam. »Irgendwas gefangen?«, fragte Jack.

Theo ließ sich bei seiner Arbeit nicht stören. »Rein gar nichts«, erwiderte er nur.

»Darum heißt es ja auch angeln, und nicht –«

Theo richtete den Schlauch auf Jack und spritzte dessen Anzug ordentlich nass.

»Fangen«, führte Jack seinen Satz zu Ende. Er war tropfnass, aber wischte sich bloß das Wasser aus dem Gesicht, als wäre nichts passiert.

»Weißt du, Swyteck, manchmal bist du einfach so voller –«

»Weisheit?«

»Ja. Genau das wollte ich sagen. Weisheit.«

»Man muss schon ein Genie sein, um einen Ex-Sträfling, der einen Gartenschlauch in der Hand hält, zu verspotten«, sagte Jack, während er sich das Wasser von seinem Nadelstreifenanzug klopfte.

Theo kletterte lächelnd aus seinem Boot und umarmte Jack so herzlich, dass er ihn dabei vom Boden hob. Der Mann hatte die Größe eines Basketball-Profis und die Muskeln eines Football-Linebackers.

Jack trat überrascht einen Schritt zurück. »Womit habe ich das verdient?«

»Viel Glück zum Jahrestag, Kumpel.«

Jack war sich nicht sicher, woher Theo davon wusste, aber wahrscheinlich hatte er bei irgendeiner Gelegenheit etwas von seinem Ein-Jahres-Meilenstein erwähnt. »Was gibt's da zu beglückwünschen.«

»Ach, komm schon. Du nimmst es mir doch nicht etwa übel, dass ich dich ein bisschen nass gespritzt habe?«

»Über was für einen Jahrestag redest du eigentlich?«

»Von welchem Jahrestag redest du denn?«

»Vor genau einem Jahr haben Cindy und ich uns getrennt.«

»Cindy? Die interessiert mich nicht die Bohne. Ich habe von *uns* geredet.«

»Von uns?«

»Jawohl. Diese Woche vor zehn Jahren. Da haben wir uns kennen gelernt. Erinnerst du dich noch?«

Jack überlegte. »Nicht so richtig.«

»Jetzt fühle ich mich aber wirklich gekränkt. Ich kann mich noch haargenau daran erinnern. Es war ein Freitagmorgen. Der Wachmann holt mich aus meiner Zelle und erklärt mir, ich hätte einen Termin mit meinem neuen Pflichtverteidiger, einem Anwalt vom Freedom Institute. In der Todeszelle habe ich natürlich nichts Besseres zu tun als rumzuliegen und mich zu fragen: ›Theo, willst du lieber Senfsauce oder braune Butter zu den Steinkrabben mit gebratenen Süßkartoffeln, die sie dir als Henkersmahlzeit vorsetzen werden?‹ Ich bin also völlig aus dem Häuschen, als ich von einem neuen Verteidiger höre. Ich gehe runter und da sehe ich dich auf der anderen Seite der Glasscheibe sitzen.«

»Was hast du gedacht, als du mich gesehen hast?«

»Ehrlich?«

»Ehrlich.«

»Typischer weißer Schnösel von der Eliteuniversität mit einem Rettet-die-Schwarzen-Schuldkomplex.«

»Ist ja ein Ding. Und ich habe die ganze Zeit geglaubt, ich hätte einen erbärmlichen ersten Eindruck hinterlassen.«

Theo sah ihn scharf an, als wollte er ihn verhören. »Erinnerst du dich noch an meine ersten Worte?«

»Wahrscheinlich irgend so was wie: ›Haste mal ’n Dollar, Kumpel?‹«

»Nein, du Klugscheißer. Ich hab dir direkt in die Augen gesehen und gesagt: ›Jack, es gibt etwas, das Sie von vorneherein wissen müssen. Ich bin unschuldig.‹«

»Daran erinnere ich mich.«

»Und erinnerst du dich auch noch an deine Antwort?«

»Nein.«

»Du hast gesagt: ›Mr Knight‹ – damals hast du mich noch Mister Knight genannt – ›es gibt etwas, das Sie von vorneherein wissen sollen: Ich glaube, Sie sind ein großer, fetter, verdammter Lügner‹.«

»Das habe ich wirklich gesagt?«

»Allerdings. Wortwörtlich.«

»Wow. Du musst mich wirklich für ein Arschloch gehalten haben.«

»Ich halte dich immer noch für ein Arschloch.«

»Danke.«

Theo lächelte, dann packte er Jack an den Schultern und pflanzte ihm einen dicken Kuss auf die Wange. »Viel Glück zum Jahrestag, Arschloch.«

Jack lächelte. Theo und seine Küsse. Zum Tode verurteilt zu sein für ein Verbrechen, das man nicht begangen hatte, und in letzter Minute freigesprochen zu werden, konnte dazu führen, dass man den Rest seines Lebens jedermann umarmen wollte.

Aber es konnte auch das Gegenteil dabei herauskommen. Es hing ganz davon ab, was für ein Typ einer war.

Theo sagte: »Kannst du mal die Kühlbox nehmen?«

Jack fasste sie an den Griffen und Theo sammelte die Angelruten und den Rest der Ausrüstung ein. Leere Flaschen klapperten in der Kühlbox, als die Männer den Rasen zur Einfahrt überquerten. Theo öffnete den Kofferraum. Jack stellte die Kühlbox hinein, dann half er Theo, die Angelruten zu zerlegen und sie auf dem Dachgepäckträger zu befestigen.

»Noch was?«

»Ja. Du musst mir einen Gefallen tun. Einen großen.«

»Worum geht's?«

»Hast du zufällig vor ein paar Tagen im Lokalteil diese Geschichte gelesen? Von der reichen Frau, die durch einen Kopfschuss getötet wurde, als sie kurz vor der Autobahnauffahrt an einer roten Ampel hielt?«

»Vielleicht hab ich's überflogen. Ich habe schon zu lange mit Gerichtssachen zu tun. Ich registriere solche Nachrichten kaum noch.«

Theo öffnete die Wagentür, holte etwas aus dem Handschuhfach und reichte es Jack. Es war ein Zeitungsausschnitt. »Lies mal.«

Der Artikel bestand nur aus ein paar Absätzen mit einem Foto des Opfers. Jack las ihn schnell durch. »Traurig.«

»Ist das alles, was dir dazu einfällt?«

»Es ist traurig. Was soll ich sonst sagen?«

»Du könntest dir das Foto ansehen und sagen, verdammt, das ist die schönste Frau, die ich je gesehen habe.«

»Okay, sie ist schön. Sollte ich deswegen trauriger sein?«

»Ja, Mr Politisch-Korrekt, das *macht* die Sache trauriger. Das ist es, was jeder sein will. Jung, reich und schön. Und nun ist sie tot. Trauriger geht's wirklich nicht.«

»Theo, worauf willst du eigentlich hinaus?«

»Hast du gelesen, wie viel Kohle die Alte hatte?«

»Ja. Irgendwas um die ... was halt da steht.«

Theo nahm den Ausschnitt wieder an sich und zeigte auf die Ziffer. »Sechsundvierzig Millionen.«

Jack las noch einmal nach. »Das ist 'ne Menge Schotter.«

»Da hast du verdammt Recht. Und jetzt rate mal – und das ist keine Scherzfrage –, wann zum letzten Mal eine sechsundvierzig Millionen schwere Braut in meine Bar spaziert ist.«

»Du hast sie im Sparky's gesehen?«

»Vor ungefähr zweieinhalb Wochen.«

»Und was hat sie da gemacht?«

»Mit einem Auftragskiller geredet.«

»Ach ja?«

»Du hast mich richtig verstanden.«

»Du meinst, sie hat sich mit einem Profikiller getroffen, der für Geld Leute umbringt?«

»Sie hat sich jedenfalls nicht mit einem Lady-Killer getroffen.«

Jack hatte begriffen. »Sie redet also mit einem Auftragskiller und zwei Wochen später ist sie tot.«

»Ganz genau.«

»Und was schließt du daraus?«

»Die Sache stinkt zum Himmel.«

»Da gebe ich dir Recht«, sagte Jack. »Und was soll ich nun für dich tun?«

»Zunächst mal gibt es da einen Brief, über den ich mit dir reden möchte. Er stammt vom Anwalt der Toten.«

»Ein Brief an dich?«

»Nein. An den Auftragskiller, den sie in meiner Bar getroffen hat.«

»Hast du den Brief?«

»Nein, ich habe ihn gesehen.«

»Wie das?«

»Das spielt keine Rolle. Sagen wir einfach, ich fungiere hier als Vermittler.«

»Und zwischen wem genau vermittelst du?«

Theo nahm eine Packung Kools vom Armaturenbrett und steckte sich eine Zigarette an. »Zwischen dir und ... du weißt schon.«

»Dem Auftragskiller? Kommt nicht in Frage.«

»Hör mich bis zu Ende an. Der ganze Brief besteht nur aus zwei Sätzen, mit denen der Typ aufgefordert wird, am Montag in der Anwaltskanzlei von Vivien Grasso zu erscheinen, und zwar zu einem wichtigen Termin, bei dem es um den Tod von Sally Fenning geht.«

»Und ich soll also jetzt diesem Auftragskiller sagen, ob er zu diesem Treffen gehen soll oder nicht?«

»Nein, ich möchte, dass du ihn begleitest.«

Jack musste husten, als bekäme er keine Luft mehr. »Wie kommst du darauf, dass ich auch nur im Entferntesten an der Sache interessiert sein könnte?«

»Weil ich dich darum bitte.«

»Und warum bittest du mich darum?«

Theo zog an seiner Zigarette und blies beim Sprechen den Rauch aus. »Weil ich glaube, dass der Junge bis zum Hals in der Scheiße steckt.«

»Ist er ein Freund von dir?«

»Keine Spur.«

»Dann nenn mir wenigstens einen vernünftigen Grund, warum ich in das Büro eines anderen Anwalts marschieren sollte, um einen Auftragskiller zu vertreten.«

»Erstens: außer mir und vielleicht ein paar Ganoven zwischen hier und Las Vegas weiß niemand, dass er ein Auftragskiller ist.«

»Wie wär's mit einem weiteren guten Grund?«

»Weil du mein Kumpel bist.«

»Hmmmmm.«

»Weil ich mich seit dem Tag, als du mich aus der Todeszelle geholt hast, häufig erkenntlich zeige und dich im Gegenzug noch nie um einen Gefallen gebeten habe.«

»Okay, wir kommen der Sache schon näher. Aber irgendwie reicht's mir noch nicht.«

Theo senkte den Blick, als widerstrebte es ihm zu antworten. Schließlich sah er Jack an und sagte mit ruhiger, ernster Stimme: »Weil er mein Bruder ist.«

Jack wurde ebenfalls ernst.

»Also, triffst du dich mit ihm?«, fragte Theo.

Jack ließ sich Zeit mit der Antwort, aber es bestand kein Zweifel daran, wie seine Antwort ausfallen würde. »Natürlich«, erwiderte er. »Dir zuliebe werde ich mich mit ihm treffen.«

## *Vier*

Tatum sah Theo sehr ähnlich, ging es Jack als Erstes durch den Kopf. Theo mit Verbrechervisage.

Jack traf sich mit »Tatum« im sonnigen Hof der städtischen Bibliothek. Tatum trug legere Kleidung, ein sportliches Jackett ohne Krawatte, als hätte Theo seinem Bruder geraten, sich manierlich zu kleiden. Das Jackett saß an den Schultern ein bisschen zu eng, ein allgemeines Problem für sehr muskulöse Männer, die ihre Kleidung von der Stange kauften. Es war Mittagszeit und eine Menge Leute saßen unter großen weißen Sonnenschirmen. Einige lasen, einige unterhielten sich beim Essen, einige scheuchten die lästigen Tauben weg. Die Tische standen weit genug auseinander, dass niemand ihre Unterhaltung würde mithören können. Es war nicht gerade die normale Umgebung für ein Mandantengespräch, aber ein Killer war auch nicht unbedingt ein normaler Mandant. Nicht dass Jack nervös gewesen wäre, aber instinktiv hatte er für das Treffen nicht die Abgeschiedenheit seines Anwaltsbüros gewählt, sondern einen öffentlichen Ort, an dem es reichlich potentielle Zeugen gab. Für alle Fälle.

»Nett, Sie wiederzusehen, Mack.«

»Ich heiße Jack«, erwiderte er, als sie sich die Hand gaben.

»Tut mir Leid.«

*Genau das braucht die Welt,* dachte Jack. *Einen Killer, der Jack nicht von Mack unterscheiden kann.*

Tatum nahm Jack gegenüber Platz. Jack war frühzeitig erschienen und hatte schon Hühnersalat auf Pita verspeist. Es gab keine Bedienung und Jack bot an zu warten, während Tatum sich in der Schlange anstellte, aber der wollte gleich zur Sache kommen.

»Wie lange ist das jetzt her?«, fragte Tatum. »Zehn Jahre?«

»Acht. Seit Theos Entlassung aus dem Gefängnis.«

»Ich nehme an, er hat Sie über meine Geschichte seit damals informiert.«

»Vermutlich genauer, als Ihnen lieb ist.«

»Und Sie willigen ein?«

»Sagen wir es mal so. Ich bin hier, weil Theo mich um einen Gefallen gebeten hat.«

»Aber Sie sind mein Anwalt, oder? Alles, worüber wir sprechen ist – äh?«

»Unterliegt dem Anwaltsgeheimnis, stimmt.«

»Essen Sie das Gürkchen da noch?«, fragte Tatum und wies auf Jacks Teller.

»Bedienen Sie sich.«

Tatum nahm es, biss die Spitze ab und wedelte beim Sprechen mit dem Rest wie mit einem zusätzlichen Finger. »Nun, dann hat Theo Ihnen hoffentlich erzählt, dass ich aus dem Auftragsgeschäft ausgestiegen bin?«

»Er hat nur gesagt, dass Sie seines Wissens seit drei Jahren keinen solchen Job mehr angenommen haben.«

»Das ist die Wahrheit«, erwiderte Tatum. »Und es dürfte Ihnen die Sache etwas leichter machen, schätze ich?«

»Ach, wissen Sie, mein typischer Mandant ist nicht gerade ein Heiliger. Ich habe auch schon Leute verteidigt, die wie Sie für Geld Menschen umgebracht haben. Ich beurteile Sie nicht. Ich tue einem Freund einen Gefallen.«

»Theo meint, Sie wären gut.«

»Gut genug, um einen Unschuldigen aus der Todeszelle zu holen.«

»Das ist ja nicht so einfach, wie es klingt. Vor allem, wo alle ihn für schuldig gehalten haben.«

»Alle außer seinem Anwalt.«

»Und seinem Bruder«, sagte Tatum.

»Und seinem Bruder«, sagte Jack bestätigend. »Sie waren da und haben zu ihm gehalten.«

»Ich war der Einzige, der zu ihm gehalten hat.«

»Vielleicht ist das ja seine Art, sich bei Ihnen zu bedanken. Ich gebe Ihnen dreißig Minuten.«

Tatum schob sich den Rest der Gurke in den Mund. »Wo fangen wir an?«

»Bei Sally Fenning. Wie sind Sie beide aneinander geraten?«

»Essen Sie die Fritten noch?«, wollte Tatum wissen.

»Tun Sie sich keinen Zwang an.«

»Sie hat mich angerufen«, sagte Tatum mit vollem Mund.

»Aus heiterem Himmel?«

»So ist es.«

»Irgendwoher muss sie Ihre Nummer bekommen haben. Wie hat sie das gemacht, hat sie in den Gelben Seiten unter ›Problemlösungen‹ nachgesehen?«

»Keine Ahnung.«

»Hören Sie auf, mich für dumm zu verkaufen, sonst ist Ihre kostenlose halbe Stunde hiermit beendet.«

Tatum sah sich vergeblich nach einer Serviette um und leckte sich die fettigen Finger schließlich einen nach dem anderen ab. »Ein Freund von ’nem Freund hat uns zusammengebracht.«

»Welcher Freund?«

Tatum lehnte sich zurück und schlug ein Bein über das andere. Jack spürte, dass er jetzt abschweifen würde.

»Ich weiß nicht, wie viel Sie über diese Frau wissen«, sagte Tatum, »aber sie hatte ein paar Probleme in ihrer Vergangenheit.«

»Sie meinen, Sie hatte Ärger mit dem Gesetz?«

»Nein, nichts dergleichen. Emotionale Probleme. Sie wurde überfallen oder irgend so was, genau weiß ich's nicht. Aber sie hat immer mal wieder einen Leibwächter engagiert, wenn sie's mit der Angst bekam, aus welchem Grund auch immer. Und dieser Leibwächter hat ihr von mir erzählt.«

»Er hat Sie angerufen?«

»Nein, wir haben zusammen Pool-Billard gespielt.«

»Und was hat er gesagt?«

»Er meinte: ›Ich habe eine Kundin, die mit dir Kontakt aufnehmen will. Kann ich ihr deine Nummer geben?‹ Und ich hab gesagt: ›Klar doch‹.«

»Was haben Sie denn hinter der Sache vermutet?«

»Ich dachte, sie will mich anheuern, um irgendeinem die Fresse zu polieren.«

»Sind Sie nicht raus aus dem Geschäft?«

»Ich knipse keinem mehr das Licht aus. Aber jemanden ins Krankenhaus zu befördern, ist eine andere Geschichte.«

»Sie haben kein Problem, jemanden krankenhausreif zu schlagen, aber bei Mord ist Schluss. Stimmt das so?«

»In etwa. Ehrlich gesagt ist das in erster Linie eine Geldfrage.«

»Ich verstehe nicht recht.«

»In Miami ist der Markt hart umkämpft. Heutzutage laufen Kolumbianer, Russen, Jamaikaner, Araber, Israelis, Kubaner, Italiener, Nikaraguaner rum, die so einen Job für lausige fünfhundert Dollar übernehmen. Wie soll man da noch seinen Lebensunterhalt verdienen?«

»Vielleicht der Gewerkschaft beitreten?«

»Sie halten das wohl für einen Scherz? Das ist ein Geschäft, Kumpel, und das läuft genauso wie überall. Man spezialisiert sich. Ich z. B. bin der Fachmann für die richtige Dosis Schmerz, der Mann, der seine Aufträge erfüllt, ohne die Gans zu töten, die goldene Eier legt. Das ist eine echte Kunst. Und die wird gut bezahlt.«

»Sie sind also der Spezialist für Erpressungen.«

»Nein, ich bin im Kunstgeschäft tätig.«

»In was für einer Kunst? Gesichtsveränderung?«

Tatum beugte sich vor, die Ellbogen auf dem Tisch. »In der Kunst der Überzeugung.«

Sein Blick wurde härter, als wollte er Jack eine Kostprobe davon geben, wie überzeugend er sein konnte. Jack zuckte mit keiner Wimper. »Sally Fenning wollte also von Ihren Überzeugungskünsten Gebrauch machen?«

Tatum lehnte sich wieder zurück und wirkte deutlich entspannter. »Das war mein erster Eindruck.«

»Und Sie haben sich mit ihr verabredet.«

»Richtig. Ich hab sie ins Sparky's bestellt.«

»Warum gerade dorthin?«

»Ich verabrede mich immer an einem öffentlichen Ort. Ein guter Schutz vor Überraschungen.«

»Und warum ausgerechnet Theos Bar?«

»Er ist mein Bruder. Er hat was dagegen, wie ich mein Geld verdiene, manchmal droht er mir sogar an, mich rauszuwerfen. Aber wenn ich in Theos Bar gehe, kann ich mich auf eines verlassen: Es gibt keinen neugierigen Barkeeper, der die Ohren lang macht. Theo will von all dem nichts wissen. Wenn ich woanders hingehe, kann ich mir nicht so sicher sein, dass ich ungestört bin.«

»Okay. Sie haben sich also bei Theo getroffen. Und weiter?«

»Sie wollte mich anheuern.«

»Wofür?«

»Sagte ich ja schon. Ich dachte, ich sollte irgendeinem Typen ein paar Knochen brechen.«

»Aber das war's nicht?«

»Nein. Sie wollte, dass jemand umgebracht würde.«

»Wer?«

Tatum lachte in sich hinein. »Genau an dem Punkt wird die Geschichte ... merkwürdig.«

»Wie meinen Sie das?«

»Sie wollte, dass ich sie erschieße.«

Jack zögerte. Er hatte in seinem Berufsleben eine Menge komischer Dinge gehört, aber das war wirklich unglaublich. »Würden Sie das ein ungewöhnliches Anliegen nennen?«

»So was kommt vor. Aber wie gesagt, ich fand's merkwürdig.«

»Warum sollte jemand einen Killer anheuern, um sich töten zu lassen? Warum geht derjenige nicht einfach nach Hause und steckt seinen Kopf in den Gasofen?«

»Blöde Frage. Leute haben immer ihre Gründe. Ein Freund von mir hat mal einen aus dem Verkehr gezogen, der einen Haufen Geld an der Börse verloren hatte. Millionen. Er war am Ende, aber er wollte nicht, dass seine Frau und seine Kinder ihn für einen Feigling hielten. Also heuert er einen Killer an, um seinen Tod als einen Anschlag aus einem vorbeifahrenden Auto aussehen zu lassen. Es hat ein Wunder bewirkt. Sie hätten mal den Nachruf lesen sollen«, fügte Tatum lachend hinzu. »Wie sehr der arme verstorbene John das Leben geliebt hat.«

»Ist es das, was Sally umgetrieben hat? Was die anderen Leute denken?«

»Keine Ahnung.«

»Haben Sie sie erschossen?«

Er wandte sich lachend ab.

Jack ließ nicht locker. »Haben Sie sie erschossen?«

Tatums Lachen erstarb. »Nein.«

»Warum nicht?«

»Hab ich Ihnen doch gesagt: Aus dem Geschäft bin ich raus.«

»Haben Sie ihr das gesagt?«

»Ich habe ihr alles Mögliche gesagt. Vor allem, dass sie nicht blöd sein soll. Die Alte war ein Knaller, offensichtlich stinkreich. Ich hab ihr gesagt, dass sie total verrückt ist. Das sie sich jemand suchen soll, der ihr hilft. Das ist schließlich nicht dasselbe wie sich die Haare färben oder die Titten liften lassen. Da gibt es kein Zurück. Verstehen Sie, was ich meine?«

»Und dabei sind Sie geblieben? Sie wollte, dass Sie sie erschießen, und Sie haben abgelehnt?«

»Ganz genau.«

»Hat sie Sie nach Namen gefragt von irgendwelchen Freunden, die den Job übernehmen würden?«

»Nein. Aber ich gebe auch nicht so einfach solche Namen weiter.« Er beruhigte sich wieder und fügte dann hinzu: »Außerdem hab ich keine solchen Freunde mehr.«

»Erzählen Sie mir von dem Brief, den Sie von Sallys Anwältin erhalten haben.«

»Da gibt's nicht viel zu erzählen. Da steht nur drin, ich soll in ihre Kanzlei kommen wegen einer wichtigen Besprechung, die irgendetwas mit Sally Fennings Tod zu tun hat.«

»Kann ich den Brief mal sehen?«

»Klar. Ich hab ihn bei mir.« Er zog ihn aus der Innentasche seines Jacketts und reichte ihn Jack, der ihn rasch überflog.

»Clarence Knight ist Ihr richtiger Name?«

»Ja. Keine Ahnung, woher sie das wusste.«

»Das heißt, Sie haben Sally nicht Ihren richtigen Namen genannt.«

»Nein. Nur Tatum, mein Spitzname.«

»Wie Tatum O'Neal, ja?«

»Nein, verdammt nochmal, nicht wie Tatum O'Neal. Auf was für einem Stern lebt ihr Weißen eigentlich? Jack Tatum, der gemeinste, fieseste Football-Spieler –«

»Ja, ja, ist schon gut«, erwiderte Jack. »Sally hat also irgendwie Ihren richtigen Namen rausgekriegt und ihrem Anwalt gesteckt.«

»Wie gesagt, ihr Leibwächter hat uns zusammengebracht,

vielleicht hat der Sally meinen Namen genannt. Was ein Beweis mehr dafür ist, dass ich die Frau nicht umgelegt habe. Sie glauben doch nicht im Ernst, dass mein Kumpel ihr meinen richtigen Namen nennen würde oder dass ich ihr meinen richtigen Spitznamen verraten würde, wenn ich vorhätte, einen Mord zu begehen? Da würde ich nur mit Decknamen arbeiten.«

»Bei einem normalen Auftrag, ja. Aber vielleicht brauchen Sie mit Ihrem Namen nicht so vorsichtig zu sein, wenn die Person, die Sie anheuert, nach dem Mord sowieso tot sein wird.«

Tatum grinste: »Sie sind ein ziemlich ausgekochter Bursche, Swyteck.«

»Vivien Grasso«, las Jack den Namen laut vom Briefkopf ab.

»Kennen Sie die?«, wollte Tatum wissen.

»Indirekt. Als mein Vater sich damals um den Gouverneursposten bewarb, hat sie seinen Wahlkampf kräftig unterstützt. Sie ist spezialisiert auf Testamentsvollstreckungen. Ich nehme also an, dass dieser Brief etwas mit der Verwaltung von Sallys Vermögen zu tun hat.«

»Und was hat das mit mir zu tun?«

»Haben Sie sie danach gefragt?«

»Ich hatte gehofft, Sie würden das übernehmen als mein Anwalt.«

Jack legte den Brief auf den Tisch. »Ich habe Theo lediglich versprochen, mich mit Ihnen zu treffen. Mehr nicht.«

»Ich kann Sie bezahlen.«

»Es geht nicht ums Geld.«

»Um was dann? Bin ich Ihnen unsympathisch?«

»Das hier ist kein Rendezvous. Ich muss Sie ja nicht mögen.«

»Vielleicht halten Sie sich ja für Perry Mason und vertreten nur Unschuldige. Dann will ich Ihnen mal was sagen: Wenn jemand versucht, mir den Mord an dieser Frau anzuhängen, *bin* ich unschuldig. Also, wie sieht's aus, Perry? Sind Sie mein Anwalt?«

»So einfach ist das nicht. Ich habe im Moment viel zu tun.«

»Die Geschichte ist garantiert spannender als alles, was Sie sonst auf den Tisch bekommen.«

»Sie würden sich wundern.«

»Also gut. Sehen Sie sich mal das Foto an«, sagte Tatum und reichte Jack denselben Zeitungsausschnitt, den Theo ihm gezeigt hatte.

Jack nahm ihn, sagte aber nichts. Tatum fuhr fort: »Das hier ist eine heiße neunundzwanzigjährige Mieze. Sie hat gerade einen reichen, alten Trottel, mit dem sie eineinhalb Jahre verheiratet war, um sechsundvierzig Millionen Dollar erleichtert. Und dann fällt ihr nichts Besseres ein, als sich nach einem Killer umzusehen, der ihr das Licht auspustet. Haben Sie nicht das Gefühl, dass an der Sache irgendwas verdammt faul ist?«

Jack suchte in Sallys Augen nach Anzeichen von Kummer. Das Foto gab keinerlei Aufschluss.

»Na, stimmt das etwa nicht, Jack?«

»Da ist was dran.«

»Sagen Sie mir eins: Würden Sie sich an meiner Stelle mit dieser Testamentsanwältin treffen?«

»Nicht ohne meinen eigenen Anwalt.«

»Dann begleiten Sie mich gefälligst. Das Schlimmste, was passieren kann, ist, dass Sie pro Stunde drei Hunderter verdienen.«

»Wenn es nur ums Geld ginge, würde ich für die Mafia arbeiten.«

Tatum beugte sich vertrauensselig vor. »Ich will ganz ehrlich sein. Ja, ich habe ein paar Typen umgelegt. Aber das ist schon sehr lange her. Sie können mir glauben, der Abschaum, den ich beseitigt habe, wird von keinem vermisst. Ich habe nie jemanden umgebracht wie diese Frau, diese Sally Fenning.«

Jack sah ihn durchdringend an.

»Nun kommen Sie schon«, stöhnte Tatum. »Irgendeiner will mich hereinlegen. Klar, ich habe 'ne Menge Mist gemacht in meinem Leben. Aber diesmal bin ich unschuldig, verdammt. Was Besseres kann einem Strafverteidiger im richtigen Leben doch nicht passieren, oder?«

Jack musste unwillkürlich lächeln. Der Mann hatte nicht ganz Unrecht. »Sozusagen.«

»Sie schlagen also ein?«

»Ich werde drüber schlafen.«

Jack wollte ihm den Brief zurückgeben, aber Tatum hob abwehrend die Hände. »Behalten Sie ihn. Vielleicht brauchen Sie ihn noch.«

Jack faltete den Brief zusammen und steckte ihn ein. »*Vielleicht*«, erwiderte er.

# *Fünf*

Am Freitagabend stattete Jack seiner alten Highschool einen Besuch ab. Die Cavaliers, die Football-Mannschaft der Highschool von Coral Gable, traten gegen die Jungs von Miami Lakes an, und er dachte, es würde seinem »Kleinen Bruder« Spaß machen, wenn er ihn zu einem Spiel in seine Schule mitnahm. Jack war Mitglied der lokalen Sektion von Big Brothers Big Sisters of America, einer Organisation, die sich um Kinder allein erziehender Mütter kümmerte. Nichts machte er lieber, als Nate an Orte mitzunehmen, wo seine Mutter nicht mit ihm hinging – wie Football-Spiele und noch mehr Football-Spiele. Für Jack war es eine nette Geste gegenüber einer Alleinerziehenden, die sich bemühte, ihren Sohn ohne fremde Hilfe aufzuziehen. Und da Nate ein großartiger Junge war, machte ihm diese Aufgabe Spaß.

Heute allerdings verfolgte Jack einen ganz eigenen Zweck.

Wie üblich herrschte großer Andrang am Stadion. Jack und Nate ließen sich von dem Strom aufgeregter Fans durch das Drehkreuz am Haupteingang schieben. Die Marching Band war bereits auf dem Spielfeld und spielte mit Inbrunst den vertrauten Kampfsong der Schule. Die Tribünen füllten sich schnell, als die erleuchtete Anzeigentafel am gegenüberliegenden Ende des Spielfelds verkündete, dass es noch vierzehn Minuten bis zum Anstoß waren. Ein ganzer Trupp Spieler eilte plötzlich an ihm und Nate vorbei. Ihre Aufwärmphase war beendet und unter Gelächter und Geschrei liefen sie in den Umkleideraum, um sich die letzten Instruktionen zu holen.

Es war fast zwanzig Jahre her, dass Jack in der Schulmannschaft mitgespielt hatte, und einen Moment lang konnte er kaum glauben, dass er in seinem grau-roten Trikot tatsächlich auch einmal so jung ausgesehen hatte.

»Habt ihr damals auch Helme aufgehabt, als du noch mitgespielt hast?«, fragte Nate. Er war acht Jahre alt und manchmal brachte er Jack dazu, sich wie achtzig zu fühlen.

»Nicht immer«, sagte Jack. »Was eine Menge erklärt.«

»Was denn?«

»Nichts«, erwiderte er und zog Nate hinter sich her zu den Tribünen.

»Warum sagst du das immer?«

»Was?«

»Immer, wenn ich dich frage, was du meinst, sagst du ›nichts‹«.

»Das sag ich ja gar nicht immer.«

»Von wegen. Meine Mom sagt auch, dass du das tust.«

»Ach ja?«

»Sie sagt, du hast Angst davor, dass die Leute mitkriegen, was in deinem Kopf vorgeht.«

»Das hat sie wirklich gesagt?«

»Hört sich das vielleicht so an, als wenn ich mir das ausdenke?«

Jack lächelte, obwohl es ihn beschäftigte, dass Nates Mutter ihn für jemanden hielt, der emotionale Barrieren um sich herum errichtete. Merkwürdig, seine Ex-Frau hatte ihm dasselbe gesagt. »Ich will also nicht, dass Leute in meinen Kopf hineinsehen? Was genau willst du denn damit sagen?«

»Nichts«, erwiderte Nate hämisch.

»Kluger Junge.«

Es war das sechste Spiel der Saison, bisher hatten die Cavaliers keins verloren, und Jack spürte die Erregung im Stadion. Sie waren zu spät eingetroffen, um noch gute Plätze zu ergattern, aber Jack hatte es ohnehin nicht eilig, sich hinzusetzen. Er wartete hinter den Sitzen beim Eingang an der Fünfzig-Yard-Linie und sah zu, wie die Fans vorbeizogen. In diesem Abschnitt saßen normalerweise die Eltern der Spieler, und der Quarterback der Cavaliers war Justin Grasso. Seine Mutter, Vivien Grasso, ließ kein Spiel aus.

Jack hatte vorgehabt, Vivien noch vor dem Wochenende anzurufen, war jedoch durch ein Schlichtungsverfahren, das in Orlando stattgefunden hatte, aufgehalten worden. In ihrem Brief an Tatum Knight hatte sie das mysteriöse Treffen für Montagnachmittag anberaumt. Jack hatte vor, Vivien während des Spiels wie zufällig zu treffen, in Erfahrung zu bringen, um was es bei der Geschichte ging, und dann zu entscheiden, ob es so interessant klang, dass es den Ärger lohnte, sich mit einem schrägen Vogel wie Tatum als Mandanten herumzuplagen. Jack war nicht übermäßig pingelig, aber er hatte wieder eine dieser Wochen hinter sich, in denen es so aussah, als wäre der Job des Rechtsanwalts eigentlich nicht die schlechteste Art, sein Geld zu verdienen – wenn es keine Mandanten, Richter und andere Anwälte gäbe.

»Los, gehen wir«, quengelte Nate.

»Einen Augenblick noch«, antwortete Jack. Er hatte Vivien in der Menge erspäht und sah, dass sie sich in seine Richtung bewegte. Seit der Party seines Vaters zur Verabschiedung als Gouverneur hatte er sie nicht mehr gesehen, aber sie sah unverändert aus – schlank und sportlich, wenig bis gar kein Make-up, so als hätte sie gerade einen Zwanzig-Meilen-Lauf gemacht, kurz geduscht und sich auf schnellstem Wege hierher begeben, um sich anzuschauen, wie ihr Sohn die Gastmannschaft in Grund und Boden spielte. Niemand wunderte sich, woher der Starspieler der Cavaliers sein Talent hatte.

»Jack Swyteck«, sagte sie lächelnd. »Wie geht's Ihrem Vater?«

»Großartig. Ich glaube, diesen Monat ist er zum Angeln in North Carolina.«

»Müßiggänger. Wir müssen ihn unbedingt aus dem Ruhestand holen, er soll für den Senat kandidieren. Es sei denn, sein Sohn ist an Politik interessiert.«

»Mein Interesse beschränkt sich aufs Wählen. Und das auch nur, wenn Familienmitglieder zur Wahl stehen.«

Vivien lachte. Jack wollte sie gerade Nate vorstellen, aber der Junge war längst mit Viviens zehnjährigem Sohn in eine intensive Diskussion über Harry Potter vertieft. Diese Ablenkung kam Jack sehr gelegen.

»Das ist wirklich ein Ding, dass ich Sie hier treffe«, log Jack. »Ich hatte nämlich vor, Sie anzurufen.«

»Weswegen?«

»Es geht um den Freund eines Freundes. Ein Mann namens Clarence Knight.«

Sie schien zu überlegen, dann fiel es ihr ein. »Ach ja. Einer von Sally Fennings Erben.«

*»Erben?«*, fragte Jack.

»Ich habe ihm einen Brief geschrieben mit der Einladung zur Testamentseröffnung. Begleiten Sie ihn?«

»Ich weiß es noch nicht.«

»Testamentsanfechtung ist nicht gerade Ihr Gebiet, stimmt's?«

»Es wird angefochten?«

»Ich hätte es nicht sagen sollen. Es wäre durchaus möglich. Aber bisher hat keiner etwas verlauten lassen. Noch nicht.«

»Wollen Sie mir sagen, ich soll lieber die Finger von der Sache lassen?«

»Vergessen Sie, was ich gesagt habe«, erwiderte sie lächelnd. »Wahrscheinlich ist es nur Anwaltszynismus. Immer, wenn es um derart viel Geld geht, erwartet man, dass die Erben sich darum in die Haare geraten.«

»Sind Sie sicher, dass Tatum Knight einer der Erben ist?«

»Komm endlich, Jack«, drängte Nate. »Lass uns gehen. Wir verpassen noch den Kickoff.«

»Nur noch eine Sekunde, Kumpel.«

»Der Junge hat Recht«, sagte Vivien. »Wir verpassen noch den Kickoff. Rufen Sie mich Montag früh in der Kanzlei an. Dann können wir uns unterhalten. Und bestellen Sie Ihrem Vater einen Gruß von mir«, fügte sie beim Weggehen hinzu.

»Mach ich. Viel Glück heute Abend.«

Jack sah Vivien und ihrem jüngeren Sohn nach, als sie in der Menge verschwanden. Die Zuschauermassen strömten immer noch zu ihren Plätzen. Nate zupfte ihn am Ärmel.

»He, du da oben!«, sagte Nate. »Können wir uns jetzt endlich das Spiel ansehen?«

*Tatum Knight ein Erbe?* Jack konnte den Gedanken nicht mehr los werden.

Nate fragte: »Was guckst du denn so dämlich?«

»Wieso dämlich?«

»Du siehst aus, als wärst du in Fledermausscheiße getreten.«

»Ich glaube, das bin ich auch gerade.«

»Krass. Wirklich?«

»Nein, ich meine nicht wirklich.«

»Was hast du denn gemeint?«

»Nichts.«

»Nichts, nichts, nichts. Du hast es *schon wieder* gesagt!«

Jack lächelte. »Stimmt. Los, komm. Sehen wir uns das Spiel an.« Er legte den Arm um Nate und führte ihn zu den Sitzplätzen.

## *Sechs*

Kelsey bemühte sich, Näheres über Sally Fenning in Erfahrung zu bringen.

Kelsey Craven arbeitete für Jack Swyteck. Ihr derzeitiger Auftrag bestand darin, Informationen über die beiden Tragödien zu sammeln, die Sally Fennings Leben entscheidend verändert hatten: ihre sinnlose Ermordung an einer Straßenkreuzung und der fünf Jahre zurückliegende Mord an ihrer Tochter. Kelsey war keine Detektivin, daher trug sie alles zusammen, was öffentlich zugänglich war, das meiste aus dem Internet, aus Zeitungen und aus einer alten Website, die mit Sallys Suche nach dem Mörder ihrer Tochter zu tun hatte.

Es war kein Vollzeitjob, denn mehr als ein paar Stunden pro Woche konnte sie nicht für Jack erübrigen. Außer dass sie Nates Mutter war, studierte sie an der Universität von Miami Jura. Zu dieser zweiten Ausbildung hatte sie sich entschlossen, nachdem sie sich von dem Mann hatte scheiden lassen, der sie davon überzeugen wollte, dass eine Balletttänzerin zu dumm sei für die Zulassung zum Jurastudium. Sie war zwei Jahre lang professionelle Tänzerin gewesen, bevor eine Knieverletzung ihrer Karriere ein Ende bereitet hatte. Danach hatte sie geheiratet und Nate zur Welt gebracht. Von Nates ersten Gehversuchen an war klar gewesen, dass er nie ein Tänzer sein würde, aber sie hatte sich ihren Traum erfüllt und ein eigenes Tanzstudio eröffnet, wo sie Kindern, zumeist Mädchen, ihre Leidenschaft weitergeben konnte. Tanz unterrichtete sie zwar immer noch, aber zur Finanzierung ihres Jurastudiums hatte sie ihr Studio verkauft. Sie verdiente ein wenig nebenher als

Hilfskraft in Jack Swytecks Kanzlei, wo sie juristische Zuarbeiten und Schreibkram erledigte. Manchmal ließ er sie Hintergrundmaterial für seine Aufträge zusammentragen, wie jetzt im Fall von Sally Fenning. Dieser Fall stellte nicht gerade eine intellektuelle Herausforderung dar, hatte sich aber mit der Zeit als einer der interessanteren Art entpuppt.

Und zweifellos war es der einzige, der sie je zu Tränen gerührt hatte.

Es klingelte. Kelsey legte ihre Notizen und Zeitungsausschnitte beiseite, stand vom Tisch auf und ging zur Haustür. Durch den Spion erkannte sie Jack mit Nates Kopf auf seiner Schulter. Der Junge schlief tief und fest. Sie öffnete und ließ die beiden ein.

»Gleich ins Bett«, flüsterte sie.

Jack trug Nate den Flur hinunter, während Kelsey an ihm vorbei zum Kinderzimmer eilte und den Dimmer so einstellte, dass ausreichend Licht war. Sie schlug die Decke zurück und Jack legte den Jungen aufs Bett.

»Tut mir Leid, dass ich so lange mit ihm unterwegs war«, flüsterte er.

»Kein Problem. Er muss morgen nicht in die Schule. Es hat ihm bestimmt Spaß gemacht.«

»Es war ein tolles Spiel.«

»Danke, dass du ihn mitgenommen hast.«

»Gern geschehen.«

Ihre Blicke trafen sich. Plötzlich wurde die Situation peinlich, keiner von beiden schien die richtigen Abschiedsworte zu finden, als sie jetzt ganz allein im Kinderzimmer standen, ohne dass der Wildfang Nate um sie herumwuselte. »Ich mach mich dann mal auf den Weg«, sagte Jack schließlich.

»Hast du noch einen Augenblick Zeit?«

»Äh – ja. Ich glaub schon.«

»Ich habe einige interessante Dinge über Sally Fenning herausgefunden. Wir könnten uns das bei einer Tasse Kaffee ansehen.«

»Hört sich gut an.«

»Ich komme gleich.«

Jack drehte sich um und ging in die Küche. Kelsey versuchte, Nate den Schlafanzug überzuziehen, ohne ihn zu wecken, aber es war ein sinnloses Unterfangen. Egal wie sanft man versucht, einem schlafenden Kind das T-Shirt auszuziehen, irgendwie gibt der Kopf es nie frei.

»Lass das, Mami.«

»Ich will dir nur helfen.«

»Nein, nein, ich bin groß genug. Ich kann das allein.«

»Okay, dann mach schon.«

»Ich will dich aber nicht dabei haben.«

Er war quengelig und offensichtlich übermüdet. Sie reichte ihm den Schlafanzug. »Nimm den mit ins Bad und putz dir die Zähne, solange du noch wach bist.«

Er murmelte etwas vor sich hin und verschwand ins Bad. Kelsey musste lächeln, obwohl es sie ein wenig traurig stimmte, dass es ihrem kleinen Sohn unangenehm war, sich vor seiner Mutter auszuziehen. Nach einer halben Minute war er wieder zurück und hatte das Oberteil seines Schlafanzugs falsch herum an.

»Gute Nacht, Mom«, sagte Nate und kroch unter die Decke.

»Krieg ich noch einen Gute-Nacht-Kuss?«

Er richtete sich auf und drückte sie fest.

»Mensch, bist du stark.« Sie löste sich aus der Umarmung und fragte: »Zähne geputzt?«

»Ja.«

»Zeig.«

Er schloss den Mund ganz fest, als wunderte er sich, wie seine Mutter ihn immer durchschaute. Er senkte den Blick und fragte: »Hast du schon mal daran gedacht ... du und Jack?«

Sie hob sein Kinn und sah ihm in die Augen. »Ich und Jack, was?«

»Du weißt schon. Findest du, dass er gut aussieht?«

»Ja. Er sieht sehr gut aus.«

»Er ist nett, stimmt's?«

»Unglaublich.«

»Magst du ihn?«

»Ja«, erwiderte sie vorsichtig, da sie spürte, worauf der Kleine hinauswollte. »Aber es wird nie eine Liebesgeschichte zwischen uns geben.«

»Und warum nicht?«

»Weil ...« Sie wusste nicht, was sie darauf sagen sollte. Schließlich hatte sie selbst sich diese Frage schon mehr als einmal gestellt. Warum nicht Jack? »Weil er noch schlimmer ist als du, wenn es darum geht, vom Thema abzulenken.«

»Ich wollte gar nicht ...«

»Zeig mir deine Zähne.«

Seine Lippen lösten sich ein bisschen von einander. Die Oreo-Cookies waren verräterisch. »Marsch zurück ins Bad. Und vergiss nicht die Backenzähne.«

Er stöhnte, als er den Flur hinuntertrabte. Er war ein lieber Junge, der tat, was man ihm sagte, das einzig Gute, das von ihrer kurzlebigen Ehe übrig geblieben war. Ihr Ex-Mann war ein intelligenter und charmanter Mann und Professor für vergleichende Literaturwissenschaft. Leider widmete er sich in erster Linie dem Vergleichen von Sex in und außerhalb der Ehe.

Nate kam mehr oder weniger schlafwandelnd aus dem Bad. Sie brachte ihn ins Bett, und als sie das Zimmer verließ, befand er sich bereits im Traumland.

Jack stand in der Küche und betrachtete vergnügt die Foto-Collage auf den Türen von Kühl- und Gefrierschrank. Nates

Leben ließ sich gut an den Fotos ablesen, von der Geburt bis zur dritten Klasse, vom Schnuller bis zu Baseball-Handschuhen. Auf einigen war Nate allein zu sehen, aber die meisten zeigten Nate mit seiner Mom. Sie hatten die gleichen haselnussbraunen Augen, das gleiche Lächeln. Nate sah seiner Mutter von Jahr zu Jahr ähnlicher, was ihm gut bekam. Alle Tänzerinnen waren schön, wenn sie auf der Bühne standen, und Kelsey war eine wirkliche Schönheit, die auch bei näherem Hinsehen nicht nur aus Haut und Knochen bestand.

»Hast du schon das neueste Foto von dir und Nate gesehen?«

Jack schrak zusammen beim Klang ihrer Stimme. Kelsey betrat das Zimmer und zeigte auf einen Schnappschuss neben dem Griff der Kühlschranktür. Darauf waren Jack, Nate und ein lebensgroßer Tigger zu sehen.

»Wow. Ich hab's auf den Kühlschrank geschafft«, sagte Jack.

»Das ist der absolute Ehrenplatz in diesem Haus.«

»So was wie ein Stern auf dem Hollywood Boulevard.«

»Wollen wir mal nicht übertreiben. Es handelt sich nur um Klebeband und Magneten. Heute Jack Swyteck, morgen Derek Jeter. Du verstehst, was ich meine?«

Jack lächelte und erwiderte: »Na ja, er ist acht.«

»Stimmt«, sagte sie seufzend. Sie trat an die Kaffeemaschine. »Möchtest du einen koffeinfreien Kaffee? Ich hab ihn eben erst frisch gemacht.«

»Ja, gern.«

Jack setzte sich an den Tisch. Sie goss zwei Tassen ein, stellte sie auf den Tisch und setzte sich ihm gegenüber, direkt neben ihren Laptop.

Jack rührte Zucker in seinen Kaffee und sagte: »Vivien Grasso ist mir heute Abend über den Weg gelaufen, die Anwältin, die Sallys Nachlass verwaltet.«

»Und?«

»Sie hat Tatum diesen Brief geschickt, weil er in Sallys Testament als Erbe aufgeführt ist.«

Sie verschluckte sich an ihrem Kaffee. Jack hatte ihr alles über Tatum erzählt, da seine Gespräche mit ihr unter das Anwaltsgeheimnis fielen, auch wenn Kelsey bisher nur als Anwaltsgehilfin bei ihm arbeitete. Kelsey sagte: »Moment mal. Willst du damit sagen, sie hat jemanden beauftragt, sie zu töten, und ihn dann als Erben eingesetzt?«

»Sieht so aus.«

»Kommt dir das nicht absurd vor?«

»Allerdings. Vorausgesetzt, Tatum erzählt mir die Wahrheit.«

»Nun, gehen wir mal davon aus, dass er das tut. Warum hat Sally ihn dann als Erben benannt?«

»Es könnte sein Lohn dafür sein, dass er eingewilligt hat, sie zu töten«, erwiderte Jack. »Aber das wäre doch ziemlich bescheuert.«

»Vielleicht ist es aber auch ein Trick«, meinte Kelsey.

»Wie meinst du das?«

»Er ist gar nicht als Erbe benannt. Vivien Grasso behauptet das nur. Vielleicht glaubt sie, dass Tatum Sally getötet hat, und bestellt ihn zu sich in die Kanzlei, um ihn auszuquetschen.«

»Diesen Eindruck hat Vivien nicht auf mich gemacht.«

»Oder wie wär's denn damit? Vielleicht glaubt Vivien, einer der anderen, die sie in die Kanzlei bestellt hat – einer der anderen Erben – hätte Tatum angeheuert, um Sally zu töten. Es könnte ja sein, dass die Anwältin einfach die Reaktion jedes einzelnen Erben testen will, wenn Tatum hereinspaziert kommt.«

»Nicht schlecht, wie dein Verstand arbeitet, aber ich glaube, im Moment macht er Überstunden.«

Kelsey öffnete die Keksdose und reichte sie ihm. Von den

Oreo-Cookies, Nates Lieblingskeksen, waren nur noch Krümel übrig. Jack blieben nur noch Butterkekse.

Sie verschloss die Dose wieder und fragte: »Und, was glaubst du, was gespielt wird?«

»Mir reicht es fürs Erste, zu dem Termin zu gehen und das herauszufinden.«

»Beunruhigt es dich nicht, einen verabscheuungswürdigen Killer zu vertreten?«

»Nein, aber es beunruhigt mich, jemanden zu vertreten, der mich belügt.«

»Einen Mörder würdest du also vertreten, aber einen Lügner nicht?«

»Das habe ich nicht gesagt.«

»Du würdest also weder Mörder noch Lügner verteidigen?«

»Es gibt nur eine Sorte Menschen, deren Verteidigung ich kategorisch ablehne. Ich vertrete einen Mörder oder vielleicht vertrete ich ihn auch nicht. Vielleicht vertrete ich einen Lügner, vielleicht auch nicht. Aber ich werde niemals, unter keinen Umständen einen vertreten, der *mich* belügt.«

»Das klingt nach: Gebranntes Kind scheut das Feuer.«

»So könnte man es ausdrücken.«

»Privat oder beruflich?« Sie schien sich die Frage noch einmal zu überlegen, dann sagte sie: »Tut mir Leid, das geht mich nichts an.«

»Schon okay. Die Antwort lautet: beides.«

»Du glaubst also, Tatum Knight hat dich belogen?«

»Mit der Frage schlage ich mich gerade herum.«

»Ich hoffe jedenfalls, du greifst diesen Fall auf.«

»Warum?«

»Ich kenne diese Frau noch nicht einmal, daher mag es vielleicht ziemlich albern klingen, wenn ich sage, dass ihr Schicksal mich berührt. Aber irgendwie hat mich die Geschichte gepackt. Ihr ganzes Leben ist eine Tragödie, wirklich.«

Er warf einen Blick auf ihren Laptop. »Hört sich ganz so an, als hättest du einiges über Sally Fenning herausgefunden.«

»Du hattest mir gesagt, dass sie vor ein paar Jahren überfallen wurde. Aber diese Sache ist wesentlich komplizierter.«

»Mehr hat Tatum mir nicht erzählt.«

»Das Wichtigste hat er ausgelassen.« Sie ging ihre Aufzeichnungen durch, dann berichtete sie ihm ausführlich über den Überfall, bei dem Sallys Tochter ums Leben gekommen war. Jack hörte schweigend zu und fragte sich, warum Tatum von all dem nichts erwähnt hatte. Vorausgesetzt, er wusste davon.

»Das ist ja schrecklich«, sagte Jack.

»Ja, das stimmt.«

»Aber es könnte einiges erklären«, fuhr Jack fort. »Vielleicht hat sie den Mord an ihrem einzigen Kind nicht überwunden. Sie heiratet einen reichen, alten Mann, weil sie glaubt, Geld würde sie vielleicht glücklich machen. Aber sie fühlt sich nur noch elender. Also heuert sie schließlich jemanden an, der sie töten soll.«

»Was bedeutet, dass Tatum dir vielleicht die Wahrheit gesagt hat. Womöglich hat sie ihn tatsächlich gebeten, sie zu töten.«

»Vielleicht erzählt er mir aber auch nur die halbe Wahrheit. Vielleicht hat sie ihn gebeten, sie zu töten, und er hat nicht nein gesagt.«

»Möglich«, wandte Kelsey ein. »Nur dass ich das nicht so recht glaube.«

»Warum nicht?«, wollte Jack wissen. »Wenn Nate irgendetwas zustoßen würde, Gott möge es verhüten, glaubst du nicht, es könnte dir zumindest in den Sinn kommen, dass es sich nicht mehr lohnt weiterzuleben?«

»Nicht in Sallys Situation.«

»Was meinst du damit?«

»Wenn meinem Kind etwas vergleichbar Schreckliches zustoßen würde, würde ich nicht ruhen, bis ich den Kerl, der das verbrochen hat, dingfest gemacht hätte.«

»Das heißt, der Kerl, der Sallys Tochter getötet hat, wurde nicht geschnappt?«

»Es gab nicht einmal einen Verdächtigen. Heute Nachmittag habe ich herumtelefoniert, weil ich mir die Akte aus den Polizeiarchiven holen wollte. Aber ich bin nicht fündig geworden. Sie haben nichts im Archiv. Im Prinzip sind die Ermittlungen noch nicht abgeschlossen.«

»Interessant«, sagte Jack, dessen graue Zellen auf Hochtouren arbeiteten. »Diese Frau erlebt die schlimmste Tragödie, die man sich vorstellen kann. Ihre vierjährige Tochter wird in ihrem Haus heimtückisch ermordet. Fünf Jahre vergehen, sie hat gerade von ihrem zweiten Ehemann sechsundvierzig Millionen Dollar kassiert und in dem Moment fällt ihr ein, dass das Leben nicht mehr lebenswert ist.«

»Falls man Tatum Glauben schenken kann.«

»Das ist die große Frage«, sagte Jack.

»Was wirst du also tun?«

»Das Treffen mit Vivien Grasso findet am Montag statt. Mir bleibt nicht viel Zeit, also werde ich wohl das Einzige tun, was ich tun kann.«

»Den Fall sausen lassen und zur Tagesordnung übergehen?«

»Keineswegs.« Er trank den letzten Schluck Kaffee, sah ihr in die Augen und sagte: »Ich werde herausfinden, ob Tatum Knight glaubwürdig ist.«

## *Sieben*

Am Samstagmorgen fuhr Theo Knight als Erstes zu Mos Fitnessstudio in Miami Beach.

Miami Beach blickte auf eine lange Boxtradition zurück, die noch vor der Zeit begonnen hatte, als der junge, vor Selbstbewusstsein strotzende Cassius Clay dort kämpfte und sich darauf vorbereitete, dem meist gefürchteten Champion seiner Zeit, Sonny Liston, den Weltmeistertitel im Schwergewicht abzuknöpfen. Mos Studio war schlicht und hier trainierten nur Amateure. Allerdings nicht die Sorte, die seit den Anschlägen vom 11. September scharenweise in die Selbstverteidigungskurse strömten; das waren harte Burschen, die allerdings nur insofern Amateure waren, als sie weder eine Profilizenz noch Ambitionen hatten, der nächste Muhammad Ali zu werden. Es machte ihnen einfach Spaß, sich Mann gegen Mann zu prügeln, und bei Mo ließ sich bestens für die wichtigeren Kämpfe außerhalb des Rings trainieren. Zu Mo kam nur, wer mit dem Boxring vertraut war und sich nicht beim Anblick seines eigenen Bluts in die Hose machte.

Theo setzte sich auf einen Stuhl neben dem zentralen Ring, wo sein Bruder Tatum gerade einen Mann in die Mangel nahm, der offenbar keine Ahnung hatte, wer die Brüder Knight waren.

Theo und Tatum hatten zahlreiche Kämpfe bestritten, ohne Ring, ohne Handschuhe, ohne Ruhm. Sich in Bandenkriegen zu behaupten war nicht unbedingt Theos Traum gewesen, aber für uneheliche Söhne einer Drogensüchtigen bot das Leben nicht viele Alternativen. Ihre Tante hatte ihr Bestes getan, um Theo und seinen älteren Bruder großzuziehen, aber bei fünf eigenen Kindern war das gar nicht so einfach gewesen. Tatum steckte dauernd in Schwierigkeiten und Theo hatte nicht nur den Ruf eines bösen Buben, sondern auch, ohne dass er viel dafür getan hätte, einen Haufen Feinde. Nicht dass er ein Heiliger gewesen wäre. Als er die Highschool abbrach, hatte er bereits Autodiebstähle und andere Gelegenheitsdelikte auf dem Kerbholz. Er war immer der »gute« Bruder gewesen – bis zu jener Nacht, als er, um seine Finanzen ein bisschen aufzubessern, einen kleinen Supermarkt überfallen hatte und in einen wahren Albtraum geraten war. Diese Art Supergau hätte man eher von Tatum erwartet. Mit den Jahren war es Theo gelungen, diese Nacht in eine entfernte Ecke seiner Erinnerung zu verbannen, um die er immer einen Bogen machte. Aber während er dasaß und zusah, wie sein Bruder seinen Gegner fertig machte, kehrte die Erinnerung an jene Zeit zurück, verstärkt durch die Gerüche und Eindrücke in Mos Studio, die Kämpfe um ihn herum, die Bandengraffiti an den Wänden, das Gehabe und Gerede von Jugendlichen ohne Zukunft.

Es war vier Uhr morgens und die Bürgersteige waren immer noch warm. Miami im Juli, seit drei Tagen war kein Regen gefallen, der für Abkühlung gesorgt hätte. Der fünfzehnjährige Theo saß auf dem Beifahrersitz eines langsam dahinrollenden Chevy, die Fenster waren heruntergekurbelt und aus Lautsprechern, die den halben Kofferraum ausfüllten, dröhnte Musik. Theo hatte seine Nike-Kappe, an der noch das Preisschild baumelte, mit dem Schirm nach hinten aufgesetzt. Das schwarze, viel zu große T-Shirt mit dem Logo von Miami Heat klebte ihm am Rücken. An einer schweren Goldkette um seinen Hals baumelte ein Mercedesstern. Das war das Outfit der Grove Lords, einer Bande jugendlicher Punks aus Coconut Grove, deren Anführer Lionel Brown war.

Der Wagen hielt vor der roten Ampel an der Flagler Street, einer Ost-West-Hauptverbindung zwischen Downtown Miami und den Everglades. Sie befanden sich kurz hinter Little Havanna außerhalb der Stadtgrenzen von Miami in einer heruntergekommenen Geschäftsgegend, wo man gebrauchte Reifen, gestohlenen Schmuck und Pornofilme kaufen konnte. An den Wochenenden waren die Straßen verstopft, aber an einem Mittwoch in den frühen Morgenstunden herrschte fast kein Verkehr.

»Kipp's runter«, sagte Lionel, der am Steuer saß.

Theo nahm die Viertelliterflasche Rum, atmete aus und leerte sie in einem Zug. Das Zeug brannte in der Kehle, machte ihn benommen und stieg ihm sofort in den Kopf. Er hatte die Flasche bis auf den letzten Tropfen ausgetrunken.

»Du bist der richtige Mann für den Job«, sagte Lionel.

Theo wurde plötzlich schwindlig. »Wo fahren wir hin?«

»Shelby's.«

»Was ist das?«

»Was das *ist*?« Lionel lächelte ohne erkennbaren Grund. »Das wird deine Eintrittskarte, Junge.« Lionel bog von der Flagler Street rechts ab. Der Chevy preschte durch eine Nebenstraße und kam am Ende einer dunklen Gasse plötzlich zum Stehen.

»Im Ernst, was ist das?«, fragte Theo.

»Ein Supermarkt.«

»Und was soll ich da kaufen?«

»Du sollst überhaupt nichts kaufen. Geh die Gasse runter, dann nach links auf den Gehweg. Shelby's hat rund um die Uhr geöffnet. Du gehst rein, schnappst dir die Kasse und machst die Fliege. Ich warte hier.«

»Wie stellst du dir das vor? Was ist, wenn der Kassierer bewaffnet ist?«

Lionel lachte kopfschüttelnd vor sich hin. »Verdammt, Theo, sei kein Schlappschwanz.«

»Ich bin kein Schlappschwanz.«

»Hör zu, ich mach's dir wirklich einfach, Kleiner. Normalerweise muss man schon ein bisschen mehr bringen, um ein Grove Lord zu werden, aber dein Bruder Tatum hat Beziehungen. Du verstehst, was ich meine?«

»Nein. Was soll einfach daran sein, einen Supermarkt auszurauben, wenn man keine Knarre dabei hat?«

»Du brauchst keine Knarre.«

»Und was soll ich machen? Da reingehen und bitte, bitte sagen?«

»Da ist keiner, zu dem du bitte sagen könntest.«

»Hä?«

Lionel warf einen Blick auf seine große Sportuhr. »Jetzt ist es vier Uhr fünfundzwanzig. Bei Shelby's arbeitet von halb vier bis halb sechs bloß ein Angestellter. Und dieser eine Angestellte muss jeden Morgen um halb fünf am Hinterausgang die Lieferungen in Empfang nehmen.«

»Und er schließt die Ladentür nicht ab?«

»Manchmal ja, aber manchmal vergisst er's auch.« Lionel reichte Theo eine kleine Brechstange. »Nimm die mit, für den Fall, dass er's nicht vergessen hat.«

Theo starrte auf die Brechstange in seiner Hand.

»Du willst doch ein Grove Lord werden, oder?«, fragte Lionel.

»Klar, Mann.«

»Du hast fünf Minuten Zeit, es zu beweisen. Dann bin ich weg, mit dir oder ohne dich.«

Ihre Blicke begegneten sich, dann sprang Theo aus dem Wagen. Die knapp hundert Meter bis zur Straße legte er mühelos zurück. Die Gasse war eng und dunkel, und am Ende gab es nur eine einzelne Straßenlaterne. Er lief los, hastete im Zick-Zack um ein paar Mülltonnen herum und sprang über einen Abfallhaufen. Am Gehweg angekommen, verlangsamte er auf lässiges Schritttempo, dann hielt er sich nach links in Richtung Laden. Die Brechstange steckte in seinem Gürtel, verborgen unter seinem langen, schwarzen T-Shirt.

Neben Shelby's befand sich ein Waschsalon, der schon seit Stunden geschlossen hatte, und davor lag ein Parkplatz. Zu Theos Erleichterung war der Parkplatz leer. Er ging zügig weiter, aber nicht so schnell, dass er Aufmerksamkeit erregt hätte. Neon-Anzeigen blinkten hinter der Schaufensterfront. Der Mülleimer neben der Eingangstür quoll über und der Gehweg war mit weißen Plastiktüten übersät. Es waren nur ein paar Meter bis zur Tür, aber Theo kam der Weg endlos vor. Er warf einen Blick durch das Fenster. Niemand zu sehen. Wahrscheinlich war der Typ gerade am Hinterausgang beschäftigt, wie Lionel es gesagt hatte. Theo spürte das Gewicht der Brechstange, als er am Türgriff zog. Das Schloss klickte und die Tür ließ sich öffnen. Ihm wurde beinahe übel, der Angestellte hatte tatsächlich vergessen abzuschließen.

*Dieser Vollidiot.*

Theo betrat den Laden und ging vorbei an den zweieinhalb Meter hohen Regalen mit Coladosen, an den Ständern mit dem Knabberzeugs und den diversen Sorten Kaugummis und Lutschbonbons. Er bewegte sich vorsichtig, aber zügig, seine Turnschuhe machten kein Geräusch. Vor dem Tresen mit der Registrierkasse blieb er stehen. Er lauschte angestrengt, hoffte irgendetwas zu hören, was ihm sagte, wo der Angestellte steckte, aber außer dem Summen der Kühltruhen war nichts zu hören.

Theo warf einen Blick auf seine Uhr. Zwei Minuten waren vergangen. Ihm blieben noch drei Minuten, das Geld aus der Kasse zu nehmen und zu Lionel zurückzulaufen. Sein Puls raste. Ihm brach der Schweiß aus und einen Augenblick lauschte er wie gelähmt den Stimmen in seinem Kopf. Er hörte seine Tante, die ihm riet abzuhauen, und seinen älteren Bruder Tatum, der schrie: *Schlappschwanz, Schlappschwanz!* Ohne lange nachzudenken, sprang er über den Tresen, riss das Brecheisen aus seinem Gürtel und schlug gezielt gegen die Kasse. Die Schublade sprang auf und er langte hinein. Sie war leer. Absolut leer.

*Was zum Teufel?*

»Hilfe.«

Theo erstarrte. Es war die Stimme eines Mannes, ganz leise, so leise, dass er nicht wusste, ob er es sich nur eingebildet hatte.

»Hilfe, ist da jemand?«

Die Stimme kam aus dem Hinterzimmer. Theo schlug das Herz bis zum Hals, er konnte keinen klaren Gedanken fassen. Instinktiv sprang er wieder über den Tresen und rannte zur Ladentür.

»Bitte! Um Gottes Willen *Hilfe*!«

Kurz vor der Tür blieb Theo stehen. Lionel würde gleich losfahren, aber die jämmerlichen Hilferufe gingen ihm durch Mark und Bein. Es hörte sich so an, als läge der Mann im Sterben, und Theo hatte noch nie jemanden sterben lassen. Er wusste nicht, was er tun sollte, aber wenn das die Stimme des Todes war, dann konnten die Grove Lords ihm gestohlen bleiben.

Er wandte sich um, rannte in Richtung Hinterzimmer und blieb wie angewurzelt in der Tür stehen.

*»Mann!«*

Der Angestellte lag flach auf dem Bauch, sein Brustkorb hob und senkte sich, als würde er nach Luft ringen. Vom Kühlraum bis zum Ausgang des Lagerraums zog sich eine breite, dunkelrote Schleifspur. Offenbar war der Mann, der zweifellos stark blutete, den ganzen Weg auf dem Bauch hierher gekrochen.

Der Mann schaute zu Theo auf und streckte ihm eine Hand

entgegen. Sein Gesicht war geschwollen und blutig, und auch seine Kleider waren voller Blut. Er war nicht viel älter als Theo, noch ein Junge, vielleicht in Tatums Alter. »Hilf mir«, sagte er mit schwacher Stimme.

Theo stand einfach nur da, verängstigt und hilflos.

Der Mann schnappte nach Luft und sein Gesicht schlug auf dem Boden auf. Dann plötzlich hörte sein Brustkorb auf, sich zu bewegen. Theo wurde von eiskaltem Entsetzen gepackt. Dann, als sein Blick auf das Brecheisen fiel, das er in der Hand hielt, das Brecheisen, das Lionel ihm gegeben hatte, begann er zu zittern, denn er entdeckte etwas, das er vorher nicht bemerkt hatte:

Es war blutverschmiert.

»Scheiße, Mann«, sagte er laut, doch dann überwog sein Selbsterhaltungstrieb. Er rannte zum Ausgang, stieß gegen den Ständer mit dem Knabberzeug, stürzte zu Boden und riss dabei das Regal mit den Coladosen um. Er hatte sich den Knöchel verrenkt und wälzte sich vor Schmerz auf dem Boden.

Und dann hörte er es – das Geräusch von näher kommenden Sirenen.

In Panik sprang er auf, stieß die Eingangstür auf und hastete, den Schmerz in seinem verrenkten Knöchel ignorierend, den Weg zurück, den er gekommen war. Doch im Innern seines Herzens wusste er, dass sein Freund Lionel längst weg sein würde, wenn er dort ankam.

»Hey, Theo!«

Tatum, großspurig wie immer, grüßte ihn vom Ring aus, wo er gerade mit einem jungen Latino trainierte, der halb so schwer war wie er. Tatum war zwar nicht unbedingt wild darauf, gegen solche Leichtgewichte zu boxen, aber es waren stets die kleinen Machos, die sich immer wieder mit dem härtesten

Draufgänger im Fitnessstudio anlegten. Es war, als müssten diese muskelbepackten Knilche sich ständig etwas beweisen, so wie diese fürchterlichen kleinen Pudel im Park, die am liebsten Rottweiler ankläfften, bis der große Hund zubiss.

Für Theo drehte Tatum auf wie ein Kreisel und führte ihm vor, wie er mit seinem Gegner spielte.

Theo lächelte nur. Er konnte zwar nicht alles an seinem Bruder leiden, aber er mochte ihn einfach. Jack Swyteck, sein Pflichtverteidiger, hatte Theo vor der Vollstreckung des Todesurteils gerettet, das man gegen ihn wegen des Mordes an dem Jungen in dem Supermarkt verhängt hatte, und während der ganzen Zeit hatte nur noch ein anderer uneingeschränkt zu ihm gehalten: Tatum. Und bei aller Hassliebe, die die Brüder ein Leben lang verband, blieb ein Problem ungelöst: die Schuld, die er nie würde begleichen können. So sah Theo das jedenfalls.

Er ging zur Ecke seines Bruders und lehnte sich über das Seil. Der unverwechselbare Geruch nach Schweiß und altem Leder kribbelte in seiner Nase. Er hörte das Grunzen der Kämpfenden bei jedem Schlag, spürte die Intensität ihrer Konzentration. Nur die intellektuellen Snobs dieser Welt glaubten, dass Boxen nichts mit dem Kopf zu tun hätte.

»Hast du dich schon mal gefragt, warum der Boxring quadratisch ist?«, fragte Theo.

Niemand konnte seinen Bruder besser aus dem Konzept bringen als Theo – er lenkte ihn mit belanglosem Zeug ab und sah dann zu, wie er Schläge einsteckte. Selbst von der gegenüberliegenden Seite des Rings aus konnte Theo erkennen, dass er Tatum bereits aus dem Rhythmus gebracht hatte.

»Es gibt einen Drei-Ringe-Zirkus«, sagte Theo philosophisch. »Es gibt olympische Ringe, Zwiebelringe, Rauchringe und Ringwürmer.«

»Halt die Klappe«, blaffte Tatum.

Der kleine Latino wurde selbstbewusster und tänzelte um Tatum herum wie eine Mücke um das Licht.

Theo kicherte. »Diamantringe, Zehenringe, Nippelringe, Nabelringe, Hodenringe, sogar Ringe um den Hals. Und die sind alle rund.«

»Halt endlich die *Klappe*!«

»Und es gibt den Boxring«, fuhr Theo ungerührt fort. »Kannst du mir vielleicht erklären, wie ein Ring Ecken haben kann?«

Eine schnelle Gerade traf Tatum am Kinn. Er schaute seinen Gegner verblüfft an. »Das reicht«, sagte er und landete einen linken Haken, der das Fliegengewicht quer durch den Ring wirbelte. »Beweg deinen Arsch hier rein, Theo.«

»Ich dachte schon, du lässt mich bis morgen früh warten.« Theo kletterte durch die Seile. Der lädierte junge Latino half ihm dabei, die Handschuhe festzubinden. Dann stellte sich Theo mitten in den Ring, wie üblich ohne Mundschutz, um sich nicht seiner wirkungsvollsten Waffe zu berauben – seines Spotts.

»Internationale Regeln?«, fragte Theo.

»Nix da. Knight-Regeln.«

Theo hatte sich immer geschmeidiger bewegt als sein älterer Bruder und jetzt hatte er den zusätzlichen Vorteil, dass er noch völlig frisch war. Seine größte Stärke bestand jedoch darin, den Gegner aus dem Konzept zu bringen. »Hey, Tatum. Was glaubst du, wie oft am Tag irgendwo ein Blitz einschlägt?«

Tatum reagierte nicht. Theo eröffnete mit einer Links-Rechts-Kombination.

»Los, rat mal«, sagte er, während er um Tatum herumtänzelte.

»Wo soll der einschlagen?«, grunzte Tatum. Durch den Mundschutz war er kaum zu verstehen.

»Auf der ganzen Welt. Wie oft an einem Tag?«

Theo sah, dass Tatum überlegte. Sofort nutzte er den kurzen

Augenblick der Unkonzentriertheit aus, brachte eine harte Rechte an und landete die nächste Kombination, die Tatums Kopf zurückschleuderte.

»Wie viele?«, fragte Theo.

»Keine Ahnung. Fünfzig?«

»Hah!«, sagte er und versetzte Tatum einen schnellen Schlag in den Magen. Tatums Augen traten hervor, wie um zu bestätigen, dass der Hieb gesessen hatte.

»Los, rat noch mal«, sagte Theo.

Es war nicht zu übersehen, dass Tatum Schmerzen hatte, aber Theo hielt sich kein bisschen zurück. Tatum antwortete: »Hundert.«

»Hundert Mal am Tag?«, spottete Theo. »Das glaubst du wirklich?«

Tatum holte zu einem Schwinger aus, aber Theo sprang zur Seite und verpasste ihm eine weitere Gerade an den Kopf. Tatum stolperte, ging aber nicht zu Boden.

Theo ließ ihm Zeit, sich zu berappeln, um zu verhindern, dass das Spiel zu schnell zu Ende ging. »Hundert Mal pro *Sekunde*«, erklärte Theo. »So oft schlägt jeden Tag der Blitz ein.«

Langsam umkreisten sie einander, abwartend, auf eine Gelegenheit lauernd. Tatum schlug zuerst zu, Theo antwortete mit einem Schlag gegen die Stirn.

»Und jetzt kommt die spannende Frage«, sagte Theo, unermüdlich im Ring herumtänzelnd. »Wie viele Menschen glaubst du, werden vom Blitz erschlagen?«

Tatum erwiderte nichts. Er schien Mühe zu haben, sich zu konzentrieren.

»Ungefähr fünfzig«, beantwortete Theo seine eigene Frage. »Und zwar pro *Jahr*.«

Tatum wankte. Der letzte Schlag an den Kopf hatte ihn voll erwischt. Theo redete weiter. »Tag für Tag und Nacht für Nacht schlägt hundert Mal pro Sekunde irgendwo auf der

Welt ein Blitz ein. Aber nur wenige Menschen werden pro Jahr getroffen. Was sagt dir das, Tatum?«

»Bleib stehen, dann sag ich's dir.« Erneut holte er zu einem Schwinger aus. Daneben.

»Wenn einer sagt, die Chance, dass Theo Knight aus der Todeszelle rauskommt oder dass Tatum Knight nicht im Knast landet, ist ungefähr so groß wie die Wahrscheinlichkeit, vom Blitz erschlagen zu werden, was schließt du daraus?«

Er schlug zu, wich aus, bevor Tatum zurückschlagen konnte.

»Verdammt, Theo, was soll der Quatsch?«

»Hast du's immer noch nicht kapiert? Es ist nicht so, dass keine Blitze einschlagen. Du musst nur an der richtigen Stelle stehen.«

»Du redest Scheiße.«

»Ich rede von verpassten Gelegenheiten. Es gibt alle möglichen Arten, Gelegenheiten zu verpassen. Hab ich Recht, Tatum?«

Tatum grunzte nur.

»Man kann sich seine Chancen selbst vermasseln«, sagte Theo. Seine Faust schnellte vor, und er wich wieder aus. »Manchmal muss man gar nichts dazu tun. Gelegenheiten verstreichen einfach. Weil dein älterer Bruder dir alles vermasselt.«

»Jetzt reicht's!«, schrie Tatum.

Einen Augenblick war es, als würden sie gar nicht mehr im Ring stehen. Sie standen an der Straßenecke vor der Wohnung ihrer Tante in Liberty City und Theo prügelte auf seinen Bruder ein, weil der den Ehering seiner Tante versetzt hatte, um Dope zu kaufen. Plötzlich wechselte Theo vom Boxen zum Ringen, warf seinen Bruder auf die Matte und klemmte seinen Kopf mit beiden Händen ein, als wollte er ihm das Genick brechen. So leise, dass niemand es hören konnte, flüsterte Theo Tatum wütend ins Ohr. »Ich hab mich für dich bei Swyteck verbürgt. Ich habe ihm gesagt, du hättest diese Frau nicht umgebracht.«

»Ich hab sie nicht umgebracht.«

»Belüg mich nicht.«

»Ich lüge nicht, Mann. Ich hab sie nicht umgebracht.«

»Swyteck war für mich wie der Blitz, kapierst du das? Glaubst du, einer wie ich kommt aus der Todeszelle ohne Jack Swyteck? Glaubst du, einer wie ich kommt überhaupt irgendwo hin ohne einen Freund wie Swyteck?«

»Ich hab's kapiert, okay?«

Theo drückte Tatums Gesicht in die Matte. »Er hilft dir auch, wenn du ihn lässt. Aber das Letzte, was er gebrauchen kann, ist ein Mandant, der ihn anlügt.«

Theo packte noch fester zu. Sein Bruder verzog das Gesicht und sagte: »Keine Lügen, versprochen.«

»Ich schwör's dir, Baby. Wenn du lügst und meinen Freund blöd dastehen lässt – wenn du diese Gelegenheit, die ich dir gebe, vermasselst – dann reiß ich dir den Arsch auf.«

»Ich lüge nicht.«

»Hat Sally Fenning dich angeheuert, damit du sie umbringst?«

»Sie hat's versucht.«

»Hast du sie umgebracht?«

»Nein. Ich hab die Schlampe nicht angerührt.«

Theo rammte ihm ein Knie in den Bauch, dann drückte er ihn auf die Matte. »Sie war keine Schlampe«, sagte er, stand auf und kletterte aus dem Ring. »Sie war eine Mutter.«

Mit den Zähnen knüpfte Theo seine Handschuhe auf, zog sie aus und warf sie in den Plastikkasten in der Ecke. Auf dem Weg zum Umkleideraum schlug er im Rhythmus seiner Schritte gegen die in einer Reihe von der Decke hängenden Punchingbags. Er holte sein Handy aus seinem Spind und wählte Jacks Nummer. Außer Atem lauschte er auf das Klingeln.

»Hallo, Jack, ich bin's.«

»Was ist los?«, fragte Jack.

Theo wischte einen Blutfleck von seinem Handgelenk. Es war bestimmt nicht sein eigenes Blut. »Du kannst aufhören, dir Gedanken darüber zu machen, ob mein Bruder dich reinreitet.«

»Was meinst du damit?«

»Sagen wir einfach, Tatum hat gerade einen Lügendetektortest bestanden. Er hat Sally Fenning nicht getötet.«

»Bist du sicher?«

»Sicherer geht's nicht.«

»Hat sie ihn beauftragt, sie umzubringen?«

»Sie hat's versucht. Er bleibt dabei.«

Theo setzte sich auf die Bank und wartete auf Jacks Reaktion. Er spürte, dass seinem Freund etwas auf der Seele lag. »Was gibts's denn noch?«, fragte Theo.

»Das, worüber ich gestern Abend mit Kelsey gesprochen habe. Diese Frau erlebt den schlimmsten Albtraum, den man sich vorstellen kann, den brutalen Mord an ihrem Kind, aber erst fünf Jahre später, nachdem ihre zweite Ehe gescheitert ist und sie eine Zig-Millionen-Dollar-Abfindung kassiert hat, fällt ihr plötzlich ein, dass sie nicht mehr leben will.«

»Vielleicht hat sie irgendwas so belastet, dass es ihr mit der Zeit den Lebensmut geraubt hat.«

»Oder etwas anderes hat Sally den Rest gegeben. Etwas, das noch schlimmer war als die Ermordung ihres Kindes.«

»Aber was könnte es Schlimmeres geben?«

»Ich weiß es nicht. Aber ich bin entschlossen, es herauszufinden.«

Theo lächelte erschöpft: »Wie üblich bin ich entschlossen, dir dabei zu helfen, Boss.«

## *Acht*

Am Montag um 13 Uhr traf Jack in der Kanzlei von Vivien Grasso ein. Er war in Begleitung seines Mandanten Tatum Knight.

Vivien war noch nicht da. Ihre Sekretärin hatte Jack und seinen Mandanten einfach ins Konferenzzimmer geleitet, wo drei Männer und eine Frau an einem langen Mahagonitisch warteten. Wahrscheinlich die anderen Erben, dachte Jack, hütete sich jedoch, voreilige Schlüsse zu ziehen.

Jack stellte sich und Tatum vor. Es wurden lediglich Namen ausgetauscht. Jeder schien auf der Hut zu sein, wenn nicht sogar misstrauisch, und nicht bereit, etwas von sich selbst preiszugeben.

»Deirdre Meadows«, wiederholte Jack den Namen der Frau, als würde er sich daran erinnern. Auch ihr Gesicht kam ihm bekannt vor. Sie war unauffällig gekleidet, trug kaum Make-up und eine Kurzhaarfrisur und wirkte wie eine Frau, die ständig unter Zeitdruck arbeitete.

»Sie schreiben doch für die *Tribune*?«

»Stimmt«, erwiderte sie.

»Ach, und jetzt sollen Sie eine Insiderstory schreiben?«

»Nein, ich wurde zu diesem Treffen eingeladen. Wie alle anderen auch.«

»Haben Sie Sally Fenning gekannt?«

»Ein bisschen.« Sie schaute weg, als hätte sie sich bei einer Lüge ertappt. »Eigentlich nicht.«

»Sind Sie im Testament als Erbin benannt?«

»Ich schätze, das werden wir gleich erfahren.«

Jack schaute in die Runde. »Kommt diese Zusammenkunft sonst noch jemandem merkwürdig vor? Ich habe das Gefühl, wir alle wissen, dass es hier um eine Menge Geld geht, aber keiner von uns weiß so recht, warum er hier ist.«

»*Ich* weiß, warum ich hier bin«, sagte der Mann, der Jack gegenübersaß. Er hieß Miguel und hatte sich nur mit seinem Vornamen vorgestellt, als hätte er strikte Order, sich zurückzuhalten.

»Seien Sie still«, grummelte der ältere Mann neben ihm. Er war klein und stämmig und trug einen Zweireiher. Sein schwarz gefärbtes Haar war gegelt, sein Schnurrbart perfekt gestutzt, aber er hatte eine ordentliche Wampe. Man hätte meinen können, dass er sich von morgens bis abends im Spiegel bewunderte, aber nur von den Schultern an aufwärts. Sein Name war »Gerry« – schlicht Gerry. Offenbar verfolgte er dieselbe feinsinnige Nur-Vornamen-Strategie.

»Sie gehören zusammen?«, fragte Jack.

Sie antworteten zeitgleich: »Mehr oder weniger«, sagte Miguel. »Das geht Sie nichts an«, erwiderte Gerry.

»Lassen Sie mich raten«, bohrte Jack weiter. »Gerry, Sie sind Miguels Anwalt.«

Gerry schwieg.

»Das ist Geraldo Colletti«, mischte sich die Reporterin ein. »Der Scheidungsanwalt. Sie haben bestimmt schon von ihm gehört. Er ist am Familiengericht bekannt dafür, dass er andere Anwälte raffiniert austrickst. Als Allererstes rät er seinen Mandanten, ein bisschen Geld locker zu machen und sich von den besten fünf Scheidungsanwälten der Stadt beraten zu lassen. Auf diese Weise kann der Ehepartner deren Dienste nicht mehr in Anspruch nehmen, da Gerrys Mandant mittlerweile so viel Vertrauliches ausgeplaudert hat, dass es für die Anwälte aus ethischen Gründen unmöglich ist, die andere Seite zu vertreten.«

»Schwachsinn«, sagte Gerry.

»Ich habe tatsächlich von Ihnen gehört«, sagte Jack. »Ich mache keine Scheidungssachen, aber sind Sie nicht derselbe Gerry, der sich mit einer Zeitungsannonce in Schwierigkeiten gebracht hat, in der für ›Gerry das Genie‹ geworben wurde?«

»Gerry der Gentleman«, entgegnete der Gefragte sichtlich verärgert. »Und die Anzeige hat mich nicht in Schwierigkeiten gebracht. Sie hat schlichtweg gar nichts gebracht. Offenbar will niemand einen Scheidungsanwalt, der ein Gentleman ist.«

»Verstehe. Sagen Sie mir, Gentleman Gerry. Was halten Sie von der ganzen Geschichte?«

»Das werden wir noch früh genug erfahren.«

Miguel verzog das Gesicht. »Warum zum Teufel zieren wir uns hier eigentlich so? Ich bin Miguel Rios, Sallys erster Ehemann.«

Jack traute seinen Ohren nicht. »Was machen *Sie* denn hier?«

»Ich wurde eingeladen wie alle anderen auch.«

»Ich wusste gar nicht, dass Sally und Sie ein freundschaftliches Verhältnis hatten.«

»Freundschaftliches Verhältnis würde ich das nicht unbedingt nennen. Verstehen Sie mich nicht falsch. Eigentlich habe ich nicht damit gerechnet, dass sie mir einen Haufen Mist und einen extragroßen Löffel hinterlässt. Ich habe nicht damit gerechnet, dass sie mir überhaupt irgendetwas hinterlässt. Aber bei sechsundvierzig Millionen fällt vielleicht für jeden was ab. Selbst für den Ex. Deshalb bin ich hier.«

»Wegen des Geldes?«, fragte Jack.

Der Anwalt schaltete sich ein, als könnte er das Geplapper nicht länger mitanhören. »So, das reicht jetzt, Mr Rios. Wir sind doch hierher gekommen, um einfach dazusitzen und zuzuhören, nicht wahr?«

»Regen Sie sich ab, Gerry. Sie vertreten mich hier schließlich nicht, also hören Sie auf, mir Vorschriften zu machen.«

»Moment mal«, sagte Jack. »Wollen Sie damit sagen, dass Gerry das Genie an diesem Treffen nicht in der Funktion als Ihr Anwalt teilnimmt?«

»Entschuldigen Sie«, bemerkte der Anwalt. »Gerry der Gentleman.«

»Das Genie hier«, erwiderte Miguel, »hat den gleichen Brief erhalten wie ich. Er ist ebenfalls in Sallys Testament benannt.«

Jack lehnte sich nachdenklich zurück. »Interessant. Wir haben hier einen Nachlass im Wert von sechsundvierzig Millionen Dollar, und bisher sind als Bewerber um das Erbe eine Zeitungsreporterin, der Ex-Ehemann, der Scheidungsanwalt des Ex-Ehemanns und mein Mandant erschienen.« Alle Blicke wandten sich dem Mann am anderen Ende des Tisches zu. »Wer sind Sie, Sir?«

»Ich bin Rechtsanwalt.«

»Noch ein Anwalt«, sagte Jack.

»Ich vertrete Mason Rudsky.«

Der Name Rudsky schien allen außer Tatum bekannt zu sein. »Mason Rudsky, der stellvertretende Staatsanwalt?«, fragte Jack.

»Genau der.«

Jack hakte nach. »Derselbe Mason Rudsky, der die Ermittlungen im Mordfall von Fennings Tochter geleitet hat?«

»Ja.«

»Derselbe Mason Rudsky«, fauchte Miguel wütend, »der es in fünf verdammten Jahren nicht geschafft hat, eine Anklage wegen des Mordes an meiner Tochter zu erheben.«

Der Zorn des Vaters fuhr durch den Raum wie ein eiskalter Wind.

Die Tür öffnete sich, und alle standen auf, als Vivien Grasso das Konferenzzimmer betrat. »Bleiben Sie sitzen«, sagte sie und nahm am Kopfende des Tisches Platz.

»Danke, dass Sie gekommen sind. Tut mir Leid, dass ich

mich verspätet habe, aber ich wollte allen die Möglichkeit geben, hier zu erscheinen. Zunächst möchte ich Ihnen sagen, dass noch jemand eingeladen war, dessen derzeitige Adresse ich jedoch bisher nicht ausfindig machen konnte. Wir werden also auf seine Anwesenheit verzichten müssen.«

»Um wen handelt es sich?«, fragte Jack.

»Das ist im Augenblick nicht wichtig. Sie werden es erfahren, sobald das Testament zu den Gerichtsakten genommen wird. Er wird seine Rechte als Erbe nicht verlieren, nur weil er nicht zur Eröffnung des Testaments erschienen ist.«

»Bedeutet das, dass alle hier Anwesenden Erben sind?«, wollte Jack wissen.

»Lassen wir doch das Testament für sich selbst sprechen, ja?« Vivien öffnete ihre Ledermappe und nahm das Testament von Sally Fenning heraus. Jack verspürte Herzklopfen bei der Vorstellung, wie es den anderen ergehen musste. Nur wenige Minuten trennten sie – oder zumindest einen von ihnen – womöglich von einer beruhigenden Erbschaft in Höhe von sechsundvierzig Millionen Dollar.

*Aber warum?*

»Ich, Sally Fenning, verfüge hiermit im vollen Besitz meiner geistigen und körperlichen Kräfte ...«

Vivien las langsam und als erfahrener Anwalt hörte Jack genau zu. Worte waren sein Geschäft und Worte waren das Einzige, was einem blieb im Umgang mit den Wünschen der Toten. Aber nach und nach gewann er den Eindruck, dass derjenige, der das Testament aufgesetzt hatte, pro Wort dafür bezahlt worden sein musste. Es umfasste mehrere Seiten, der Inhalt war trocken und wiederholte sich ständig, es war etwa so erträglich wie ein Treffen der Familie Swyteck ohne Beruhigungsmittel.

»Wann kommt denn endlich der spannende Teil?«, fragte Tatum. Jack warf seinem Mandanten einen kurzen Blick zu. Dem Mann schienen die Augen zuzufallen.

»Dazu komme ich jetzt«, erwiderte Vivien und holte ein weiteres Dokument aus der Mappe. »Die Bestimmungen über die Vermögensverwaltung.«

»Vermögensverwaltung?«, fragte Jack.

»Haben Sie Geduld mit mir«, sagte Vivien. »Hier geht es schließlich um zig Millionen Dollar. Es ist ein bisschen komplizierter, als wenn Onkel Ralph seinen Reiskocher und seine Bowling-Schuhe vererbt.«

»Lassen Sie sich Zeit«, sagte Jack.

Vivien las weitere fünfzehn Minuten lang vor. Obwohl es im selben juristisch-trockenen Stil weiterging, waren diesmal alle Anwesenden konzentriert bei der Sache. Vor allem, als sie schließlich jeden der Erben beim Namen nannte.

Jack schrieb fünf Namen mit. »Und der sechste?«

»Ich sagte Ihnen ja bereits, dass Sie den Namen erfahren werden, sobald ich Gelegenheit hatte, mich mit ihm zu treffen.« Vivien wandte sich wieder dem Dokument zu und las weiter bis zum Datum und Ort der Unterzeichnung vor. Nachdem sie geendet hatte, ordnete sie schweigend die Papiere auf dem Tisch.

Die anderen sahen erst sie, dann einander an, als wären sie sich nicht ganz sicher, ob sie richtig gehört hatten. Vielleicht waren sie aber auch so verblüfft, dass ihnen die Worte fehlten.

Sallys Ex-Mann war der Erste, der seine Sprache wiederfand. »Soll das heißen, sie hat uns tatsächlich ihr Geld hinterlassen?«

»Sechsundvierzig Millionen Dollar«, murmelte das Genie vor sich hin. Er war wie vom Donner gerührt, schien gleichzeitig berauscht und von Panik ergriffen. Er fing sich wieder und sagte: »Ich fasse es nicht, dass sie uns das alles vererbt hat.«

»Nun«, sagte Vivien, »genau genommen hat sie es nicht Ihnen allen hinterlassen. Das Erbe geht nur an einen.«

Tatum kratzte sich am Kopf und verzog das Gesicht. »Ich

blicke überhaupt nicht mehr durch. Wer kriegt was und wann kriegen wir es?«

Vivien lächelte geduldig. »Mr Knight, lassen Sie es mich so ausdrücken, dass es jeder hier versteht. Ms Fennings gesamtes Vermögen wird angelegt werden. Es gibt sechs mögliche Erben. Einer nach dem anderen verliert seinen Anspruch durch seinen Tod. Bis nur noch einer übrig ist. Erst dann wird das Vermögen ausgezahlt, inklusive aller angefallenen Zinsen. Die letzte Person, die noch lebt, ist der endgültige Erbe.«

»Können Sie mal Klartext reden?«, sagte Tatum.

Vivien sah ihn ungerührt an und sagte: »Wer als Letzter stirbt, kriegt alles.«

Die Reporterin blickte von ihren Notizen auf. »Ist das legal?«

»Sicher«, erwiderte Vivien.

»Hab ich das jetzt richtig verstanden?«, wollte Tatum wissen, »wenn all die anderen hier neunundachtzig Jahre alt werden und ich neunzig, kriege ich das Geld, aber ich muss bis dahin warten, bevor ich nur einen einzigen Penny sehe.«

»Richtig. Aber Sie bekommen die Zinsen.«

»Das ist doch völliger Blödsinn.«

»Lassen Sie mich ein Beispiel nennen«, meldete sich das Genie zu Wort. »Angenommen, wir alle spazieren hier raus und diese netten Leute werden von einem Bus überfahren. Nur ich nicht. Dann bin ich Millionär?«

»Nein. Es gibt noch einen weiteren Erben, der nicht hier ist.«

»Gut, der auch«, sagte das Genie. »Also, sagen wir, die sitzen alle im selben Bus und der stürzt die Klippen runter. Hypothetisch gesprochen, natürlich.«

»In dem Fall haben Sie den Jackpot geknackt. Sie erben sechsundvierzig Millionen Dollar, sobald alle anderen tot sind. Die einzige Bedingung ist, dass Sie noch leben, wenn die anderen tot sind.«

»Spielt es keine Rolle, wie sie sterben?«

»Nein. Es zählt nur, wann sie sterben.«

Plötzlich herrschte angespanntes Schweigen und die fünf potientiellen Erben starrten einander an. Bis vor wenigen Augenblicken waren sie noch eine Gruppe von Fremden gewesen, aber aus irgendeinem Grund würden sie von nun an ihr Leben lang aneinander gekettet sein. Schließlich stieß Gerry das Genie hervor: »Sie fordert uns ja regelrecht dazu auf, uns gegenseitig den Schädel einzuschlagen.«

Immer noch Schweigen.

Vivien sah jedem von ihnen in die Augen. »Ich gehe nicht davon aus, dass einer von Ihnen solche Absichten hegt, aber sollte einer der im Testament genannten Erben die anderen gewaltsam ausschalten in der Hoffnung, den ganzen Kuchen zu erben – nun, vergessen Sie's. Ihr Motiv wäre zu offensichtlich, Sie kämen nicht damit durch.«

Miguel lachte in sich hinein, eher sarkastisch als verärgert, so als würde ihm die Perfektion des Plans seiner Ex-Frau erst jetzt bewusst. »Sie macht sich über uns lustig. Sie gibt uns das Gefühl, nah dran zu sein am Geld, aber in Wirklichkeit kriegt es keiner. Zumindest nicht so bald, dass es uns zu unseren Lebzeiten noch viel nützen würde. Von jetzt an werden wir mit der Hoffnung leben, eines Tages reich zu sein, aber letztlich werden wir so arm sterben, wie wir es immer waren.«

Vivien entgegnete: »Falls Sie sich missbraucht fühlen, können Sie jederzeit aussteigen. Nichts hindert Sie daran, Ihr Erbe auszuschlagen.«

Miguel schaute einen nach dem anderen an, als rechnete er sich aus, wie groß seine Chancen waren, sie alle zu überleben. »Nein, ich werde ihr kleines Spiel mitspielen. Ich werde die sechsundvierzig Millionen nicht ausschlagen.«

»Sally würde sich freuen, wenn Sie sie bekämen«, sagte Vivien. »Und das meine ich ganz ernst.«

»Wir können also nichts anderes tun als abwarten?«, fragte die Journalistin. »Wir sollen einfach so weiterleben und darauf warten, dass die anderen wegsterben?«

»Ganz genau«, erwiderte Vivien.

Gerry das Genie setzte sein gekünsteltes Grinsen auf. »Und natürlich können wir alles ganz ruhig angehen lassen und noch ganz lange leben, weil wir wissen, dass keiner von uns ein Profikiller ist.«

Er lachte etwas zu laut über seinen eigenen Witz. Alle lachten, aber das machte die Situation noch unbehaglicher.

»Ja«, sagte Tatum nach einem kurzen Blick in Jacks Richtung. »Da können wir von Glück reden.«

# *Neun*

Die Dinge entwickelten sich in rasantem Tempo. Bereits Dienstagmorgen waren Jack und Tatum im Gericht. Sie hatten vor, die Angelegenheit noch mehr zu beschleunigen.

Jack hatte nicht oft am Nachlassgericht zu tun und er fand das Ambiente jedes Mal gewöhnungsbedürftig. In mancher Hinsicht war das der am wenigsten zivile Bereich im gesamten System des Zivilrechts, ein gnadenloser Schauplatz, wo Geschwister einander bekämpften und Söhne ihre Mütter verrieten, um an das Familienerbe zu kommen. Und dennoch herrschten hier eigentümlich höfliche Umgangsformen, zumindest unter den Mitgliedern der Anwaltschaft. Anwälte hielten sich gegenseitig die Tür auf, grüßten freundlich, schüttelten die Hände und redeten einander beim Vornamen an. Im Gerichtssaal sprachen sie mit gedämpfter Stimme, als wollten sie die Ruhe der Toten nicht stören. Hier wurde genauso gestritten wie an anderen Gerichten, aber der Umgangston war anders. Daher der Spitzname »Flüstergericht«.

»Guten Morgen«, sagte Richter Parsons. Er war ein hoch geachtetes Mitglied des Gerichtswesens im Miami-Dade County, ein schlanker Afroamerikaner mit dichten, grauen Augenbrauen und einem kahl rasierten Schädel, der wie eine polierte Bowling-Kugel glänzte.

»Guten Morgen, Euer Ehren«, antworteten Anwälte und Mandanten im Chor. Seit der Besprechung in Vivien Grassos Kanzlei hatte sich die Zahl der Mitspieler beträchtlich vergrößert. Offenbar war keiner der Erben gewillt, ohne hochrangige juristische Vertretung in Sallys Sechsundvierzig-Millionen-

Dollar-Spiel einzusteigen. Ex-Ehemann Miguel Rios hatte Parker Aimes engagiert, der schon zum fünften Mal nacheinander den Vorsitz der Fachanwaltschaft für Nachlasssachen von Florida innehatte und entfernt mit dem kürzlich verstorbenen Will Rogers verwandt war. (Man witzelte über ihn, er sei noch nie einem Toten begegnet, den er nicht ausstehen konnte.) Die Journalistin Deirdre Meadows ließ sich gleich von zwei Anwälten der größten Anwaltsfirma in Miami vertreten. Der stellvertretende Staatsanwalt Mason Rudsky hatte seinen ersten Anwalt bereits gefeuert und ihn durch einen ehemaligen Juraprofessor ersetzt, der ein Buch über Floridas Vermögens- und Treuhandverwaltungsgesetze geschrieben hatte. Einschließlich Vivien Grasso als Verwalterin von Sallys Nachlass bestand die Runde aus führenden Fachanwälten – mit einer bemerkenswerten Ausnahme.

»Euer Ehren, ich bin Gerry Colletti ... und bin hier erschienen im Auftrag von Gerry Colletti.«

Im Hintergrund wurde gekichert, was Gerry auf die Palme zu bringen schien. Er war anscheinend der Einzige im Gerichtssaal, der es nicht absurd fand, dass sich ein Mandant als sein eigener Anwalt vorstellte.

»Mr Swyteck«, sagte der Richter, »auf Ihren Antrag hin haben wir uns hier versammelt. Bitte beginnen Sie.«

»Mein Antrag ist ganz einfach, Herr Richter. Wie Sie wissen, ist Vivien Grasso Sally Fennings Nachlassverwalterin. Nach dem Gesetz muss sie innerhalb von zehn Tagen nach Ms Fennings Tod eine Abschrift von Ms Fennings Testament zu den Gerichtsakten geben. Heute sind zehn Tage vorüber und das Testament befindet sich noch immer nicht bei den Gerichtsakten.«

»Aber Ms Grasso hat ausgesagt, dass sie Ihnen das gesamte Testament in ihrer Kanzlei vorgelesen hat.«

Vivien erhob sich und sagte: »Genauso ist es, Euer Ehren.«

»*Genauso* ist es nicht«, wandte Jack ein. »Sie hat uns zwar das gesamte Testament vorgelesen, aber sie hat uns nicht den Namen des sechsten Erben genannt.«

»Wenn ich das erklären darf, Euer Ehren«, sagte Vivien.

»Bitte.«

»Es geht um ein Vermögen von sechsundvierzig Millionen Dollar. Sie sehen ja, welches Interesse dieser Fall hervorruft«, erklärte sie mit einer Handbewegung in Richtung Publikum.

Jack und alle anderen wandten sich um. Die Galerie war fast vollständig besetzt, in sechs Reihen saßen die Zuschauer dicht gedrängt.

Der Richter fragte: »Wieso verursacht dieser Fall plötzlich so einen Wirbel?«

»Haben Sie denn heute Morgen nicht die Zeitungen gelesen?«, fragte Vivien. »Die nette kleine Geschichte über den fehlenden Erben in einem Sechsundvierzig-Millionen-Dollar-Überlebensspiel. Solche Nachrichten verbreiten sich in Windeseile, wenn sich unter den Beteiligten eine Journalistin befindet.«

Deirdre Meadows rutschte auf ihrem Sitz ein bisschen tiefer.

Vivien fuhr fort. »Was glauben Sie wohl, warum der Gerichtssaal anlässlich eines so läppischen Antrags brechend voll ist? Ich sage Ihnen, warum. Diese Zuschauer da oben arbeiten alle für einen Anwalt. Die sitzen ungeduldig in den Startlöchern und warten nur darauf, dass ich den Namen des sechsten Erben preisgebe, damit sie sich an seine Fersen heften und ihm ihre Dienste anbieten können.«

Jack drehte sich noch einmal um. Ihren Mienen nach zu urteilen bekannten sich sämtliche Zuschauer schuldig im Sinne der Anklage.

Der Richter rang sich ein schmales Lächeln ab. »Eigenartig, aber ich fühle mich plötzlich an etwas erinnert, das ich neulich abends im Discovery Channel gesehen habe. Eine Meute hungriger Kojoten mit gefletschten Zähnen hatte einen hilflosen Hirsch umzingelt. Die Kojoten zogen den Kreis immer enger, schnappten nach ihrem Opfer, bis schließlich einer vorsprang und einen Huf zu fassen bekam. Sofort fielen die anderen über den Hirsch her. Innerhalb von Sekunden lag das Opfer auf dem Rücken und wurde von den ausgehungerten Bestien gnadenlos zerfleischt. Aber ich schweife ab. Ich wollte nur sagen, dass ein Drittel von sechsundvierzig Millionen Dollar ein Honorar bedeutet, für das es sich zu kämpfen lohnt.«

»Darauf können Sie Gift nehmen«, pflichtete Vivien ihm bei. »Und das ist der Grund, warum ich den Namen des sechsten Erben nicht öffentlich machen möchte, bevor ich ihn ausfindig gemacht habe. Sollte ich gezwungen werden, den Namen preiszugeben, könnte es einem dieser besagten Kojoten gelingen, ihn vor mir aufzuspüren. Das wäre meiner Meinung nach eine ziemlich geschmacklose Art zu erfahren, dass man der Erbe eines Testaments ist.«

»Da gebe ich Ihnen Recht«, sagte Jack. »Aus diesem Grunde habe ich auch das Gericht nicht gebeten, Ms Grasso anzuweisen, das Testament vorzulegen.«

»Und was wünschen Sie stattdessen?«, fragte der Richter.

»Wir haben es hier mit einer besonderen Situation zu tun«, erwiderte Jack. »Ms Fennings Testament ist so strukturiert, dass der überlebende Erbe den gesamten Nachlass erbt.«

»Genau das ist ja Ms Grassos Argument«, erklärte der Richter. »Wenn die Erben nicht gewillt sind, fünfzig Jahre oder mehr auf das Geld zu warten, werden sie entweder versuchen, die anderen Erben auszuschließen oder aber eine Übereinkunft auszuhandeln. Das heißt, sie brauchen Anwälte, die mit allen Wassern gewaschen sind, und ich zweifle nicht daran, dass es genug davon gibt, die unseren rätselhaften Erben jagen werden, sobald erst sein Name bekannt ist.«

»Das ist nur die eine Seite, Euer Ehren. Sie sollten aber noch eine andere Möglichkeit in Betracht ziehen. Im Anschluss an das Verlesen des Testaments in Ms Grassos Kanzlei war es, glaube ich, Mr Colletti, der scherzhaft bemerkte, man könne heilfroh sein, dass keiner der Erben ein professioneller Killer sei, sonst müsse man ständig auf der Hut sein. Nach dem Verlassen der Kanzlei habe ich mich tatsächlich gefragt, woher wir denn wissen können, ob der sechste, bislang nicht identifizierte Erbe ein professioneller Killer ist oder nicht?«

»Haben Sie Grund zu der Annahme, dass er gefährlich ist?«, wollte der Richter wissen.

Jack zögerte. Er konnte dem Richter schlecht erzählen, dass Sally Fenning versucht hatte, seinen Klienten als Killer anzuheuern, oder dass er seinen Antrag in erster Linie gestellt hatte, um seine Theorie zu überprüfen, nach der der Erbe Nummer sechs derjenige angeheuerte Killer war, der Sallys Angebot *nicht* abgelehnt hatte.

»Ich weiß überhaupt nichts über ihn«, erwiderte Jack. »Aber aus Gründen der persönlichen Sicherheit sollte den anderen fünf Erben der Name des Sechsten im Bunde bekannt sein. Deshalb bitte ich das Gericht anzuordnen, dass Ms Grasso dem als Erben benannten Personenkreis hier und jetzt unter dem Siegel der Verschwiegenheit den Namen nennt. Und sobald sie die Person ausfindig gemacht hat, kann sie ihren Namen der Öffentlichkeit preisgeben.«

»Ms Grasso, was spricht gegen diesen Vorschlag?«, fragte der Richter.

»Im Prinzip nichts«, antwortete sie. »Aber seien wir doch realistisch. Ich hätte kein Problem damit, Mr Swyteck, den ich kenne und schätze, den Namen zu nennen. Aber wenn die Kojoten da oben erfahren, dass wir hier unten alle den Namen des mysteriösen sechsten Beteiligten kennen, werden sie jedem von uns wer weiß was für Summen bieten für diese Information.«

Gerry sprang auf. »Ich erhebe Einspruch, Euer Ehren! Ms Grasso hat mich direkt angesehen, als sie diese implizite Anschuldigung erhoben hat.«

»Das stimmt nicht.«

»Heuchlerin.«

»Es reicht!«, rief der Richter und hob seine Arme. »In meinem Gerichtssaal lasse ich nicht zu, dass Anwälte sich gegenseitig beschimpfen.«

*Um Gottes willen keine Flüche,* dachte Jack, *nicht am Flüstergericht.*

Die Anwälte entschuldigten sich, aber der Richter war bereits zu einem Entschluss gekommen. »Ms Grasso, ich weiß Ihre Bedenken zu schätzen, aber ich kann den Termin der Aktenübergabe ans Gericht nicht auf den Nimmerleinstag verschieben, nur weil Sie befürchten, einige Anwälte könnten aufgrund zu erwartender hoher Honorare gegen das Berufsethos verstoßen.« Über seine Lesebrille hinweg betrachtete er das Publikum. »Und alle auf den hinteren Plätzen lassen sich eins gesagt sein: Sollte irgendjemand bei der Suche nach dem sechsten Erben die Grenzen der Berufsehre und des guten Geschmacks verletzen, bekommt er es mit mir persönlich zu tun.«

»Heißt das, ich werde aufgefordert, das Testament an das Gericht zu übergeben?«, fragte Vivien.

»Ja. Und zwar bis heute Abend. Und um einen Massenauflauf im Büro des Gerichtsdieners zu verhindern, werden wir folgendermaßen verfahren. Bitte geben Sie den Namen des sechsten Erben bekannt.«

»Jetzt, hier, vor allen Versammelten?«

»Kein Augenblick wäre geeigneter.«

»Also gut, wenn das Gericht das so bestimmt.«

»Ich bestimme es so.«

»Sein Name ist Alan Sirap.«

Ein Raunen ging durch das Publikum hinter Jack, als eine ganze Meute von Gerichtsspionen nach Papier und Bleistift langte, um sich den Namen zu notieren. Jack schaute seinen Mandanten an, aber Tatum zuckte nur die Achseln, als sagte ihm der Name nichts.

»Sonst noch etwas?«, fragte der Richter.

Niemand antwortete.

»Dann vertage ich die Sitzung.« Mit einem Hammerschlag löste der Richter die Versammlung auf, erhob sich und verließ den Raum durch einen Seitenausgang, der zu seinem Amtszimmer führte.

Die Anwälte und ihre Mandanten standen auf und ordneten ihre Aktentaschen. Colletti wählte den längeren Weg um den runden Mahagonitisch und blieb dicht neben Jack stehen. So leise, dass niemand außer Jack es hören konnte, zischte er: »Wenn Sie glauben, Sie wären hier im Vorteil, weil Sie mit Vivien Grasso befreundet sind, dann haben Sie sich getäuscht. Ich habe nicht vor, mich geschlagen zu geben. Vor allem nicht einem Mandanten wie dem Ihren gegenüber.«

»Ich würde ihn jederzeit Ihrem Mandanten vorziehen, Gerry.«

»Das werden wir ja noch sehen.«

Jack beobachtete, wie Colletti durch den Mittelgang dem Hauptausgang auf der Rückseite des Gerichtssaals zustrebte und sich entschlossen seinen Weg durch die Menge bahnte, als hätte er vor, die Meute der Kojoten aus dem Gerichtsgebäude zu führen.

# *Zehn*

Es war eine Stunde vor Sonnenuntergang und kurz vor Spielbeginn, als Jack noch schnell Chips und Salsa auf ein Tablett lud. Im Fernsehen wurde das Spiel der New York Knicks gegen Miami Heat übertragen. Es stand eine Menge auf dem Spiel. Sollte Heat erneut verlieren, würde Jack sich auf eine Flut hämischer Anrufe und E-Mails aus New York einstellen müssen. *Knicks rule, Heat suck, na, na, na-na, na.* Aber es war eine jener magischen Nächte von Miami, in denen Jack sich bei offenem Fenster zu den beruhigenden Geräuschen und Gerüchen der Biscayne Bay schlafen legen würde, während seine Kumpels oben im Norden noch einen Tag Zeit hatten, sich zu überlegen, welche langen Unterhosen sie unter ihrem Halloween-Kostüm anziehen würden. Wer waren also die wirklichen Verlierer?

»Ich habe eine gute und eine schlechte Nachricht«, sagte Theo. Er stand auf Jacks Terrasse neben dem tragbaren Fernseher, den er für das Spiel nach draußen gebracht hatte, und hielt sich ein Fernglas vor die Augen. Jack stellte das Tablett auf den Tisch unter dem noch aufgespannten Sonnenschirm, dann richtete er die Antenne aus. Es ging doch nichts über ein Bier mit dem besten Freund bei einem Basketballspiel unter freiem Himmel.

»Was gibt's denn jetzt schon wieder?«, fragte Jack.

Theo nahm das Fernglas von den Augen. »Die gute Nachricht ist, im Haus nebenan hüpft jemand pudelnackt durch die Bude.«

»Der Jemand ist ein achtundsiebzigjähriger Mann«, erwiderte Jack und verzog das Gesicht.

»Tja. Das ist die schlechte Nachricht.«

Jack nahm sich grinsend ein Bier und ließ sich in seinen Gartenstuhl fallen. Theo setzte sich auf den Stuhl neben ihm und nahm sich die Schüssel mit Chips auf den Schoß.

»Lässt du mir ein paar übrig?«, fragte Jack.

»Hol dir selber welche.« Theo langte nach der Fernbedienung, aber Jack war schneller.

»Ich glaub, ich muss dich mal ein bisschen bremsen, Kumpel«, sagte Jack.

»Ich wollte nur mal sehen, ob sie in den Nachrichten noch was über Sally Fenning bringen.«

»Wie kommst du darauf?«

»Der Name des sechsten Erben ist doch jetzt raus. Es würde mich nicht wundern, wenn die Medienhaie diesen Alan Sirap schneller beim Wickel hätten als die Anwälte.«

»Da könntest du richtig liegen.«

»Absolut. Ich liege immer richtig. Ich mach meinen Mund überhaupt nur auf, wenn ich richtig liege. Und wenn ich rülpsen muss.« Er röhrte wie ein Nebelhorn.

»Geht's vielleicht noch ein bisschen ordinärer?«

»Nur wenn ich richtig gut drauf bin.« Er stellte die Schüssel mit den Chips ab. »So, jetzt erzähl mal, was du mit Tatum vorhast. Willst du ihn vertreten?«

»Tu ich längst.«

»Ich meine nicht die eine Stunde, die du ihm mir zuliebe gewidmet hast. Steigst du richtig in den Fall ein oder nicht?«

»Das weiß ich noch nicht.«

»Zier dich doch nicht so. Wie der Richter gesagt hat, es wird ganz schön rund gehen, wenn die erst alle versuchen, sich gegenseitig auszustechen. Außerdem ist die Sache ziemlich publicityträchtig. Wann hattest du das letzte Mal einen Fall, der so groß raus gekommen ist?«

Jack warf Theo einen wütenden Blick zu.

Theo musste husten, als ihm plötzlich klar wurde, dass die letzte große Sache beinahe damit geendet hätte, dass Jack angeklagt worden wäre. »Okay, vergiss das mit der Öffentlichkeit. Reden wir lieber über Dollars und Vernunft. Deine Scheidung hat dich ziemlich ruiniert. Das Einzige, was Cindy dir gelassen hat, sind dein Wagen und dein bester Freund, und beides hätte sie wahrscheinlich auch kriegen können. Stell dir vor, ich müsste Miss Daisy mit so einer dämlichen Mütze auf dem Kopf in einem Mustang-Cabrio durch Coral Gables rumkutschieren.«

»Ich hatte einfach keine Lust, mich mit ihr vor Gericht um den Krempel zu streiten.«

»Das ändert nichts an den Tatsachen. Du wohnst in einem hübschen Haus, Jack, aber es gehört dir nicht, und wir sitzen nicht nur deshalb hier draußen vor der Glotze, weil der Abend so schön ist, sondern weil du keine Klimaanlage hast.«

»Und worauf willst du hinaus?«

»Ein Drittel von sechsundvierzig Millionen Dollar – *darauf* will ich hinaus.«

»Du meinst also, ich soll für Tatum als Anwalt tätig werden?«

»Wenn du's nicht machst, macht's ein anderer. Was zögerst du noch? All die anderen Erben nehmen sich auch Spitzenanwälte.«

»Die anderen Anwälte können aber mit Sicherheit davon ausgehen, dass ihr Mandant Sally Fenning nicht umgebracht hat.«

»Du auch.«

Jack trank sein Bier und schwieg.

Theo fuhr fort: »Ich kann dir nicht hundertprozentig beweisen, dass Tatum es nicht war. Aber er hat mir sein Wort gegeben, von Bruder zu Bruder – im Boxring, und der ist für die Knight-Brüder heilig. Nichts im Leben ist sicher, schon gar nicht, wenn es um ein Honorar geht, das ein Drittel von sechsundvierzig Millionen Dollar beträgt.«

»Das weiß ich selbst.«

»Ich glaube nicht. Es geht nicht nur um Geld. Es geht auch darum, wer du bist und was du mit dem Rest deines erbärmlichen Lebens anfangen willst.«

»Bleib auf dem Teppich.«

»Ich mein's ernst. Tatum und ich hatten immer so einen Spruch: Es gibt zwei Sorten Leute auf der Welt, Draufgänger und Blindgänger.«

Jack lachte, aber Theo blieb ernst.

»Tatum ist vielleicht nicht dein Traummandant«, fuhr er fort. »Aber er gibt dir die Möglichkeit, eine sehr wichtige Frage zu beantworten. Also überleg dir gut, für welche Antwort du dich entscheidest. Was willst du für den Rest deines Lebens sein, Jack Swyteck? Ein Draufgänger oder ein Blindgänger?«

Sie sahen sich an, dann wandte Jack sich ab und ließ den Blick über das Wasser schweifen zu einem Boot, das mit geblähten Segeln auf das Festland zusteuerte. »Sag deinem Bruder, er soll morgen früh in meine Kanzlei kommen. Wir werden eine Honorarvereinbarung aufsetzen.«

# *Teil Zwei*

# *Elf*

Die Harmattan-Winde setzten pünktlich ein.

Es war Renes dritter Herbst in Westafrika, aus Erfahrung wusste sie mittlerweile, dass die Zeit der Sandstürme wieder gekommen war. Sie spürte es an ihren trockenen Augen und Nasenschleimhäuten. Die Wüstenwinde aus dem Norden begannen im Oktober und hielten gewöhnlich bis Ende Februar an. Mit dem Staub wurde es allerdings nachts auch ein bisschen kühler, soweit man von »kühl« reden konnte in einer Gegend, wo die Temperatur tagsüber fünfundreißig Grad betrug und es allgemein drückend heiß war. In den nächsten fünf Monaten würde es vielleicht ein halbes Dutzend Mal regnen, allerdings würde es auch keine Hochwasser führenden Flüsse und Schlammlawinen geben, die Vieh, Kinder oder ganze Dörfer mit sich rissen. Das Leben in Westafrika war unberechenbar und Rene hatte sich damit abgefunden. In der nächsten Zukunft würde sie wieder mit Staub in den Haaren, auf den Kleidern, selbst auf der Zahnbürste leben müssen. Sie ärgerte sich nur, dass ihre Freunde zu Hause nicht begriffen, warum die Fotos, die sie schickte, so flach und farblos wirkten. Selbst unter optimalen Bedingungen war es nicht einfach, die endlosen Steppen der nördlichen Elfenbeinküste fotografisch wiederzugeben, dazu musste man schon Profi sein, aber davon war Rene weit entfernt.

Sie war Kinderärztin und hatte sich für die Dauer von drei Jahren bei Children First verpflichtet, einer Menschenrechtsorganisation, die für die Abschaffung der Zwangsarbeit von Kindern auf den Kakaoplantagen kämpfte. Die Eingebung dazu hatte sie eines Abends während ihres letzten Jahres als Assistenzärztin im Bostoner Kinderkrankenhaus gehabt. Während sie damals im Foyer ihr typisches Abendessen verschlang, einen Schokoriegel mit Cola light, las sie einen Bericht über moderne Formen der Sklaverei. Studien der UNO und des US-Außenministeriums gingen davon aus, dass schätzungsweise fünfzehntausend Kinder im Alter von neun bis zwölf Jahren an die Elfenbeinküste verkauft worden waren und dort Zwangsarbeit auf den Baumwoll-, Kaffee- und Kakaoplantagen leisteten. Aufgrund fallender Kakaopreise rechnete man damit, dass die Situation sich in Zukunft noch verschlimmerte, da fast die Hälfte des weltweiten Kakaoaufkommens ausgerechnet in der Elfenbeinküste produziert werde. Nur mit Hilfe der Kindersklaven ließen sich höhere Profite erzielen. Auf einmal schmeckte Renes Schokoriegel nicht mehr ganz so süß. Zufällig befand sie sich gerade in einer dieser Sinnkrisen, in der alle sich fragten, warum sie eigentlich Medizin studiert hatten. War es ihre Bestimmung, in eine wohlhabende Gegend zu ziehen und Gören, die von ihren Kindermädchen in ihre Praxis gebracht wurden, den Rotz von der Nase wischen? Oder sehnte sie sich nach einer sinnvollen Aufgabe? Bevor sie Zeit gehabt hatte, es sich anders zu überlegen, saß sie in einem Flugzeug nach Abidjan mit dem Ziel Korhogo, der Hauptstadt der im Norden gelegenen Provinz Senoufo, die nach einer neunstündigen Fahrt mit dem Bus zu erreichen war.

Die Elfenbeinküste war 1999 von einem Militärputsch erschüttert worden und als Rene dort eintraf, fand sie ein Land mit einer Vielzahl gesundheitlicher Probleme vor – Unterernährung, AIDS, Kindersterblichkeit, sogar Klitorisbeschneidung, die bei einigen Nomadenstämmen üblich war. Zwar kümmerte sich Rene um all diese Dinge, versuchte jedoch, sich auf das zu konzentrieren, was sie hierher geführt hatte. Die Existenz von Kindersklaverei wurde von offizieller Seite zwar geleugnet, aber schon sehr bald war Rene in der Lage, der Krise ein Gesicht zu geben. Es war das Gesicht von Kindern, die bei dem Versuch, sich in ihre Heimatländer – die ärmsten Nachbarstaaten der Elfenbeinküste – durchzuschlagen, aufgegriffen und zur Behandlung in ihre Klinik gebracht wurden. Die Kinder erzählten ihr von Männern, die sie in ihren Heimatländern Mali, Benin oder Burkina Faso an Bushaltestellen und auf belebten Märkten von ihren Familien weggelockt hatten. Die meisten waren auf dem Seeweg an die Elfenbeinküste gelangt, nachdem man sie in Häfen wie Cotonou, das bezeichnenderweise schon in früheren Jahrhunderten eine Drehscheibe des Sklavenhandels gewesen war, auf überfüllten alten Kähnen zusammengepfercht hatte. Andere wurden auf dem Landweg verschleppt, in Lastwagen durch den Busch und auf Booten über Flüsse, bis sie die weitab von jeder Zivilisation gelegenen Plantagen erreichten. Angehalten wurde nur, wenn die Schlepper in der Nähe des Kossou-Sees aussteigen mussten, um mit den Kakaofarmern zu verhandeln, die dann jeweils zwei, drei oder auch zwölf Kinder auf die Plantagen mitnahmen. Dort vegetierten sie zusammengepfercht mit ihren Schicksalsgenossen in überfüllten Hütten ohne Betten, ohne Wasser oder Strom, und zwar bei strengstem Redeverbot, denn Reden führte zu Protest und Protest führte zu Revolte. Die Kinder erzählten Rene, dass sie jeden Tag zwölf Stunden arbeiten mussten, von Sonnenaufgang bis Sonnenuntergang. Sie berichteten von Hunger und schlechtem Essen, das meistens aus halb verfaulten Bananen bestand und manchmal, wenn sie Glück hatten, aus Süßkartoffeln. Sie zeigten ihr die Narben an Beinen, Armen und auf dem Rücken von den Schlägen, wenn sie nicht schnell oder lange genug arbeiteten. Von den Schlägen, wenn sie versuchten zu fliehen. Schläge und immer wieder Schläge. Es gab keinen Lohn, nur die Aussicht auf eine Zahlung von zehn oder fünfzehn Dollar an die Familie, die in der Regel nie erfolgte. Als Sklaverei wollten die Verantwortlichen diese Zustände nicht bezeichnen, aber während ihres Medizinstudiums hatte Rene begriffen, dass etwas, das aussah wie eine Ente und quakte wie ein Ente ...

Sie schreckte aus ihren Gedanken auf, als hinter ihr Hühner gackerten.

»*Ysugri, nassara*«, sagte der Mann, der auf der Straße an ihr vorbei wollte. *Entschuldigen Sie, weiße Frau.*

Rene trat zur Seite. Über den Schultern trug der Mann eine lange hölzerne Stange, an deren Enden lebende Hühner an den Krallen aufgehängt waren. Die Amtssprache an der Elfenbeinküste war Französisch, was aber nur wenige Afrikaner, vor allem im Norden, beherrschten. Nach seinem Akzent und seiner Kleidung zu urteilen stammte der Mann aus Burkina Faso, einem trostlosen Land im Norden. Im Vergleich dazu konnte die Elfenbeinküste als Modell des Wohlstands glänzen.

Rene ließ sich mit dem Strom der Kühe, Maultiere und Fußgänger zum Marktplatz treiben. Einige Straßen waren gepflastert, andere wanden sich wie Jahrhunderte alte Trampelpfade als staubige Pisten durch die Stadt. Sie kannte den Weg, aber um diese Jahreszeit hätte auch ein Ortsunkundiger ihn gefunden, da die Menschenmenge eine rötliche Staubwolke aufwirbelte, die von außerhalb der Stadt weithin sichtbar war. Es war nicht viel los in Kohorgo und der Markt am Nachmittag bot die einzige Abwechslung, wenn man die Hitze ertragen konnte.

Rene blieb an einer Straßenecke stehen, um aus ihrer Wasserflasche zu trinken. Zwei Jahre zuvor wäre sie um diese Tageszeit nicht auf die Straße gegangen, aber mit der Zeit war sie abgehärteter geworden. Oder auch leichtsinniger.

»*Wanwana, wanwana?*«, hörte sie die Touristen fragen. Es kamen tatsächlich Reisende nach Kohorgo, meist auf der Durchreise und in der Regel auf der Suche nach den primitiven und ungewöhnlich bunten *Toiles,* kunstvoll bemalten Stoffen der Eingeborenen, die im ganzen Land in nahezu jedem Hotel und Wohnheim für ausländische Arbeitskräfte als Wandbehänge, Tagesdecken, Servietten und Tischdecken feilgeboten wurden. Die am häufigsten gestellte Frage des Nachmittags lautete: »Wie viel?«

»Ein guter Preis«, flüsterte Rene im Vorbeigehen ein paar hart verhandelnden Australiern zu.

»Danke«, erwiderte einer aus der Gruppe und feilschte weiter.

Das Feilschen gehörte zum Markt, aber Rene hatte mehr als einen Touristen zusammengeflickt, der nicht begriffen hatte, dass es als äußerst beleidigend galt, einen Künstler auf eine bestimmte Summe herunterzuhandeln und dann nichts zu kaufen.

Eine Bö wirbelte Staub auf und Rene hielt sich ihr Halstuch vors Gesicht. Diesmal war der Wind besonders unangenehm, da er den Gestank der Abwässer mit sich brachte. Vielleicht hatte es in der Nacht zuvor im Norden geregnet, vielleicht hatten die Behörden aber auch ganz einfach beschlossen, die Abwasserkanäle wieder einmal zu fluten.

Als der Wind nachließ, öffnete Rene wieder die Augen. Die Luft war voller Staub und plötzlich sah sie den Markt wie durch einen Schleier, als würde sie träumen. Das Labyrinth aus braunen Mauern und Gebäuden aus Lehmziegeln schien mit dem Erdboden zu verschmelzen. Tücher und Umhänge flatterten in der stinkenden Brise. Die Tiere wurden unruhig von den feineren Ausdünstungen, die der Wind aus der Wüste im Norden in die Stadt trug. Und die Touristen feilschten unbeirrt weiter.

Als sie nach einigen Augenblicken wieder klar sehen konnte, erspähte sie an einer Straßenecke einen Jungen. Es war einer wie viele andere, die sie schon erlebt hatte. Dürre Beine, schmutzige Hose, Plastiksandalen, zerrissenes Hemd, ängstlicher Blick. Jeder andere hätte angenommen, der Junge hätte sich verlaufen. Aber Rene kannte diesen Blick.

Dieser Junge war auf der Flucht.

Langsam ging sie auf ihn zu, darauf bedacht, ihn nicht zu erschrecken. Sie beobachtete ihn aus den Augenwinkeln, schob sich auf Umwegen durch die Menge, um zu der Straßenecke zu gelangen, die offenbar das Revier des Jungen war – und das vieler anderer Kinder, die ihre Tage damit zubrachten, in den Straßen zu betteln.

Als sie näher kam, löste sie einen Ansturm aus und ein Kind nach dem anderen streckte die Hand vor.

*»S'il vous plaît, mademoiselle. S'il vous plaît.«* Weißen gegenüber beherrschte sogar jedes Straßenkind genug Französisch, um »bitte« in der offiziellen Landessprache sagen zu können.

Es fiel Rene schwer, diese Kinder zu ignorieren, aber sie konnte nicht allen helfen, nur den Sklaven unter ihnen.

Selbst in dem Gewusel verlor sie den Jungen keinen Augenblick aus den Augen, und als sie nur noch ein paar Meter von ihm entfernt war, bestätigte sich ihr Verdacht. An seinen Händen entdeckte sie die Schwielen, seine Waden und Knöchel waren voller Narben. In den Plantagen trennten die Kinder die Kakaofrüchte mit Macheten ab und spalteten dann mit einem oder zwei Schlägen die hölzerne Schale der Frucht, um die Bohnen herauslösen zu können. Wer schnell war, schaffte fünfhundert Bohnen in der Stunde, aber Übermüdung oder mangelnde Erfahrung führten häufig zu Verletzungen. Zumindest hatte dieser Junge noch alle Finger und Zehen.

Endlich war sie bis zu ihm vorgedrungen.

*»S'il vous plaît, mademoiselle«*, sagte er und streckte die Hand vor.

Sein Französisch war erstaunlich gut, daher antwortete Rene in derselben Sprache. »Keine Angst«, sagte sie. »Ich bin hier, um dir zu helfen.«

Er wich ein Stück vor ihr zurück. Offenbar hatte er verstanden.

»Ich habe schon vielen Jungen wie dir geholfen«, sagte sie. »Jungs, die auf den Kakaoplantagen arbeiten.«

Andere Bettler versuchten, sich zwischen sie zu drängen, aber Rene ließ sich nicht beirren. »Ich bin Ärztin.«

Sie nahm ein Foto von ihrem Krankenhaus aus der Tasche. In ähnlichen Situationen hatte es sich als hilfreich erwiesen, den Kindern etwas zeigen zu können. »Es ist gleich hier in der Nähe. Komm mit, ich kann dir helfen, nach Hause zu gelangen.«

Er schüttelte den Kopf, als hätte er das schon öfter gehört.

Sie trat näher auf ihn zu, hielt jedoch genug Abstand, um ihn nicht einzuschüchtern. »Bitte«, sagte sie. »Du siehst nicht aus wie die anderen Kinder. Komm mit und lass dir helfen, bevor die Menschenhändler dich wieder finden.«

Er sah ihr in die Augen, und sie erwiderte seinen Blick. Gegenüber einem Jungen, den schon so viele Männer belogen hatten, war es von Vorteil, eine Frau zu sein.

Als er schließlich nickte, nahm sie seine Hand. Es war die raue und schwielige Hand eines alten Mannes und passte überhaupt nicht zu einem so kleinen Jungen. Sie bahnte sich den Weg über den Markt und nahm dann eine Abkürzung zum Krankenhaus.

»Wie heißt du?«

»Kamun.«

»Und wie alt bist du?«

»Weiß ich nicht«, erwiderte er.

»Willst du ein bisschen Wasser?«

»Ja.«

Sie blieben stehen, und sie ließ ihn aus ihrer Wasserflasche trinken.

»Danke.«

Am Ende des staubigen Weges lag das Children-First-Krankenhaus, das gar nicht aussah wie ein Krankenhaus. Es war eins der älteren Gebäude in dem Stadtviertel, mit dicken Wänden aus Lehmziegeln und einem Flachdach. Aber es gab eine Klimaanlage, die in ein Fenster eingelassen war. Der Junge schien beeindruckt.

»Cool«, sagte er lächelnd.

»Ja. Ist es auch. Komm rein.«

Er folgte ihr ins Haus und sie schloss die Tür hinter ihm. Er wirkte nervös, daher nahm sie ihn wieder an die Hand, führte ihn direkt vor die Klimaanlage und drehte sie voll auf. Der Junge lächelte, fing sogar an zu lachen, als die kalte Luft den Schweiß auf seiner Stirn trocknete.

Durch die Löcher in seinem Hemd entdeckte sie weitere Narben auf seinem Rücken und fragte sich, wann der Junge wohl zuletzt gelacht haben mochte.

»Komm hier rein«, sagte sie. Sie brachte ihn in eins der beiden Zimmer und ließ ihn auf der Liege Platz nehmen.

»Ich möchte hören, wie dein Herz klopft«, sagte sie. Sie drückte das Stethoskop auf sein Knie und lauschte.

»Ich höre dein Herz nicht«, sagte sie.

Da musste er lachen. »Das ist ja auch nicht mein Herz«, sagte er.

»Oh, tut mir Leid.« Sie setzte das Stethoskop auf seinen Ellbogen.

Wieder lachte er und sie mit ihm. Wenn er diese Späßchen lustig fand, war er wahrscheinlich noch jünger, als sie vermutet hatte. Schließlich hielt sie das Stethoskop auf sein Herz und lauschte.

»Du hast ein kräftiges Herz«, sagte sie.

»Ja. Das hat Le Gros auch gesagt.« *Le Gros* – der Dicke.

»Ist das der, für den du gearbeitet hast?«

»Ja.«

»Wie lange?«

»Sechs.«

»Monate?«

»Nein. Ernten.«

Rene war lange genug im Land und wusste, dass es in den meisten Kakaopflanzungen neben der Haupternte, die mehrere Monate dauerte, eine weitere Ernte gab, die sich ebenfalls über einige Monate erstreckte. Sechs Ernten, das hieß, Kamun hatte nahezu drei Jahre ohne Unterbrechung gearbeitet.

*Den Jungen nach Hause zu schicken wird nicht so einfach werden.*

»Was hast du dort gemacht?«

Wie erwartet antwortete er nicht. Diese Kinder brauchten in der Regel eine Weile, bis sie Vertrauen fassten.

»Darf ich dir das Hemd ausziehen?«

Er schüttelte den Kopf.

»Ich habe Narben auf deinem Rücken bemerkt. Ich möchte sie mir nur ansehen.«

Abwehrend schlug er die Arme übereinander.

»Ist schon in Ordnung. Das können wir auch später noch machen.«

Einen Augenblick schwieg sie und bereitete sich auf die Frage vor, die sie immer stellte. Sie wusste, welche Antwort sie bekommen würde, wenn sie mit einem Kind sprach, das nie genug zu essen bekommen hatte. Aber sie fragte ihn trotzdem, weil sie hoffte, die Antwort würde ihr dabei helfen, einen Sinn in ihrer Arbeit zu sehen und sie in ihrer Entscheidung für diese Arbeit zu bestärken. Und weil sie hoffte, dass die Antwort ihre Motivation nicht zunichte machen und ihr das Herz brechen würde.

»Kamun, hast du schon einmal Schokolade gegessen?«

»Schokolade?«

»Ja, Schokolade. Hast du sie schon einmal probiert?«

Er schüttelte den Kopf. »Was ist ... Schokolade?«

Die Haustür öffnete sich, ein Mann und eine Frau traten ein. »Post«, riefen sie gut gelaunt wie immer.

Rene versicherte Kamun, dass die beiden Freunde waren. Jim und Judy Roberts waren Mitarbeiter, die nicht medizinisch ausgebildet waren und sich um die Verwaltung von Childrens First kümmerten. Rene hatte sie von Anfang an gemocht. Sie waren ein bodenständiges Rentnerehepaar aus Oklahoma und versprachen sich von ihrem Ruhestand etwas Sinnvolleres, als sich für Wohltätigkeitsaktivitäten in Klatschblättern ablichten zu lassen. Sie kamen soeben von ihrem täglichen Weg zum Postamt zurück. Rene trat aus dem Behandlungszimmer und fragte: »Das Übliche?«

»Nein«, antwortete Mr Roberts. »Heute ist tatsächlich mal etwas für Sie dabei.«

»Wirklich? Legen Sie den Brief auf den Schreibtisch. Ich habe gerade einen Patienten.«

»Er ist von einem Anwalt.«

Neugierig geworden ging sie zum Schreibtisch und warf einen Blick auf den Absender. Der Name sagte ihr nichts.

»Wer ist der Junge?«, fragte Mrs Roberts.

»Wie bitte?« Rene starrte immer noch nachdenklich auf den Briefumschlag.

»Der Patient. Wer ist es?«

»Er heißt Kamun. Ich werde Sie ihm gleich vorstellen. Dieser Brief sieht irgendwie wichtig aus. Vielleicht sollte ich ihn lieber gleich öffnen.«

Mr Roberts reichte ihr einen Brieföffner. Rene schlitzte den Umschlag auf, entnahm ein Schreiben und las es. Einen Augenblick später begannen ihre Lider zu zucken und ihre Hände zu zittern.

»Alles in Ordnung, Rene?«, fragte Mr Roberts.

Rene schlug sich entsetzt die Hand vor den Mund. »Es geht um meine Schwester«, erwiderte sie.

»Es ist hoffentlich alles in Ordnung?«

Rene blickte von dem Brief auf und sagte: »Sie ist tot.«

Mrs Roberts trat auf sie zu und legte den Arm um sie. »O nein.«

Rene setzte sich auf die Schreibtischkante, den erstbesten Platz, der sich ihr bot. »Sie ist erschossen worden. Ein Raubüberfall oder so was. Man weiß es nicht genau. Es ist in Miami passiert.«

»Wie schrecklich«, sagte Mr Roberts und nahm ihre Hand.

Mrs Roberts fügte hinzu: »Sie war so eine liebenswerte junge Frau. Es kommt mir so vor, als wäre sie gerade erst hier bei uns gewesen.«

»Das war vor zwei Jahren.«

»Tatsächlich? Ist das schon so lange her? Wie die Zeit vergeht. Aber sie war noch so jung. Ich fange gleich an zu weinen.«

»Bitte nicht«, sagte Rene.

Mr Roberts warf seiner Frau einen Blick zu, wie um sie zu bitten, Rene zuliebe die Fassung zu bewahren. Sie räusperte sich und nahm sich zusammen.

»Danke«, sagte Rene.

Mr Roberts verzog das Gesicht. »Sie war wirklich ein wunderbarer Mensch.«

»Wollen Sie lieber einen Augenblick allein sein?«, fragte Mrs Roberts.«

»Es geht schon, wirklich. Ich danke Ihnen beiden. Es ist sehr lieb von Ihnen, dass Sie mir solchen nette Dinge sagen.«

»Wir könnten uns hier um alles kümmern, falls Sie ein paar freie Tage brauchen«, sagte Mrs Roberts.

»Ich habe nicht vor, irgendwohin zu fahren.«

»Wenn Sie nach Hause fahren wollten, wäre das kein Problem.«

»Sally war die Einzige, die noch von meiner Familie übrig war. Jetzt ist sie tot. Ich wüsste nicht, wohin ich gehen sollte.«

Die alte Dame rang sich ein Lächeln ab, als versuchte sie zu verstehen. »Überlegen Sie es sich in Ruhe. Tun Sie, was Sie für das Richtige halten.«

Rene erwiderte ihr Lächeln traurig, dann wandte sie sich zur Tür des Behandlungszimmers. Auf der Schwelle drehte sie sich um und sah die beiden an. »Ich möchte nicht, dass Sie oder andere in unserer Organisation sich meinetwegen Sorgen machen. Ich werde nirgendwohin fahren.«

»Wie gesagt, Rene. Es ist allein Ihre Entscheidung.«

Mit einem abschließenden Kopfnicken gab Rene zu verstehen, dass die Angelegenheit damit für sie erledigt war. Dann betrat sie das Behandlungszimmer und kümmerte sich wieder um Kamun.

# Zwölf

Für Donnerstagnachmittag hatte Jack Sally Fennings Ex-Ehemann zum Mittagessen eingeladen.

Den Vormittag hatte er am Gericht im Criminal Justice Center verbracht, daher trafen sie sich nur ein paar Häuserblocks entfernt am Miami River im Big Fish Restaurant, einem von Jacks Lieblingsrestaurants. In Anbetracht des kilometerlangen Ufers mit atemberaubender Aussicht gab es in Miami erstaunlich wenige Fischrestaurants in der Nähe des Wassers. Das Big Fish lag unmittelbar am Miami River; es war zwar nicht besonders schick, dafür gemütlich, und man bekam frischen Delphin, Thunfisch oder einen Krabbencocktail, während man sich am historischen Flusslauf ergötzen konnte. Man sah Luxusyachten auf dem Weg in die Karibik und verrostete Containerkähne, auf denen gestohlene Geländewagen Richtung Südamerika verschifft wurden. Die Gegend, in der sich der acht Kilometer lange Fluss in die Biscayne Bay ergoss, war eine Sehenswürdigkeit, ein Teil des alten Miami, wo die Bewohner der Hausboote von der Westseite des Flusses mit den Bankern und Anwälten aus den im Osten gelegenen Bürotürmen auf Tuchfühlung gingen. In dem Restaurant überkamen Jack nostalgische Gefühle. Hier war es ihm bei gebratenem Fisch und Pommes Frites zum ersten Mal während seiner Zeit als Staatsanwalt gelungen, einen Gangster zu einer Aussage zu überreden.

Jack konnte sich nicht vorstellen, dass er noch einmal dieses Gefühl der Übereinstimmung würde genießen können wie damals, als er einen dicken Fisch wie Tony Dilabio an einem Ort mit dem Namen »The Big Fish« festnageln konnte. Dennoch verspürte er einen Adrenalinschub, als er Sallys Ex-Mann die Hand schüttelte.

»Danke, dass Sie gekommen sind«, sagte Jack.

»Keine Ursache.«

Sie suchten sich einen kleinen Tisch am Fenster, von wo man auf einen alten Pier blickte, der schon zur Hälfte im Fluss versunken war, als Jack das erste Mal hier gewesen war. Miguel trug ein kurzärmeliges weißes Hemd und eine blaue, eng anliegende Radfahrerhose. Er war kurz vor dem Ende seiner Ehe mit Sally in das Police Departement der City of Miami eingetreten und gehörte derzeit zur Fahrradbrigade, einem kleinen Team von Polizisten, die auf Rädern in den Straßen und Parks der Stadt Streife fuhren.

Miguel hieß mit vollem Namen Miguel Ortiz Rios, ein US-Kubaner der ersten Generation. Auch Jacks Mutter war gebürtige Kubanerin, aber das erwähnte er Miguel gegenüber nicht. Sie war nur einige Stunden nach seiner Geburt gestorben, daher waren seine hispanischen Wurzeln lediglich genetischer Art und er war ungefähr so kubanisch wie ein Cowboy aus dem Mittelwesten. Wenn er Miguel gegenüber durchblicken ließ, dass er halber Kubaner war, würde der garantiert anfangen, spanisch zu sprechen, und wenn Jack sich dann höflich bemühte, auf Spanisch zu antworten, würde Miguel schnell zum Englischen zurückkehren und Jack für einen elenden Lügner und Scheißgringo halten, der sich bei ihm einschmeicheln wollte, indem er behauptete, ebenfalls ein Latino zu sein.

»Ich nehme nicht an, dass Sie mich hierher eingeladen haben, um mir Meeresfrüchte schmackhaft zu machen«, sagte Miguel.

Jack musste lächeln. »Stimmt. Obwohl die hier verdammt gut sind.«

»Also dann, einmal die Meeresfrüchte«, sagte Miguel zur Kellnerin. »Und ein Glas Wasser.«

»Und ich nehme den großen Tunfisch«, sagte Jack.

»Die sind alle gleich groß«, erwiderte die junge Frau.

Jack merkte, dass ihm ein Freudscher Versprecher unterlaufen war. »Entschuldigen Sie. Ich meinte einfach Tunfisch. Angebraten. Nicht ganz durch. Und dazu Eistee.«

Nachdem die Kellnerin die Bestellungen aufgenommen hatte, ließ sie die beiden allein. Die Mittagsgäste strömten ins Restaurant und bald bildeten die Gespräche um sie herum eine gleichmäßige Geräuschkulisse.

»Bevor wir beginnen, Mike –«, sagte Jack.

»Ich heiße Miguel. Nur Sally hat mich Mike genannt.«

»Tut mir Leid. Ich wollte Sie nur darauf hinweisen, dass Sie natürlich das Recht haben, Ihren Anwalt zu dem Gespräch hinzuzuziehen.«

»Vergessen Sie's. Parker Aimes kriegt einen Riesenbatzen, falls ich die sechsundvierzig Millionen erbe, aber auch wenn wir verlieren, muss ich ihm einen reduzierten Stundensatz zahlen. Daher nehme ich seine Dienste nach Möglichkeit nur wenig in Anspruch.«

Interessant, dachte Jack, dass Miamis führender Nachlassanwalt die Chancen des Ex-Mannes nicht hoch genug einschätzte, um einen festen Honorarsatz zu vereinbaren. »Es gibt ein paar Dinge, die ich über Sally und Sie in Erfahrung bringen möchte, aber lassen Sie mich mit der entscheidenden Frage beginnen. Was hat Sally sich Ihrer Meinung nach bei der Abfassung dieses Testaments gedacht?«

»Wie ich schon bei dem Treffen sagte, hat Sally, soweit ich weiß, niemanden auf der Liste von Erben geliebt. Von einigen weiß ich, dass sie sie gehasst hat.«

»Sie hinterlässt also Leuten, die sie hasst, sechsundvierzig Millionen Dollar?«

»Nein«, erwiderte Miguel. »Sie hat verfügt, dass ihre Feinde sich um sechsundvierzig Millionen Dollar schlagen sollen, an die sie vermutlich nie herankommen werden.«

»Sie betrachten sich selbst als einen ihrer Feinde?«

»Das ist ziemlich kompliziert.«

»Versuchen Sie's einfach.«

»Ich habe Sally nie für meinen Feind gehalten. Nie. Nicht mal in den schlimmsten Zeiten.«

»Aber Sie haben einen abgebrühten Scheidungsanwalt engagiert.«

»Ich habe ihn nicht wirklich engagiert. Gerry Colletti hat mir einen Freundschaftsdienst erwiesen, kostenlos.«

»Ist er immer noch Ihr Freund?«

»Nein.«

»Was ist passiert?«

»Eigentlich nichts. Ich habe nur irgendwann begriffen, dass Sally in Bezug auf ihn Recht hatte. Er ist ein Scheißkerl.«

»Glauben Sie, dass das einer der Gründe ist, warum Sally Sie als Feind betrachtet hat? Dass Sie sich so einen Scheißkerl als Anwalt genommen haben?«

»Ich verstehe, worauf Sie hinauswollen, aber meine Antwort lautet nein. Die Wahrheit ist, ich habe nicht zugelassen, dass Gerry ihr die Daumenschrauben anlegte. Ich will Ihnen das an einem Beispiel verdeutlichen. Sally und ich hatten dieses Restaurant. Wir hatten es von Gerry gekauft. Es war ein absoluter Reinfall und wir mussten schließen. Ich habe alle Schulden übernommen. Unser persönlicher Besitz verblieb bei Sally. Ich hatte damals das Gefühl, dass sie sich psychologisch nie wieder erholen würde, wenn ich sie in ein finanzielles Loch fallen ließe.«

»Klingt ziemlich großherzig.«

»Nachdem das mit unserer Tochter passiert war, galten ganz neue Regeln. Nach so einer Tragödie versucht man, miteinander ins Reine zu kommen.«

»Hat Sally das auch so gesehen?«

Er lächelte Jack traurig an und schüttelte langsam den Kopf.

»Leider nein. Sally war eine liebenswerte, warmherzige Frau. Aber sie war seitdem verändert.«

»Was hat sie denn verändert?«

Miguels Lächeln war verschwunden. »Unsere Tochter wurde bei uns zu Hause ermordet. Das kann einen schon verändern, meinen Sie nicht?«

Jack senkte den Blick, es war ihm ein bisschen peinlich, die Frage gestellt zu haben. »Es ist das Schlimmste, das ich mir vorstellen kann. Und es tut mir Leid, dass Sally und Ihnen das passiert ist.«

»Danke«.

Mehrere Leute gingen an ihnen vorbei auf dem Weg zu einem freien Tisch. Jack wartete, bis sie weitergegangen waren, dann fuhr er fort: »Aber auch so ein schreckliches Ereignis wie der Tod eines Kindes muss nicht unbedingt eine Ehe zerstören. Manchmal wenden sich die Ehepartner einander mehr zu und stützen einander.«

»Sie sprechen wohl von denen, die sich nicht gegenseitig die Schuld geben für das, was passiert ist.«

Die Kellnerin kam kurz an ihren Tisch und servierte die Getränke. Jack rührte Zucker in seinen Eistee. »Ist es das, was bei Ihnen beiden schief gelaufen ist? Haben Sie sich gegenseitig die Schuld zugeschrieben?«

»Ich weiß nicht, was bei uns schief gelaufen ist. Wir haben uns Mühe gegeben. Ich habe mich *wirklich* bemüht, für sie da zu sein. Aber sie wollte keine Hilfe. Zumindest nicht von mir.«

»Hat sie Ihnen die Schuld an dem gegeben, was Ihrer Tochter zugestoßen ist?«

»Nein.«

»Haben Sie ihr die Schuld daran gegeben?«

Er schwieg einen Augenblick, als wäre er sich nicht sicher, was er antworten sollte. Schließlich sagte er: »Sie *dachte,* ich würde das tun.«

»Wie kam sie darauf?«

»Ich weiß es nicht genau.«

»Und was vermuten Sie?«

Wieder schwieg er, schien mit sich zu ringen. »Sally hatte diesen ... Job. Ich fand ihn ziemlich ätzend.«

»Den Hooters Job?«

Er blinzelte, als machte es ihn verlegen, dass Jack darüber Bescheid wusste. »Ich möchte nicht, dass Sie sich ein falsches Bild von Sally machen. Sie war eine wundervolle Mutter. Sie hat ja nicht auf Tischen getanzt oder so was Ähnliches. Aber wir hatten einfach dieses erbärmliche Restaurant am Hals, von dem ich Ihnen erzählt habe. Dann kam diese Überschwemmung, wir waren nicht versichert, und alles war zum Teufel. Wir hatten einen Haufen Schulden und brauchten mehr Geld, als man sich vorstellen kann. Wir mussten jeden Scheißjob annehmen, um uns wieder zu berappeln. Ich hätte mir nur gewünscht, sie hätte etwas Besseres gefunden.«

»Haben Sie sie gebeten aufzuhören?«

»Wir haben darüber gesprochen. Aber die Trinkgelder in einem Laden wie Hooters sind nicht zu verachten. Die Touristen trinken einen über den Durst, na ja, Sie wissen schon. Jedenfalls hat sie in dem Laden in vier Stunden so viel verdient wie anderswo in acht. Und so blieb ihr noch etwas Zeit für Katherine.«

»Sie hat den Job also weiter gemacht?«

»Ja. Ein Riesenfehler.«

»Wieso?«

Miguel riss eine Packung Crackers auf. »Irgendwann hat so ein Penner angefangen, sie zu belästigen.«

»Jemand hat sie belästigt?«

»Davor hatte ich immer die meiste Angst. Manche von diesen Widerlingen, die in solchen Bars herumhängen, glauben, dass die Kellnerinnen dort nur auf sie warten und dass sie leicht zu haben sind. Sie verstehen, was ich meine?«

»Was ist denn passiert? Hat jemand sie dauernd angerufen, ist ihr nach Hause gefolgt oder was?«

»Ich kenne die Einzelheiten nicht. Erst nachdem unsere Tochter ermordet worden war, hat sie mir überhaupt davon erzählt.«

»Warum nicht eher?«

»Wenn ich spitzgekriegt hätte, dass sie jemand bei der Arbeit belästigt, hätte ich ihr verboten, weiter dort zu jobben, das war ihr klar. Und sie wusste auch, dass ich dem Mistkerl das Genick gebrochen hätte, wenn ich herausgefunden hätte, wer es war.«

»Haben Sie rausgekriegt, wer der Mann war?«

»Nein. Dieses verdammte Arschloch. Sally sagte, er hätte sie mit anonymen Anrufen aus Telefonzellen verfolgt, solche Sachen. Sie hat ihn nie gesehen. Vielleicht hätten die Cops ja was unternehmen können, wenn sie Anzeige erstattet hätte, aber sie hatte Angst, den Kerl zu provozieren. Sie dachte, dass er von selbst aufhören würde, wenn sie ihn ignorierte.«

»Und hat er aufgehört?«

»Im Gegenteil.« Miguel starrte auf den Tisch und fügte traurig hinzu: »Und unsere Tochter musste dafür bezahlen.«

Jack stellte seine Tasse wieder ab. »Wollen Sie damit sagen, dass dieser anonyme Anrufer Ihre Tochter getötet hat?«

»Ich kann es nicht beweisen. Vor allem da Sally bis zum Mord an unserer Tochter keinem Menschen was davon erzählt hat, dass sie belästigt wurde. Wenn sie den Mann angezeigt hätte, gäbe es vielleicht einen Anhaltspunkt. Anscheinend ist der Kerl nach dem Mord spurlos verschwunden. Die Polizei tappte im Dunkeln.«

»Er wurde also nie vor Gericht gebracht?«

»Niemand wurde vor Gericht gebracht.«

»Gab es denn irgendwelche Verdächtigen?«

»Nein. Aber *ich* musste an den Lügendetektor. Diese Idioten. Können den Täter nicht finden, also beschuldigen sie den Vater.«

Jack ließ einen Augenblick verstreichen, bemüht, taktvoll zu sein. »Und was kam dabei heraus?«

»Genau das, was Sally und ich erwartet hatten. Sie haben mir drei Fragen gestellt: Haben Sie Ihre Tochter getötet, haben Sie Ihre Tochter erstochen, haben Sie Ihrer Tochter irgendetwas angetan? Ich habe den Test natürlich bestanden.«

»Glauben Sie immer noch, dass der Anrufer der Mörder war?«

»Daran habe ich nicht den geringsten Zweifel. Wer sonst soll es gewesen sein? Wie viele Feinde kann ein kleines unschuldiges Mädchen denn schon haben?«

»Machen Sie Sally dafür verantwortlich, dass der Täter so einfach davongekommen ist?«

»Nicht im Geringsten. Ich bin Polizist. Ich gehöre nicht zu den Leuten, die die Schuld beim Opfer suchen.«

»Freut mich, das zu hören.«

»Aber irgendwie hatte sich Sally in den Kopf gesetzt, ich würde annehmen, dass alles ihr Fehler gewesen ist. Von da an war's vorbei mit unserer Ehe. Ich bin davon überzeugt, dass ich jetzt nur deshalb Teil ihres Spielchens bin. Wahrscheinlich war ich der Erste auf ihrer Liste.«

»Aber Sie sind nicht der Einzige auf der Liste.«

»Stimmt.«

»Warum befinden sich die anderen darauf? Haben Sie eine Erklärung?«

Die Kellnerin brachte das Essen. »Bitte sehr, die Herren«, sagte sie und stellte ihnen die Teller hin. »Noch irgendwelche Wünsche?«

»Nein, danke«, antworteten sie einstimmig.

Miguel goss sich Cocktailsoße über die Meeresfrüchte. Jack wartete immer noch auf eine Antwort, aber durch das kurze

Auftauchen der Kellnerin hatte Miguel anscheinend den Faden verloren. Jack fragte noch einmal. »Wissen Sie, warum die anderen auf Sallys Liste stehen?«

Miguel zuckte die Achseln und erwiderte mit vollem Mund: »Da müssen Sie sie schon selbst fragen.«

Jack nickte und betrachtete das Essen. Aber er hatte plötzlich den Appetit verloren. »Das habe ich auch vor«, sagte er.

## *Dreizehn*

Um drei Uhr nachmittags war Jack wieder in seiner Kanzlei. Nach dem Mittagessen hatte er an einer eidlichen Zeugenvernehmung teilgenommen und eigentlich erwartet, dass diese den Rest des Tages in Anspruch nehmen würde, aber die gegnerische Seite hatte erbost die Sitzung verlassen, als Jack darauf bestanden hatte, dass der Zeuge ihm erklärte, wie er sich die Augenbrauen vollständig versengt hatte, wo er doch gleichzeitig behauptete, Jacks Mandant hätte sein Geschäft selbst abgefackelt.

*»Mr Valentes, ich werde diese Frage so oft wiederholen, bis Sie mir genau beschreiben, was mit Ihren Augenbrauen passiert ist.«*

*»Welche Augenbrauen?«*

*»Die, die Sie einmal hatten.«*

*»Das reicht, Swyteck. Wir gehen.«*

Miami war die Stadt mit der größten Ansammlung der dümmsten Verbrecher.

Kaum hatte er die Kanzlei betreten, stieg ihm der würzige Duft von kubanischem Kaffee in die Nase. Maria hatte schon die tägliche Koffeindosis für ihn vorbereitet. Seit fast sieben Jahren war sie seine Sekretärin. An seinem zweiten Arbeitstag als Staatsanwalt hatte sie bei ihm angefangen und war bei ihm geblieben, als er seine eigene Kanzlei eröffnet hatte. So kurz nach seiner Scheidung war es beruhigend zu wissen, dass er wohl doch zu einer stabilen, langfristigen Beziehung zum anderen Geschlecht fähig war. Zwar war er, was Frauen anging, nicht übertrieben wählerisch, aber nach seiner Ehe mit Cindy Paige hatte er doch ein paar minimale Ansprüche – und dazu gehörte in erster Linie gesunder Menschenverstand. Seine Großmutter mütterlicherseits, *Abuela,* wie er sie nannte, würde natürlich das Thema gesunder Menschenverstand einfach beiseite wischen, wenn er nur ein nettes kubanisches Mädchen mit nach Hause brächte. Nur war Maria leider verheiratet.

»Und wie ist die Zeugenvernehmung gelaufen, Jack?«, fragte sie, während sie ihm seine *taza* mit Espresso reichte.

»Ach, wie immer.«

Sie schüttelte lächelnd den Kopf, denn diese Bemerkung konnte ebenso gut bedeuten, dass es langweilig gewesen war, wie auch, dass sie mit Fäusten aufeinander losgegangen waren.

Auf dem Weg zu seinem Büro kam Jack am Besprechungszimmer vorbei, das auch als Bibliothek diente. Durch die offene Tür sah er, dass Kelsey am Computer saß und mit Recherchen beschäftigt war. Sie trug Joggingschuhe und eng anliegende schwarze Sportleggings, die genügend von der ehemaligen Tänzerin freigaben, um unter dem weiten T-Shirt einen perfekten Körper erahnen zu lassen.

»Erwartest du heute noch einen Mandanten?«, fragte er und steckte seinen Kopf zur Tür hinein.

Sie warf einen Blick auf ihre Kleidung. »Tut mir Leid. Ich war auf dem Weg zu ›Body und Soul‹ und wollte nur eben mal vorbeischauen.«

Er nahm an, dass sie nicht von irgendeiner Sekte sprach. »Viel Spaß im Fitnessstudio.«

»Danke.«

Er war schon im Begriff weiterzugehen, drehte sich jedoch noch einmal zu ihr um. »Ach, da fällt mir ein, könntest du mir einen Gefallen tun.«

»Klar. Was denn?«

»Es geht um den Fall Sally Fenning. Ich habe mich zum Mittagessen mit ihrem Ex-Mann getroffen.«

»Und wie war's?«

In kurzen Zügen setzte er sie ins Bild. Er erzählte ihr von dem Anrufer, den Miguel für den Mörder seiner Tochter hielt, und auch, dass Sally offenbar geglaubt hatte, ihr Mann würde ihr die Schuld an der Tragödie geben.

»Wie schätzt du ihn denn ein?«, fragte Kelsey. »Ist er der Typ, der die Schuld beim Opfer sucht?«

»Er sagt nein. Und er macht auch nicht den Eindruck.«

»Also ein anständiger Mann? Oder tut er nur so?«

»Ich bin mir nicht ganz sicher. Ich habe mir mal seine Scheidungsakte angesehen, um vielleicht ein paar Hinweise zu finden.«

»Und?«

»Es war so, wie er gesagt hat. Dieser Hai, Gerry Colletti, war zwar sein Anwalt, aber Miguel hat ihn an der kurzen Leine gehalten. Sally wurden sämtliche Vermögenswerte zugesprochen, Miguel die Schulden. Offenbar hat es keine großen Auseinandersetzungen gegeben.«

»Bleibt die Frage: Was hat der Scheidungsanwalt auf Sallys Liste zu suchen?«

»Genau«, erwiderte Jack. »Und das ist der Punkt, an dem du gefragt bist.«

Kelsey nahm sich Stift und Papier. »Schieß los.«

»Leg den Stift weg. Es geht nicht um Nachforschungen.«

Sie lächelte. »Soll das heißen, ich bekomme tatsächlich mal etwas außerhalb der Bibliothek zu tun?«

»Vielleicht. Ich erkläre dir, worum es geht. Ich kann mir vorstellen, dass Sally ihr Testament absichtlich in dieser Form aufgesetzt hat, um ihren Ex-Mann mit dem Gedanken zu quälen, er könnte eines Tages reich werden. Ich habe keine Kinder, aber wenn ich an meine Beziehung zu Nate denke, dann bin ich mir ziemlich sicher, dass es mich mit grenzenloser Wut erfüllen würde, wenn mir jemand die Schuld an der Ermordung meines Kindes gäbe.«

»Das würde mir genauso gehen.«

»Aber wie du schon sagtest, das erklärt nicht, warum ihr Scheidungsanwalt auf der Liste steht. Und bei meinem Gespräch mit Miguel Rios ist absolut nichts zur Sprache gekommen, was darauf hinweisen könnte, warum Sally gegenüber den anderen Erben eine solche Riesenwut empfinden sollte.«

»Glaubst du, Mr Rios verschweigt dir etwas?«

»Entweder er verschweigt mir etwas, oder da ist etwas, von dem er selbst nichts weiß.«

»Und wie kriegen wir das raus?«

»Ich habe gleich nach dem Mittagessen mit Tatum gesprochen. Er hat Sally aufgrund der Empfehlung ihres Leibwächters kennen gelernt. Tatum sagt, der Mann ist bereit, heute Abend mit mir zu reden. Er ist Rausschmeißer in einem Club in South Beach und hat Tatum gesagt, er würde mir ein paar Minuten von seiner Pause opfern. Vielleicht kann er mir was Erhellendes erzählen.«

»Ganz bestimmt. Und welche Aufgabe hast du mir dabei zugedacht?«

»Ich möchte, dass du mich begleitest.«

»Wow. Echte Detektivarbeit. Dafür würde jeder Jurastudent im sechsten Semester alles hergeben.«

»Ich muss allerdings gestehen, dass ich ein schlechtes Gewissen dabei habe.«

»Wieso? Weil du einem hirnlosen Neandertaler ein paar Fragen stellen willst und annimmst, dass er mit einer gut aussehenden Frau wahrscheinlich eher redet als mit einem Jack Swyteck?«

Jack trat überrascht einen Schritt zurück. »Wie ... kommst du darauf?«

»Erstens, weil du bis zu einem gewissen Grad genau so ein Neandertaler bist wie er. Das verschafft uns Frauen eindeutig den Vorteil zu erkennen, worauf ihr Männer wirklich aus seid.«

»Aha.«

»Zweitens hat Tatum vor einer halben Stunde hier im Büro angerufen und mir von dem Plan erzählt. Er meinte, das Treffen könnte erheblich produktiver verlaufen, wenn ich dabei wäre und ein bisschen Dekolleté zeigte.«

»Ich habe dich nicht gebeten, Dekolleté zu zeigen«, sagte Jack.

»Soll ich oder nicht?«

Er antwortete nicht.

»Jack?«

»Ich denke nach«, erwiderte er. »Ich weiß nicht, ob es auf diese Frage eine passende Antwort gibt.«

»Wenn es dir unangenehm ist, können wir die ganze Sache auch vergessen. Ich muss ja nicht mitkommen.«

»Doch, ich möchte, dass du dabei bist. Und wenn es nur dazu dient, dass du eine praktische Erfahrung machst.«

»Wenn ich nur eine Erfahrung machen wollte, würde ich mir einen Nadelstreifenanzug anziehen und als Jack-Swyteck-Klon auftreten. Aber als Frau bringe ich Vorzüge ins Spiel, die du nicht hast. Und das ist völlig in Ordnung so.«

»Meinst du das ernst?«

»Allerdings«, antwortete sie gereizt. »Mir hängen diese politisch korrekten Dogmen, denen wir uns dauernd unterwerfen, zum Hals heraus. Wir bejubeln die Vielfalt, aber wehe wir zeigen, dass wir verschieden sind. Geht dir das nicht auch auf die Nerven?«

»Ich möchte einfach nicht, dass du dich genötigt fühlst, irgendetwas zu tun, was dir widerstrebt.«

»Herrgott nochmal, wir wollen einen Mann in einem Nachtklub am South Beach befragen. Es bringt mich nicht in Verlegenheit, mich so anzuziehen, wie es Frauen eben tun. Du bist einfach zu altmodisch, Jack.«

»Altmodisch?«

»Das ist doch die alte Debatte um Geist und Schönheit. Warum sollte es einer Frau schaden, ihren Sexappeal einzusetzen?«

»Vielleicht weil es erniedrigend ist?«, wandte er ein.

»Tatsächlich? Denk doch mal nach. Was macht es für einen Unterschied, ob man mit seiner Schönheit oder seinem Grips angibt? Intelligenz ist ebenso angeboren wie Aussehen. Achtundneunzig Prozent sind genetisch bedingt. Dein IQ ist ebenso wenig dein persönliches Verdienst wie die Größe deiner Poren. Wenn du mich fragst, haben nur die Menschen, die sich bemühen, nette Zeitgenossen zu sein, das Recht, sich für was Besseres zu halten. Das ist der einzige Charakterzug, über den wir selbst die Kontrolle haben. Aber wenn du wirklich ein netter Mensch bist, rennst du natürlich nicht herum und brüstest dich damit, dass du besser bist als andere.«

Jack dachte schweigend nach.

»Hast du eigentlich gehört, was ich gesagt habe?«, fragte Kelsey.

»Ja. Ich habe mich nur etwas gefragt.«

»Was denn?«

»Ob du heute Abend mit Dekolleté oder ohne erscheinst.«

Sie knüllte ein Blatt Papier zusammen und warf es nach ihm. »Du Neanderthaler.«

Jack lächelte. »Ich schleppe dich um zehn ab.«

»Hoffentlich nicht an den Haaren.«

»Nur wenn du im Leopardenfell aufkreuzt«, sagte er und verschwand in sein Büro.

## *Vierzehn*

Das Bürogebäude von Miamis führender Tageszeitung befand sich im nördlichen Teil von Downtown, direkt an der Biscayne Bay mit Blick auf die Kreuzfahrtschiffe, die im Hafen von Miami vor Anker lagen, und auf die Art-Deco-Skyline von Miami Beach in der Ferne. Nachts jedoch wurden die großen Fenster zu Spiegeln und ohne die atemberaubende Aussicht wirkte die Büroetage der *Miami Tribune* im fünften Stock wie eine nackte Fabrikhalle. Zwischen dem beigefarbenen Teppichboden und den fluoreszierenden Neonröhren erstreckte sich ein Labyrinth aus schulterhohen Trennwänden, die die Arbeitsplätze von etwa einhundertfünfzig Journalisten und Sekretärinnen abteilten, jeder mit einem grauen Schreibtisch, einem Video-Monitor und einem unablässig klingelnden Telefon ausgestattet.

Deirdre Meadows starrte nachdenklich auf ihren Monitor.

Seit sie erfahren hatte, dass Sally Fenning sie zu einer von sechs Erben ihres sechsundvierzig-Millionen-Dollar-Vermögens bestimmt hatte, zerbrach sie sich fieberhaft den Kopf darüber, wie sie daraus eine gute Story machen konnte. Alle Voraussetzungen dafür waren vorhanden. Sally war nicht nur eine schöne junge Frau mit einer tragischen Vergangenheit und einem millionenschweren zweiten Ehemann gewesen, sie hatte auch bei der Aufteilung ihres Vermögens eine perfide Kreativität an den Tag gelegt, deren geheimnisvollen Hintergründe Deirdre zu enträtseln gedachte. Nach langem Überlegen hatte sie sich für eine dreiteilige Artikelserie entschieden: Sally und ihre Tochter als Opfer eines Verbrechens, Sallys Ehe mit einem

Millionär und ihr gewaltsamer Tod, Sally, die noch aus dem Grab das Leben von sechs Erben manipulierte, die scheinbar nichts miteinander verband und von denen am Ende nur einer das gesamte Vermögen erben würde. Diese Idee hatte Deirdre am späten Nachmittag ihrem Chefredakteur unterbreitet und sich prompt eine Abfuhr eingehandelt.

»Tut mir Leid, Deirdre. Unser Budget reicht einfach nicht aus, um so umfangreiche Recherchen zu finanzieren.«

»Ein Großteil der Recherchen ist doch bereits erledigt.«

»Das Argument hab ich schon zu oft gehört.«

»Aber es stimmt«, erwiderte sie. »Ich habe vor fünf Jahren die Berichte über den Mord an ihrem Kind geschrieben, das heißt also, Teil eins habe ich mehr oder weniger schon in der Schublade.«

»Und das ist genau der Teil der Geschichte, der keinen Neuigkeitswert mehr besitzt.«

»Der Rest erfordert gar nicht mehr so viel Arbeit, wie Sie glauben. Aus irgendeinem Grund hat Sally Fenning mich in ihrem Testament zum Erben bestimmt. Schon aus eigenem Interesse muss ich da Nachforschungen anstellen, da könnte ich doch auch gleich eine Story daraus machen.«

Er verzog das Gesicht. »Das ist das eigentliche Problem. Sie mögen mich für altmodisch halten, aber ehrlich gesagt, gefällt es mir nicht, wenn Journalisten Geschichten schreiben, in die sie selbst verwickelt sind.«

»Ich bin nicht darin verwickelt. Das ist reiner Zufall. Ich glaube, sie hat nur deswegen eine Journalistin zur Erbin bestimmt, damit die Geschichte geschrieben wird.«

»Und das ist Ihrer Meinung nach der Grund, warum wir die Story bringen sollten?«, fragte er ungläubig. »Das klingt für mich wie eine kreative Form von Scheckbuch-Journalismus.«

Damit war das Thema beendet. Deirdre hatte seine Antwort nicht gefallen, aber sie drängte ihn nicht weiter, denn sie wollte nicht riskieren, dass er sie für die nächsten zwei Monate dazu verdonnerte, über Chili-Wettessen und die Wahl von Schülerparlamenten an Highschools und dergleichen zu berichten.

Deirdre legte die Finger auf die Tastatur. Sie könnte sich über seinen Kopf hinwegsetzen, einfach anfangen zu schreiben und ein paar überzeugende Seiten produzieren. Das war eine Möglichkeit. Sie war riskant, aber in ihrer Branche gab es keinen Erfolg ohne Risiko. In den Nachrichtenredaktionen im ganzen Land wimmelte es nur so von talentierten Journalisten. Den Pulitzerpreis gewann man nicht, indem man angesichts von Ablehnung kuschte. Vor allem, wenn der Mann, der die Ablehnung aussprach, ein Idiot war.

Sie ließ ihre Finger über die Tasten tanzen, Wörter erschienen auf dem Bildschirm. Plötzlich klingelte ihr Telefon.

»Meadows«, meldete sie sich.

»Wollen Sie wissen, wer Sally Fenning getötet hat?«, fragte ein Mann. Seine Stimme klang tief und mechanisch. Zweifellos sprach er durch einen Stimmenverzerrer, wie man ihn in jedem Elektronikladen von Downtown Miami kaufen konnte.

Deirdre antwortete nicht sofort. Sie war umgeben von der für Redaktionsräume typischen Geräuschkulisse zahlloser gleichzeitig geführter Gespräche und hielt sich das freie Ohr zu, wie um sich zu vergewissern, dass sie richtig gehört hatte. »Was haben Sie gesagt?«

»Ich glaube, Sie haben mich richtig verstanden.«

»Wer sind Sie?«

»Warum sollte ich meine Stimme verstellen, wenn ich vorhätte, Ihnen zu sagen, wer ich bin?«

»Warum rufen Sie mich an?«

»Weil ich eine Geschichte habe, die veröffentlicht werden muss. Wie würde es Ihnen gefallen, das für mich zu tun?«

Ihr Herz raste. Sie klemmte den Telefonhörer zwischen Ohr und Schulter und suchte Stift und Papier. »Ich höre.«

»Ich war an der Auffahrt zur 1-395, wo sie erschossen wurde. Ich habe gesehen, wie es passiert ist.«

»Was haben Sie gesehen?«

»Alles.«

»Fangen wir ganz von vorne an. Weswegen waren Sie dort?«

»Nein, fangen wir wirklich *ganz* von vorne an. Was springt dabei für mich raus?«

Sie überlegte, was sie sagen sollte. »Ich verstehe nicht recht, was Sie meinen.«

»O doch, das tun Sie.«

»Hören Sie, ich kann Sie nicht für eine Story bezahlen.«

»Als Journalistin der hoch angesehenen *Miami Tribune* können Sie das nicht, stimmt. Aber als neugierige Erbin von Sally Fennings Vermögen dürften Sie doch durchaus bereit sein, einem netten Menschen eine Aufwandsentschädigung zu zahlen.«

Ihre Hand umklammerte den Telefonhörer. Sie wollte diese Informationen haben. Unbedingt. »Warum sollte ich Ihnen überhaupt ein Wort glauben?«

»Weil ich Ihnen den Ehering mit dem vierkarätigen Diamanten zeigen kann, den Sally Fenning trug, als sie erschossen wurde – und den sie nicht mehr am Finger hatte, als die Polizei die Leiche fand.«

Deirdre lief ein eiskalter Schauer über den Rücken. Instinktiv schaute sie hinter sich, ein unbewusstes Eingeständnis, dass ihre Vorgesetzten ihr Verhalten nicht gutheißen würden. »Wir sollten miteinander reden.«

»Sie möchten den Ring sehen, nicht wahr?«

»Ja.«

»Dann treffen wir uns auf meinem Terrain, nicht auf Ihrem.«

Sie zögerte einen Augenblick, dann sagte sie: »Wo?«

Er lachte in sich hinein. »Nicht so eilig. Geben Sie mir Ihre Handynummer. Ich rufe Sie an und sage Ihnen, wo Sie hinkommen sollen.«

Sie gab ihm die Nummer, dann fragte sie: »Wann darf ich mit Ihrem Anruf rechnen?«

»Ich arbeite bis Mitternacht. Sehen Sie zu, dass Ihr Handy dann eingeschaltet ist.«

»Heute Nacht?«

»Ja. Es sei denn, Sie würden es lieber aufschieben. Aber vielleicht sind Sie ja auch gar nicht an der Sache interessiert, dann rufe ich halt jemanden beim *Sun-Sentinel* an.«

»Nein«, erwiderte sie, bemüht, sich ihre Aufregung nicht allzu sehr anmerken zu lassen. »Das geht schon in Ordnung. Heute Nacht passt mir gut.«

»Noch etwas.«

»Ja?«

»Ich möchte keine Zeugen. Nur Sie und ich. Kapiert?«

Sie schluckte. »Kapiert.«

Er verabschiedete sich. Dann klickte es und die Verbindung war unterbrochen.

# *Fünfzehn*

Jack fuhr in seinem Mustang in der Nähe von Kelseys Wohnung vorbei, als sein Handy klingelte. Es war Nate.

»Du musst lauter reden, Kumpel, ich kann dich nicht verstehen.«

»Geht nicht«, sagte Nate. »Mami glaubt, ich schlafe. Ich telefoniere unter der Bettdecke.«

»Dann solltest du vielleicht lieber auflegen und schlafen.«

»Nein, nein, warte. Ich muss dich was fragen.«

Jack hielt an einer roten Ampel. »Was denn?«

»Bist du heute Abend mit meiner Mom verabredet?«

Jack spürte die Hoffnung in Nates Stimme, genau das, was ihn bisher davon abgehalten hatte, an eine Affäre mit Kelsey überhaupt zu denken. Mit der Mutter anzubandeln, war ein absolutes Tabu bei dieser Großer-Bruder-Sache. Wenn es schief ging, war es immer das Kind, das darunter zu leiden hatte.

»Nein«, sagte Jack. »Das ist keine Verabredung, das ist Arbeit.«

»Und warum hat sie dann fünfzehn verschiedene Kleider anprobiert?«

Jack musste an das Gespräch über das Dekolleté denken, aber darüber würde er auf keinen Fall mit Nate diskutieren. »So sind Frauen nun mal, Nate. Das wirst du irgendwann auch verstehen.«

Nate versuchte, das Thema noch weiter zu verfolgen, aber Jack ließ sich nicht darauf ein. »Wir sehen uns am Wochenende, okay, Kumpel?«

»Na gut«, erwiderte der Junge widerwillig. Sie wünschten sich eine gute Nacht und beendeten das Gespräch.

Jack hielt vor Kelseys Haustür, aber er war ein paar Minuten zu früh. Er wartete in der Einfahrt, ließ ihr Zeit, das sechzehnte Kleid anzuprobieren, dann um Punkt 22.00 Uhr klingelte er. Kelsey öffnete lächelnd.

»Alles klar?«, fragte sie.

»Alles klar.«

Sie hatte sich für Rot entschieden, eine passende Farbe für einen Club in South Beach. Statt eines tief ausgeschnittenen Fummels mit übertriebenem Sexappeal trug sie ein geschmackvolles, schulterfreies Kleid, in dem sie umwerfend aussah. Sie hatte sich die Haare hochgesteckt, was ihren langen Hals und ihre Schultern zur Geltung brachte. Sie hatte wunderschöne, muskulöse Arme, das war ihm bisher nie aufgefallen. Ihre Bewegungen waren die einer Tänzerin, selbstsicher und elegant, sie hatte eine perfekte Haltung, entspannt und ohne jede Steifheit.

»Schönes Kleid«, sagte Jack.

»Das? Ach, das habe ich mir ohne langes Suchen angezogen.«

Jack lächelte vor sich hin und erwähnte nichts von Nates Anruf.

Die Fahrt nach South Beach dauerte eine Viertelstunde, aber dann mussten sie vor dem Eingang zum Club Vertigo an der belebten Washington Avenue eine halbe Stunde warten, bis ihr Wagen von einem Clubangestellten geparkt wurde. Als sie endlich eingelassen wurden, war es nach elf, aber in dieser Gegend, wo offenbar bis Mittag geschlafen und bis zum Morgengrauen gefeiert wurde, ging das Nachtleben gerade erst los.

Es schien eine Ewigkeit her zu sein, seit Jack sich in der Club-Szene herumgetrieben hatte, und noch länger, seit er mit einer Frau unterwegs gewesen war, die wie Kelsey alle Blicke auf sich zog. Was sich in South Beach nie zu ändern schien, war der Mangel an Feingefühl, mit dem die Leute sich gegenseitig mit abschätzenden Blicken bedachten. Das hatte nichts mehr mit Lässigkeit zu tun. Am Outfit wurde der Status gemessen, den man in der Welt der Clubs hatte. Wenn South Beach im Silicon Valley läge, würden die Leute die neuesten Chips um den Hals tragen.

»Hast du den Bodyguard schon irgendwo entdeckt?«, fragte Kelsey.

»Ich weiß ja noch nicht mal, wie der aussieht.«

»Halt einfach Ausschau nach dem Mann mit den meisten Muskeln.«

Jack lachte in sich hinein. »Er hat gesagt, wir sollen der Frau hinterm Tresen unsere Namen nennen. Sie würde ihn dann rufen.«

Der Besucherstrom bewegte sich langsam vorwärts und sie näherten sich dem Eingang. Jedes Mal, wenn die Türen sich öffneten, schlug Jack eine Mischung aus blitzenden Lichtern und kreischender Musik entgegen und die Vibration der Bässe fühlte er in seinen Füßen. Plötzlich schoss ihm ein Gedanke durch den Kopf, der ihn froh sein ließ, dass dies kein Rendezvous war. Er war gerade dabei, in Begleitung einer professionellen Tänzerin einen Club zu betreten. Das war ungefähr so, als würde man mit seiner Sexualtherapeutin ins Bett gehen. *Nein, nein, nein. Du musst deine Hüften so bewegen.* Das hätte ihm gerade noch gefehlt.

Endlich standen sie vor dem Absperrseil. Der Gorilla am Eingang musterte Jack von oben bis unten, dann konzentrierte er sich auf Kelsey.

»Gehören Sie zusammen?«, fragte er sie, als könnte er es nicht fassen.

Jack wollte dem Typen gerade eine passende Antwort geben, als Kelsey seinen Arm nahm und sich an ihn schmiegte. Es war klar, dass sie nur auf das Spiel einging, dennoch genoss Jack es, ihre Nähe zu spüren.

»Ist das ein Problem?«, fragte sie trocken.

Frechheit siegte in South Beach, und er fand es zugleich amüsant und interessant, dass Kelsey darüber offenbar verfügte. Der Gorilla löste das Seil und bedeutete ihnen mit einer Kopfbewegung, dass sie eintreten konnten.

Der Vertigo Club war in einem ehemaligen Hotel untergebracht, das man völlig entkernt und mit einem vier Stockwerke hohen Atrium versehen hatte. Die Hauptbar und die Tanzfläche befanden sich im Erdgeschoss, und wenn man von der Mitte der Tanzfläche nach oben schaute, verstand man sofort, woher der Club seinen Namen hatte. Mehrere riesige Spiegel, die in unterschiedlichen Winkeln aufgehängt waren, ließen nur schwer erkennen, ob man nach oben oder nach unten blickte. Bei der laut dröhnenden Musik, den zuckenden Lichtern und schwitzenden Körpern überall um einen herum konnte einem nur schwindlig werden. Die Sinnestäuschung funktionierte in zwei Richtungen, auch für die Gäste, die sich auf den Galerien der anderen Etagen drängten und den unten Tanzenden zuschauten.

Jack nannte der Frau hinter dem Tresen seinen Namen und sagte ihr, er wolle Javier sprechen. Sie nahm ein Handy, telefonierte etwa zehn Sekunden lang und sagte dann: »Erste Etage, Raum B.«

Jack und Kelsey bahnten sich ihren Weg durch die Menge und stiegen die Treppe zum ersten Stock hinauf. Vor Raum B stand ein muskulöser Mann in eng sitzender schwarzer Kleidung und mit einem dicken Goldkettchen um den Hals. Es war eine der so genannten Champagner-Suiten, die man reservieren konnte, wenn man sich abseits des allgemeinen Trubels in einer etwas privateren Atmosphäre treffen wollte. Eine Art privater Sex-and-Drug-Club innerhalb eines öffentlichen Sex-

and-Drug-Clubs. Zu dieser frühen Stunde waren die meisten Suiten noch leer.

»Sind Sie der Freund von Tatum?«, fragte der Muskelmann.

Jack bejahte und stellte Kelsey vor.

»Nett, Sie kennen zu lernen«, sagte der Mann, ohne Kelsey eines Blickes zu würdigen. Javier sah aus wie ein Latino, redete jedoch wie ein Italiener aus New York. Anscheinend versuchte jeder in South Beach so zu tun, als wäre er jemand anders.

»Bitte«, sagte Javier, ließ ihnen den Vortritt in die Suite und schloss die Tür hinter ihnen. In der plötzlichen Stille und Abgeschiedenheit hatten sie einen Moment lang das seltsame Gefühl, als tauchten sie in einen Ort des Schweigens ein. Der Raum selbst hatte nichts Spektakuläres – ein Kunstledersofa, ein Sessel, ein gläserner Couchtisch und eine rote Stofftapete.

Jack begann zu erklären, was ihn hierher führte, doch Javier fiel ihm ins Wort: »Tatum hat mich bereits informiert. Ich habe nur zehn Minuten Zeit für Sie.«

»Dann kommen wir doch gleich zur Sache«, sagte Jack. »Kelsey, mach du doch den Anfang.«

Kelsey lächelte, wie um sich bei Jack zu bedanken, dass er ihr wie versprochen eine aktive Rolle überließ. Sie rückte ans Ende des Sofas, beugte sich leicht vor und versuchte, Blickkontakt herzustellen. Genau wie zuvor, als Jack sie vorgestellt hatte, schien Javier durch sie hindurchzusehen, als hätte irgendetwas an der Wand seine Aufmerksamkeit erregt.

»Wie lange haben Sie für Sally gearbeitet?«, fragte sie.

»Ein paar Monate, hin und wieder.«

Kelsey wartete darauf, dass er sie anschaute, aber er schien immer noch von etwas hinter ihr abgelenkt.

»In welcher Funktion haben Sie für sie gearbeitet?«

»Als Leibwächter.«

»Brauchte sie wirklich einen Leibwächter?«

»Sie war reich und ziemlich ängstlich. Sie war viel allein.

Ihr Alter – und der war wirklich alt – stammte aus Frankreich oder sonstwoher. Und Sie haben ja sicherlich gehört, was ihr und ihrer Tochter vor ein paar Jahren zugestoßen ist.«

»Ja«, erwiderte Kelsey, »darüber wissen wir Bescheid.«

»Sie war also allein und manchmal hat sie sich kaum aus dem Haus getraut. Mein Job war es, sie rumzufahren. Zum Einkaufen, ins Restaurant, alles Mögliche. Ich sage nicht, dass sie mich brauchte. Aber in meiner Begleitung hat sie sich einfach sicherer gefühlt.«

»Hatte sie irgendwelche Freundinnen?«, wollte Kelsey wissen.

»Ich nehm's an. Aber gesehen hab ich keine. Sie kam mir ziemlich einsam vor. Schöne Frau, aber reichlich unglücklich. Verstehen Sie, was ich meine?«

Javier redete mit Kelsey, aber er schaute ihr nicht ins Gesicht. Inzwischen schien er nicht mehr auf die Wand, sondern auf irgendetwas auf ihrem Kopf zu starren. Kelsey richtete sich auf und versuchte erneut, Blickkontakt herzustellen, doch er schien auf seltsame Weise auf ihren Haaransatz fixiert zu sein.

»Herrgott nochmal«, sagte Kelsey entnervt. »Wo starren Sie eigentlich die ganze Zeit hin?«

»Hä?«

»Hat mir ein Vogel auf den Kopf geschissen oder was?«

»Ich glaube nicht.«

»Was ist es dann? Seit ich mit Ihnen rede, starren Sie auf meinen Kopf.«

»Ich starre nicht auf Ihren Mund«, sagte er.

»Das weiß ich. Sie starren auf meine Haare.«

»Ich verstehe, was Sie meinen. Ich gebe mir tatsächlich Mühe, *nicht* auf ihren Mund zu schauen.«

»Das ist mir zu hoch.«

»Ich bin wegen Pornosucht in Behandlung.«

»Wie bitte?«

»Ich war pornosüchtig. Ich kann einer Frau nicht auf den Mund sehen, ohne unanständige Gedanken zu haben, und das ist sehr störend, wenn man ein vernünftiges Gespräch führen will. Also schaue ich einer Frau, mit der ich rede, nicht auf den Mund.«

»Verstehe.« Kelsey schaute Jack an und sagte: »Vielleicht solltest du ab jetzt übernehmen, Boss.«

»Gute Idee.« Jack reichte Javier die Liste mit den Namen der Leute, die Sally in ihrem Testament als Erben eingesetzt hatte – ihr Ex-Mann, der Anwalt, die Journalistin, der Staatsanwalt, Tatum und der unbekannte sechste Erbe, Alan Sirap.

»Hat Sally Ihnen gegenüber je einen dieser Leute erwähnt?«

»Tatum, natürlich. Nachdem ich die beiden zusammengebracht hatte.«

»Darauf kommen wir gleich. Was ist mit den anderen?«

»Ich bin mir ziemlich sicher, dass sie hin und wieder von Miguel Rios gesprochen hat. Sie nannte ihn Mike. Das ist ihr Ex, stimmt's?«

»Stimmt. Was hat sie über ihn gesagt?«

»Ich kann mich an keine Einzelheiten erinnern.«

»Und die anderen? Hat sie je über einen von denen gesprochen?«

Javier überflog die Liste und schüttelte den Kopf. Dann hielt er inne. »Doch, der da. Gerry Colletti. Wenn ich mich nicht irre, war das der Scheidungsanwalt von ihrem Ex.«

»Das ist richtig.«

»Ich erinnere mich, dass sie den schon mal erwähnt hat.«

»Und was genau hat sie über ihn gesagt?«

»Als wir einmal abends mit dem Wagen unterwegs waren, kamen wir an einem Restaurant vorbei. Da meinte sie auf einmal, das hätte früher Alfredo's geheißen.«

»Alfredo's?«

»Sally und ihr Ex hatten mal ein kleines italienisches Restaurant, das Pleite gegangen ist. Da hatten sie alles reingesteckt, was sie besaßen.«

»Miguel hat mir davon erzählt«, sagte Jack. »Er meinte, Colletti hätte ihnen den Laden verkauft.«

»Genau. Ich glaube, Colletti und Mike waren alte Freunde oder so ähnlich.«

»Ich hatte den Eindruck, dass Miguel inzwischen nicht mehr so gut auf Colletti zu sprechen ist. Mich interessiert aber in erster Linie, was Sally über den Mann gesagt hat.«

»Also, sie hatte ein paar Glas Wein intus und redete ziemlich frei von der Leber weg. Sie meinte, diesen Gerry hätte sie vom ersten Augenblick an nicht ausstehen können.«

»Und warum nicht?«

»So wie sie ihn beschrieben hat, muss er einer von diesen schleimigen Typen sein, vor denen es den Frauen nur so graust. Sie hat mir erzählt, wie Gerry sie und ihre Schwester eines Abends zum Essen ausgeführt hat. Sally sollte sich damit einverstanden erklären, dass ihr Mann Gerry das Restaurant abkaufte.«

»Sally hat eine Schwester?«

»Hat sie.«

»Wie heißt die Schwester?«

»Ich weiß nicht ... Rene, glaub ich. Sie lebt in Afrika oder irgendwo. Nach allem, was Sally erzählt hat, muss sie noch besser aussehen als sie selbst. Was ich mir kaum vorstellen kann.«

Jack warf Kelsey einen Blick zu, als wollte er sagen: »Erinnere mich daran, dass ich der Sache mit dieser Rene nachgehe.«

Javier sagte: »Also jedenfalls, der gute alte Gerry lädt Sally und ihre Schwester zum Essen ein und füllt sie reichlich mit Wein ab. Sally ist davon überzeugt, dass der Typ auf einen flotten Dreier mit zwei scharfen Schwestern aus ist. Aber die beiden finden den Kerl nur zum Kotzen. Was ich sagen will, ist, dass Sally sich lebhaft an den Abend erinnert. Sie erinnert sich an jede Einzelheit, es ist schon fast unheimlich.«

»Wie meinen Sie das?«

»Ich nenne Ihnen ein Beispiel. Sie kommt zu der Stelle in der Geschichte, wo Gerry ihnen erzählt, was für eine Goldgrube Alfredo's Restaurant ist. Gerry redet und redet, bis Sally zu dem Schluss kommt, dass er zwei Bücher führen muss, weil die Bilanz keinerlei Überschuss auswies. Und da fängt sie an, Gerry zu imitieren. Mir war das echt unheimlich, man spürte richtig, dass sie diese Situation in Gedanken immer und immer wieder durchlebt hat. Sie hatte seine Mimik drauf, seinen Tonfall, einfach alles. Gerry beugte sich also über den Tisch, schaute ihr tief in die Augen, und winkte ihr mit dem gekrümmten Zeigefinger, damit sie näher an ihn heranrückt, wie so ein Kinderschänder, der versucht, ein kleines Mädchen in sein Auto zu locken. Dann grinste er besoffen und flüsterte ihr ins Ohr, als wär's ein Riesengeheimnis: ›Alfredo's. Das ist 'ne absolute Goldgrube, Baby‹.«

Jack lief ein kalter Schauer über den Rücken. Die Art, wie Javier den Pädophilen gespielt hatte, war fast zu überzeugend gewesen.

»Was meinte Gerry denn damit, dass es eine Goldgrube war?«, fragte Kelsey. »Hat er dort Geld gewaschen?«

»Ach wo«, sagte Javier mit einer wegwerfenden Handbewegung. »Dieser Gerry war ein absoluter Schaumschläger. Aber seine Überredungskünste hatten Erfolg. Sally hat ihrem Mann grünes Licht gegeben, den Laden zu kaufen. Von Anfang an haben sie in das Geschäft nur reingesteckt. Und irgendwann hat es sie ruiniert.«

»Hat sie deswegen so einen Hass auf Gerry?«, fragte Jack.

»So wie sie es dargestellt hat, war die Begegnung mit Gerry der Beginn all ihrer Probleme. Es war das Ende ihrer glücklichen Ehe und ihrer sorglosen Zeit mit ihrer kleinen Tochter.

Von da an war ihr Leben nur noch von Geldsorgen bestimmt. Damals hat sie angefangen, bei Hooters zu arbeiten, oder wie der Laden hieß, und da hat dieser Typ angefangen, ihr nachzustellen. Ich nehme an, Sie sind im Bilde?«

»Ja, Miguel hat mir davon erzählt. Er glaubt, dass dieser Mann seine Tochter ermordet hat.«

»Tja, Sally hat das anders gesehen. Für sie haben alle ihre Probleme, einschließlich dieser Geschichte mit dem anonymen Anrufer, damit angefangen, dass Gerry ihnen diese Bruchbude aufgeschwatzt hat.«

»Interessant. Wie gesagt, ich glaube nicht, dass Miguel Gerry noch zu seinen Trinkkumpanen zählt, aber er scheint nicht so einen abgrundtiefen Hass auf ihn zu haben.«

»Wenn Sie Sally fragen könnten, würde sie Ihnen sagen, dass Miguel einfach dumm ist. Er glaubt, dass das Restaurant bloß deswegen Pleite gegangen ist, weil diese Überschwemmung alles verwüstet hat. Er wollte sich nie eingestehen, dass sein eigener Freund sie von Anfang an reingelegt hat.«

Jack und Kelsey sahen einander an, als würde immer noch irgendetwas fehlen. Jack sagte: »Fällt Ihnen sonst noch etwas ein, Javier?«

»Eigentlich nicht.«

»Ich würde mich gern noch kurz mit Ihnen über Tatum unterhalten. Warum, glauben Sie, hat Sally ihn zum Erben eingesetzt?«

»Das ist doch ziemlich offenkundig, oder?«

»Inwiefern?«

»So wie ich das sehe, hat Sally sich eine Art Spiel daraus gemacht – der Stärkste überlebt.«

»In gewisser Weise ja. Der letzte Überlebende bekommt alles.«

»Aber da steckt doch noch mehr hinter, meinen Sie nicht?«

»Wie meinen Sie das?«, fragte Jack.

»Tatum sagt, es gibt zwei Möglichkeiten, an das Geld zu kommen. Entweder, indem man alle anderen überlebt, oder, indem man als Einziger – wie würden Sie das bezeichnen – die Erbschaft nicht ausschlägt.«

»Das ist richtig«, sagte Kelsey. »Jeder kann aussteigen, wenn er will.«

»Da haben Sie's«, sagte Javier. »Entweder, man überlebt alle anderen oder man überredet alle anderen dazu, das Handtuch zu werfen. Ist es bei dieser Art von Spiel nicht ziemlich praktisch, einen in der Mannschaft zu haben, der beim Anblick von Blut nicht in Ohnmacht fällt?«

Jack sah Javier durchdringend an. »Wollen Sie damit sagen, Sally wollte, dass diese Leute um das Geld kämpfen? Ich meine, nicht mit legalen Mitteln, sondern im wörtlichen Sinn?«

»Wenn ihr Ex-Mann und dieser Gerry auf der Liste stehen, dann würde ich sagen, ja, auf jeden Fall. Ich glaube, sie hätte sich nichts mehr gewünscht, als dass die beiden sich im Kampf um das Geld gegenseitig umbringen.«

»Und welche Rolle hat sie dann Tatum zugedacht?«

»Ich kann Ihnen nur sagen, dass Sally mich eines Abends gefragt hat, ob ich irgendwelche Schlägertypen kenne. Richtig harte Jungs. Ich sage, klar. Das ist alles. Ich stelle keine Fragen. Ich habe sie mit Tatum zusammengebracht und das war's.«

»Kurz darauf wird sie erschossen«, sagte Jack, »und Tatum taucht in ihrem Testament als Erbe auf.«

»So ungefähr.« Javier warf einen Blick auf seine Armbanduhr. »Hören Sie, ich muss zurück an die Arbeit. Ich bin auf Trinkgeld angewiesen, und diese Suiten voll zu kriegen, ist meine beste Einnahmequelle.«

»Selbstverständlich«, sagte Jack. »Wir machen uns dann mal auf den Weg.«

»Es sei denn, Sie beide wollen noch ein bisschen bleiben. Sie sind hier völlig ungestört.«

»Nein, nein«, erwiderte Jack.

»Schon in Ordnung«, sagte Kelsey.

»Sind Sie sicher?«, fragte Javier. »Hier wird kompletter Service geboten. Ich kann Ihnen alles besorgen, was Sie wollen. Drinks, Pfefferminzbonbons, Ecstasy, Kondome.«

Kelsey sprang auf, wie von der Tarantel gestochen, als er die Kondome erwähnte, als fragte sie sich plötzlich, worauf sie womöglich gesessen haben könnte. Jack hatte das Gefühl, dass ihr umwerfendes rotes Kleid offenbar zu falschen Schlüssen verleitete.

»Ein andermal«, sagte Jack.

Sie reichten sich die Hände und verabschiedeten sich. Jack und Kelsey stiegen die Treppe ins Erdgeschoss hinunter, arbeiteten sich durch die Menge und gingen nach draußen. Es war fast Mitternacht und auf der Washington Avenue war der Teufel los. Zahllose Nachtschwärmer – eine bunte Mischung aus Schwulen und Heteros, Touristen und Einheimischen – schoben sich über die Gehwege. Eine Stretchlimo glitt vorüber, aus deren offenen Fenstern laute Musik dröhnte. Drinnen im Wagen saßen junge Leute, die laut lachten und Portugiesisch sprachen.

»Tut mir wirklich Leid«, sagte Jack, als sie die Straßenecke erreichten.

»Was denn?«

»Ich hab dich mitgenommen, weil ich dachte, es würde dir Spaß machen, die Arbeit eines Anwalts mal von einer anderen Seite kennen zu lernen. Ich hatte nicht vor, dich einem pornosüchtigen Muskelprotz zum Fraß vorzuwerfen.«

»Du hast mich ihm nicht zum Fraß vorgeworfen, schließlich bin ich freiwillig mitgekommen. Ich falle schon nicht in Ohnmacht, bloß weil so ein erbärmlicher Primitivling mir nicht ins Gesicht sehen kann, ohne an ... na ja, ohne an wer weiß was zu denken.«

»Es hat dir also nichts ausgemacht?«

»Nein, es hat mir nichts ausgemacht. Aber um nochmal auf das zurückzukommen, was ich dir heute Morgen gesagt habe – dass man seinen Körper ebenso einsetzen kann wie seinen Verstand ...«

»Ja?«

»Also, nach der Begegnung mit Javier muss ich darüber nochmal nachdenken.«

»Verständlich«, erwiderte Jack lächelnd. Einen Augenblick lang standen sie ein bisschen verlegen da, während Jack überlegte, was er als Nächstes tun sollte. Die gelbe Leuchtreklame des Club Vertigo spiegelte sich in Kelseys haselnussbraunen Augen. Seit der Scheidung lebte er ziemlich enthaltsam, aber er hatte nicht verlernt, den Gesichtsausdruck oder die Körpersprache einer Frau zu interpretieren, die kleinen Gesten, die sagten: »Und was machen wir jetzt?« im Gegensatz zu: »Ich bin müde und möchte nach Hause.« Am liebsten hätte er sie noch in irgendein Café eingeladen, aber es schien ihm einfach nicht recht, Nates Mutter anzubaggern.

»Ich muss leider die Babysitterin ablösen«, sagte sie. »Vielleicht ein andermal.«

»Was ein andermal?«

Sie lächelte wehmütig. »Ich sehe doch, wie du die ganze Zeit zu Starbuck's rüberschielst. Also ... vielleicht ein andermal.«

Nervös suchte er nach dem Parkticket in seiner Jackentasche. »Klar«, sagte er, während er sich fragte, ob er wirklich so leicht zu durchschauen oder sie extrem sensibel war. »Ein andermal.«

## *Sechzehn*

Um ein Uhr nachts hatte das Gewerbegebiet westlich des Palmetto Expressway den Charme und das Flair einer Kaserne nach dem Zapfenstreich. Vor jedem Gebäude standen Paletten mit stapelweise verpackten Waren. Geschützt wurde das Gelände durch einen drei Meter hohen Maschendrahtzaun mit einer oben angebrachten Stacheldrahtrolle.

Eine dichte Wolkendecke verhüllte den Mond und es gab nur wenige Straßenlaternen. Der kleine rote Honda rumpelte über Schlaglöcher, die so tief waren, dass der ganze Wagen mit Schlamm bespritzt wurde. Der Versuch, die Straße in Stand zu halten, war ein zweckloses Unterfangen, da von morgens bis abends sechs Tage die Woche zahllose Lastwagen mit überhöhtem Gewicht hier entlangdonnerten.

Deirdre Meadows war ziemlich weit weg von zu Hause, aber ihr Instinkt sagte ihr, dass sie sich ihrem Ziel näherte. Sie hielt am Ende einer unbelebten Straße, um sich zu orientieren, und versuchte die Schrift auf dem schwach beleuchteten Schild vor ihr zu entziffern.

»JJ – Fliesen und Marmor aus Italien«, las sie laut.

Sie warf einen Blick auf ihre Notizen. *Das war's.* Endlich, nachdem sie an mindestens einem Dutzend Firmenschildern gehalten hatte, auf denen irgendwas von Fliesen und Marmor aus Italien stand, hatte sie endlich die richtige Adresse gefunden.

Sie stellte den Motor ab und die Scheinwerfer aus. Die plötzliche Dunkelheit war ihr nicht geheuer. Sie schaltete die Innenbeleuchtung des Wagens ein und überprüfte noch einmal den

Inhalt ihrer Handtasche. Stift und Papier, natürlich. Diktaphon. Handy mit frisch aufgeladenem Akku. Es war kein Allheilmittel, aber solange sie ihr Handy dabei hatte, würde sie für eine gute Story überallhingehen.

Der Anruf war kurz vor Mitternacht gekommen. Deirdre hatte auf ihrem Wohnzimmersofa gesessen und sich im Fernsehen die David Letterman-Show angesehen, das Handy griffbereit neben ihr. Vom Display hatte sie ablesen können, dass der Mann aus einer Telefonzelle anrief. Sie hatte es zweimal klingeln lassen, bevor sie den Hörer abnahm.

Ein letztes Mal ging sie das Gespräch in Gedanken durch.

»Hallo.«

»Sind Sie bereit?«, fragte der Mann. Wieder diese tiefe, mechanische Stimme, die klang, als wäre der Sprecher unter Wasser.

»Darauf können Sie Gift nehmen«, antwortete sie.

»Kommen Sie zu ›JJ – Fliesen und Marmor aus Italien‹, auf der Court Street Nummer 132, westlich der Autobahn 826. Fahren Sie hinten rum zum Eingangstor im Maschendrahtzaun. Es ist mit einem Vorhängeschloss gesichert, aber das werde ich unverschlossen lassen. Kommen Sie zu Fuß rein und gehen Sie etwa hundert Meter in Richtung Laderampe.«

»Warum dort?«

»Weil ich es sage.«

»Hören Sie, ich bin nicht erpicht darauf, mich mitten in der Nacht mit einem wildfremden Mann hinter irgendeinem dunklen Gebäude zu treffen.«

»Dann lassen Sie's.«

»Ich bekomme die Story?«

»Nicht, wenn Sie nicht kommen. Und übrigens, Sie kommen natürlich allein.«

»Warum machen wir es so kompliziert?«

»Weil mich etwas interessiert.«

»Und was?«

»Wie dringend Sie die Wahrheit über Sally Fenning wissen wollen.«

»Wie kommen Sie darauf, dass mir so viel daran liegt?«

»Weil diese Story eine Menge Gewinn verspricht. Etwa sechsundvierzig Millionen Dollar.«

»Und wie sollte mir die Information über die Identität von Sallys Mörder sechsundvierzig Millionen Dollar einbringen?«

»Vielleicht nicht sofort, aber sie bringt Sie einen Schritt näher ans Ziel.«

»Ach?«

»Sallys Mörder kann sie nicht beerben, stimmt's? So lautet das Gesetz.«

Ein eiskalter Schauer lief ihr über den Rücken. Sie hatte ihren Anrufer bisher nicht gerade für ein Genie gehalten, aber offenbar war er intelligent genug, um sich mit dem Gesetz auszukennen. »Das ist richtig«, bestätigte sie. »Ein Mörder kann laut Gesetz nichts von seinem Opfer erben.«

»Na bitte. Einer weniger. Bleiben noch fünf.«

»Wollen Sie damit sagen, dass einer der sechs Erben Sally umgebracht hat?«

»Ich sage nur, seien Sie in spätestens neunzig Minuten am verabredeten Treffpunkt. Ende der Geschichte. Vorerst jedenfalls.«

Deirdre warf einen Blick auf die Uhr an ihrem Armaturenbrett. Seit dem Telefongespräch war mehr als eine Stunde vergangen, aber die entscheidende Frage brannte ihr immer noch auf den Nägeln: Wie dringend wollte sie diese Story haben?

*Fast genauso dringend wie das Geld.*

Instinktiv langte sie nach dem Türgriff. Sie öffnete die Tür und stieg aus. Zwar konnte sie den Expressway nicht sehen, er lag irgendwo hinter den fensterlosen Gebäuden, aber sie konnte das gleichmäßige Rauschen des Verkehrs hören. Seltsam, so viele Autos rasten ganz in der Nähe vorbei, während sie sich so allein fühlte und weit und breit keine Menschenseele in Sicht war. Bevor sie die Tür zuschlug, schaltete sie das Standlicht ein. Sie drehte sich um und schaute die Straße hinunter. Zwei orangefarbene Parkleuchten gingen kurz an und wieder aus. Ihr Freund. In dem Bewusstsein, dass er nur hundert Meter entfernt mit eingeschaltetem Handy in seinem Wagen saß, fühlte sie sich ein wenig sicherer. Sie schlug die Tür zu, holte tief Luft und ging über den Kiesweg auf das Tor zu.

Hoffentlich wird das kein Reinfall, sagte sie sich im Stillen.

# *Siebzehn*

Im John Martin's, einer Art Irish Pub in Downtown Coral Gables, wurde die letzte Bestellung ausgerufen. Dunkle Holzpaneele, Lager vom Fass und Knabberzeug wie Shepherd's Pie oder Bangers and Mash waren nicht gerade typisch für Südflorida, aber das John Martin's war eine nette Abwechslung. Der lange, kunstvoll geschnitzte Tresen war ein Prachtstück und hin und wieder engagierte der Wirt eine echte irische Band, die ordentlich für Stimmung sorgte.

»Noch ein Jameson's mit Soda?«, fragte die Kellnerin.

Gerry Colletti ließ die Eiswürfel in seinem fast leeren Glas kreisen und kam zu dem Schluss, dass er genug getrunken hatte. »Nein danke.«

Er schaute ihrem Hintern nach, als sie sich entfernte, dann konzentrierte er sich wieder auf die Papiere, die vor ihm auf dem Tisch ausgebreitet lagen. Ihm gegenüber saß Bill Hanson, ein typischer Buchhalter, vor sich nur eine Tasse Kaffee. Hanson war Aktuar und darauf spezialisiert, die wahrscheinliche Dauer eines Menschenlebens mathematisch zu errechnen. Nachdem Gerry klar geworden war, dass er die anderen Erben überleben musste, um an Sallys Vermögen zu gelangen, hatte er Hanson angeheuert, um sich anhand einer statistischen Analyse errechnen zu lassen, welche Chancen er in dem Langlebigkeitstest besaß, den Sally mit ihrem Testament ausgeschrieben hatte.

Gerry warf einen letzten Blick auf die Zahlenreihen und Diagramme, dann schob er sie beiseite. »Das sieht ja alles ziemlich eindrucksvoll aus, aber ich kann damit nichts anfangen. Erklären Sie's mir doch einfach, ja?«

Hanson wirkte enttäuscht, als wären Zahlen und Diagramme sein ganzer Stolz. »Wollen Sie die lange oder die kurze Version hören?«

»Ich möchte eine Antwort auf die Frage, die zu analysieren ich Sie angeheuert habe. Sally hat in ihrem Testament sechs Personen als Erben eingesetzt. Derjenige, der alle anderen überlebt, erbt sechsundvierzig Millionen Dollar. Legen wir also einfach die ganz normalen Kriterien zu Grunde, mit denen Versicherungsgesellschaften das Risiko bei einer Lebensversicherung einschätzen. Wer von uns wird am längsten leben?«

»Ich kann Ihnen nicht sagen, wer am Ende überleben wird. Ich kann die Kandidaten nur anhand einer bestimmten Punktzahl einordnen, die ich errechnet habe.«

»Und was bedeutet diese Punktzahl?«

»Je höher der Wert, desto höher das Risiko für die Versicherungsgesellschaft. Was im Fall Ihrer Kandidaten bedeutet, je höher der Wert, desto größer ist die Wahrscheinlichkeit eines frühen Todes.«

»Für mich ist es also am günstigsten, wenn all die anderen Clowns hohe Punktzahlen erreichen.«

»Ganz genau. Aber vergessen Sie nicht, dass meine Berechnungen in diesem Fall nicht so akkurat sein können wie bei einem normalen Versicherungsantrag. Wer eine Lebensversicherung abschließen will, ist verpflichtet, genaue Angaben über seine Familien- und Krankengeschichte zu machen. Jetzt hatte ich nur das zur Verfügung, was ich über diese Leute in Erfahrung bringen konnte.«

»Verstehe.«

»Außerdem habe ich ein paar Faktoren in meine Berechnungen mit einbezogen, die ich im Falle eines Versicherungsantrages nicht verwerten dürfte. Wenn eine Versicherungsgesellschaft sich auf diese Faktoren beriefe, würde sie sich strafbar machen.«

»Aber ich bin keine Versicherungsgesellschaft, und jeder, der mich verklagen will, sollte seine Zurechnungsfähigkeit überprüfen lassen. Also, schießen Sie los und sagen sie mir, was bei Ihren Berechnungen rausgekommen ist.«

»Okay.« Hanson räusperte sich und überflog seine Notizen. »Die höchste Punktzahl geht an den Staatsanwalt. Er hat einen extrem stressigen Job, raucht wie ein Schlot und hat schätzungsweise fünfzehn Kilo Übergewicht. Er ist jetzt achtundfünfzig und sein Vater ist mit fünfundfünfzig an einem Herzinfarkt gestorben.«

»Wunderbar. Der könnte also jeden Augenblick den Löffel abgeben.«

Hanson warf Gerry einen seltsamen Blick zu. Irgendetwas schien ihn zu irritieren.

»Was ist los?«, fragte Gerry.

»Tja, ich habe das wohl noch nie für einen Kunden gemacht, der den Sensenmann auch noch mit Begeisterung anfeuert.«

»Ich feuere den Sensenmann nicht an. Ich möchte nur, dass Sie Klartext reden.«

»Schön, dass Sie das sagen. Denn die zweithöchste Zahl erreichen Sie.«

»Ich? Ich rauche doch noch nicht mal.«

»Doch, das tun Sie.«

»Na ja, ab und zu in Gesellschaft.«

»Davon mal ganz abgesehen gibt es etwas, das wesentlich mehr ins Gewicht fällt, etwas, das ich nur weiß, weil wir befreundet sind und ich Ihren Lebensstil kenne. Kurz gesagt, Sie sind ein geiler Scheidungsanwalt, der die Hälfte aller Frauen flachlegt, die seine Kanzlei betreten.«

»Wie bitte?«

»Tut mir Leid, Gerry. Sie wollten eine ehrliche Analyse. Bei der enormen Anzahl an Sexualpartnerinnen, die Sie hatten und weiterhin haben werden, ist Ihr Risiko, sich mit HIV anzustecken, außergewöhnlich hoch.«

»Aber ich benutze Kondome.«

»Nein, das tun Sie nicht.«

»Woher wissen Sie das?«

»Ich habe die Fotos gesehen, die Lisa Bartow ins Internet gestellt hat. Sie erinnern sich doch an Ihre ehemalige Mandantin Lisa, oder? Sie haben Sie gevögelt, weil sie ihre Rechnung nicht bezahlen konnte, und sie hat sich an Ihnen gerächt, indem sie diese Fotos ins Web gestellt hat, auf denen Sie beide –«

»Ja, ja, schon gut, ich erinnere mich.«

»Komisch, von dieser Sache habe ich nie wieder etwas gehört. Ich nehme an, Sie haben sich schließlich mit ihr geeinigt?«

Gerry lächelte nicht. »Für einen Buchhalter halten Sie sich wohl für sehr witzig.«

»Ich halte mich nur an die Fakten.«

»Alles klar. Ich stehe also an zweiter Stelle auf der Liste.«

»Genau. Der Dritte ist der Ex-Mann.«

»Das ist ja lächerlich. Wieso sollte es wahrscheinlicher sein, dass mich oder Miguel ein früher Tod ereilt als diesen Schwarzen, diesen Tatum Knight?«

»Gute Frage. Ehrlich gesagt ist es mir schwer gefallen, Mr Knight überhaupt irgendwo einzuordnen. Ich habe keinerlei verlässliche Informationen über ihn. Über seine familiäre Krankengeschichte habe ich fast nichts. Sein Vater ist unbekannt.«

»Kein Wunder.«

»Er wurde von einer Tante großgezogen. Seine Mutter war drogensüchtig, aber ich konnte nicht in Erfahrung bringen, ob sie noch lebt.«

»Vergeuden Sie Ihre Zeit nicht damit. Ich gehe einfach davon aus, dass er zu der Sorte Typen gehört, die schon nächste

Woche beim Überfall auf einen Schnapsladen draufgehen können.«

»Da könnten Sie Recht haben.«

»Was ist also Ihr Fazit?«

»Es ist schwierig, klare Schlüsse zu ziehen. Wie gesagt, Tatum Knight ist eine Art Joker. Und dann haben wir ja noch den sechsten Erben, der nicht zur Testamentseröffnung erschienen ist. Solange ich von diesem Mann keine Sozialversicherungsnummer habe, kann ich keine Informationen über ihn zusammentragen, um ihn auf der Skala einzuordnen.«

»Wollen Sie mir damit sagen, dass ich Sie für eine wertlose Analyse bezahlt habe?«

»Nein. Aus rein statistischer Sicht spielt es meiner Meinung nach keine Rolle, wer der Unbekannte ist und wo er einzuordnen wäre.«

»Wie kommen Sie zu dem Schluss?«

»Aller Wahrscheinlichkeit nach ist Ihre größte Konkurrentin die Journalistin.«

»Geringe Punktzahl?«

»Sehr gering. Sie ist letzten Monat erst neunundzwanzig geworden. Vegetarierin und Marathonläuferin. Nichtraucherin. Ihre Familiengeschichte ist beeindruckend. Ihre Eltern sind Anfang siebzig und leben noch. Auch beide Großelternpaare leben noch. Der Älteste ist zweiundneunzig. Wenn ich wetten müsste, wer den Langlebigkeitswettbewerb gewinnt, würde ich mein Geld auf sie setzen.«

Gerry hob sein Glas und zwinkerte Hanson zu. »Werfen Sie Ihr Geld nicht zum Fenster raus, mein Freund.«

»Was meinen Sie damit?«

»Ach, nichts. Vielen Dank für Ihre Hilfe. Ich melde mich, falls ich noch was brauche.«

Gerry hatte einen Zwanzig-Dollar-Schein auf den Tisch gelegt. Hanson sammelte seine Papiere ein, reichte Gerry zum

Abschied die Hand und machte sich auf den Weg zum Vordereingang, der zur Miracle Mile hin führte. Da Gerry seinen Wagen auf dem Parkplatz hinter dem Gebäude abgestellt hatte, ging er in Richtung Hinterausgang, vorbei an der Herrentoilette und dem aus Holz geschnitzten Schild mit dem alten irischen Trinkspruch: »Mögest du im Himmel ankommen, eine Stunde bevor der Teufel erfährt, dass du tot bist.« Der Flur, der zum Ausgang führte, stellte die John Martin's-Ruhmeshalle dar, es gab jede Menge gerahmte, mit Autogrammen versehene Schwarz-Weiß-Fotos von sämtlichen Berühmtheiten, dic je in der Kneipe ein Bier getrunken hatten, von Roy Black, dem berühmten Strafverteidiger, bis hin zu Dave Barry, dem witzigsten Mann der Welt. Es machte Gerry wütend, die Fotos zu sehen. Es war jetzt fast ein Jahr her, dass er dem Wirt ein gerahmtes und mit Autogramm versehenes Foto von sich überreicht hatte.

*Es hängt immer noch nicht da, du verdammter Mistkerl.*

Der Gestank nach Abfall schlug ihm entgegen, als er die Tür öffnete und in die Gasse hinaustrat. Eine graue Katze sprang von dem grauen Müllcontainer und schoss die eiserne Feuertreppe hinauf.

Für Oktober war es unangenehm warm. Es war schon nach Mitternacht und *drinnen* in der verrauchten Kneipe war es immer noch kühler als hier draußen. Gerry hängte sich sein Jackett über die Schulter und ging in Richtung Parkplatz. Eine schwache Straßenlaterne erleuchtete die Rückseite des John Martin's und die Hintereingänge mehrerer Geschäfte, die bereits vor Stunden geschlossen hatten. Hier war es nicht dunkler als in der schummrigen Kneipe, aus der er gerade kam, aber das Licht war anders, irgendwie gelber, und seine Augen brauchten einen Moment, um sich daran zu gewöhnen. Ihm fiel auf, dass die gestreifte Schranke an der Nordausfahrt des Parkplatzes offen war. Anscheinend hatte der Parkwächter die

Hoffnung aufgegeben, von den letzten Gästen noch eine Parkgebühr zu kassieren.

Gerry kramte in seiner Hosentasche nach seinen Wagenschlüsseln. Außer seinem BMW standen noch drei weitere Autos und ein Kleinbus auf dem Parkplatz. Der zerbeulte Kleinbus hatte natürlich ausgerechnet direkt neben Gerrys Sondermodell in Smaragdschwarz geparkt. Gerry trat an seinen Wagen und inspizierte den Lack auf frische Kratzer. Der Lack schien in Ordnung zu sein, aber es war zu dunkel, um das mit Sicherheit sagen zu können. Er überlegte, ob er sich für alle Fälle rächen und mit seinem Schlüssel einen Kratzer in die Tür des Kleinbusses machen sollte, aber als er gerade zwischen die beiden Wagen trat, flog die Beifahrertür auf und schlug ihm ins Gesicht. Gerry stürzte rücklings auf die Kühlerhaube seines BMW. Irgendjemand packte ihn am Kragen.

»Aufhören!«, schrie Gerry.

Der Angreifer riss ihn herum, traf ihn mit der Faust am linken Auge und schlug wie verrückt auf ihn ein. Der Mann trug Lederhandschuhe, aber das dämpfte die Schläge kein bisschen ab. Seine Fäuste schienen aus Eisen und mit Blei beschwert zu sein. Gerry hatte keine Chance gegen ihn. Ein Fausthieb in die Magengrube raubte ihm den Atem, von dem nächsten Schlag gegen die Schläfe begann sein Ohr zu pfeifen.

»Aufhören, verdammt!«

Der Mann hielt einen Augenblick inne und Gerry blieb reglos auf der Kühlerhaube liegen. Er konnte weder klar sehen noch klar denken, und als er gerade den Kopf heben wollte, um sich zu orientieren, packte sein Angreifer ihn an den Haaren und rammte seinen Schädel gegen das Blech. Benommen rutschte Gerry auf den Boden.

Er konnte sich nicht bewegen, nicht einmal den Kopf heben. Eine Wagentür wurde zugeschlagen, ein Motor wurde angelassen und der Kleinbus fuhr los. Gerry lag da mit der Wange auf dem Pflaster, sein geschwollenes Auge pochte, während er verschwommen wahrnahm, wie der Kleinbus in der Dunkelheit verschwand.

## *Achtzehn*

Auf dem Schild am Tor stand HIER NUR FLIESENANLIEFERUNG, woran Deirdre erkannte, dass sie richtig war. Das Vorhängeschloss war offen, genau wie der Anrufer es ihr gesagt hatte. Die Scharniere quietschten, als sie das Tor aufschob. Sie betrat das umzäunte Gelände, blieb dann stehen und lauschte in die Dunkelheit. Außer dem Geräusch ihres eigenen Atems war nichts zu hören. Sie bekam eine Gänsehaut, aber es war eine laue Nacht und sie wusste, dass das nur ihre Nerven waren.

Ohne Frage war es riskant, was sie vorhatte, aber sie war schon größere Risiken eingegangen, und das für weniger heiße Storys. Zum Beispiel in der Nacht, als sie bei ihren Recherchen über das Leben eines obdachlosen Cracksüchtigen in einem Pappkarton unter der Auffahrt zur Stadtautobahn geschlafen hatte. Der Artikel war dann noch nicht mal gedruckt worden. Oder an dem Abend, als sie sich unter ein paar jugendliche Raver gemischt und auf einer Riesenparty Ecstasy geschluckt hatte, um aus erster Hand über die Wirkungen der Droge berichten zu können. Sie war zusammengebrochen und wäre um ein Haar in der Notaufnahme gelandet, und das alles für einen achtspaltigen Bericht, den der Redakteur auf drei Absätze zusammengestrichen hatte. Im Nachhinein musste sie sich eingestehen, dass es ziemlich dumm gewesen war, sich dermaßen in Gefahr zu begeben. Aber diese Story war etwas anderes. Hier ging es um mehr als einen kurzen Artikel.

Anfangs hatte sie sich auf Sally Fennings Überlebenstest überhaupt nicht einlassen wollen. Sie hatte nicht einmal ernsthaft angenommen, dass sie von dem Geld je etwas sehen würde. Aber je länger sie darüber nachdachte, umso mehr drängte sich die Frage auf: Warum eigentlich nicht? Es gab sechs Erben. Einer von sechs Menschen kommt durch einen Unfall ums Leben – durch Ertrinken, bei einem Verkehrsunfall, einem Flugzeugabsturz, bei einer Jagd mit Schwachköpfen, die ihre Freunde nicht von einer Ente unterscheiden konnten. Damit standen ihre Chancen schon eins zu fünf. In Florida gab es die Todesstrafe. Wenn also der Informant, der sie hierher bestellt hatte, beweisen konnte, dass einer der potentiellen Erben Sallys Mörder war, standen ihre Chancen eins zu vier. Wer würde eine solche Wette nicht eingehen? Sie war jung und gesund. Sie hatte größere Chancen als alle anderen. Sie würde reich sein. Verdammt reich.

Und wenn das mit der Story klappte, würde sie auch noch berühmt werden.

Sie holte tief Luft und ging hinter das Gebäude. Der Anrufer hatte sie angewiesen, zur Laderampe zu kommen. Sie konnte die Rampe, die von zwei Sicherheitslampen beleuchtet wurde, jetzt sehen. Aber um dorthin zu gelangen, musste sie durch einen von Menschenhand geschaffenen Hohlweg gehen. Die lange Einfahrt war gerade bereit genug, dass zwei Lastwagen in entgegengesetzter Richtung aneinander vorbeifahren konnten, und rechts und links standen zahllose mit Fliesen beladene Paletten, auf manchen waren die Kartons sechs, sieben Meter hoch gestapelt.

Deirdre wollte sich gerade auf den Weg machen, als ihr Handy klingelte und sie vor Schreck zusammenzuckte. Hastig warf sie einen Blick auf das Display. Es war die Nummer ihres Freundes.

»Was soll das? Warum rufst du an?«

»Ich wollte mich nur vergewissern, dass alles in Ordnung ist«, sagte er.

»Ich hab dir doch gesagt, ich würde mich melden, wenn ich Hilfe brauchte.«

»Ich weiß. Aber es ist so dunkel, und das ist so eine gottverlassene Gegend. Das gefällt mir alles ganz und gar nicht, Baby.«

Deirdre konnte es nicht ausstehen, wenn er sie »Baby« nannte. »Halt dich einfach an das, was wir ausgemacht haben, ja? Wo wären Bob Woodward und Carl Bernstein heute, wenn sie sich nicht getraut hätten, sich mit Deep Throat in einer Tiefgarage zu treffen?«

»Das hier ist nicht gerade Watergate. Los, komm, lass uns lieber abhauen.«

»Nein, verdammt. Diese Chance lasse ich mir nicht entgehen. Und jetzt bleib, wo du bist, bis ich dich anrufe.« Sie schaltete das Handy ab und stopfte es in ihre Handtasche. Seltsamerweise hatte der Anruf ihres Freundes sie nur noch darin bestärkt, die Sache durchzuziehen. Sie ging in Richtung Laderampe, vorbei an den Paletten mit den Fliesen. Zwischen den Stapeln befanden sich schmale Zwischenräume, perfekte Verstecke. Im Vorbeigehen spähte sie in jede Lücke, um sich zu vergewissern, dass dort niemand auf sie lauerte. Es war jedes Mal, als starrte sie in ein düsteres Labyrinth.

Als ihr Handy erneut klingelte, blieb ihr vor Schreck fast das Herz stehen. Sie nahm es aus ihrer Tasche und sagte wütend: »Was gibt's denn noch?«

»Immer mit der Ruhe, Lady.«

Deirdre erstarrte. Es war nicht ihr Freund. Was sie hörte, war die tiefe, mechanische Stimme ihres Informanten. »Wo sind Sie?«

»Das spielt keine Rolle.«

»Was soll das heißen, das spielt keine Rolle? Ich bin hier. Wir wollten uns doch treffen, oder?«

»Nein, das wollten wir nicht.«

»Sie Mistkerl. Sie haben gesagt –«

»Ich habe gesagt, zuerst lasse ich Sie den Ring sehen.«

Wütend sah sie sich um. »Ist er hier?«

»Gehen Sie einfach weiter in Richtung Rampe.«

Es waren nur noch etwa dreißig Meter. Sie schaute nach links und dann nach rechts, ob der Mann sich zwischen den Paletten versteckte, doch es war niemand zu sehen. »Okay«, sagte sie und ging vorsichtig weiter. »Bin unterwegs.«

»Nicht stehen bleiben.«

»Beobachten Sie mich?«

»Fühlen Sie sich beobachtet?«

Sie drehte sich um. »Ein bisschen.«

»Gut. Das wird Sie vielleicht daran hindern, sich mit dem Ring auf und davon zu machen.«

»Was soll ich denn damit machen?«

»Werfen Sie einen Blick darauf, aber rühren Sie ihn nicht an.«

»Und woher soll ich wissen, dass es wirklich Sallys Ring ist?«

»Der Ring hat auf der Innenseite eine Gravur. Lesen Sie sie. Dann fahren Sie nach Hause und überprüfen die Information. Sie werden sehen, dass sie stimmt.«

Deirdre hatte den erleuchteten Bereich rund um die Laderampe erreicht. Noch fünfzehn Meter. »Wann erfahre ich, wer sie ermordet hat?«

»Sobald wir uns handelseinig geworden sind.«

»Wie bitte?«

»Über meinen Anteil an der sechsundvierzig-Millionen-Dollar-Erbschaft.«

»Wir kommen Sie darauf, dass ich das Geld erben werde?«

»Sie sind jung und Sie werden die anderen alle überleben.«

»Woher wollen Sie das wissen?«

»Ich werde dafür sorgen.«

Deirdre blieb stehen. Es war keine willkürliche Entscheidung. Ihre Füße rührten sich einfach nicht mehr. »Was sagen Sie da?«

»Sie und ich. Wir sind ein Team.«

»Ich bin nicht daran interessiert, mit irgendjemandem ein Team zu bilden.«

»Das ist nicht das, was ich hören möchte.«

»Das ist mir egal. Die ganze Sache wird mir allmählich zu unheimlich.«

»Vermasseln Sie es nicht, Deirdre. Wir machen Halbe, Halbe. Und Sie kriegen dazu noch die Story.«

»Was sind Sie bloß für ein widerlicher Scheißkerl?«

»Ein gieriger, mieser Scheißkerl. Genau wie Sie. Nur dass ich nicht über Ihren Ehrgeiz verfüge.«

Sie umklammerte das Handy noch fester. »Hören Sie, ich glaube, ich verstehe, worauf Sie hinaus wollen, aber lassen Sie mich eins klarstellen: Wenn Sie vorhaben, irgendeinem der Erben Schaden zuzufügen, will ich damit nichts zu tun haben.«

»Warum sind Sie dann hergekommen?«

»Wegen der Story.«

»Und wegen des Geldes.«

»Sie haben behauptet, Sie wüssten, wer Sally ermordet hat.«

»Und ich bin bereit, es Ihnen zu sagen, aber nur gegen einen Anteil an der Erbschaft.«

»Ich bin nicht daran interessiert, mich auf einen solchen Handel mit Ihnen einzulassen. Also behalten Sie den Ring und behalten Sie die Story, aber lassen Sie mich da raus. Kapiert?«

Während sie auf eine Antwort wartete, verstärkte sich ihr Gefühl, beobachtet zu werden. »Ich weiß, dass Sie immer noch hier sind«, sagte sie. »Ich schalte das Handy jetzt aus. Hören Sie mir gut zu: Ich möchte nie wieder von Ihnen hören. Haben Sie das verstanden?«

»Ja«, sagte er. Seine Stimme klang jetzt noch tiefer, und der

Verzerrer schien seine Wut noch zu betonen. »Ich hab's verstanden.«

Das Gespräch war beendet, und Deirdre rief sofort ihren Freund an. »Johnny, komm her. Schnell!«

»Alles in Ordnung?«

»Ja, aber ich hab Angst. Wir treffen uns an meinem Wagen.« Sie schaltete das Handy aus und rannte in Richtung Tor. Vor ihr lagen fast hundert Meter durch die Dunkelheit, und Deirdre lief so schnell sie konnte den Weg zurück, für den sie vorher mehrere Minuten gebraucht hatte. Mit wirbelnden Armen hastete sie an den Paletten vorbei, den Blick auf das Tor geheftet, bemüht, nicht auf die dunklen Zwischenräume zu achten, die ihr eben noch so bedrohlich erschienen waren. Atemlos erreichte sie das Tor und rannte praktisch gegen den Maschendraht.

Draußen hielt ihr Freund gerade neben ihrem Wagen. Er sprang aus seinem Auto und kam ihr entgegen.

Deirdre griff nach dem Riegel und zog an dem Vorhangschloss. Aber nichts bewegte sich.

»Alles in Ordnung?«, fragte ihr Freund von der anderen Seite des Zauns aus.

»Ja, ja. Aber – ich komm nicht raus!«

Er probierte das Vorhängeschloss. »Es ist abgeschlossen.«

»Verdammt«, zischte sie. »Der Mistkerl hat mich eingesperrt.«

»Kannst du rüberklettern?«

Sie schaute zu dem Stacheldraht hoch, der sich auf dem drei Meter hohen Maschendrahtzaun entlangschlängelte. »Ich glaub nicht.«

Ihr Freund erbleichte. »Du musst es schaffen.«

Deirdre drehte sich um und erstarrte. Zwei Dobermänner waren aus der Dunkelheit aufgetaucht. Knurrend und mit gebleckten Zähnen näherten sie sich ganz langsam, wie Geparden, die ihre Beute anschleichen.

»Beweg dich nicht«, sagte ihr Freund.

Die Wachhunde kamen weiter auf sie zu. Deirdre schaute erst den einen, dann den anderen an. Der größere bellte, dann zog er sich einen Schritt zurück. Deirdre drückte sich gegen den Zaun.

»Beweg dich nicht«, flüsterte ihr Freund.

»Ich hab Angst!«

»Und schau ihnen nicht in die Augen. Sonst fühlen sie sich von dir herausgefordert.«

»Johnny, tu was!«

»Ich rufe die Polizei. Rühr dich einfach nicht.«

»Ich hab eine Dose Hundespray in der Tasche.«

»Vergiss es. Diese Hunde sind darauf abgerichtet, auf Menschen loszugehen, die nach einer Waffe greifen.«

Die Hunde knurrten mit geifernden Lefzen. »Die werden mich töten«, flüsterte Deirdre mit zitternder Stimme.

»Nicht, solange du dich nicht bewegst.«

»Wir müssen irgendwas tun!«

»Halt einfach still.«

Der größere Hund bellte erneut, es klang wie das Stakkato von Maschinengewehrfeuer. Deirdre schrie, woraufhin der Hund nach ihr schnappte. Als Deirdre das Hundespray aus ihrer Tasche holen wollte, schnappte der andere Hund nach ihrem Bein. Sie trat nach ihm, doch der größere Hund vergrub seine Zähne in ihr Handgelenk und riss sie zu Boden.

»Deirdre!«

Verzweifelt trat sie um sich, versuchte, ihren Kopf zu schützen und sich wegzurollen. Ihr Arm, den der Hund in den Fängen hatte, zitterte wie verrückt. Dann plötzlich ließ der Hund den Arm frei, und beide Hunde erstarrten. Vor Angst wagte Deirdre nicht, sich zu bewegen. Die Hunde hatten aufgehört zu knurren und zeigten nicht mehr das geringste Interesse an ihr. Sie schienen auf irgendetwas oder irgendjemand zu lauschen, aber Deirdre hörte nichts.

So unvermittelt, wie sie aufgetaucht waren, drehten sie sich um und rannten in Richtung Laderampe. Deirdre war wie benommen, aber ihr war, als hätte sie eine Hundepfeife gehört.

Immer noch am Boden liegend betrachtete Deirdre ihren Arm. Die Zähne des Hundes waren durch ihre Jacke in ihre Haut gedrungen. Beim Anblick ihres eigenen Blutes stieß sie einen unterdrückten Schrei aus.

»Ganz ruhig«, sagte Johnny auf der anderen Seite des Zauns. »Die Polizei ist unterwegs.«

Sie zuckte zusammen, als ihr Handy klingelte. Ihre Handtasche war irgendwohin geflogen, als die Hunde sie angefallen hatten, aber das Klingeln kam von hinten. Auf allen vieren kroch sie in Richtung des Geräuschs und nahm das Handy an sich.

»Sind wir ein Team?« Es war wieder diese mechanische Stimme.

Deirdres Arm pochte, und sie verzog das Gesicht vor Schmerz. »Was zum Teufel haben Sie soeben gemacht?«

»Für ein bisschen Trinkgeld tut ein Nachtwächter fast alles. Er war sogar bereit, sich zurückzuziehen und mir kurz seine Hundepfeife zu leihen. Witzig, wie das funktioniert, finden Sie nicht?«

»Ich finde das überhaupt nicht witzig. Lassen Sie mich raus!«

»Immer mit der Ruhe. Ich lasse Ihnen die Wahl, Deirdre.«

»Welche Wahl?«

»Eine ganz simple. Sie können gewinnen oder Sie können verlieren. So einfach ist das.«

»Wovon zum Teufel reden Sie?«

»Reden können wir später, wenn Sie sich wieder beruhigt haben. Aber ich warne Sie; wenn Sie irgendjemandem – und ich meine *irgendjemandem* – gegenüber auch nur ein Sterbenswort über diesen Vorfall erwähnen, haben Sie schon verloren. Kapiert?«

Sie sagte nichts.

»*Kapiert?*«

»Ja.«

»Sehr gut. Der Schlüssel zum Vorhängeschloss klebt am Laternenpfahl. Und jetzt machen Sie, dass Sie wegkommen!«

Ihr Handy klickte und das Gespräch war beendet. Deirdre rollte sich auf die Seite, versuchte, die Blutung an ihrem Arm zu stoppen, und kämpfte gegen ihre Tränen an.

## *Neunzehn*

Richter Leonard Parsons schien stinkwütend zu sein. Schlimmer noch, er blickte von der Richterbank herunter direkt ins Gesicht von Jacks Mandanten. Der Anruf aus dem Büro des Richters war um 9 Uhr gekommen. Der übel zugerichtete Gerry Colletti hatte einen Eilantrag eingereicht, woraufhin der Richter sämtliche Erben von Sally Fenning für Punkt elf Uhr ins Gericht beordert hatte.

»Guten Morgen«, sagte Parsons. Sein Ton war freundlich, aber seine Augen funkelten wie zwei glühende Kohlen unter seinen buschigen Augenbrauen. Ein zorniger Richter war immer ein schlechtes Zeichen, ganz besonders aber in den heiligen Hallen des Flüstergerichts.

»Guten Morgen, Euer Ehren«, erwiderten die Anwälte und Mandanten im Chor. Selbst Gerry Colletti, der so stolz war auf seine eigenen Fähigkeiten, hatte sich für diese Anhörung einen Anwalt besorgt. Jack und seinen Mandanten mitgezählt, waren sie zu zehnt. Acht Anwesende – Colletti, Sallys Exmann, der Staatsanwalt, die Journalistin und deren Anwälte – drängten sich um einen einzelnen Tisch in der Nähe der Geschworenenbank, während sich Jack und sein Mandant auf der gegenüberliegenden Seite des Gerichtssaals befanden. Die acht schienen plötzlich um möglichst große Distanz zu Tatum Knight bemüht zu sein. Hinter ihnen saß Vivien Grasso. Anscheinend um eine neutrale Position bemüht, hatte sie sich weder an den einen noch an den anderen Tisch gesetzt, sondern in die Nähe der Absperrung, die die Plätze der Anwälte von denen des Publikums trennte.

Ansonsten hatte sich niemand im Gerichtssaal eingefunden, was bedeutete, so sagte sich Jack, dass der sechste Erbe immer noch nicht aufgetaucht war.

»Mr Anderson«, sprach der Richter Gerry Collettis Anwalt an. »Würden Sie bitte Ihren Antrag erläutern.«

Colletti blieb sitzen. Die rechte Hälfte seines Gesichts war blau angelaufen und dick geschwollen und auf seiner Stirn klebte ein großes Pflaster. Sein Anwalt erhob sich, bedankte sich beim Richter und trat vor.

»Herr Richter, es ist nicht zu übersehen, dass Mr Colletti übel zugerichtet wurde. Auch wenn es sich hier um eine Beweisaufnahme handelt, beantragen wir, dass das Gericht die Niederschrift der eidesstattlichen Versicherung meines Mandanten anstelle einer mündlichen Aussage akzeptiert. Für ein Kreuzverhör steht Mr Colletti zur Verfügung.«

»Klingt vernünftig. Irgendwelche Einwände?«, fragte der Richter.

»Nein«, erwiderten die Anwälte auf der gegenüberliegenden Seite des Gerichtssaals im Chor.

»Keine Einwände«, sagte Jack.

»Ich danke Ihnen«, sagte Anderson. »Tatsache ist, dass Mr Colletti gestern Abend auf dem Weg zu seinem Auto auf dem Parkplatz hinter dem John Martin's Pub in Coral Gables überfallen und zusammengeschlagen wurde. Er erlitt verschiedene Verletzungen, hauptsächlich Quetschungen und Prellungen, aber auch eine Gehirnerschütterung. Glücklicherweise ist keine der Verletzungen lebensgefährlich. Wie in seiner eidlichen Aussage festgehalten, handelt es sich bei dem Angreifer um einen der Erben des Testaments, nämlich Tatum Knight.«

»Was für ein Schwachsinn«, murmelte Tatum vor sich hin.

»Keine Unterbrechungen, bitte«, mahnte der Richter. »Und, Mr Knight, hüten Sie Ihre Zunge.«

»Habe ich ein schlimmes Wort gesagt?«

»Es war hart dran. Im Zweifelsfall denken Sie daran, wir befinden uns im Flüstergericht.«

»Wir bitten um Entschuldigung«, sagte Jack. »Es wird nicht wieder vorkommen.«

Collettis Anwalt fuhr fort: »Wie gesagt, der Überfall hat sich gestern Abend ereignet. Und heute am frühen Morgen entdeckte Mr Colletti eine interessante E-Mail auf seinem Computer. Sie wurde gestern Abend um 18.43 Uhr elektronisch abgeschickt, wenige Stunden vor dem Überfall, aber er hat sie erst nachher gelesen. Wir haben sie für das Gericht ausgedruckt. Der Text ist kurz und knapp. Ich zitiere: ›Das Leben ist kurz. Steigen Sie aus dem Spiel aus – *sofort*!‹«

Jack schaute seinen Mandanten an. Tatum beugte sich zu ihm herüber und flüsterte ihm ganz leise ins Ohr: »Ich besitze noch nicht mal einen Computer.«

»Von wem stammt die E-Mail?«, fragte der Richter.

»Das wissen wir nicht. Sie wurde von einem Internetcafé in Miami aus abgeschickt, wo man Computer stundenweise mieten kann, es ist also nicht möglich, einen konkreten Absender ausfindig zu machen. Dennoch glaube ich, dass diese E-Mail in direktem Zusammenhang steht mit dem von Mr Knight auf meinen Mandanten verübten Überfall. Wie dem Gericht bekannt ist, haben wir es hier mit einem sehr ungewöhnlichen Testament zu tun. Es gibt sechs Erben, aber nur einer wird das gesamte Vermögen letztlich erben. Die einzige Möglichkeit, dieses *Spiel* zu gewinnen, wie der Verfasser der E-Mail es nennt, besteht darin, die anderen Erben zu überleben oder sie dazu zu überreden, das Erbe auszuschlagen. Mr Colletti behauptet, dass Mr Knight mit seinem brutalen Überfall genau diesen Zweck verfolgte. Es war ein widerwärtiger Versuch, allen anderen Erben Angst einzujagen und ihnen nahe zu legen, allen voran Mr Colletti, aus der Sache auszusteigen.«

»Blödsinn«, knurrte Tatum in Jacks Ohr.

»Mr Knight!«, sagte der Richter. »Noch ein solcher Ausbruch, und ich verhänge eine Ordnungsstrafe.«

»Ausbruch? Mein eigener Anwalt hat mich doch kaum gehört.«

Jack bedeutete ihm zu schweigen. Anscheinend hatte all das Geflüster im Flüstergericht das Gehör des Richters geschärft. Oder er hatte sein Hörgerät lauter gestellt. »Wir bitten um Entschuldigung, Euer Ehren«, sagte er.

Der Richter warf ihnen einen finsteren Blick zu, dann wandte er sich wieder an Collettis Anwalt. »Welche richterliche Maßnahme beantragen Sie?«

»Mr Colletti hatte noch keine Zeit, seine rechtlichen Möglichkeiten zu überprüfen. Zum jetzigen Zeitpunkt ersuchen wir das Gericht lediglich, Mr Knight die Auflage zu machen, durch die ihm untersagt wird, außer über seinen Rechtsbeistand mit den anderen Erben Kontakt aufzunehmen. Darüber hinaus bitten wir das Gericht, Mr Knight zu verbieten, sich den anderen Erben außer bei Gericht oder zu Besprechungen mit den Anwälten auf eine Distanz von weniger als fünfhundert Meter zu nähern.«

»In Ordnung«, sagte der Richter. »Mr Swyteck, was hat Mr Knight dazu zu sagen?«

Jack wollte sich erheben, doch Tatum hielt ihn fest und flüsterte: »Ich will eine Aussage machen.«

»Nein. Wir hatten abgemacht –«

»Es ist mir egal, was wir abgemacht hatten. Ich will eine Aussage machen.«

Der Richter sagte: »Mr Swyteck, bitte.«

Verwirrt schaute Jack zuerst den Richter, dann seinen Mandanten an. »Euer Ehren, ich würde mich gern kurz mit meinem Mandanten beraten.«

»Also gut. Aber denken Sie daran, dass ich für diese Anhörung eine Stunde angesetzt habe. Mit jeder Minute, die Sie mit

Ihrem Mandanten verquasseln, verlieren Sie eine Minute der Zeit, die Sie haben, um Ihren Fall vorzutragen. Wir machen fünf Minuten Pause«, verkündete er mit einem Hammerschlag.

»Bitte erheben Sie sich«, sagte der Gerichtsdiener.

Stehend sahen alle dem Richter nach, wie er den Saal durch die Seitentür verließ. Dann nahm Jack seinen Mandanten beim Arm und sagte: »Los, kommen Sie.« Mit schnellen Schritten gingen sie durch den Hinterausgang in den Korridor. In der Nähe der Aufzüge fanden sie einen leeren Warteraum. Jack zog Tatum herein und schloss die Tür.

»Ich schwöre, ich habe Colletti nicht angerührt.«

»Ich habe Ihnen bereits heute Morgen gesagt, als Collettis Anwalt uns seinen Antrag zustellen ließ: Das spielt keine Rolle.«

»Für *mich* spielt es aber eine Rolle«, erwiderte Tatum erregt.

»Und ich sage Ihnen: Was diese Anhörung angeht, ist es egal, ob Sie unschuldig sind oder nicht.«

»Haben Sie Collettis Gesicht gesehen?«, schnaubte Tatum verächtlich. »Wer den in der Mangel hatte, war ein verdammter Amateur. Wenn ich das gewesen wäre, dann wäre er heute Morgen nicht in der Lage gewesen, seinen Computer anzuschalten. Dann würde er eine Woche brauchen, um sich an seinen eigenen Namen zu erinnern, geschweige denn an sein Passwort.«

»Ist das Ihre Verteidigungsrede, Tatum? Wollen Sie das etwa dem Richter sagen?«

»Das brauche ich dem Richter nicht zu sagen. Ich will ihm nur sagen, dass ich's nicht war.«

»Und das versuche ich ja gerade, Ihnen zu erklären. Wenn Sie in den Zeugenstand treten, wird man Sie ins Kreuzverhör nehmen. Wer weiß, was Collettis Anwalt Ihnen noch alles an den Kopf wirft.«

»Nichts, womit ich nicht klarkäme.«

»Ach ja? Dann wollen wir doch mal sehen.« Jack trat näher an ihn heran und spielte Collettis Anwalt. »Mr Knight, Sie sind Mr Colletti bei der Eröffnung von Sally Fennings Testament zum ersten Mal begegnet. Dienstag vor einer Woche, richtig?«

»Das stimmt.«

»Weniger als zwei Wochen nach dieser Begegnung wird Mr Colletti ins Krankenhaus eingeliefert.«

»Das ist nicht meine Schuld.«

»Mr Knight, da Sie in Sally Fennings Testament als Erbe benannt sind, gehe ich davon aus, dass Sie ihr auch irgendwann begegnet sind, richtig?«

»Ja, ein Mal.«

»Wann?«

»Ein paar Wochen vor ihrem Tod.«

»Sie meinen, ein paar Wochen bevor sie ermordet wurde, richtig?«

»Ja, wie auch immer.«

»Sie sind ihr also ein Mal in Ihrem Leben begegnet, und zwei Wochen später hat sie eine Kugel im Kopf.«

»Und?«

»Ich möchte Ihnen eine Frage stellen, Sir: Wie viele andere Menschen waren tot oder im Krankenhaus, nachdem sie Ihnen ein einziges Mal begegnet waren?«

Tatum blickte mürrisch drein. »Zu viele, als dass ich sie zählen könnte, verdammt.«

Jack vergaß seine Rolle. »Gute Antwort, Tatum.«

»Scheiße, Jack, ich will einfach nur in den Zeugenstand treten und dem Richter sagen, dass ich's nicht war.«

»So funktioniert das aber nicht. Tut mir Leid, aber wenn Sie aussagen, wird Collettis Anwalt Sie auseinander nehmen. Ehe Sie wissen, wie Ihnen geschieht, wird jeder dort im Gerichtssaal wissen, womit Sie früher Ihre Brötchen verdient haben und dass Sally Fenning sich mit Ihnen getroffen hat, weil sie Sie dafür bezahlen wollte, dass Sie ihr eine Kugel in den Kopf jagen. Also, wenn Sie sich nicht zum Hauptverdächtigen für den Mord an Sally Fenning machen wollen, dann schlage ich vor, dass Sie auf meinen Rat hören.«

Tatum kochte vor Wut, aber Jack hatte den Eindruck, dass er zu begreifen begann. »Was genau soll ich tun?«

»Behalten Sie Ihre Geheimnisse für sich«, sagte Jack. »Machen Sie keine Aussage. Wir werden uns mit der Auflage einverstanden erklären.«

»Was glauben Sie denn, was das für einen Eindruck macht?«

»Ich werde es so gut aussehen lassen, wie ich kann. Ich werde dem Richter sagen, dass Mr Knight alle Anschuldigungen kategorisch abstreitet, aber keinerlei Interesse daran hat, sich einem der anderen Erben mehr auf eine Distanz von weniger als fünfhundert Meter zu nähern. Wir erklären uns also mit der Auflage einverstanden.«

Tatum trat ans Fenster und starrte auf den Parkplatz hinunter. »Ich bräuchte denen ja gar nicht von meinem Treffen mit Sally zu berichten.«

»Wenn Sie in den Zeugenstand treten und unter Eid eine Falschaussage machen, können Sie sich einen neuen Anwalt suchen.«

Tatum lachte in sich hinein. »Theo hat mir schon gesagt, dass Sie ein Musterknabe sind.«

»Mir hat Theo auch einiges über Sie erzählt. Und jetzt müssen wir sehen, was wir daraus machen. Wie lautet also Ihre Entscheidung?«

Tatum drehte sich um und schaute Jack an. »Also gut. Dann sind wir eben einverstanden. Aber eins sollten Sie sich hinter die Ohren schreiben.«

»Und das wäre?«

»Wenn dieses Arschloch Gerry Colletti am Ende die ganze Kohle einstreicht, mache ich euch alle beide einen Kopf kürzer.«

»Ich lasse mir nicht drohen, Tatum.«

Tatum klopfte seinem Anwalt grinsend auf die Schulter. »War nur ein Scherz, Kumpel.«

Jack lächelte nicht. Er öffnete die Tür und ging zurück in Richtung Gerichtssaal.

## *Zwanzig*

Jack hatte das Gefühl, beobachtet zu werden, und er täuschte sich nicht.

Nach der Sitzung beim Nachlassgericht hatte er sich von Tatum verabschiedet und war allein zu seinem Wagen gegangen. Zwei Männer folgten ihm über den rissigen Asphalt bis auf den eingezäunten Parkplatz. Der jüngere bewegte sich mit angeberisch federndem Schwung, das Kinn in die Höhe gereckt und den Blick auf sein Spiegelbild in den getönten Scheiben der geparkten Autos geheftet. Der ältere ging leicht gebeugt und mit dem säuerlichen Gesichtsausdruck eines Menschen, der sich zu sehr den Kopf zerbricht über Probleme, die er nicht lösen kann, Probleme, die ihn zwangen, die Nächte durchzuarbeiten, und ihn dem Alkohol reichlich zusprechen ließen. Selbst wenn Rick Larsen für Jack kein alter Bekannter gewesen wäre, hätte er in dem Mann einen altgedienten Detective von der Mordkommission vermutet.

Die beiden Männer waren nicht unbedingt befreundet, empfanden jedoch einen gewissen Respekt voreinander. Viele gute Polizisten hatten Jack über die Jahre ihr Vertrauen geschenkt, und sei es auch nur, weil Jacks Vater ebenfalls Polizist gewesen war, bevor er seine politische Karriere angetreten hatte, auf deren Höhepunkt er zweimal zum Gouverneur gewählt worden war. Aber das Verhältnis zwischen Jack und Rick Larson ging weit darüber hinaus. Als junger Detective hatte Larson den Fall von Theo Knight bearbeitet, er hatte zu dem Team gehört, das den falschen Mann in die Todeszelle geschickt hatte. Erst als Ergebnisse der DNS-Analyse vorlagen, hatte er Jack anvertraut – unter vier Augen natürlich –, dass seine Vorgesetzten seine Zweifel an Theos Schuld in den Wind geschlagen und ihn als blutigen Anfänger bezeichnet hatten.

»Wer ist denn Ihr neuer Partner?«, fragte Jack, als er sich nach den beiden umdrehte.

Lächelnd nahm Larson einen Zigarrenstummel aus dem Mund. »Sie meinen Calvin Klein hier?«

»Was soll das heißen?«, fragte sein Partner.

»Wenn Sie das nicht wissen, dann haben Sie den Beruf verfehlt.« Er zwinkerte Jack zu und fragte: »Haben Sie einen Augenblick Zeit?«

Jack stellte seine Aktentasche auf der Kühlerhaube seines Wagens ab. »Klar. Worum geht's?«

»Sally Fenning. Wie Sie sicher wissen, bearbeite ich den Mordfall.«

»Ja, ich war froh, als ich davon erfuhr.«

»Warum?«

»Der Mörder ihrer Tochter wurde nie gefasst. Da hat sie es wenigstens verdient, dass ein Detective ihren Fall übernimmt, der vermutlich fähig ist, ihren Mörder dingfest zu machen.«

»Ich arbeite dran.«

»Was Sie zu mir führt«, erwiderte Jack.

»Eigentlich nicht. Es führt mich zu Tatum Knight, was mich wiederum zu Ihnen führt.«

»Sie wollen ihn vernehmen?«

»Das würde ich gern, aber er weigert sich, mit uns zu reden.«

Jack ließ sich seine Verwunderung nicht anmerken. Tatum hatte ihm nichts davon erzählt, dass die Polizei sich bei ihm gemeldet hatte. »Haben Sie ihn höflich gebeten?«

»Selbstverständlich. Ich habe ihm gesagt, egal ob er aktiv mitspielt oder nicht, ich bin fest entschlossen, das Spiel zu gewinnen.«

Jack lachte in sich hinein. »Eins muss ich Ihnen lassen, Larson. Sie sind der einzige Detective, der das mit einem ernsten Gesicht sagen kann.«

»Und manchmal funktioniert's sogar. Aber Scherz beiseite, falls Ihr Mandant nicht redet, werde ich härtere Saiten aufziehen.«

»Was wollen Sie denn wissen?«

Larson nahm die Sonnenbrille ab und sah Jack in die Augen. »Hat er Sally Fenning getötet?«

»Die Antwort lautet nein.«

»Weiß er, wer es getan hat?«

»Nein.«

»Erwarten Sie von mir, dass ich das für bare Münze nehme?«

»Nein.«

»Hat er Gerry Colletti zusammengeschlagen?«

»Nein.«

»Und warum ist er dann nicht in den Zeugenstand getreten und hat Richter Parsons gesagt, dass er's nicht war?«

»Das war die Entscheidung seines Anwalts.«

»Was verbergen Sie?«

»Nichts.«

»Ich war bei der Anhörung anwesend. Sie verbergen irgendetwas.«

»Das ist reine Spekulation Ihrerseits.«

Auf der anderen Seite des Zauns rumpelte ein Bus vorüber. Die Luft stank plötzlich nach Dieselabgasen, doch der Detective ließ sich keinen Augenblick beirren. »Sagen Sie mir eins: Warum zum Teufel hat Sally Fenning in ihrem Testament einen Gangster wie Tatum Knight als Erben benannt?«

»Ich wünschte, wir könnten sie das fragen.«

»Ich wünschte, ich könnte Tatum danach fragen.«

»Was hätte er davon?«

»Wie gesagt, egal ob er mitspielt oder nicht, ich werde –«

»Schon gut. Zwei Punkte für Sie.«

Larsen grinste. »Irgendwie will mir das nicht in den Kopf. Von den fünf Erben, die bisher bekannt sind, stehen vier in direktem Zusammenhang mit Sallys erster Ehe und dem Mord an ihrer Tochter. Wie passt Tatum Knight in dieses Bild?«

Natürlich konnte Jack nichts über Sallys Kontakt mit Tatum kurz vor ihrem Tod durchblicken lassen, aber ein kleiner Plausch mit dem Detective konnte nichts schaden. »Das ist ja interessant«, sagte er. »Sie scheinen sich ja ganz sicher zu sein, dass *alle vier* anderen Erben mit Sallys früherem Leben zu tun hatten.«

»Ich habe nur ein paar Schlussfolgerungen gezogen.«

»Ich denke, dass mehr dahinter steckt. Sallys Ex-Mann, der Scheidungsanwalt und der Staatsanwalt, der nie Anklage wegen des Mordes an Sallys Tochter erhoben hat, hatten alle drei offensichtlich etwas mit Sallys Vergangenheit zu tun. Aber die Journalistin hat lediglich ein paar mit Fakten gespickte Artikel über ein schreckliches Verbrechen geschrieben. Das reicht eigentlich nicht, sie in dieselbe Kategorie wie die anderen einzureihen.«

»Gutes Argument. Die Frau fällt ein bisschen aus dem Rahmen.«

»Wenn wir davon ausgehen, dass Sally ihr Vermögen ihren Feinden vermacht hat, damit die sich im Streit darüber gegenseitig zerfleischen, womit genau könnte die Journalistin sich zu einem von Sallys schlimmsten Feinden gemacht haben?«

»Stellen Sie *mir* jetzt die Fragen?«

»Wenn Sie mir diese Frage beantworten können, dann würde ich mal sehen, was ich bei Tatum erreichen kann.«

»Da müssen Sie mir schon ein bisschen mehr bieten.«

»Ich werde ihm empfehlen, sich mit Ihnen zu treffen. Mehr kann ich Ihnen nicht versprechen.«

Larsen sah ihn durchdringend an. »Also gut. Weil ich weiß, dass Sie zu Ihrem Wort stehen, kann ich Ihnen Folgendes sagen. Deirdre Meadows hat mehr getan, als ein paar Zeitungsartikel über Sally Fenning zu schreiben.«

»Und wie viel mehr?«

»Sie hat ein ganzes verdammtes Buch geschrieben. Alles über den Mord an Sallys Tochter. Kein Verlag hat es bisher angenommen, aber soweit ich weiß, versucht sie immer noch, das Manuskript zu verkaufen.«

»Und?«

»Das ist alles. Zumindest bis ich mit Tatum Knight gesprochen habe.«

Jack nahm seine Aktentasche. »Einverstanden. Danke für die höchst interessante Information. Ich werde sehen, was ich für Sie tun kann.«

»Ich rufe Sie morgen an«, sagte Larsen.

Jack nickte und schloss seinen Wagen auf. Larsen hob die Hand zum Gruß und wandte sich zum Gehen. Dann drehte er sich noch einmal um und sagte: »Noch eins.«

»Ja?«

»Der Mandant, den Sie sich da an Land gezogen haben, ist ein ziemlich harter Brocken, Swyteck.«

»Ja. Genau wie sein Bruder.«

Larsen wurde plötzlich ernst. »Eins kann ich Ihnen versichern: Er ist kein bisschen wie Theo.«

»Wollen Sie mir irgendetwas sagen?«

»Ich kann Ihnen nur raten, Ihre Hausaufgaben gründlich zu machen.«

»Das habe ich bereits. Und zwar reichlich.«

»Überprüfen Sie sie nochmal. Zu Ihrem eigenen Besten.«

»Das hat mir auch jeder geraten, als ich Theo vertreten habe. Bis ich bewiesen habe, dass er unschuldig war.«

Larsen wandte sich ab, als hätte er den letzten Satz nicht gehört. Jack blinzelte gegen die Sonne, als er den Detectives nachschaute, die zum Ausgang des Parkplatzes gingen.

## *Einundzwanzig*

Theo war zu gut für seine eigene Kneipe. Das bekam er jedes Mal von seinen Bandmitgliedern zu hören, wenn sie im Sparky's spielten. Nicht dass sie sich zu schade gewesen wären, in einer Kaschemme wie dem Sparky's aufzutreten. Der Kommentar galt den Zuhörern. Theo wünschte sich nichts sehnlicher, als eine richtige Jazzbar zu betreiben, aber er hatte einen gut gehenden Laden samt Stammpublikum erworben. Die Leute waren treue Kunden, sie hielten das Geschäft in Gang, und sie waren davon überzeugt, dass die Musikgeschichte mit »Achy-Breaky-Heart« ihren Höhepunkt erreicht hatte und seitdem auf dem absteigenden Ast war. Das Saxophon war Theos Leidenschaft, aber die Prolls brachten ihm genügend ein für die Miete.

*Charlie Parker, vergib mir.*

Er beendete den Set mit einem eindrucksvollen Solo, einer Hommage an den Blues. Zwei Frauen in Cowboyhüten flitzten zur Musikbox hinüber und bescherten Theo mit *Electric Slide* fast einen Herzinfarkt. An dem vorderen Tisch saßen lauter Angestellte des Gebrauchtwagenhändlers von gegenüber. Sie bekamen von der Musik gar nichts mit, lachten so ausgelassen, dass einem von ihnen schon das Bier aus der Nase lief. Aber ein paar Leute klatschten, und eine Frau ganz hinten reckte sogar begeistert beide Daumen in die Höhe, was Theo ein Lächeln entlockte. Mit der Zeit würde das Niveau im Sparky's noch steigen, da war er sich ganz sicher.

Vorsichtig stellte Theo das Saxophon in den Ständer, ein altes Buescher 400, ein Geschenk des Mannes, der ihm beigebracht hatte, darauf zu spielen. Theos Großonkel Cyrus war früher im alten Overtown, dem Harlem von Miami, ein großer Nachtclub-Star gewesen, und er hätte seine Freude daran gehabt zu erleben, dass nicht einmal vier Jahre in der Todeszelle die Leidenschaft hatten auslöschen können, die der alte Mann im jugendlichen Theo geweckt hatte.

»Was darf's denn sein, Kumpel?«, fragte Theo, als er hinter den Tresen trat und sich die weiße Schürze umband.

»Mineralwasser.«

»Du willst dich wohl richtig voll laufen lassen heute, was?«

»Ich kann nichts trinken, weil ich Schmerzmittel nehme.«

Theo schaute genauer hin. Auch im schummrigen Licht war nicht zu übersehen, dass der Typ schlimm zugerichtet war. »Verdammt, das sieht ja ziemlich übel aus. Ich hab ja schon öfter Leute gesehen, die mit zerschundenem Gesicht hier aufgetaucht sind, aber so was ist mir hier noch nicht untergekommen.«

»Mich hat ein richtiger Profi in der Mangel gehabt.«

»Sieht so aus.«

»Und zwar Ihr Bruder.«

Theo stellte das Glas auf den Tresen. Er war dem Mann noch nie begegnet, aber Jack hatte ihm genug erzählt. »Sie müssen Gerry das Genie sein.«

»Sie finden das anscheinend richtig witzig, Sie und Ihr Kumpel Swyteck. Zum letzten Mal, mein Name ist Gerry der Gentleman.«

»Was führt Sie zu mir, Gentleman?«

»Na, was glauben Sie wohl?«

»Blödheit.«

Gerry lächelte mit schmerzverzerrtem Gesicht. »Verdammt, sogar das Lachen tut weh.«

»Das ist nicht mein Problem.«

Behutsam setzte Gerry sich das Glas an die Lippen, aber seine linke Gesichtshälfte war so stark geschwollen, dass das Mineralwasser teilweise wieder zum linken Mundwinkel herauslief. »Da haben Sie Recht. Das ist mein Problem. Und das Ihres Bruders.«

»Bloß weil Sie mit an den Haaren herbeigezogenen Anschuldigungen um sich werfen.«

»Wollen Sie allen Ernstes behaupten, dass das nicht die Handschrift Ihres Bruders ist?«

»Ganz genau.«

»Wer sind Sie, sein Alibi?«

»Nein. Sein Sparringspartner. Wir beide boxen seit Jahren gegeneinander. Ich brauche mir nur Ihr Gesicht anzusehen, dann weiß ich, dass das nicht auf Tatums Konto geht.«

»Wieso?«

»Tatum hat einen gemeinen linken Haken. Den sieht keiner kommen. Einmal war mein rechtes Auge drei Tage lang zugeschwollen. Aber Ihr rechtes Auge ist unversehrt. Ihre linke Gesichtshälfte ist grün und blau geschlagen. Und jetzt erklären Sie mir mal«, sagte Theo, während er so tat, als wollte er Gerry mit der linken Faust einen Hieb verpassen, »wie das möglich ist.«

»Ihr Bruder ist doch kein einarmiger Bandit. Er kann auch andere Schläge austeilen.«

»Aber er hat Verstand. Wenn der Sie zusammenschlägt, sorgt er dafür, dass Sie sein Gesicht nicht sehen.«

»Was ich gesehen habe, hab ich gesehen.«

»Ich glaube Ihnen kein Wort.«

Gerry rang sich ein schiefes Grinsen ab, bemüht, den Schmerz zu ignorieren. »Also gut. Vielleicht hab ich meinen Angreifer nicht so gut gesehen, wie ich es in meiner eidlichen Aussage behauptet habe. Aber ich bin nicht hergekommen, um mit Ihnen über Beweise zu diskutieren.«

»Und warum sind Sie dann gekommen?«

»Weil ich Ihrem Bruder etwas zu sagen habe. Und ehrlich gesagt, fühle ich mich sicherer, wenn ich es Ihnen sage. Sie werden es ihm doch bestimmt ausrichten.«

»Kann sein.«

»Ich möchte ihm einen Deal anbieten.« Gerry sah sich nach allen Seiten um, wie um sich zu vergewissern, dass niemand mithörte. »Wenn Tatum auf die Erbschaft verzichtet und aus dem Spiel aussteigt, bin ich bereit, meine Anzeige zurückzuziehen.«

»Was wollen Sie?«

»Ich werde dem Richter einfach sagen, dass ich mich geirrt habe. Es war dunkel, ich war angetrunken, es ging alles sehr schnell. Wenn ich's mir recht überlege, war es doch nicht Tatum Knight, der mich zusammengeschlagen hat.«

»Und dafür soll mein Bruder seinen Anspruch auf eine sechsundvierzig-Millionen-Dollar Erbschaft ausschlagen?«

Eine Kellnerin trat an den Tresen. »Zwei Budweiser, Theo.« Theo stellte zwei geöffnete Flaschen auf ihr Tablett, und sie ging wieder.

»Und noch etwas«, fuhr Gerry fort. »Wenn Tatum aussteigt, zahle ich ihm eine Viertelmillion Dollar in bar, und zwar jetzt. Unabhängig davon, ob ich das Geld erbe oder nicht. Wenn er aussteigt, gebe ich ihm die Kohle. Die Sache ist ganz sauber.«

»Versuchen Sie etwa, sich den Weg zum Hauptgewinn freizukaufen?«

Gerry nahm einen Eiswürfel aus seinem Glas und drückte ihn an seine geschwollene Lippe. »Mit Intelligenz kommt man weiter als mit roher Gewalt. Nur so gewinnt man Sally Fennings Spiel.«

»Komisch, so raffiniert sehen Sie gar nicht aus.«

»Gegen mich liegt jedenfalls keine Auflage vor, oder?«

»Sie müssen das Geld ja ziemlich dringend benötigen.«

»Die anderen Erben zu bezahlen, damit sie aussteigen, ist nichts Illegales. Das ist Geschäft. Minengeschäft.« Grinsend bedeutete Gerry Theo, ein bisschen näher zu kommen, als hätte er vor, ihm ein Geheimnis zu verraten. »Hier geht's um eine Goldmine.«

»Sie wollen meinen Bruder mit erfundenen Anschuldigungen unter Druck setzen, damit er aus dem Spiel aussteigt.«

»Ich sagte, ich würde meine Anzeige zurückziehen. Ich habe nicht gesagt, dass die Anschuldigungen erfunden wären.«

Theo lachte kopfschüttelnd in sich hinein. »Was glauben Sie eigentlich, mit wem Sie reden, Sie Trottel?«

»Wie bitte?«

Das Lächeln war verschwunden, als Theo sich vorbeugte. »Das ist Erpressung.«

»Das sehe ich aber ganz anders.«

»Es spielt überhaupt keine Rolle, wie *Sie* das sehen. Für mich ist es Erpressung. Und Tatum wird es ebenfalls als Erpressung betrachten. Das ist gar nicht gut für Sie.«

»Wollen Sie mir etwa Angst einjagen?«

Theo beugte sich noch weiter vor und schaute ihm fest in die Augen, die riesigen Hände auf den Tresen gestützt. Gerry versuchte, den Kaltblütigen zu mimen, aber sein zuckendes Augenlid verriet ihn. Zu seiner Überraschung richtete Theo sich jedoch wieder auf. Gerry schien erfreut, dass er bei diesem Wettkampf Auge in Auge der Stärkere geblieben war, bis Theo auf die Bühne ging, das Mikrophon in die Hand nahm und sagte: »Ladys und Gentlemen, ich bitte um Ihre Aufmerksamkeit.«

Der Geräuschpegel sank ein bisschen, aber es wurde nicht völlig still.

Gerry rutschte nervös auf seinem Barhocker hin und her, offensichtlich verunsichert.

»Ich möchte ja niemanden an den Pranger stellen«, fuhr

Theo fort, »aber ich habe gerade gehört, dass sich Mr Gerry Colletti heute Abend unter unseren Gästen befindet. Er sitzt dort drüben am Tresen. Es interessiert Sie vielleicht, dass Mr Colletti bis vor einigen Jahren als Abgeordneter für den Staat Massachusetts im Kongress gesessen hat, wo er den Entwurf für das erste Gesetz in den USA vorgelegt hat, wonach das Tragen von Motorradhelmen zur Pflicht wurde. Darf ich vorstellen: Mr Gerry Colletti!«

Lautes Pfeifen und Buh-Rufe erfüllten den Raum. Die Biker am Billardtisch warfen Gerry vernichtende Blicke zu, der sich daraufhin ganz klein machte. Zwei riesige, muskelbepackte Typen gingen langsam auf den Tresen zu. Einer von ihnen hatte zwei identische Tätowierungen auf den Oberarmen. Der andere trug kein Hemd, nur zerschlissene Jeans und eine schwarze Lederweste. Seine Hundemarken klapperten jedes Mal, wenn er mit dem dicken Ende des Billardqueues auf seine offene Hand schlug.

Grinsend nahm Theo seinen Platz hinter dem Tresen wieder ein. »Das Mineralwasser geht auf Rechnung des Hauses, Sie Genie. Viel Spaß auf dem Weg zu Ihrem Wagen.«

## *Zweiundzwanzig*

Jack und Kelsey waren von Büchern umgeben.

Rick Larsens Bemerkung darüber, dass Deirdre Meadows ein Buch über den Überfall auf Sally Fenning geschrieben hatte, war ein guter Hinweis, aber Jack hatte lange überlegt, was er als Nächstes unternehmen sollte. Deirdre direkt anzusprechen wäre eine Möglichkeit, aber er wollte zunächst noch ein paar Informationen zusammentragen. Und so war er auf Martin Kapstan gekommen.

Just Books war zweifellos die beste Buchhandlung in Coral Gables, und das war Martin zu verdanken. Der Laden war in einem schönen, im mediterranen Stil restaurierten Gebäude untergebracht und verfügte über mehrere mit Büchern gefüllte Räume, in denen man nach Herzenslust stöbern konnte. Seit zwanzig Jahren fanden fast jeden Abend die Woche über Lesungen und Signierstunden statt, so dass es nicht leicht wäre, einen Bestsellerautor zu nennen, der hier noch keins seiner Werke vorgestellt hatte. Als ehemaliger Highschool-Lehrer hatte Martin seinen pädagogischen Anspruch nie aufgegeben. Jeder angehende Autor in Südflorida legte Wert auf seine Meinung und irgendwie gelang es ihm immer, sich dafür Zeit zu nehmen. Nur manche fanden den Weg zum Erfolg, aber alle fanden ein wenig Hoffnung. Kelsey meinte, wenn es irgendjemanden gab, der ihnen etwas über Deirdres unveröffentlichtes Manuskript sagen konnte, dann Martin Kapstan.

»Mist, wir hätten gestern Abend herkommen sollen«, sagte Kelsey, als sie den Veranstaltungskalender an der Tür überflog. Sie hatten Isabelle Allende verpasst.

Vor Nates Geburt, vor ihrem Jurastudium, bevor sie angefangen hatte, für Jack zu arbeiten, bevor ihr Informationshorizont so geschrumpft war, dass sie den Eindruck hatte, nur noch über das Bescheid zu wissen, woran sie gerade arbeitete, hatte Kelsey einen Sommer lang bei Just Books gejobbt. Es machte sie ein bisschen verlegen, dass sie dem Laden so lange keinen Besuch mehr abgestattet hatte, aber Martin begrüßte sie so herzlich wie eh und je. Nachdem sie Martin und Jack einander vorgestellt hatte, gingen sie zu dritt in den Innenhof. Bei einer Tasse Kaffee berichteten Martin und Kelsey einander kurz, was sie in der Zwischenzeit erlebt hatten, dann fragte Martin unvermittelt: »Und wie lange seid ihr beide schon zusammen?«

Die beiden lächelten verlegen. Kelsey sagte: »Äh, wir sind nicht –«

»Nein, wir sind nicht ... wir sind Freunde«, sagte Jack. »Und wir arbeiten natürlich zusammen.«

»Aha. So begeistert, wie Kelsey am Telefon klang, hatte ich angenommen –« Plötzlich unterbrach er sich, als hätte ihm jemand auf den Fuß getreten.

»Ich hab ihm erzählt, wie verrückt Nate nach dir ist«, erklärte Kelsey errötend.

Nach Martins Blick zu urteilen, hatte ihm etwas ganz anderes auf der Zunge gelegen. »Ja, genau«, sagte er stattdessen. »Wie ich höre, sind Sie und Nate richtig gute Kumpels.«

»Ich bin sein großer Bruder.«

»Phantastisch.«

»Ja, das läuft wunderbar.«

Alle drei tranken einen Schluck Kaffee, als wären sie froh, das Thema beenden zu können. Schließlich sagte Martin: »Also, was kann ich für euch tun?«

»Haben Sie die Berichte in den Zeitungen verfolgt über diese reiche Frau namens Sally Fenning?«, fragte Jack. »Sie wurde vor etwa zwei Wochen in Downtown Miami erschossen.«

»Darüber habe ich gelesen.«

»Kelsey und ich vertreten einen der Erben ihres Testaments.«

»Ja, das hat Kelsey erwähnt.«

»Es hat sich herausgestellt, dass eine Frau, die ebenfalls zu den Erben gehört, ein Buch über Sally Fenning geschrieben hat. Sie arbeitet als Journalistin für die *Tribune*. Sie heißt Deirdre Meadows.«

»Ich kenne Deirdre«, sagte Martin.

»Sie wissen nicht zufällig etwas über das Buch, das sie geschrieben hat?«

»Doch, ich weiß tatsächlich davon.«

Kelsey lächelte stolz, schaute Jack an und sagte: »Hab ich's dir nicht gesagt?«

»Ich möchte Sie nicht drängen, irgendetwas auszuplaudern, was Deirdre Ihnen im Vertrauen gesagt hat«, fuhr Jack fort, »aber können Sie mir irgendetwas über das Manuskript erzählen?«

»Nicht viel, fürchte ich. Ich habe es nicht gelesen. Ich habe ihr angeboten, es mir anzusehen, aber Deirdre schien nicht bereit, es mir zu überlassen.«

»Warum nicht?«

»So wie sie es mir erklärte, hat ihr Anwalt ihr geraten, das Manuskript niemandem zu zeigen, außer ihrem Agenten und den Verlegern, an die sie es geschickt hat.«

»Was hat sie denn befürchtet? Dass jemand ihr die Idee zu dem Buch stiehlt?«

»Ich glaube eher, dass sie eine Verleumdungsklage befürchtete.«

Jack riss die Augen auf. »Von Sally?«

Martin nickte. »Soweit ich weiß, hat sie das Buch ursprünglich in Zusammenarbeit mit Sally Fenning angefangen. Aber nach sechs Monaten Arbeit an dem Buch war Sally nicht mehr einverstanden damit, wie Deirdre das Thema anpackte. Zu sagen, sie war nicht einverstanden, ist eigentlich eine Untertreibung. In Wirklichkeit drohte sie Deirdre mit einer Verleumdungsklage.«

»Und deswegen hat ihr Anwalt ihr geraten, das Manuskript niemandem zu zeigen?«, fragte Kelsey.

Jack antwortete als Anwalt. »Wahrscheinlich wollte sie die juristische Anfechtbarkeit auf ein Minimum reduzieren. Solange eine Hand voll potenzieller Verleger die Einzigen waren, die das angeblich verleumderische Material zu Gesicht bekamen, wäre der Schaden, den Sally geltend machen könnte, äußerst gering.«

»So sehe ich das auch«, meinte Martin.

»Wissen Sie, was genau Sally an dem Manuskript als rufschädigend betrachtete?«, wollte Jack wissen.

»Nein. Wir hatten damals ein sehr merkwürdiges Gespräch. Sie wollte von mir wissen, ob eine Verleumdungsklage sich nach meiner Meinung positiv oder negativ auf ihre Chancen auswirken würde, einen Verleger zu finden. Sie schien anzunehmen, dass ein Rechtsstreit ihr nur nützen konnte und dass die Verleger sich über die zusätzliche Publicity freuen würden.«

»Und was haben Sie ihr geraten?«

»Ich sagte, klar, die Werbeabteilungen würden so was begrüßen. Ich kenne da einige Werbeleute, die würden ihre Autoren nackt durch die Buchläden rennen lassen, wenn sie damit noch ein paar mehr Bücher verkaufen könnten. Aber die Verlage haben auch Rechtsabteilungen und die Juristen wären über eine Verleumdungsklage nicht sehr erbaut.«

»Das war bestimmt nicht das, was sie hören wollte.«

»Ich glaube nicht, dass sie das groß beeindruckt hat. Sie sagte, sie könne alles belegen, was sie geschrieben hatte. Angeblich hatte sie die volle Unterstützung des Staatsanwalts, der den Fall bearbeitete.«

»Mason Rudsky?«

»Seinen Namen hat sie nicht erwähnt«, sagte Martin.

»Es kann nur Mason gewesen sein. Er war der Staatsanwalt, der in dem Fall die Ermittlungen geleitet hat.«

»Er gehört auch zu den in Sallys Testament benannten Erben«, erklärte Kelsey. »Genau wie Deirdre.«

Martin zuckte die Achseln, als wüsste er nicht recht, was er mit Kelseys letzter Bemerkung anfangen sollte. Sein Pager piepte, und er warf einen Blick darauf. »Würden Sie mich einen Augenblick entschuldigen?«

»Klar«, sagte Jack.

Martin ließ seinen Kaffee auf dem Tisch stehen, wie um anzudeuten, dass er gleich wieder zurückkehren würde. Als er außer Hörweite war, sagte Kelsey: »Eine Verleumdungsklage. Wahrscheinlich steht Deirdre deswegen auf Sallys Liste. Sie hat Lügen über sie verbreitet.«

»Es wäre gut zu wissen, was für Lügen das waren.«

»Was vermutest du denn?«

»Ich habe nicht die leiseste Ahnung. Aber falls Deirdre Unwahrheiten über Sally und über den Mord an ihrer Tochter verbreitet hat, dann könnte das erklären, warum Sally sie gehasst und sie zur selben Kategorie von Menschen gezählt hat wie die anderen von ihr als Erben benannten Personen, die ihr das Leben so schwer gemacht haben, dass es ihr nicht mehr lebenswert erschien.«

»Aber wir müssen auch die andere Möglichkeit in Betracht ziehen«, wandte Kelsey ein.

»Richtig«, sagte Jack. »Was ist, wenn die Behauptungen in Deirdres Manuskript – welche auch immer das sein mögen – der Wahrheit entsprechen?«

»Vielleicht war Sally nicht deswegen erbost, weil Deirdre Unwahrheiten verbreitete, sondern weil sie irgendwelche schrecklichen Wahrheiten aufgedeckt hat, die Sally lieber geheim gehalten hätte.«

»Möglich«, sagte Jack.

»Vor allem, wenn es stimmt, dass sie Mason Rudskys volle Unterstützung hatte«, fuhr Kelsey fort.

Sie sahen einander an und überlegten. Schließlich sagte Jack: »Egal, ob das Manuskript Lügen oder schmutzige Wahrheiten enthält, eines ist sicher.«

»Was?«

Er lehnte sich zurück und ließ seinen Blick zu den Büchern im Schaufenster von Just Books wandern. »Ich möchte wissen, was Deirdre Meadows geschrieben hat.«

»Ich auch.«

Dann schaute Jack Kelsey an und sagte: »Und zwar fast so dringend, wie ich wissen möchte, worüber du mit Martin am Telefon gesprochen hast.«

»Wie bitte?«

»Was du ihm gesagt hast, das ihn annehmen ließ, wir wären ein Paar.«

Sie errötete und senkte den Blick. »Dummkopf. Hat dir noch niemand beigebracht, dass du dich nur mit Geheimnissen beschäftigen solltest, die du auch lösen kannst?«

»Kein Geheimnis ist unlösbar. Aber manche sind einfach spannender als andere.«

Sie hob ihre Tasse an die Lippen und schaute ihn über den Rand hinweg an.

»Findest du nicht?«, fragte Jack.

Sie antwortete nicht, wandte ihren Blick aber nicht ab.

»Du kannst mich nicht ewig wortlos anstarren, weißt du«, sagte Jack.

Schweigen. Aber Jack wusste, dass sich hinter der Kaffeetasse ein Grinsen verbarg.

»Na gut«, murmelte er lächelnd. »Jetzt wird's wirklich spannend.«

# *Dreiundzwanzig*

Während einer Anhörung beim Gericht am Dienstagvormittag sah sich Jack dem laserähnlichen Blick des stellvertretenden Staatsanwalts Mason Rudsky gegenüber. Offensichtlich fühlte Rudsky sich im Zeugenstand denkbar unwohl, vor allem, wenn er von einem Strafverteidiger ins Kreuzverhör genommen wurde.

Eigentlich war Jack alles andere als erpicht darauf, die Staatsanwaltschaft aufs Korn zu nehmen, aber zurzeit rannte er nur noch gegen Wände. Nachdem Kelsey und er am frühen Freitagabend bei Just Books gewesen waren, hatte er Deirdre Meadows angerufen und sie nach ihrem Buch gefragt. Sie wollte nicht darüber reden. Am Montagmorgen hatte Jack Rudsky aufgesucht und ihm erzählt, Deirdre hätte dem Besitzer von Just Books gegenüber damit geprahlt, sie habe »die volle Unterstützung« des Staatsanwalts. Rudsky hatte die Behauptung weder bestätigen noch bestreiten wollen und auf jede Frage, die Jack ihm stellte, reagierte er mit demselben falschen Lächeln und derselben stereotypen Antwort: *»Tut mir schrecklich Leid, aber die Ermittlungen im Fall des Mordes an Sally Fennings Tochter sind immer noch nicht abgeschlossen. Dazu kann ich Ihnen nichts sagen.«*

Jack hatte keine Lust, sich mit solchen hinhaltenden Antworten zufrieden zu geben. Wenn die Journalistin ihm nicht sagen wollte, was in ihrem Buch stand, und der Staatsanwalt nicht über den Fall reden konnte, dann würde Jack eben Einsicht in die Akten verlangen. Er reichte Klage ein unter Bezugnahme auf »The Sunshine Act«, Floridas sehr weit gefasste

Version des »Freedom of Information Act«, des Gesetzes zur Informationsfreiheit. Das Gesetz wurde erlassen, um sicherzustellen, dass die Regierung »bei vollem Licht« handelte, also nichts verbarg, so dass jeder Bürger Einsicht in Regierungsakten verlangen konnte. Das Gesetz galt auch für Strafverfahren, außer bei laufenden Ermittlungen. Während seiner Zeit als Staatsanwalt hatte Jack die Erfahrung gemacht, dass Richter sehr schlecht auf Staatsanwälte zu sprechen waren, die versuchten, das Gesetz zu umgehen, indem sie behaupteten, bei längst überfälligen Akten handle es sich um »laufende Ermittlungen«.

Jack trat auf den Zeugen zu. In dem düsteren alten Gerichtssaal herrschte ungewöhnliche Stille, vom Zuschauerraum war weder Hüsteln noch Füßescharren zu hören. Die Anhörung fand unter Ausschluss der Öffentlichkeit statt, jedenfalls so lange, bis das Gericht entschieden hatte, ob die Akte öffentlich gemacht werden konnte.

»Guten Morgen, Mr Rudsky.«

»Guten Morgen.«

Rudsky war ein Karrierist, der sowohl seine Arbeit als auch sich selbst zu wichtig nahm. Er hatte einen auffallend großen Kopf, und wenn er sich ärgerte, lief sein Gesicht dunkelrot an, als hätte er sich die Krawatte zu eng gebunden. Er war bereits jetzt puterrot, dabei hatte Jack noch nicht einmal angefangen.

»Mr Rudsky, Sie waren der ermittelnde Staatsanwalt im Mordfall der Tochter von Sally Fenning vor fünf Jahren, ist das richtig?«

»Das ist richtig.«

»Leiten Sie ebenfalls die Ermittlungen im Mordfall Sally Fenning?«

»Nein. Patricia Compton ist in diesem Fall die ermittelnde Staatsanwältin.« Mit einem Nicken deutete er auf die Frau, die auf der gegenüberliegenden Seite des Gerichtssaals saß. Compton war während dieser Anhörung seine Anwältin.

»Sind Sie an der Bearbeitung des Falls beteiligt?«

»Nein.«

»Warum nicht?«

»Einspruch«, sagte Compton. »Herr Richter, was hat die Zusammenstellung eines Ermittlungsteams in einem ganz anderen Fall mit der Frage zu tun, ob es sich im Mordfall an Sally Fennings Tochter um laufende Ermittlungen handelt?«

»Stattgegeben.«

»Lassen Sie mich die Frage anders formulieren«, sagte Jack. »Mr Rudsky, hat die Tatsache, dass Sie nicht mit den Ermittlungen im Mordfall Sally Fenning beauftragt wurden, etwas damit zu tun, dass Sie in Sally Fennings Testament als Erbe benannt sind?«

»Einspruch mit gleicher Begründung.«

»Einspruch abgelehnt. Der Zeuge soll die Frage beantworten.«

»Ich weiß es nicht«, sagte Rudsky. »Ich bin nicht zuständig für die Aufgabenverteilung in einem Ermittlungsteam.«

»Hatten Sie, abgesehen von Ihrer Rolle als ermittelnder Staatsanwalt im Mordfall Katherine Fenning, irgendeine Beziehung zu Sally Fenning?«

»Nein.«

»Waren Sie überrascht, als Sie erfuhren, dass Sally Fenning Sie in ihrem Testament als Erben benannt hat?«

»Ja, vollkommen.«

»Können Sie sich vorstellen, welchen Grund Sally Fenning gehabt haben könnte, Sie als Erben zu benennen, abgesehen von Ihrer Rolle als Staatsanwalt?«

»Beim besten Willen nicht.«

»War Sally Fenning zufrieden mit der Art, wie Sie die Ermittlungen geleitet haben?«

Compton sprang auf. »Einspruch. Das hat nichts mehr mit der Sache zu tun.«

»Stattgegeben. Ich habe Ihnen einen gewissen Spielraum zugestanden, Mr Swyteck, bitte übertreiben Sie es nicht.«

»Selbstverständlich nicht. Lassen Sie mich die Frage etwas konkreter formulieren. Mr Rudsky, es wurde niemand wegen des Mordes an Katherine Fenning verurteilt, ist das richtig?«

»Das ist richtig.«

»Es wurde nicht einmal jemand angeklagt.«

»Richtig.«

»Sie haben auch keine Anklagezulassung durch eine Grand Jury gefordert.«

»Auch das ist richtig.«

»Ja, Sie haben noch nicht einmal eine Grand Jury einberufen.«

Rudsky rutschte nervös auf seinem Stuhl herum. »Diese Fragen betreffen die Grand-Jury-Geheimhaltung.«

»Beantworten Sie die Frage«, sagte der Richter.

»Würden Sie die Frage noch einmal wiederholen?«

»Sicher«, erwiderte Jack. »Sie haben niemals eine Grand Jury einberufen, nicht wahr?«

»Sie meinen, im Mordfall Katherine Fenning?«

»Nein, ich meinte den Mordfall Abraham Lincoln.«

»Einspruch.«

Der Richter konnte sich ein Grinsen nicht verkneifen. »Stattgegeben. Aber Mr Swytecks Frage ist berechtigt. Bitte beantworten Sie sie.«

»Nein. Wir haben keine Grand Jury einberufen.«

»Warum nicht?«

Compton sprang wütend auf. »Herr Richter, diese Fragen haben nichts mit dem einzig relevanten Thema dieser Anhörung zu tun, nämlich mit der Frage, ob es sich im Mordfall Katherine Fenning um laufende Ermittlungen handelt. Dies ist ein unverhohlener Versuch, die Geheimhaltungsvorschriften der Grand-Jury-Prozedur zu unterlaufen.«

Der Richter schaute Jack an und sagte: »Können Sie Ihre Frage präzisieren, Mr Swyteck?«

Jack trat näher an den Zeugen heran und fragte: »Gehe ich recht in der Annahme, dass Sie keine Grand Jury einberufen haben, weil Sie nicht über ausreichendes Beweismaterial verfügten?«

»Ja, ich glaube, das war ein Grund.«

»Reden wir über Ihre Bemühungen, Beweismaterial zu sammeln. Wie viele Zeugen haben Sie während der vergangenen drei Jahre vorgeladen?«

»Keinen.«

»Wie viele eidliche Aussagen haben Sie in den vergangenen drei Jahren veranlasst?«

»Keine.«

»Wie viele Zeugen haben Sie in den vergangenen drei Jahren vernommen?«

»Keinen.«

»Gibt es irgendwelche Tatverdächtige, gegen die Sie zurzeit ermitteln?«

»Zurzeit nicht.«

»Und auch nicht in den vergangenen drei Jahren, habe ich Recht?«

»Das ist richtig.«

»Wann soll eine Grand Jury einberufen werden?«

»Das weiß ich nicht.«

»Und dennoch behaupten Sie, bei diesem Fall handle es sich um laufende Ermittlungen und ich hätte kein Recht, die Akte einzusehen.«

»Der Fall ist noch nicht abgeschlossen.«

»So offen wie eh und je?«

»So ist es.«

»Kein Wunder, dass Sie den Mörder nie gefasst haben.«

»Einspruch.«

»Ich ziehe die Bemerkung zurück. Mr Rudsky, kennen Sie eine Frau namens Deirdre Meadows?«

Rudsky zögerte, als machte allein der Name ihn nervös. »Ja. Sie ist Journalistin bei der *Miami Tribune*.«

»Haben Sie je mit Deirdre Meadows über den Mord an Sally Fennings Tochter gesprochen?«

»Ja. Ich habe mit verschiedenen Journalisten über den Fall gesprochen.«

»Und wie viele dieser Journalisten haben Ihres Wissens ein Buch über den Mord an Sally Fennings Tochter geschrieben?«

Rudsky wand sich auf seinem Stuhl. »Nur eine.«

»Und zwar Ms Meadows, richtig?«

»Richtig.«

»Haben Sie ihr beim Schreiben dieses Buchs in irgendeiner Weise Hilfestellung geleistet?«

»Das kommt darauf an, was Sie unter Hilfestellung verstehen.«

»Ms Meadows behauptet, sie hätte Ihre volle Unterstützung gehabt. Würden Sie das als Hilfestellung bezeichnen?«

»Einspruch.«

»Aus welchem Grund?«, fragte der Richter.

Compton zögerte, schien Zeit gewinnen zu wollen, als hätte die Aussage ihres eigenen Mandanten sie völlig überrascht. »Die Frage ist irrelevant«, stammelte sie.

»Abgelehnt.«

Jack fuhr fort: »Hatte Ms Meadows Ihre volle Unterstützung, Mr Rudsky?«

»Das kommt darauf an, was Sie unter voller Unterstützung verstehen.«

»Hat sie Sie interviewt?«

»Ja.«

»Hat sie Ihnen ihr Manuskript überlassen, damit Sie es lesen?«

»Ja.«

»Haben Sie ihr Einblick in Ermittlungsergebnisse gewährt?«

Rudsky schwieg. Jack wartete. Die Anwältin wartete. Schließlich sagte Rudsky: »Das wäre möglich.«

Compton erbleichte. Sie sprang auf und fragte: »Darf ich um eine kurze Unterbrechung bitten, Euer Ehren?«

»Nicht *jetzt*«, erwiderte der Richter. »Das fängt gerade an, interessant zu werden. Fahren Sie fort, Mr Swyteck.«

Um den Zeugen noch ein bisschen in seinem eigenen Saft schmoren zu lassen, ging Jack zu seinem Platz zurück und blätterte in seinen Notizen. »Sir, ist Ihnen bekannt, dass Sally Fenning Deirdre Meadows für den Fall, dass ihr Buch gedruckt würde, mit einer Verleumdungsklage gedroht hat?«

»Ich habe davon gehört, ja.«

»Ist Ihnen ebenfalls bekannt, dass eine Verleumdungsklage nicht aufrechterhalten werden kann, wenn die betroffene Person tot ist?«

»Ich verstehe nicht, was Sie meinen.«

»Die Frage ist doch eindeutig. Ist Ihnen bekannt, dass man nach dem Tod einer Person über sie sagen darf, was man will, ohne dass man Gefahr läuft, wegen Verleumdung verklagt zu werden?«

»Ja. Das habe ich während meines Studiums gelernt.«

»Seit Sally Fennings Tod steht es Deirdre Meadows also frei, ihr Buch zu veröffentlichen, ohne dass sie eine Verleumdungsklage befürchten muss. Ist das richtig?«

»Ich nehme an, das ist richtig.«

»Und jeder, der Ms Meadows beim Schreiben des Buchs unterstützt hat, ist ebenfalls gegen rechtliche Konsequenzen abgesichert, richtig?«

Rudskys Augen verengten sich zu Schlitzen. »Was wollen Sie damit sagen?«

Jack trat einen halben Schritt näher. »Sir, haben Sie irgendeine Art von finanziellem Interesse an Ms Meadows' Buch?«

Compton sprang auf. »Herr Richter, bitte.«

»Sie sollten besser nicht noch einmal um eine Unterbrechung bitten.«

»Nein«, sagte sie. »Aber ich möchte einen Vorschlag machen.«

»Der Zeuge hat meine Frage noch nicht beantwortet«, bemerkte Jack.

»Dann erhebe ich Einspruch«, sagte Compton. »Diese Fragen entbehren jeglicher Grundlage und sind hier völlig irrelevant. Bevor wir einen ganzen Tag mit diesem Katz-und-Maus-Spiel vergeuden, möchte ich das Gericht bitten, sich meinen Vorschlag wenigstens anzuhören.«

»Wie lautet Ihr Vorschlag?«, fragte der Richter.

»Um diese Verhandlung nicht unnötig in die Länge zu ziehen, erklärt die Staatsanwaltschaft sich bereit, Mr Swyteck Einsicht in alle Akten zu gewähren, die Mr Rudsky der Journalistin Deirdre Meadows zur Verfügung gestellt hat. Vielleicht ist Mr Swytecks Begehren damit zufrieden gestellt.«

»Vielleicht auch nicht«, sagte Jack.

»Wenn nicht«, fuhr Compton fort, »steht es Mr Swyteck frei, erneut auf der Grundlage des ›Sunshine Act‹ Klage einzureichen auf Herausgabe der gesamten Ermittlungsakten.«

»Warum sollten wir Mr Swyteck nicht zunächst gestatten, die Befragung dieses Zeugen zu Ende zu führen, und sehen, ob wir die Sache hier und jetzt zum Abschluss bringen können?«, fragte der Richter.

»Weil es zwischen dem Mordfall Sally Fenning, in dem ich ermittle, und dem Mordfall Katherine Fenning, den Mr Rudsky bearbeitet hat, einige Überschneidungen gibt. Ich räume ein, dass Mr Swyteck das Recht hat, alles einzusehen, was Mr Rudsky einer Journalistin zur Verfügung gestellt hat. Aber die Herausgabe der gesamten Akten anzuordnen, würde das Gleichgewicht zwischen dem Recht der Öffentlichkeit auf Information und der Notwendigkeit eines unbeeinflussten Ermittlungsverfahrens stören.«

Der Richter schaute Jack an. »Ist das für Sie akzeptabel?«

»Ich lege Wert darauf, dass Mr Rudsky meine Frage beantwortet.«

»Mr Swyteck«, sagte der Richter, »ich habe Sie gefragt, ob das für Sie akzeptabel ist.«

Am liebsten hätte Jack weiterhin darauf bestanden, dass Rudsky seine Frage beantwortete, aber der Richter schien auf seiner Seite zu sein und diesen Vorteil wollte er nicht verspielen. »Vorerst ja«, antwortete er. »Aber wenn ich nicht alles bekomme, was ich brauche, werde ich wieder hier erscheinen.«

»Einverstanden«, sagte der Richter. »Die Staatsanwaltschaft hat zwei Tage Zeit, Mr Swyteck die Ermittlungsakten zur Verfügung zu stellen. Und ich warne Sie: keine Tricksereien. Ich werde alles andere als erfreut sein, falls diese Sache wieder auf meinem Tisch landet.«

Mit einem Hammerschlag beendete er die Sitzung. Rudsky trat aus dem Zeugenstand, ohne Jack auch nur eines Blickes zu würdigen. Während Jack seine Aktentasche packte, kam Compton zu ihm an den Tisch. »Glückwunsch«, sagte sie.

»Danke.«

»Es ist wirklich traurig, dass es im Mordfall Katherine Fenning nie zu einer Anklage gekommen ist.«

»Da haben Sie allerdings Recht.«

»Ich werde dafür sorgen, dass das im Mordfall Sally Fenning nicht passiert. Es wäre nett, wenn Sie das Ihrem Mandanten ausrichten würden.«

Jack zuckte mit keiner Wimper. »Sicher. Sobald ich Einsicht in die Akten genommen habe. Rufen Sie mich an, wenn Sie so weit sind«, sagte er, dann drehte er sich um und ging in Richtung Ausgang.

## *Vierundzwanzig*

Es war zwei Uhr früh und Deirdre Meadows befand sich am Schauplatz eines Verbrechens. Seit fast einer Woche stand ein weißer Van vor dem Lebensmittelladen geparkt. Die Türen waren verriegelt, doch einem Wachmann war irgendwann aufgefallen, dass es aus dem Wagen nach faulendem Fleisch stank. Deirdre hatte den Anruf über den Polizeifunk aufgeschnappt – sie hatte den Sender im Auto für alle Fälle immer eingeschaltet – und sie war eingetroffen, als die Polizei gerade begann, den Tatort abzusperren. Einer der Polizisten hatte inoffiziell bestätigt, dass sich in dem Van eine Leiche befand, was Deirdres Herz höher schlagen ließ. Verbrechen waren die Musik, die die Journalisten von Miami in Schwung brachte, und ein Mord reichte aus, um Deirdre *La Bamba* tanzen zu lassen.

»Mann oder Frau?«, fragte Deirdre einen uniformten Polizisten, der hinter dem gelben Absperrband stand.

»Wissen wir noch nicht.«

Sie bombardierte den Polizisten mit Fragen, sammelte Fakten, formulierte im Geiste bereits den Artikel, den sie schreiben würde. Dies war die Arbeit, der sie Tag für Tag, Nacht für Nacht nachging, und zwar für ziemlich wenig Geld und noch weniger Anerkennung. Aber das, so hoffte sie, würde sich mit ein bisschen Hilfe von Sally Fenning bald ändern.

Ihr Handy klingelte. Sie stopfte ihren Notizblock in ihre Handtasche und nahm den Anruf entgegen.

»Hallo Deirdre«, sagte eine Männerstimme.

Es kam ihr wie ein Widerspruch in sich vor, aber sie erkannte die verstellte Stimme sofort wieder. Sie klang genauso verzerrt und mechanisch wie beim letzten Mal. »Wieso sind Sie um diese Zeit wach?«, fragte sie.

»Das geht Sie nichts an.«

Sie langte in ihre Handtasche, nahm ihr Diktaphon heraus und hielt es ans Handy.

»Packen Sie das Aufnahmegerät weg«, sagte der Mann, als sie es gerade einschalten wollte.

Sie erstarrte, fragte sich, woher er wusste, was sie vorhatte.

»Ich kann Sie sehen«, sagte er.

Sie schaute sich um. Zwei Busse mit Fernsehjournalisten waren bereits eingetroffen und die Kameraleute waren bereits dabei, ihre Geräte aufzubauen. Drei Streifenwagen und der Wagen des Gerichtsmediziners standen auf der anderen Seite. Ansonsten war der große Parkplatz, der von den Scheinwerfern der Polizei in gelbliches Licht getaucht war, weitgehend leer.

»Wo sind Sie?«, fragte Deirdre.

Durch den Stimmverzerrer klang das Lachen des Mannes wie Krächzen. »Ich bin immer in Ihrer Nähe.«

Sie musste schlucken, bemühte sich jedoch, sich nicht aus der Fassung bringen zu lassen. »Was wollen Sie?«

»Erstens möchte ich Ihnen gratulieren.«

»Wozu?«

»Dazu, dass Sie bei der gerichtlichen Anhörung geschwiegen haben. Kein Wort davon, dass Sie vor dem Lagerhaus von Hunden angegriffen wurden. Das war sehr vernünftig. Ebenso vernünftig wie Ihre Entscheidung, die Polizei nicht einzuschalten.«

»Woher wollen Sie wissen, ob ich die Polizei nicht eingeschaltet habe?«

»Ich weiß es, weil Sie ein verdammt ehrgeiziges Miststück sind.«

»Was hat das mit all dem zu tun?«

»Ich weiß, dass Sie nicht einfach zur Polizei gehen und denen erzählen würden, was Sie wissen. Sie hätten von denen eine Gegenleistung verlangt, irgendeine Insiderinformation, die dann garantiert in der Zeitung gestanden hätte. Aber ich habe in den letzten Tagen nichts Interessantes von Ihnen gelesen. Daraus schließe ich, dass Sie sich nicht an die Polizei gewandt haben.«

Deirdre schwieg einen Moment, leicht entnervt darüber, wie gut er sie durchschaute. »Was wollen Sie jetzt?«

»Warum gehen Sie davon aus, dass ich etwas *will?* Ich bin jemand, der Ihnen etwas geben möchte, Deirdre.«

»Und was bieten Sie mir an?«

»Eine interessante Information. Der erste von Sally Fennings potenziellen Erben wird bald sterben.«

Ein kalter Schauer lief ihr über den Rücken. »Wann?«

»Heute in zwei Wochen.«

»Wer?«

»Das liegt gewissermaßen bei Ihnen.«

»Ich verstehe nicht.«

»Hier ist mein Angebot. Es könnte Sie treffen oder einen der anderen. Falls Sie es sind, wird Ihr Tod nicht kurz und schmerzlos sein. Entscheiden Sie sich. Möchten Sie weiterleben und die sechsundvierzig Millionen mit mir, Ihrem Partner, teilen? Oder möchten Sie sterben?«

»Ist das die Entscheidung, von der Sie letztes Mal gesprochen haben?«

»Ganz genau. Sie können sich dafür entscheiden, den Mund zu halten und uns beide reich zu machen. Oder dafür, die anderen zu warnen, mich wütend zu machen, und dadurch Ihren Tod besiegeln.«

»Wie soll ich denn Ihrer Meinung nach eine solche Wahl treffen?«

»Ganz einfach. Es funktioniert folgendermaßen. Wenn Sie sich noch ein paar Wochen lang bedeckt halten, werde ich das als Zustimmung auffassen und davon ausgehen, dass wir uns einig sind.«

Ihre Hand, die das Telefon hielt, zitterte. »Warum tun Sie mir das an?«

»Weil ich weiß, dass Sie die richtige Entscheidung treffen werden.«

»Seien Sie sich da mal nicht so sicher.«

»Und seien Sie keine Närrin, meine Liebe. Mit Ihrer Hälfte der sechsundvierzig Millionen Dollar können Sie eine Menge Therapiesitzungen bezahlen. Also denken Sie daran, heute in zwei Wochen ist das erste Opfer fällig. Wenn Sie klug sind, werden das nicht Sie sein.«

»Sie sind ja krank.«

»Da haben Sie ganz Recht. Und in einem Punkt habe ich ebenfalls Recht. Sollten Sie tatsächlich in Erwägung ziehen, die anderen zu retten, lassen Sie sich eins gesagt sein: Sie sind es nicht wert, gerettet zu werden.«

Sie überlegte einen Moment zu lange, was er damit gemeint haben könnte. Es klickte in der Leitung und das Gespräch war beendet. Deirdre steckte das Handy in ihre Handtasche und entfernte sich vom Tatort. Sie war nicht länger interessiert an irgendeiner Geschichte über eine Leiche in einem Lieferwagen.

## *Fünfundzwanzig*

Jack war gespannt darauf, welchen Teil der fünf Jahre alten Ermittlungsakte die Staatsanwaltschaft ihm überlassen würde. Der Richter hatte Mason Rudsky zwei Tage Zeit gegeben, um ihm alles an Informationen auszuhändigen, was er Deirdre Meadows über den Mord an Sallys Tochter zur Verfügung gestellt hatte, und die Staatsanwaltschaft wartete bis zur letzten Minute dieser Frist, bevor sie Jack mitteilte, dass er die Akte nun einsehen konnte. Jack hätte ihnen wegen mutwilliger Verzögerung die Hölle heiß gemacht, wäre er nicht zwei Tage lang damit beschäftigt gewesen, die Geschworenen in einem anderen Fall davon zu überzeugen, dass man nicht von Diebstahl sprechen konnte, wenn sein Mandant vierzig Dollar plus Kleingeld aus der Kasse genommen, dafür aber auf dem Weg nach draußen seine Brieftasche mit achtundfünfzig Dollar verloren hatte. Schließlich habe der Täter unter dem Strich keinen Gewinn erzielt. Jacks Versuch, die Tat auf diese Weise strafrechtlich zu werten, scheiterte, zumal der Beschuldigte seinen Führerschein und seine Sozialversicherungsnummer am Tatort zurückgelassen hatte.

Alles, was die Staatsanwaltschaft an Material über die Ermittlungen im Mordfall Katherine Fenning herausrückte, bestand aus einem Videoband. Es wurde ihm in einem versiegelten Umschlag ausgehändigt, der außerdem eine eidliche Erklärung von Mason Rudsky enthielt, in der dieser versicherte, Deirdre Meadows nur diese und keine weiteren Unterlagen zugänglich gemacht zu haben. Jack war in Begleitung von Kelsey erschienen. Es war immer gut, eine zweite Meinung zu hören.

»Was ist das?«, fragte Jack.

Ein Polizist saß auf einem Klappstuhl neben dem Eingang zum Konferenzsaal. Er antwortete nicht.

»Entschuldigen Sie, ich habe Sie gefragt, was sich auf diesem Band befindet.«

»Tut mir Leid«, sagte der Polizist, »ich habe strenge Anweisung von Mr Rudsky, keine Ihrer Fragen zu beantworten.«

»Warum sind Sie dann hier?«

»Um sicherzustellen, dass das Band diesen Raum nicht verlässt.«

»Da dieser Raum keine Fenster hat, könnten Sie diese Aufgabe ebenso gut von der anderen Seite der Tür aus erledigen. Meine Kollegin und ich würden es schätzen, wenn wir uns ungestört unterhalten könnten, während wir uns das Video ansehen.«

Der Polizist überlegte. »Ich schätze, das lässt sich machen.«

Jack bedankte sich und schloss die Tür. Kelsey betrachtete die Videokassette. »Vernehmung S. Fenning«, las sie die Beschriftung vor. »Das Band ist fast fünf Jahre alt.«

»Sallys Exmann hat mir erzählt, dass sie beide vernommen wurden«, sagte Jack. »Und Sallys Vernehmung wurde anscheinend aufgenommen.«

»Aber warum?«

»Das ist ein kluger Schachzug, wenn die Chance besteht, dass man ein sauberes, freiwilliges Geständnis erhält, das bei den Geschworenen gut ankommt.«

»Was für ein Geständnis hätte Sally denn machen können?«

»Sehen wir uns das Band einfach an.« Jack schob die Kassette in den Videorekorder und schaltete den Fernseher ein. Ein horizontaler Streifen erschien auf dem Bildschirm, gefolgt von Schneegestöber und Rauschen. Dann erschien das Gesicht von Sally Fenning.

Es war die unvorteilhafteste Aufnahme von Sally, die Jack je gesehen hatte. Ihre Augenlider wirkten schwer, ihre Haut war blass. Die grelle Lampe, die auf ihr Gesicht gerichtet war, tat das Ihrige. Sally gehörte nicht zu den Frauen, die Make-up brauchten, um schön zu sein, aber selbst ihre natürliche Schönheit hatte ihre Grenzen, vor allem bei einer solchen Nahaufnahme.

»Sie sieht so erschöpft aus«, sagte Kelsey.

»Irgendetwas sagt mir, dass sie die Vernehmung nicht von Anfang an aufgenommen, sondern die Videokamera erst nach mehreren Stunden eingeschaltet haben.«

»Wie viel Zeit war bei der Vernehmung seit dem Mord an ihrer Tochter vergangen?«

Jack las das Datum auf der Kassettenhülle. »Ein paar Monate, glaube ich.«

Auf dem Bildschirm schaute Sally immer noch abwartend in die Kamera. Endlich war eine Stimme zu hören. *»Sind Sie bereit fortzufahren, Ms Fenning?«*

Die Stimme des Mannes war aus dem Off gekommen und die Kamera blieb weiterhin auf Sallys Gesicht gerichtet. »Das ist Rudsky«, raunte Jack.

*»Ja«*, sagte Sally.

*»Ich möchte Ihnen noch ein paar Fragen über den Mann stellen, der Sie belästigt hat. Können Sie mir sagen, wie er aussieht?«*

*»Eigentlich nicht. Ich habe ihn nur einmal von hinten gesehen. Eines Nachts habe ich aus dem Fenster geschaut und jemanden wegrennen sehen. Es tut mir Leid, aber ich konnte kaum was von ihm sehen.«*

*»Wie klingt seine Stimme?«*

*»Ich bin mir nicht sicher. Wenn er angerufen hat, war seine Stimme jedes Mal verzerrt.«*

*»Haben Sie irgendjemanden in Verdacht? Irgendeinen Kunden aus der Bar, der Sie belästigt hat?«*

*»Als Kellnerin in einer Bar wird man ständig belästigt. Berufsrisiko, sozusagen. Es könnte wirklich jeder gewesen sein.«*

Die Kamera lief weiter, aber niemand sagte etwas. Sally trank einen Schluck Wasser.

*»Ms Fenning«*, sagte Rudsky, *»ich habe einen Bericht über die Ergebnisse Ihres Lügendetektortests.«*

Kelsey schaute Jack verwundert an. »Sie haben einen Lügendetektortest machen lassen?«

»Offenbar«, erwiderte Jack.

Auf dem Band war Rudsky wieder zu hören: *»Die Ergebnisse sind außerordentlich interessant. Ihre Reaktion auf eine ganz bestimmte Frage lässt eindeutig darauf schließen, dass Sie nicht die Wahrheit gesagt haben.«*

*»Ich kann mir nicht vorstellen, wie das möglich sein soll.«*

*»Unterhalten wir uns mal über diese Frage, ja? Sie lautete: Haben Sie Ihren Mann jemals betrogen? Und Ihre Antwort lautete: Nein.«*

*»Das ist richtig.«*

*»Sie haben gelogen, stimmt's?«*

Jack beobachtete Sallys Gesicht. Sie schien Mühe zu haben, sich zu beherrschen. *»Das kann ich erklären.«*

*»Tun Sie das«*, sagte Rudsky.

*»Es ist passiert, bevor wir verheiratet waren.«*

Im Hintergrund war Rudskys sarkastisches Lachen zu hören. *»Wie kann eine Frau ihren Mann betrügen,* bevor *sie überhaupt mit ihm verheiratet ist?«*

*»Mike und ich hatten seit zwei Jahren ein festes Verhältnis. Ein paar Monate vor unserer Hochzeit hatten wir einen Streit und haben uns getrennt. Ich war am Boden zerstört und habe mich bei einem Mann ausgeweint, den ich für einen Freund hielt, und er ... Ich habe einen Fehler gemacht. Ich habe keinen Ehebruch in dem Sinne begangen, da Mike und ich ja gar nicht verheiratet waren. Aber in meinem Herzen kam ich mir vor*

*wie eine Ehebrecherin. Ich habe also nicht gelogen, als ich die Frage beim Lügendetektortest mit ›Nein‹ beantwortet habe. Aber mir war, als würde ich lügen, und das wird das Gerät wohl registriert haben.«*

Wieder herrschte Stille, als würde Rudsky es genießen, sie in ihrem eigenen Saft schmoren zu lassen. Schließlich kam die nächste Frage: *»Erwarten Sie wirklich von mir, dass ich Ihnen das glaube?«*

*»Es ist die Wahrheit.«*

*»Ich frage mich allmählich, ob irgendwas von dem, was Sie mir bisher gesagt haben, der Wahrheit entspricht.«*

Sally presste abwehrend ihre Lippen zusammen. *»Was meinen Sie?«*

*»Sie behaupten, es gab einen Stalker.«*

*»Das stimmt.«*

*»Aber Sie können uns nicht sagen, wie er aussieht.«*

*»Nein.«*

*»Und Sie können uns nicht sagen, wie seine Stimme sich anhört.«*

*»Nein.«*

*»Sie können uns überhaupt nichts über ihn sagen, außer, dass es jeder sein könnte.«*

*»Ich wünschte, ich könnte Ihnen mehr sagen.«*

*»Und das hat wie lange vor dem Mord an Ihrer Tochter angefangen?«*

*»Mehrere Monate.«*

*»Aber erst nachdem Ihre Tochter ermordet worden war, haben Sie der Polizei von dem Stalker erzählt.«*

*»Wenn ich die Polizei angerufen hätte, wäre er nur wütend auf mich geworden.«*

*»Sie haben noch nicht einmal Ihrem Mann etwas davon erzählt.«*

*»Ich hatte Angst, er würde von mir verlangen, dass ich mei-*

*nen Job aufgebe, und das konnten wir uns nicht leisten. Und ich wollte auch nicht, dass er irgendeine Dummheit beging, sich womöglich eine Schusswaffe besorgte. Wir hatten schließlich eine vierjährige Tochter, und da wollte ich keine Schusswaffe im Haus haben.«*

*»Wollen Sie nicht endlich aufhören zu lügen, Ms Fenning?«*

Jack beugte sich näher an den Bildschirm heran. Er spürte, dass der Staatsanwalt drauf und dran war, sie endgültig zu einem Geständnis zu zwingen. Sally wurde immer nervöser. Rudskys vorwurfsvoller Ton setzte sie sichtlich unter Druck.

*»Ich lüge nicht«*, sagte sie mit zitternder Stimme.

*»Sie haben Ihrem Mann nichts von dem Stalker erzählt, weil Sie fürchteten, er könnte annehmen, dass Sie ihn schon wieder betrogen.«*

*»Das ist ja verrückt.«*

*»Sie haben Ihren Mann ein weiteres Mal betrogen, stimmt's? Deswegen haben Sie der Polizei nicht gemeldet, dass Sie belästigt wurden.«*

*»Nein, Sie irren sich.«*

*»Deswegen haben Sie Ihrem Mann nichts davon erzählt, dass Sie belästigt wurden.«*

*»Nein, das ist nicht wahr.«*

*»Was ist passiert, Sally? Sie wollten Ihren Mann nicht verlassen, und da ist ihr Liebhaber durchgedreht?«*

*»Nein.«*

*»So sehr, dass er angefangen hat, Sie zu belästigen?«*

*»Nein.«*

*»So sehr, dass er Ihre Tochter getötet hat?«*

*»Nein, nein!«*

Sally brach in Tränen aus. Niemand bot ihr ein Taschentuch an. Sie rieb sich die Augen mit ihrem Ärmel.

*»Sagen Sie die Wahrheit, Sally. Die Wahrheit, die bereits bei*

*Ihrem Lügendetektortest ans Licht gekommen ist. Bei einer Ihrer anderen Antworten gab es ebenfalls Anzeichen dafür, dass Sie gelogen haben.«*

*»Bei welcher Antwort?«*

*»Auf folgende Frage haben Sie mit Nein geantwortet: Wissen Sie, wer Ihre Tochter ermordet hat?«*

Sally starrte mit offenem Mund in die Kamera. *»Sie glauben, da habe ich gelogen?«*

*»Es steht hier im Untersuchungsbericht. Ihre Reaktion deutet darauf hin, dass Sie die Unwahrheit gesagt haben.«*

*»Dann hat die Maschine sich geirrt«*, sagte Sally.

*»Oder Sie lügen«*, entgegnete Rudsky.

Sally war so verblüfft, dass sie Mühe hatte zu sprechen. *»Wollen Sie damit sagen, dass ich den Mann decke, der meine eigene Tochter ermordet hat?«*

*»Ich werde Ihnen ganz genau sagen, was ich annehme.«*

Jack sah, wie Rudskys langsam seine Hand nach der Kamera ausstreckte. Der Staatsanwalt drückte auf einen Knopf, und der Bildschirm wurde schwarz.

»Ist das alles?«, fragte Kelsey.

»Versuch's mal mit Schnellvorlauf.«

Sie drückte auf die entsprechende Taste, doch der Bildschirm blieb schwarz. »Sieht so aus, als wäre das Band zu Ende«, sagte Kelsey. »Aber im übertragenen Sinne gesprochen fange ich allmählich an, mir ein Bild zu machen.«

»Ich auch«, sagte Jack tonlos. »Und es gefällt mir ganz und gar nicht.«

## *Sechsundzwanzig*

Kelsey hatte am Nachmittag ein Seminar und Jack fuhr sie zur juristischen Fakultät der University of Miami. Schweigend lauschten sie der Stimme des Nachrichtensprechers. Im Hafen von Miami werde ein mutmaßlicher Terrorist festgehalten, der mit seiner Abschiebung rechnen müsse.

»Gott«, stöhnte Kelsey mit einem sarkastischen Unterton. »Abschiebung. Jetzt greifen sie endlich richtig durch.«

»Ja, genau«, sagte Jack. »Man sollte meinen, sie hätten einen Hund dabei erwischt, wie er auf den Teppich gepinkelt hat. ›Böser Terrorist. Böser, böser, böser Terrorist.‹ Und jetzt geh zurück in dein Trainingslager und komm erst zurück, wenn du gelernt hast, dich ordnungsgemäß in dieses Land zu schmuggeln.«

Kelsey lachte in sich hinein, dann fuhren sie schweigend weiter über den Campus, vorbei an lauter braun gebrannten Studenten, die mit nacktem Oberkörper Fußball spielten. Es war, als bräuchten sie beide ein bisschen Zeit, um zu verdauen, was sie auf dem Video gesehen hatten. Erst als Jack auf dem Parkplatz vor der Bibliothek der Juristischen Fakultät hielt, waren sie in der Lage, über das zu sprechen, was ihnen durch den Kopf ging.

»Jack, was glaubst du, ist passiert, nachdem Rudsky die Kamera ausgeschaltet hat?«

»Ich bin davon überzeugt, dass er ihr gedroht hat. Behinderung der Justiz, Beihilfe zu Mord, alles, was er auf Lager hatte.«

»Genau. Er hat ihr gedroht, sie ins Gefängnis zu bringen, es sei denn ... es sei denn, was?«

»Es sei denn, sie sagt ihm, wer ihre Tochter ermordet hat.«

»Aber das ist meiner Meinung nach genau der Punkt, wo die Geschichte nicht stimmen kann. Vielleicht liegt es daran, dass ich eine Mutter bin, aber ich kann mir einfach nicht vorstellen, dass Sally den Mann gedeckt hätte, der ihr Kind ermordet hat, egal, was für eine heiße Liebesaffäre sie mit ihm hatte. Vorausgesetzt, es gab überhaupt eine Liebesaffäre.«

»Und was ist mit Susan Smith?«

»Mit wem?«

»Die verheiratete Frau aus South Carolina, die ihre beiden Söhne in ihrem Auto eingeschlossen und die Karre dann in einem See versenkt hat, damit sie kinderlos war und somit attraktiver für ihren Liebhaber.«

»Glaubst du allen Ernstes, Sally Fenning war auch nur annähernd so extrem?«

»Wenn man Tatum Knight glauben kann, dann war sie zumindest extrem genug, um einen Killer auf sich selbst anzusetzen.«

»Das war fünf Jahre nach dem brutalen Mord an ihrer Tochter. Da befand sie sich in einer ganz anderen Lebenssituation. Vor dieser schrecklichen Tragödie war sie wahrscheinlich eine völlig andere Frau.«

Jack schaute nachdenklich aus dem Fenster. »Das leuchtet mir ein. Aber es gibt noch andere Gründe, warum Sally sich geweigert haben könnte, die Identität des Mörders preiszugeben.«

»Zum Beispiel?«

»Sie könnte den Mörder aus *Angst* gedeckt haben. Wie du schon sagtest, er hatte ihr bereits das Schlimmste angetan, er hatte ihre Tochter ermordet. Vielleicht hatte sie Angst, er würde noch einmal zurückkommen, um seine Mordabsichten zu Ende zu führen.«

»Ist es das, worauf Rudsky hinaus wollte?«, fragte Kelsey.

»Das weiß ich nicht. Vielleicht war sich selbst Rudsky nicht ganz sicher, ob sie ihren Liebhaber schützen oder die Identität des Mörders aus Angst nicht aufdecken wollte. So oder so hatten die Ergebnisse des Lügendetektortests ihn davon überzeugt, dass Sally erstens eine Affäre hatte und zweitens wusste, wer ihre Tochter ermordet hatte.«

Kelsey schüttelte den Kopf. »Wenn sie tatsächlich ihren Liebhaber gedeckt hat, dann war Sally wirklich verabscheuungswürdig.«

»Da würde dir jeder Recht geben. Aber wenn Rudsky sich geirrt hat – wenn sie nicht versucht hat, jemanden zu decken, und wenn sie nicht mal eine Affäre hatte –, dann wurde Sally in einer derart üblen Weise verleumdet, wie man es einer Mutter nie hätte antun dürfen.«

»Und wenn Deirdre Meadows vorhatte, dieselben Anschuldigungen in ihrem Buch wieder aufzugreifen, war sie ebenso schuldig wie der Staatsanwalt.«

»Was erklären könnte, warum sie beide auf Sallys Liste der Erben auftauchen. Auf der Liste mit Sallys Todfeinden.«

Sie schwiegen eine Weile. Kelsey warf einen Blick auf ihre Armbanduhr, um zu sehen, wie viel Zeit ihr noch blieb, bis das Seminar anfing. »Wohin führt uns das nun?«, fragte sie.

»Es führt uns auf dieselbe Frage zurück. Waren diese Leute ihre Feinde, weil ihre Anschuldigungen falsch waren? Oder weil sie die hässliche Wahrheit enthüllt hatten?«

»Und wie finden wir eine Antwort auf diese Frage?«

»Indem wir weiterbohren.«

Kelsey winkte drei jungen Frauen zu, die an Jacks Wagen vorbeigingen. »Ich muss los«, sagte sie. »Ruf mich an, falls ich was für dich tun kann.«

»Mach ich. Wir sehen uns sowieso morgen Abend.«

»Morgen Abend?«

»Ja, wenn ich Nate abhole. Ich hab ihm versprochen, am Freitag mit ihm Pizza essen zu gehen.«

Sie schlug sich vor die Stirn. »Ach Gott, tut mir Leid, ich hab ganz vergessen, dir zu sagen, dass meine Mutter ihn zu einem Spielenachmittag mit den anderen Enkeln eingeladen hat.«

»*Das* wird dich teuer zu stehen kommen.«

»Ja, das fürchte ich auch.« Sie lachte kurz auf, dann sagte sie: »Ich schätze, das bedeutet, dass du morgen Abend nichts vorhast, stimmt's?«

»Sieht so aus.«

»Also ...«

»Also, was?«

Sie lächelte ihn spitzbübisch an. »Dann könnten wir beide doch essen gehen.«

»Du meinst, ohne Nate?«

»Ja, nur wir beide.«

Jack machte den Mund auf, sagte aber nichts.

»Stimmt irgendwas nicht?«, fragte Kelsey. »Du siehst auf einmal aus, als hätte dich jemand gebeten, Vorkoster von Saddam Hussein zu werden.«

»Das dürfte unsere Beziehung auf eine andere Ebene heben.«

»Tja, das ist der Zweck der Übung.«

»Und unter anderen Umständen wäre es wahrscheinlich eine hervorragende Idee. Aber ich dachte, wir hätten eine Art unausgesprochene Abmachung, dass das nicht passieren sollte. Nate zuliebe.«

»Das habe ich auch gedacht, bis du mich in Martins Buchladen so aufgezogen hast. Es schien dich ziemlich zu amüsieren, dass ich Martin irgendwie den Eindruck vermittelt hatte, wir beide wären ein Paar. Da hab ich gedacht, vielleicht ist die Idee gar nicht so verrückt.«

Jack holte tief Luft. Er erinnerte sich an das Gespräch und er hatte sich schon mehr als einmal über sein Verhalten geärgert. Er hatte sich gar nichts dabei gedacht, als geschiedener Mann mit angeknackstem Selbstwertgefühl ein bisschen mit einer attraktiven jungen Frau zu flirten. Er hatte nicht mit irgendwelchen Konsequenzen gerechnet, doch im Nachhinein konnte er verstehen, dass sie sein Benehmen falsch interpretiert hatte. »Hör zu, Kelsey, es tut mir Leid.«

»Ich will dir mal was sagen, okay? Immer, wenn ich einen Mann kennen lerne, ist die Tatsache, dass ich eine allein erziehende Mutter bin, normalerweise eine Belastung. Erst mal müssen wir uns gegenseitig mögen, und dann kann ich nur hoffen, dass er auch meinen Sohn mag. Bei dir ist es genau umgekehrt. Endlich kommt ein Supertyp daher, der auf meinen Sohn total abfährt. Und ich soll *nicht* mit dir anbändeln, weil – ja, *warum* eigentlich?«

»Weil, falls es nicht gut geht ...«

»Ich habe es satt, so zu leben, Jack, ich kann mir nicht ewig den Kopf darüber zerbrechen, was alles nicht gut gehen könnte. Was wäre denn, wenn es *doch* gut geht?«

Jack dachte darüber nach, sagte sich, dass er nicht dazu verdammt war, bis an sein Lebensende an den Wunden seiner Scheidung zu leiden. »Ich kann nicht leugnen, dass ich mich das auch schon gefragt habe. Theoretisch, zumindest.«

»Nur ein Mal! Wir brauchen Nate ja noch nicht mal was davon zu erzählen. Wenn wir uns nicht wohl fühlen, verspreche ich, es wie eine Erwachsene zu akzeptieren, und dann machen wir einfach weiter wie bisher. Abgemacht?«

Jack lächelte vorsichtig. Sie nahm seine Hand und schüttelte sie.

»Wo möchtest du denn essen gehen?«, fragte er.

»Such du was aus. Ich lasse mich gern überraschen.«

»In Ordnung.«

Sie stieg lächelnd aus, zwinkerte ihm zu und schloss die Tür.

Jack schaute Kelsey nach, bis sie im Bibliotheksgebäude verschwunden war.

Miguel Rios kramte nach seinem Hausschlüssel. Er hatte beim Abendessen zu viele Margaritas getrunken. Seine Freundin hatte angeboten, ihn nach Hause zu fahren und die Nacht bei ihm zu verbringen, doch er hatte dankend abgelehnt. Die Kleine war ihm ein bisschen zu anhänglich geworden, seit er ihr erzählt hatte, dass er womöglich sechsundvierzig Millionen Dollar erben würde, und es schien sie kein bisschen zu stören, dass das Geld von seiner Exfrau kam.

Beim vierten Versuch traf er das Schloss, drehte den Schlüssel um und drückte die Tür auf. Der Briefkasten unter der Verandalampe war voll gestopft mit der Post von zwei Tagen. Miguel griff sich eine Hand voll Briefe und betrat das Haus. Die Beine taten ihm weh vom vielen Strampeln, einer der Nachteile des Jobs als Fahrradpolizist. Er ließ sich in den Sessel fallen, legte die Füße hoch, schaltete den Fernseher ein und ging seine Post durch. Die Reklamesendungen warf er auf den Boden. Einen Brief ohne Absender riss er auf.

In dem Umschlag befand sich ein einzelner, mit Schreibmaschine beschriebener Briefbogen. Die Anrede lautete: »An meine Miterben«. Dann folgte der Text:

Dies ist keine Drohung. Ich möchte Sie nur über etwas informieren. Alle in Sally Fennings Testament als Erben Benannte befinden sich in großer Gefahr. Ich meine uns alle, mich eingeschlossen. Ich wünschte, ich könnte Ihnen mehr mitteilen, aber ich kann nur eins sagen: Falls Sie sich entscheiden, das Spiel weiter mitzuspielen, seien Sie vorsichtig. Seien Sie äußerst vorsichtig. *Bitte nehmen Sie diese Warnung ernst.*

Der Brief war nicht unterschrieben, aber in der letzten Zeile stand ein mit Schreibmaschine getippter Name. Miguel las ihn, dann nahm er den Telefonhörer ab und wählte die Nummer seines Rechtsanwalts. Auf dem Anrufbeantworter meldete sich die freundliche Stimme von Parker Aimes' Sekretärin, die ihn aufforderte, nach dem Piepton eine Nachricht zu hinterlassen.

»Hier spricht Miguel Rios. Ich rufe an wegen der Erbsache Sally Fenning. Ich wollte Ihnen mitteilen, dass ich heute einen Brief erhalten habe, und zwar von Alan Sirap, dem sechsten Erben.«

## *Siebenundzwanzig*

Es wurde allmählich Zeit, etwas mehr über Alan Sirap in Erfahrung zu bringen.

Jack hatte am Donnerstagabend einen Anruf von Tatum erhalten und am Freitagvormittag bestätigt bekommen, dass der Brief an alle fünf Erben geschickt worden war. Niemand schien jedoch zu wissen, wer dieser Alan Sirap war, oder zumindest war niemand bereit, mit irgendwelchen Informationen herauszurücken. Jack verabredete sich zum Mittagessen mit Vivien Grasso. Als Anwältin, die Sallys Testament aufgesetzt hatte und als Nachlassverwalterin fungierte, fiel ihr die Aufgabe zu, sämtliche Erben ausfindig zu machen. Nachdem dieser ominöse Brief aufgetaucht war, wollte Jack sich erkundigen, wie weit Vivien Grasso inzwischen bei ihrer Suche nach Mr Sirap gekommen war.

»Äußerst seltsam«, sagte Vivien, als sie den Brief an Tatum überflog, den Jack ihr gereicht hatte.

Jack blickte von der Speisekarte auf, die er nur zum Schein studiert hatte. Das Old Lisbon war ihm von den portugiesischen Restaurants das Liebste und zum Mittagessen bestellte er immer die Spezialität des Hauses, gegrillten Tintenfisch mit Pommes frites. Das Gericht war nicht jedermanns Sache, aber es war eine willkommene Abwechslung für jeden, der die typischen Calamari nicht mehr mochte – frittierte Tintenfischringe mit einer Menge Tomatensoße, die ausgereicht hätte, um einen Hockey-Puck schmackhaft zu machen.

»Seltsam, ja, so könnte man es nennen«, sagte Jack. »Aber Angst einflößend fällt einem auch dazu ein.«

Vivien lächelte gequält und gab ihm den Brief zurück. »Kommen Sie, Jack. Irgendetwas sagt mir, dass Ihr Mandant sich nicht so leicht einschüchtern lässt.«

»Ich habe das Gefühl, dass Ihre Mandantin auch nicht so leicht einzuschüchtern war.«

»Sally hatte ein hartes Leben. Ja, und sie war auch ziemlich hart im Nehmen.«

»Wie gut haben Sie sie eigentlich gekannt?«

»Wie gut kennen wir unsere Mandanten?«

»Einige besser als andere.«

Vivien drückte eine Zitronenscheibe über ihrem Tee aus. »Ich habe mit sehr wohlhabenden Mandanten zu tun. Die meisten verteidigen ihre Privatsphäre mit Händen und Füßen. Sally war da nicht anders.«

»Sie wollen also sagen –«

»Ich kannte sie gut genug, um ihr Testament aufzusetzen. Mehr wollte ich nicht sagen.«

Ein Kellner brachte frisch gebackenes Brot und ein Schälchen Olivenöl. »Vivien, Sie kennen meinen Vater seit Jahren. Mich kennen Sie fast ebenso lange. Sie wissen also, dass Sie sich auf mich verlassen können, wenn ich Ihnen versichere, dass alles, was Sie mir hier sagen, unter uns bleibt, nicht wahr?«

»O Gott. Jetzt geht's los.«

Jack lächelte, dann wurde er ernst. »Hatte Sally Fenning die Absicht, ein perverses Spiel zu inszenieren, bei dem der Gierigste überlebt?«

Vivien Grasso trommelte mit den Fingernägeln auf die Tischplatte, als überlegte sie, was sie ihm antworten sollte – oder *ob* sie ihm antworten sollte.

»Ich versuche nicht, Sie in Verlegenheit zu bringen«, sagte Jack. »Aber irgendetwas Merkwürdiges geht hier vor.«

»Schon in Ordnung. Ehrlich gesagt, mir liegt weiß Gott

nichts daran, Sie oder, schlimmer noch, Ihren Vater, glauben zu lassen, ich würde mich dafür hergeben, einen blutigen Rachefeldzug zu unterstützen. Lassen Sie mich also Folgendes sagen. Ich räume ein, dass es zweifellos ungewöhnlich ist, Sallys Testament so abzufassen, dass das gesamte Erbe an den Überlebenden von sechs Erben geht. Aber ich bin nie auf den Gedanken gekommen, dass es Sallys Absicht war, ein mörderisches Spiel in Gang zu setzen.«

»Was war dann ihre Absicht?«

»Ich habe es so verstanden. Für Sally hat Geld nie Glück bedeutet. Wenn sie welches brauchte, hatte sie keins. Wenn sie welches hatte, hat es sie nicht glücklich gemacht.«

»So viel hatte ich mir schon zusammengereimt.«

»In ihren Augen war Geld ein Fluch. Deswegen hat sie sich entschlossen, nach ihrem Tod den Fluch an Leute weiterzugeben, die sie nicht mochte. So wie wir das Testament abgefasst haben, sollte jeder von Sallys Erben bis zu seinem Tod in dem Glauben leben, er könnte jeden Augenblick sechsundvierzig Millionen Dollar erben. Aber nur einer von ihnen würde je in den Genuss der Erbschaft kommen – und bis dahin würde er oder sie längst zu alt sein, um noch etwas davon zu haben. Der Rachegedanke war zweifellos darin enthalten, aber es war nicht kriminell.«

»Was hat sie Ihnen über ihre Feinde erzählt – über die Erben?«

»Namen, Adressen, Sozialversicherungsnummern. Bis auf Alan Sirap. Ich habe nur seinen Namen. Sally wollte mir die Adresse und die Sozialversicherungsnummer noch besorgen, aber dazu ist sie nicht mehr gekommen. Ehrlich gesagt, bei einer gesunden, neunundzwanzigjährigen Mandantin bin ich nicht auf die Idee gekommen, täglich hinter ihr herzutelefonieren, um die Informationen zu bekommen. Das Testament war auch so gültig.«

»Aus dem, was Sie sagen, schließe ich, dass Sie über die Erben in Sallys Testament keine Erkundigungen eingezogen haben.«

»Das ist richtig.«

»Sie wissen also nicht, warum mein Mandant als Erbe benannt wurde.«

»Nein, eigentlich nicht. Sie?«

Jack konnte ihr unmöglich erzählen, dass Tatum ein Profikiller war. »Nach allem, was ich über die anderen erfahren habe, kann ich nur vermuten, dass Sally ihn als ihren Feind betrachtete.«

»Sally hat mir nicht weiter erklärt, *warum* sie Tatum und die anderen ausgesucht hat.«

»Kam Ihnen das nicht komisch vor?«

»Wenn eine Mandantin mir nicht jedes schmutzige Detail über ihre potenziellen Erben unter die Nase reiben will, dann geht mich das nichts an. Es war Sallys Recht, ihr Vermögen zu hinterlassen, wem sie wollte, selbst ihren Feinden. Selbst wenn das bedeutete, ihre eigene Schwester zu enterben.«

»Rene, nicht wahr?« Seit der Name bei dem Gespräch mit Sallys Leibwächter gefallen war, hatte Jack sich nach der Schwester erkundigen wollen, aber für einen ohne Partner praktizierenden Anwalt, der auch noch andere Mandanten zu betreuen hatte, war es gar nicht so einfach, jede vage Spur sofort zu verfolgen.

»Richtig. Sie ist Sallys einzige lebende Verwandte.«

Ein Kellner kam und füllte erneut ihre Gläser. Jack wartete, bis er gegangen war, dann fragte er: »Was wissen Sie über sie?«

»Ich weiß, dass Sally eine Zeit lang mit ihr zusammen für eine humanitäre Hilfsorganisation in Afrika gearbeitet hat.«

»Wann war das?«

»Bevor Sally zum zweiten Mal geheiratet hat.«

»Haben sie sich zerstritten?«

»Nicht dass ich wüsste. Im Gegenteil, ich hatte immer den Eindruck, dass Sally ihre Schwester sehr geliebt hat.«

»Aber in ihrem Testament hat sie ihr nichts hinterlassen.«

»Das verstehe, wer will.«

Jack schaute aus dem Fenster. »Vielleicht ist Rache wirklich süß«, sagte er abwesend. »Aber warum sollte eine Frau, die sonst keine Verwandten mehr hat, eine Schwester enterben, die sie geliebt hat?«

»Diese Frage kann ich Ihnen nicht beantworten«, sagte Vivien.

»Wahrscheinlich gibt es nur einen Menschen, der das kann. Lebt Rene immer noch in Afrika?«

»Ja. Ich habe sie über Sallys Tod informiert.«

»Sie haben also ihre Adresse?«

»In meiner Kanzlei. Sie lebt an der Elfenbeinküste.«

Jack überlegte. »Ich wollte schon immer mal nach Afrika reisen.«

»Jetzt haben Sie ja einen guten Grund.«

Der Kellner kam an den Tisch und fragte: »Möchten Sie bestellen?«

»Vielleicht sollte ich vorher meine Impfungen auffrischen lassen«, sagte Jack.

Der Kellner warf ihm einen empörten Blick zu.

»Nein, entschuldigen Sie, ich meinte ... ach, vergessen Sie's.«

## *Achtundzwanzig*

Nach dem Erfolgsrezept von China Grill, Smith & Wollensky, Joe Allen's und zahllosen anderen New Yorker Fresstempeln, die eine Filiale in Miami Beach eröffnet hatten, schien auch das Restaurant Nobu unter der Sonne Floridas prächtig zu gedeihen.

Das Nobu erschien Jack als der perfekte Ort für seine erste Verabredung mit Kelsey: japanisches Essen ohne Hektik, angenehme Atmosphäre und das typische South Beach-Publikum, das einem nie den Gesprächsstoff ausgehen ließ. Kelsey ihrerseits hatte mit ihrem kleinen Schwarzen und einfachem Goldschmuck ebenfalls auf Nummer sicher gesetzt, ein auffallender Gegensatz zu dem umwerfend verführerischen roten Kleid, das sie bei ihrem geschäftlichen Besuch im Club Vertigo getragen hatte. Und doch fand Jack sie faszinierender denn je. Nicht dass ihm bisher nicht aufgefallen wäre, wie schön sie war, sondern weil er sich nicht länger gezwungen fühlte, die kleinen Dinge zu übersehen, die ihm noch über den Abend hinaus ein Lächeln entlocken würden. Die Art, wie ihr Haar ihren Hals umspielte, wie sie ihren Kopf leicht schief legte, wenn sie lächelte. Jack war immer noch ihr Arbeitgeber und sie würde immer die Mutter seines »kleinen Bruders« Nate sein. Aber dies war ein richtiges Rendezvous, oder zumindest ein Probelauf, und es beeindruckte ihn, wie sehr sie sich bemühte, es so aussehen zu lassen, als würde nichts anderes eine Rolle spielen.

»Ich möchte dir ein Geheimnis verraten«, sagte sie.

Es war zwanzig vor elf und sie waren wieder da, wo sie vor drei Stunden losgezogen waren, vor ihrer Haustür. »Ach ja?«

»Ich habe eine fünfzehnjährige Babysitterin.«

»Warum ist das ein Geheimnis?«

»Sie muss um elf zu Hause sein und genau darum habe ich sie genommen.«

»Was meinst du damit?«

»Ich wollte einen Vorwand haben, für den Fall, dass ich's mir anders überlegt hätte. Du hättest ja vorschlagen können, irgendwo noch einen Cocktail zu trinken, und auf diese Weise hätte ich dir in die Augen schauen und wahrheitsgemäß antworten können, dass ich um elf zu Hause sein muss.«

»Oh.«

»Mach nicht so ein Gesicht. Jetzt wünschte ich, ich hätte ihre ältere Schwester bestellt.«

Jack lächelte. »Ich freue mich, dass du den Abend genossen hast. Das habe ich auch.«

»Ein paar Minuten bleiben uns noch, bis ich die Babysitterin ablösen muss.« Kelsey schaute zur Hollywoodschaukel hinüber. »Wollen wir uns ein bisschen auf die Schaukel setzen?«

»Klar.«

Jack folgte ihr über die Veranda. Die Schaukel war klein, wahrscheinlich für sie und Nate angefertigt. Sie saßen nebeneinander und schauten auf den Garten, auf die im Mondlicht schimmernden Palmen und Blumenbeete. Eine leichte Brise ließ das Eichenlaub rascheln und es klang wie Meeresrauschen.

»Ich kann mich gar nicht mehr erinnern, wann ich das letzte Mal auf so was gesessen habe«, sagte Jack und brachte die Schaukel mit dem Fuß ins Schwingen.

»Jack, das ist eine Hollywoodschaukel, kein Space Shuttle.«

»Sorry.«

»Schon gut.«

Zärtlich streichelte sie seinen Handrücken. Er spürte ihre Fingerspitzen und ihre weiche Handfläche. Langsam drehte er seine Hand und ihre Finger verschränkten sich ineinander. Es war eine kleine Geste, aber es schien viel mehr zu sein.

»Schön«, sagte er.

»Ja, nicht wahr?«

Sie schwangen im Rhythmus der Schaukel und genossen schweigend ihr Zusammensein. Schließlich sagte Jack: »Ich möchte jetzt nicht unbedingt über die Arbeit reden –«

»Dann lass es.«

»Was ich dir erzählen wollte, hat nur zum Teil mit Arbeit zu tun, ich bin schon ganz aufgeregt deswegen. Ich fliege nach Afrika.«

»Warum?«

»Sallys Schwester lebt dort. Ich möchte mit ihr reden. Aber in erster Linie habe ich einfach Lust dazu. Ich glaube, es wird mir gefallen.«

»Wo genau fährst du denn hin?«

»Côte d'Ivoire. So heißt die Elfenbeinküste auf Französisch.«

»Ich weiß. Ich spreche ein bisschen Französisch.«

»Großartig. Vielleicht kannst du mir ein bisschen beibringen. Französisch ist die Amtssprache dort.«

»Sprichst du gar kein Französisch?«

»Kein Wort. Bis auf den Text von ›Lady Marmelade‹. Erinnerst du dich noch an den Song von Patti LaBelle *Voulez-vous crocher avec moi*?«

Kelsey lachte. »Worüber amüsierst du dich denn so?«, fragte Jack.

»Es heißt *coucher*, nicht *crocher*. Statt ›Willst du mit mir schlafen?‹ hast du gesagt ›Willst du mit mir stricken?‹.«

Sie mussten beide lachen. Danach schwiegen sie eine Zeit lang. Es war, als dächten sie beide darüber nach, wie es sein würde, miteinander zu »stricken«. Ihre Blicke begegneten sich, und Jack spürte, wie seine Lippen sich langsam den ihren näherten.

Ein Geräusch aus dem Haus ließ sie aufschrecken. Sie fuhren beide herum und sahen gerade noch Nates Gesicht vom Fenster verschwinden, gefolgt vom verräterischen Schwanken der Jalousie.

»Nathan, mach, dass du ins Bett kommst!«, rief Kelsey.

Sie hörten ihn kichernd weglaufen. Kelsey lächelte Jack an. »Und? Willst du wirklich eine allein erziehende Mutter zur Freundin haben?«

Er zögerte. Einerseits fühlte es sich richtig an, andererseits hatte er immer noch Hemmungen. »Wir müssen an Nate denken.«

»Du bist immer so besorgt um ihn. Das gefällt mir ganz besonders an dir.«

»Er ist ein prima Junge.«

»Ja, aber ich rede von dir. Ich habe schon mehrere Leute kennen gelernt, die sich als großer Bruder engagieren. Ich habe den Eindruck, dass manche das machen, weil es ihnen ein gutes Gefühl gibt, das Gefühl, etwas Gutes zu tun, ihre Bürgerpflicht zu erfüllen. Aber die Besten unter ihnen sind einfach verrückt nach Kindern.«

»Ich gehöre wahrscheinlich eher zu den Letzteren.«

»Ja, und das macht mich neugierig. Woher kommt das?«

»Ich weiß nicht. Meine Exfrau und ich hatten keine Kinder, aber das lag nicht daran, dass wir keine gewollt hätten.«

»Das tut mir Leid. Ich wollte dir mit der Frage nicht zu nahe treten.«

»Schon gut. Ich gehöre nicht zu den Männern, die herumlaufen und denken, ich wäre bestimmt immer noch verheiratet, wenn wir nur versucht hätten, diese Ehe mit Hilfe von ein paar Kindern zu retten.«

»Das funktioniert sowieso nicht, lass es dir gesagt sein.«

»Aber irgendwann hätte ich gern Kinder.«

Sie lächelte. »Und du fragst dich, wie die Welt aussieht, wenn es darin einen kleinen Jack gibt?«

»Na ja, eigentlich ... ach, lassen wir das.«

»Lassen wir was?«

»Also, das ist ein schlechter Tausch gegen das kleine Geheimnis mit der Babysitterin, das du mir eben offenbart hast, aber es gibt sozusagen bereits einen kleinen Jack.«

»Was?«

»Die Frau, mit der ich vor Cindy zusammen war, hat ein Baby zur Adoption freigegeben. Sie behauptet, ich wäre der Vater. Bis vor einem Jahr wusste ich nicht noch nicht einmal etwas von der Existenz des Jungen.«

»Sie hat es dir gesagt, nachdem du Cindy geheiratet hattest?«

»Viel später.«

»Meine Güte. Das ist ja ein Ding. ›Hi, da bin ich wieder, was hast du die ganzen Jahre gemacht, und übrigens, ich habe einen Sohn von dir.‹«

»Die Überraschung ist ihr gelungen.«

»Weißt du, wie alt der Junge inzwischen ist?«

»So etwa in Nates Alter.«

»Glaubst du, du wirst ihn jemals kennen lernen?«

»Ich bezweifle es. Aber sollte es einmal dazu kommen, war der Umgang mit Nate bestimmt eine gute Übung.«

Sie zog ihre Hand weg. »Übung?«

Jack sah ihren entgeisterten Blick. »Das ist wahrscheinlich nicht das richtige Wort.«

»Nein. Ich würde sagen, es ist im Gegenteil ein ziemlich blödes Wort.«

»Tut mir Leid. Ich wollte nur sagen, dass Nate ein typischer rotznasiger Junge ist, der mich auf eine solche Aufgabe vorbereitet hat.«

»Das klingt aber sehr nach Übung.«

»Ach, Kelsey, komm schon. Du weißt doch, wie viel Nate mir bedeutet.«

Sie stand auf und trat ans Verandageländer. Jack ging ihr nach, aber sie drehte sich nicht um. »Hey«, sagte er, doch sie starrte weiterhin stumm auf den Rasen hinunter.

»Nate ist kein Trainingspartner für mich«, sagte er.

»Und ich?«

»Was?«

Sie drehte sich zu ihm um. »Die Wahl des richtigen Zeitpunkts ist ganz wichtig in einer Beziehung, meinst du nicht?«

»Natürlich.«

»Jack, sei ehrlich. Mit wie vielen Frauen bist du seit deiner Scheidung ausgegangen?«

»Freunde haben mich ein paar Mal mit einer Frau zusammengebracht.«

»Ich bin also die Erste, der du den Hof machst?«

»Den Hof machst?«, fragte er ein bisschen schroffer als beabsichtigt. »Dieser Abend war doch wirklich eher deine Idee als meine.«

»Entschuldige, dass ich dir die Pistole auf die Brust gesetzt habe.«

»Du hast mir nicht –« Er unterbrach sich, dann fasste er sich verwirrt an die Stirn. »Was ist eigentlich passiert? Vor einer Minute haben wir noch Händchen haltend auf der Schaukel gesessen, und jetzt – ich verstehe überhaupt nichts mehr.«

Die Haustür öffnete sich einen Spaltbreit, und die Babysitterin streckte ihren Kopf heraus. »Tut mir wirklich Leid, Kelsey, aber wenn ich nicht um Viertel nach elf zu Hause bin, dann lassen meine Eltern mich nicht mehr für Sie babysitten.«

»Kein Problem. Wenn Mr Swyteck jetzt fährt, dann kommst du rechtzeitig an. Geht das in Ordnung, Jack?«

Er hatte versprochen, das Mädchen nach Hause zu bringen. »Sicher.«

Das Mädchen lief auf Zehenspitzen an ihnen vorbei in Richtung Einfahrt. Jack schaute Kelsey an. »Können wir nochmal darüber reden? Bitte?«

»Ich rufe dich an.«

»Wann?«

»Bald.«

Sie standen kaum einen Meter voneinander entfernt, aber keiner von beiden rührte sich, als schiene es ihnen peinlich, dass sie sich vor wenigen Minuten fast geküsst hatten. Kelsey rang sich ein Lächeln ab. »Gute Nacht, Jack.«

Sie ging ins Haus. Jack hoffte, dass sie sich noch einmal umdrehen, seinen Blick suchen und ihm ein Zeichen geben würde, dass nicht alles aus war. Aber sie tat es nicht. Als die Tür ins Schloss fiel, drehte er sich um und ging zu seinem Wagen, wo das junge Mädchen auf ihn wartete. Sie sah ihn verlegen an.

»Tut mir Leid, dass ich Ihnen den Abend verdorben habe, Mr Swyteck.«

Er kratzte sich mit dem Wagenschlüssel am Kopf und schaute noch einmal zurück aufs Haus. »Keine Sorge. Ich weiß nicht, wer oder was den Abend verdorben hat, aber ganz bestimmt nicht du.«

## *Neunundzwanzig*

»Ich komme mit dir nach Afrika«, sagte Theo.

Nachdem Jack die Babysitterin nach Hause gebracht hatte, war er noch in die Stadt gefahren. Jeden Freitagabend spielte Theo mit seiner Band in einem Jazz-Club auf der Washington Avenue. Theo hatte gerade Pause und saß am Ende des langen Tresens, als Jack eintraf, und in dem schummrigen Licht wäre er beinahe an ihm vorbeigelaufen. Die Bar mit ihren zahllosen flackernden Kerzen und den unterschiedlichsten, kunstvoll geformten Kerzenhalten war das perfekte Ambiente für Nachtschwärmer. Theo war gerade dabei, Wachs abzuknibbeln, das auf den Tresen getropft und getrocknet war.

»Du kommst *nicht* mit nach Afrika«, erwiderte Jack.

»Hör zu, du würdest als hoffnungslos weißer Anwalt in ein Land reisen, wo sechzehn Millionen Afrikaner für einen Wochenlohn arbeiten, von dem sie sich noch nicht mal die Schüssel Erdnüsse kaufen könnten, die ich soeben leer gegessen habe. Du müsstest vor Freude in die Luft springen bei der Aussicht, einen Typ wie mich dort ständig zur Seite zu haben.«

»Also gut. Wir reden nochmal drüber.«

»Das hast du gestern auch gesagt. Wir haben drüber geredet. Wenn du fährst, fahre ich mit.« Theo hob sein Glas, und nachdem er ihn lange nachdenklich gemustert hatte, hob auch Jack seine Bierflasche, und sie stießen an.

»Aber deinen Flug bezahle ich nicht«, sagte Jack.

»Das hab ich schon für uns beide erledigt. Ein Freund von einem Freund fliegt zweimal im Monat die Manager einer Ölgesellschaft mit dem Firmenjet nach Afrika. Nächsten Dienstag geht's los. Du brauchst nur unsere Flüge nach Houston zu bezahlen.«

»Und mit was für einer Maschine fliegen wir?«, fragte Jack skeptisch.

»Also wirklich, Jack. Würde ich dich behandeln wie jemand, der einem Rockstar wie dir das Wasser nicht reichen kann?«

»Das haben sie Buddy Holly auch gesagt.«

Jacks Handy klingelte, und auf dem Display erkannte er Kelseys Nummer. »Bin gleich wieder da«, sagte er zu Theo, dann eilte er durch die vollbesetzte Bar zur Garderobe, wo es etwas ruhiger war.

»Hallo.« Mit einem Finger hielt er sich das andere Ohr zu, um den Lärm aus der Bar auszublenden.

»Tut mir Leid, dass ich so überreagiert habe«, sagte Kelsey.

»Schon gut. Ich bin froh, dass du anrufst«, antwortete er, während er auf und ab ging.

»Nate hat dich so gern. Einen wie dich hat er noch nie um sich gehabt. Ich habe mich von seinem Vater scheiden lassen, als er drei war.«

»Wie ich schon sagte. Er ist einfach großartig.«

»Genau deswegen bin ich mir, was uns angeht, nicht so sicher.«

Jack blieb stehen. »Das habe ich dir auch gesagt, als wir im Auto saßen und du vorgeschlagen hast, wir sollten uns zum Abendessen verabreden.«

»Ich weiß, und wir hätten auf deinen Instinkt hören sollen statt auf meinen.«

»Woher der plötzliche Sinneswandel?«

»Als wir auf der Hollywoodschaukel saßen, hab ich mich umgedreht und Nates Gesicht am Fenster gesehen, und da hat mich der Mut verlassen. Er war so glücklich, uns zusammen zu sehen. Aber gleichzeitig hatte ich auf einmal ein anderes

Bild vor Augen, und zwar, wie ich ihm in zwei, drei Monaten zu erklären versuche, warum Jack nicht mehr kommt.«

»Aber du hast doch auch gesagt, dass du es leid bist, ständig mit dem Schlimmsten zu rechnen.«

»Ja, manchmal bin ich das leid.«

»Es ist so, wie mein Freund Theo immer sagt. Es gibt zwei Sorten Menschen auf der Welt, es gibt Draufgänger und –« Er unterbrach sich. Draufgänger und Blindgänger klang passend, wenn er sich mit Theo ein paar Bier hinter die Binde kippte, aber in diesem Fall kam es ihm fast grob vor. »Und solche, die keine Draufgänger sind«, beendete er den Satz verlegen. »Na ja, du weißt schon, was ich meine.«

»Ja. Aber ich bin Nates Mutter. Ich muss mir sehr gut überlegen, welche Risiken ich eingehen kann.«

»Da kann ich dir nicht widersprechen.«

»Du kannst mich also verstehen?«

»Ja. Und nein. Also, wie soll ich's sagen – ich hatte nicht damit gerechnet, dass das so ein schöner Abend werden würde mit dir.«

»Es ist kompliziert, ich weiß.«

»Bis da draußen auf deiner Veranda alles schief gelaufen ist, hab ich tatsächlich gedacht, *du* hättest den besseren Instinkt gehabt. Seit meiner Scheidung habe ich mich mit zwei Frauen eingelassen. Beide hatten Kinder im Teenageralter, die mich das kalte Grausen gelehrt haben. Wenn ich mich also schon mit einer allein erziehenden Mutter zusammentue, warum dann nicht mit der, die den großartigsten Sohn der Welt hat?«

»Die Sache hat zweifellos zwei Seiten, aber –«

»Aber jetzt bist du zu dem Schluss gekommen, dass mein erster Instinkt doch richtig war. Anwälte«, schnaubte er verächtlich. »Wir haben uns gegenseitig dazu zu überredet, die Rollen zu tauschen.«

»Hör zu, heute Abend werden wir keine Lösung finden.

Vielleicht ist es ganz gut, dass du nach Afrika fliegst. Das gibt uns Zeit zum Nachdenken.«

»Stimmt.«

»Wir sind uns also einig? Wir lassen uns ein bisschen Zeit und machen vorerst ganz normal weiter?«

Jack hatte das Gefühl, dass sie beide vergeblich nach den richtigen Worten suchten. »Einverstanden«, sagte er frustriert. »Wir machen erst mal ganz normal weiter.«

»Danke. Gute Reise, und komm gesund zurück.«

»Mach ich.«

»Gute Nacht.«

»Gute Nacht.« Er schaltete das Handy ab und setzte sich auf eine Treppenstufe, allein mit seinen Gedanken. Aber die Vorstellung, zur Normalität zurückzukehren, behagte ihm gar nicht.

# *Dreißig*

Das Urinal in der Herrentoilette war wieder einmal verstopft und in der einzigen Kabine waren zwei Kerle dabei, sich gegenseitig zu befriedigen. Theo ging daher durch den Hinterausgang in die dunkle Gasse hinter dem Club. Er fand einen geeigneten, dunklen Platz zwischen zwei geparkten Autos, als er feststellte, dass ihm jemand zuvorgekommen war.

»Mistkerl«, fluchte er vor sich hin.

Er ging ein Stück weiter die dunkle Gasse hinunter, doch plötzlich ließ der Gedanke an das Gespräch mit Jack ihn seine volle Blase beinahe vergessen. Er hatte seinem Freund nicht die ganze Wahrheit darüber gesagt, warum er unbedingt mit nach Afrika wollte. Sicher, es würde Spaß machen, und vor allem konnte Jack einen Kumpel wie Theo an seiner Seite gebrauchen, der ihn notfalls vor Ärger bewahren konnte. Aber in Wirklichkeit hatte seine Entscheidung ganz persönliche Gründe. Die Polizei verdächtigte seinen Bruder des Mordes an Sally Fenning, und nur Theo wusste, wie tief er seinem Bruder Tatum gegenüber in der Schuld stand.

Die Gasse wurde mit jedem weiteren Schritt dunkler, und Theo blieb schließlich stehen und sah sich um. Rechts und links befanden sich die schäbigen Rückseiten aller möglichen Gebäude – Bars, Waschsalons, Supermärkte. In einiger Entfernung schimmerte die Straßenbeleuchtung der Sixteenth Street wie das sprichwörtliche Licht am Ende des Tunnels. Die Wände der Blocksteinhäuser zu beiden Seiten der Gasse waren beige und weiß gestrichen. Sämtliche Türen und Fenster waren mit schwarzen Eisengittern gesichert. Wenn er die Augen zusammenkniff, konnte er beinahe die vielen Hände sehen, die die Eisenstangen umklammerten, Hände ohne Gesichter, Hände, die er während seiner Jahre in der Todeszelle ängstlichen Stimmen zugeordnet hatte. Am liebsten hätte er diese Erinnerungen einfach beiseite gewischt. Aber bei dem Gedanken an seinen Bruder, der in Schwierigkeiten steckte, und beim Anblick der vergitterten Fenster und Türen überall um ihn herum fühlte er sich in eine Nacht im Todestrakt zurückversetzt, in der er wirklich geglaubt hatte, seine letzte Stunde sei gekommen.

Theo saß seinem Bruder Tatum gegenüber, zwischen ihnen eine Trennscheibe aus Panzerglas. Sein Bruder wunderte sich über seinen kahl geschorenen Schädel.

»Was ist mit deinen Haaren passiert, Mann?«

»So läuft das nun mal«, erwiderte Theo. Der Gefängnisfrisör hatte ihm bereits den Kopf und die Unterschenkel rasiert, damit zwischen seiner Haut und der Hochspannung des elektrischen Stuhls ein reibungsloser Kontakt zustande kam.

»Dieser Swyteck macht mich allmählich nervös«, sagte Tatum. »Warum zum Teufel braucht er diesmal so lange? So weit hat er es noch nie kommen lassen.«

»Er tut, was er kann. Manchmal gibt es einfach nicht genug Scheiße zum Andiewandschmeißen.«

»Dann besorg dir einen anderen Anwalt.«

»Am Abend vor der Hinrichtung kriegt man keinen anderen Anwalt.«

»Aber du brauchst mehr Zeit. *Ich* brauche mehr Zeit.«

An dem Tag, als das Todesurteil gegen Theo ausgesprochen wurde, hatte Tatum geschworen, sämtliche Mitglieder der Grove Lords ausfindig zu machen, sie unter Druck zu setzen, sie grün und blau zu prügeln, ihnen die Knochen zu brechen –

nicht eher zu ruhen, als bis sie ihm sagten, wer in den Supermarkt gegangen war und den Kassierer ermordet hatte.

»Ich bin dir dankbar für deine Unterstützung«, sagte Theo, »aber –«

»Nichts aber. Komm mir jetzt bloß nicht mit diesem Abschiedsscheiß.«

»Wir müssen den Tatsachen ins Auge sehen.«

»Tatsache ist, dass du den Kerl nicht umgelegt hast.«

»Glaubst du etwa, ich bin der erste Unschuldige, der in der Todeszelle landet?«

»In der Todeszelle zu sitzen ist eine Sache. Aber die können dich doch nicht hinrichten, verdammt.«

»Doch, das können die, Tatum. Und sie werden es tun.«

Tatum warf einen Blick auf die Uhr an der Wand. »Wo zum Teufel bleibt dein Anwalt?«

»Er kommt in einer halben Stunde.«

»Gut. Ich will mit ihm reden.«

»Worüber?«

»Ich will wissen, ob es wirklich vorbei ist.«

»Das werden wir schon früh genug erfahren.«

»Sag das nicht. Denn falls ihm nichts mehr einfällt, hab ich ihm einen Vorschlag zu machen.«

»Welchen denn?«

Tatum nahm einen Stift und kritzelte etwas auf einen Notizblock, der vor ihm lag. Dann beugte er sich ein bisschen vor und drehte den Block so, dass Theo lesen konnte, was er darauf geschrieben hatte. »Wir behaupten einfach, ich hätte es getan.«

Theo sah seinem Bruder in die Augen. »Bist du verrückt geworden?«

»Ich bin ein Scheißdreck im Vergleich zu dir«, sagte Tatum mit zitternder Stimme. »Du hast Grips im Kopf, Mann. Aus dir kann mal was werden. Also behaupten wir doch einfach, ich hätte den Kerl umgelegt. Wir sehen uns ziemlich ähnlich. Der Augenzeuge war nicht sehr überzeugend. Er könnte sich ja verguckt haben! Er könnte uns einfach verwechselt haben.«

»Das würdest du für mich tun?«

»Du bist mein kleiner Bruder, Mann. Du und ich – Scheiße, zwing mich nicht, es auszusprechen. Wir sind alles, was wir haben, stimmt's?«

Theos Magen zog sich zusammen, und er wünschte, er könnte die Scheibe zwischen ihnen zerschlagen. »Danke, Bruder«, sagte er und drückte eine Faust gegen das Glas. Tatum tat dasselbe von der anderen Seite aus.

»Also, was ist?«, fragte Tatum.

»Du bist einfach unglaublich. Aber selbst wenn ich einverstanden wäre, es ist einfach zu spät.«

»Verdammt, hör auf zu sagen, es ist zu spät.«

»Es würde sowieso nicht funktionieren.«

»Dafür werde ich schon sorgen«, erwiderte Tatum und stand wütend auf. »Ich werde diese Mistkerle schon überzeugen.«

Hinter Theo öffnete sich eine Tür, und ein dumpfer Schwall von Geräuschen drang vom Club in die Gasse. Er drehte sich um und sah einen Mann in das schwache Licht der Außenlampe treten.

»Jack?«

»Ich dachte, ich hätte gesehen, wie du hier rausgegangen bist. Deine Band bereitet sich auf den nächsten Set vor.«

Theo ging auf ihn zu. »Ich war ganz in Gedanken.«

»Was machst du überhaupt hier draußen?«

Theo legte einen Arm um Jacks Schultern und ging mit ihm hinein. »Ich hab nur ein bisschen meinen Erinnerungen nachgehangen. Man muss den Todestrakt wirklich von innen gesehen haben, um zu wissen, wie beschissen es da ist.«

»Ich *war* da, erinnerst du dich?«

»Ja. Ich kann mich an jeden erinnern, der da war. Und zwar an jeden Einzelnen.«

Sie gingen zurück in den Club, die Sicherheitsriegel klapperten, als die Tür hinter ihnen ins Schloss fiel.

# *Teil Drei*

## *Einunddreißig*

Die Elfenbeinküste ist etwa so groß wie Deutschland oder New Mexico. Zu Jacks Leidwesen war es allerdings wesentlich leichter, von Deutschland nach New Mexico zu gelangen, als vom Flughafen in Abidjan in die nördliche Steppe.

»Ich steige nicht in einen Kolbenrüttler.«

»Wie bitte?«, fragte Theo.

»Ich tu's einfach nicht. Mit solchen Kisten habe ich ein paar Mal schlechte Erfahrungen gemacht und irgendwann hab ich beschlossen, das war's.«

»Du vertrittst einen Schlägertypen wie meinen Bruder, aber du hast Angst, mit einem kleinen Flugzeug zu fliegen?«

»Nein, ich habe Angst, mit einem kleinen Flugzeug *abzustürzen*. Mit dem Fliegen hab ich kein Problem.«

Und so traten sie nach einem siebzehnstündigen Flug eine neunstündige Busfahrt an. Die Straßen der Elfenbeinküste gehörten zu den besten in Westafrika, das Ganze wäre also erträglich gewesen, wenn sie in Korhogo am Ende ihrer Reise gewesen wären. Aber Sallys Schwester war nicht in Korhogo, was Jack überraschte. Vor der Abreise aus Miami war es ihm gelungen, sie per E-mail zu erreichen, und sie hatte von einem Internet-Café aus die Verabredung bestätigt. Jack erhielt die schlechte Nachricht von einem netten älteren Ehepaar, das für die Verwaltung von Children First verantwortlich war.

»Sie ist nach Odienné gefahren«, sagte Mrs Roberts.

»Wann kommt sie denn wieder zurück?«

»Das weiß ich nicht. Es gab einen medizinischen Notfall, um den sie sich kümmern musste.«

»Und wie kommen wir nach Odienné?«

Man musste sich einfach damit abfinden, dass jede Reise, egal, wie gut sie geplant war, egal, wie erfahren die Reisenden waren, in einer Katastrophe enden konnte. Und diese Katastrophe begann unausweichlich mit der Frage: »Wie kommt man nach ...«

Theo und Jack mieteten in Korhogo einen alten Landrover. Auf der Fahrt in Richtung Westen wechselten sie sich am Steuer ab. Die Verbindungsstraßen zwischen den meisten größeren Städten der Elfenbeinküste waren asphaltiert – mit einer Ausnahme. Die Straße von Korhogo nach Odienné war nur bis Boundiali befestigt, eine Stadt, deren Name »in der Sonne getrocknete Trommel« bedeutet, die aber eher den Namen »so staubig, dass man nicht mal die Ziege sieht, die neben einem steht« verdient hätte. Wenn alle Straßen so aussähen wie die letzten hundertfünfzig Kilometer von Boundiali bis Odienné, wäre das Rad wahrscheinlich nie erfunden worden.

Sie erreichten den Stadtrand von Odienné kurz vor Sonnenuntergang. In den letzten zwei Stunden waren sie nur einem einzigen Menschen begegnet, einem mageren, nackten Jungen, der auf einer braun-weiß gescheckten Kuh ritt. Einerseits kamen sie sich vor wie am Ende der Welt, aber andererseits konnte Jack verstehen, warum die Herrscher einer anderen Epoche diese Gegend als Sitz der Hauptstadt des gesamten Kabadou-Reiches gewählt hatten. Im Westen erstreckte sich der Dienguélé-Gebirgszug bis hin zur Grenze zu Guinea. Im Osten erhob sich der Mont Tougoukoli, ein achthundert Meter hoher, eindrucksvoller Berg, der aus der Mitte der endlos erscheinenden Steppe aufragte. Jack hielt am Straßenrand, wo sie sich einen Augenblick Zeit nahmen, um den Staub abzuschütteln und die Aussicht zu genießen, bevor sie in die Stadt fuhren.

»Mein Rücken bringt mich um.«

»Das ist nicht meine Schuld«, entgegnete Theo.

»Niemand gibt irgendjemand die Schuld an irgendwas.«

»Was nur beweist, was für ein großzügiger Mensch ich bin.«

»Wie bitte?«

»Das nächste Mal nehmen wir von Abidjan aus ein Flugzeug. Und wenn ich dir eins mit der Pistole überbraten und dich auf die Tragfläche binden muss.«

Jack kühlte sich das Gesicht mit einer Hand voll Wasser aus seiner Trinkflasche. Theo machte sich über seine zweite Literflasche Bockbier her. Er hatte es in Korhogo eisgekühlt gekauft, aber auf der stundenlangen Fahrt bei vierunddreißig Grad Celsius war es ziemlich warm geworden.

»Glaubst du, wir finden sie?«, fragte Jack.

»Klar.«

»Wieso bist du dir da so sicher?«

»Weil du mir, wenn wir sie nicht finden, auf der ganzen Rückfahrt die Ohren volljammern wirst, dass die Reise umsonst gewesen ist. Stell dich also lieber gleich drauf ein, Jacko: Wir bleiben so lange hier, bis wir sie gefunden haben.«

»Sehr beeindruckend«, erwiderte Jack. »Du hast ein unglaubliches Talent, jemanden zu motivieren.«

Theo trank seine Bierflasche aus und tat so, als würde er sich mit dem ausgestreckten Mittelfinger am Kopf kratzen.

Gegen halb sieben, kurz nachdem die größtenteils muslimische Bevölkerung von siebenundvierzigtausend Köpfen ihr Abendgebet beendet hatte, fuhren sie in die Stadt. Sie war eine früher ländlich geprägte Stadt mit langer Geschichte, aber von ihren architektonischen Schätzen war nur die große Moschee erhalten. Der Rest der alten Stadtviertel war zur Durchsetzung eines radikalen Stadtumbaus geschleift worden. Schattige Straßen und traditionelle alte Häuser hatte man durch unscheinbare moderne Gebäude ersetzt. Durch diese modernisierungswütige Maßnahme hatte die Elfenbeinküste mehr von ihrem Regenwald eingebüßt als irgend ein anderes Land der Erde.

»Wonach riecht es hier?«, fragte Jack.

»Riecht wie Holzkohlefeuer«, sagte Theo.

Sie fuhren zum Hôtel les Frontières, einem der besten Hotels in der Stadt, wo Rene Fenning allerdings *nicht* untergebracht war. Ihre Kollegen bei Children First in Korhogo hatten Jack nur sagen können, dass sie in irgendeiner Absteige in der Nähe des Hôtel les Frontières wohnte. Es handelte sich um das Hôtel Touristel, in dem hauptsächlich Rucksacktouristen auf dem Weg von oder nach Mali abstiegen. Der Mann an der Rezeption sprach nicht unbedingt fließend Englisch, konnte sich jedoch verständlich machen.

»War Feuer auf Markt vor drei Tage«, sagte er.

»Das erklärt den Geruch«, meinte Theo.

»Dr. Rene gekommen zum Helfen. Kommen Sie. Folgen Sie mir.«

Er führte Jack und Theo nach draußen und dann einen staubigen Weg entlang hinter das Gebäude, wo eine große Cafeteria als Notkrankenhaus diente. Etwa ein halbes Dutzend Betten standen an einer Wand, ebenso viele an der gegenüberliegenden, und der Boden war bedeckt mit bunten, gewebten Matten. Die meisten Betten und Matten waren leer, anscheinend war das Schlimmste vorüber. Jack zählte insgesamt elf Patienten mit bandagierten Händen oder Armen.

Eine Frau mit einem behelfsmäßigen Mundschutz, die einzige Weiße im Raum, trat auf sie zu und sagte: »Sie müssen Jack Swyteck sein.«

»Ja. Und das ist mein Freund Theo.«

Als sie das Tuch von ihrem Gesicht entfernte, wurde Jack klar, dass es sich nicht um einen Mundschutz handelte, sondern um die angemessene Kleidung einer Frau in einem muslimischen Land, vor allem für eine Weiße, die sich alle Mühe gab, nirgendwo anzuecken. »Ich bin Rene«, sagte sie und reichte ihnen die Hand. »Würden Sie bitte mit mir nach draußen kommen? Sie sind voller Staub, und wir tun hier unser Bestes, um die Gefahr von Infektionen niedrig zu halten.«

Sie führte sie zum Hinterausgang. Inzwischen war es dunkel geworden und Jack war überrascht, wie stark die Temperatur in so kurzer Zeit gefallen gefallen war.

»Tut mir Leid, dass ich so Hals über Kopf aus Korhogo weg musste«, sagte Rene.

»Macht nichts. Offenbar handelte es sich um einen Notfall.«

»Das Schlimmste ist inzwischen ausgestanden. Es war gar nicht so einfach, aber schließlich ist es uns gelungen, die am schwersten Verletzten nach Abidjan zu evakuieren.«

»Ich wette, die hatten keine Angst vorm Fliegen«, bemerkte Theo.

»Wie bitte?«

»Hören Sie nicht auf ihn«, sagte Jack, während er seinem Freund einen strafenden Blick zuwarf.

»Stören Sie sich nicht daran, dass ich ein bisschen mitgenommen aussehe«, sagte Rene. »Ich habe in den letzten zwei Tagen kaum geschlafen. Aber ich weiß, dass Sie eine lange Reise hinter sich haben und gern mit mir über Sally sprechen würden.«

»Das können wir auch auf morgen früh verschieben«, schlug Jack vor.

»Lieber morgen Mittag«, erwiderte sie mit einem erschöpften Lächeln.

»Kein Problem.«

»Nebenan gibt's ein *Maquis*«, sagte sie.

»Was ist ein *Maquis*?«

»Sie sind wohl noch nicht lange hier, nicht wahr? Das ist so eine Art Café. Dort können wir uns morgen Mittag treffen.«

»Alles klar. Dann bis morgen.«

Sie verabschiedete sich lächelnd und ging zurück ins Gebäude. Als die Tür sich hinter ihr schloss, schauten Jack und Theo einander an, als hätten sie gerade denselben Gedanken.

»Wow«, sagte Theo.

»Unglaublich, nicht wahr? Sie sieht genauso aus wie ihre Schwester.«

»Zehn Minuten unter der Dusche, und du siehst 'ne absolut heiße Braut.«

»Gott, da hab ich dich die ganze Zeit für oberflächlich gehalten, und auf einmal bist du in der Lage, durch die verschwitzte äußere Hülle einer Frau hindurch ihren wahren, nackten, frisch geduschten Kern zu entdecken.«

»Was zum Teufel redest du da?«

»Ich sagte, sie sieht auch ungeduscht verdammt gut aus.«

»Hatte ich's mir doch gedacht.«

»Los komm«, sagte Jack und ging in Richtung Hotel. »Besorgen wir uns ein Zimmer.«

## *Zweiunddreißig*

»Wo ist Ihr Freund?«, wollte Rene wissen.

Sie war mit Jack im *Maquis*, einem Café unter freiem Himmel neben dem Hotel. Es bestand eigentlich nur aus ein paar wackeligen Tischen und Bänken, die man dort auf dem sandigen Boden aufgestellt hatte. Sie saßen einander gegenüber im Schatten eines Strohdachs. Es roch appetitlich nach gebratenem Fisch und irgendeiner Art von gekochtem Gemüse, aber an die überall umhersummenden Fliegen und an die erdrückende Hitze würde Jack sich erst gewöhnen müssen. Er war jetzt schon ganz nass geschwitzt, aber Theo hatte, was Rene anging, Recht behalten: Eine Dusche und ein paar Stunden Schlaf hatten ihre Schönheit erst richtig zur Geltung gebracht.

»Theo schläft noch«, sagte Jack.

»Jetlag?«

»Eher zu viel Sprit. Er hat gestern Abend mit ein paar Belgiern, die auf der Durchreise nach Man sind, noch lange zusammengesessen und ein Zeug getrunken, das sich *Pitasi* nennt.«

Sie grinste, als wüsste sie genau, wovon er redete. »Afrikanischer Gin. Das Zeug bringt einen um.«

Ein Kellner brachte ihnen ihre Getränke und zählte auf Französisch die Speisen auf, die im Angebot waren. Im Vertrauen darauf, dass man ihm keine sautierten Impalaaugen vorsetzen würde, ließ Jack Rene für sie beide bestellen.

»Sie und Theo sind ein interessantes Freundespaar.«

»Das habe ich schon öfter gehört.«

»Kennen Sie sich schon lange?«

»Ziemlich lange. Er wurde wegen Mordes angeklagt, als er noch ein Teenager war. Ich habe ihn als Anwalt vertreten und Berufung eingelegt, als er in der Todeszelle saß. Wenn man fünf- oder sechsmal zusammen mit einem Todeskandidaten die Stunden bis zur Hinrichtung gezählt hat, kann man sich sehr nahe kommen. Vor allem, wenn der Kandidat unschuldig ist.«

»Sie haben ihn also vor dem elektrischen Stuhl bewahrt?«

»Schuldige werden vor der Vollstreckung des Todesurteils bewahrt. Theo wurde reingelegt und es ist uns schließlich gelungen, seine Unschuld zu beweisen.«

Sie trank einen großen Schluck von ihrer Cola ohne Eis, bevor diese in der Mittagshitze zu warm wurde. »Ist das Ihr Spezialgebiet? Todeskandidaten verteidigen?«

»Nein, jetzt nicht mehr. Während meiner ersten vier Jahre als Anwalt habe ich für eine Organisation namens Freedom Institute gearbeitet. Die setzen sich für zum Tode Verurteilte ein.«

»Klingt ziemlich gruselig.«

»Es ist nicht gruseliger als andere Fälle. Vor meinem Abschlussexamen habe ich ein Jahr lang für eine Kanzlei an der Wall Street gearbeitet. Am letzten Tag steige ich in den Aufzug und drücke wie immer auf Nummer zweiundvierzig. Dann kommt hinter mir ein junger Anwalt rein und drückt die Nummer einundvierzig, dann ein älterer Herr, der die Nummer vierundvierzig drückt, und schließlich steigt eine Dame ein, eine von meinen Seniorpartnerinnen, und – ich weiß schon gar nicht mehr, welche Nummer sie gedrückt hat. Aber ich habe nur noch die Flucht ergriffen. Ich konnte plötzlich die Vorstellung nicht ertragen, dass das mein Leben sein sollte, dass ich Tag für Tag denselben Aufzug nehmen, auf denselben Knopf drücken und in dasselbe kleine Büro gehen sollte.«

»Das kann ich gut nachvollziehen.«

»Wirklich?«

»Sehen Sie sich doch um. Das hier ist wohl kein normaler Schritt auf der Karriereleiter für eine Frau, die gerade ihre Zeit als Assistenzärztin in der Pädiatrie hinter sich hat.«

Sie hatte ein wundervolles Lächeln, dachte Jack, und lächelte zurück. Er hatte bisher noch nicht darüber nachgedacht, aber Rene und ihn verband tatsächlich eine Gemeinsamkeit – sie hatten beide ihren Start ins Berufsleben mit einem unkonventionellen Schritt begonnen. »Wenn Ihre Erfahrungen den meinen in irgendeiner Weise ähneln«, sagte er, »dann haben Sie bestimmt eine Menge Freunde in Amerika, die sehr viel Geld verdienen.«

»Geld ist mir noch nie das Wichtigste gewesen.«

»Mir auch nicht, aber ...«

»Aber was?«

Er wurde ernst. »Wie war das mit Sally?«

Sie seufzte, als hätte sie geahnt, dass das Gespräch unweigerlich bei diesem Thema landen würde. »Sally war eine sehr komplexe Persönlichkeit.«

»Haben Sie beide sich sehr nahe gestanden?«

»Ja, meistens.«

»Meistens?«

Sie zuckte die Achseln. »Wir waren Schwestern. Wir hatten unsere Meinungsverschiedenheiten, aber wir haben uns immer irgendwie geeinigt.«

»Ich habe gehört, dass Sally eine Zeit lang hier bei Ihnen verbracht hat.«

»Ja. Ich habe mich gewundert, als sie hier auftauchte, aber eigentlich hätte ich mich in den letzten Jahren über nichts zu wundern brauchen.«

»Wie meinen Sie das?«

»Gemeinnützige Arbeit in Afrika war nicht unbedingt Sallys

Sache. Verstehen Sie mich nicht falsch. Das gilt für die meisten Menschen. Aber nachdem ihre Tochter ermordet worden war, suchte Sally nach etwas, das ihr half, darüber hinwegzukommen. Sie fiel von einem Extrem ins andere, erst hat sie die Nächte durchgefeiert, nur um auf einmal religiös zu werden, dann kommt sie nach Afrika, um mich bei meiner Arbeit zu unterstützen, und plötzlich heiratet sie einen Millionär. Letztlich hat wohl nichts davon geholfen.«

Der Kellner brachte ihnen das Essen, etwas, das aussah wie Reis mit Soße und ein bisschen Fleisch. Jack probierte vorsichtig, aber es war erstaunlich schmackhaft. »Gute Wahl«, sagte Jack. »Es schmeckt mir.«

»Wirklich? Die meisten Leute finden Affenfleisch gewöhnungsbedürftig.«

»Wie bitte?«

»War nur ein Scherz.«

Sie lächelten einander an, dann wurde Jack wieder ernst. »Es tut mir wirklich Leid, was mit Ihrer Schwester passiert ist, und ich möchte mich im Voraus dafür entschuldigen, dass ich Ihnen ein paar Fragen stellen muss.«

»Ich verstehe.«

»Es mag Ihnen wie eine seltsame Frage erscheinen, aber haben Sie Grund zu der Annahme, dass Sally sich das Leben genommen haben könnte?«

»Selbstmord? Sie wurde doch in ihrem Auto erschossen, als sie an einer roten Ampel hielt.«

»Ich weiß. Lassen Sie mich die Frage präzisieren. Halten Sie es für möglich, dass sie jemanden angeheuert hat, der sie töten sollte?«

Sie wandte sich ab, doch Jack konnte ihren kummervollen Gesichtsausdruck sehen. »Ich weiß es nicht. Ich habe mir große Sorgen um sie gemacht. Sie hatte viele Probleme, die meisten werden Sie kennen. Ihre Geldsorgen, der mysteriöse

Anrufer, der Mord an ihrer Tochter, ihre gescheiterte Ehe mit Miguel.«

»Was ist mit dem Buch, das diese Journalistin von der *Miami Tribune* geschrieben hat? Wissen Sie irgendetwas darüber?«

Rene überlegte. »Ja. Wenn es etwas gibt, das Sally meiner Meinung nach in den Selbstmord getrieben haben könnte, dann dieses Buch. Das heißt, nicht das Buch an sich, sondern was drin steht.«

»Was können Sie mir darüber sagen?«

»Sally fühlte sich dafür verantwortlich gemacht, dass der Mörder ihrer Tochter nie gefasst wurde. Wir haben oft und lange darüber gesprochen. Diese Anschuldigungen haben ihr schrecklich zugesetzt.«

»Haben Sie je mit ihr über den Lügendetektortest gesprochen, dem sie sich unterzogen hat? Ich möchte nichts unterstellen, aber soweit ich informiert bin, reagierte das Gerät mit einem Hinweis auf Falschaussage, als Sally auf die Frage ›Wissen Sie, wer Ihre Tochter ermordet hat?‹ mit nein antwortete.«

»Ausgerechnet Sie – jemand, der zum Tode Verurteilte verteidigt hat – müssten doch eigentlich wissen, dass Lügendetektortests nicht unfehlbar sind. Wenn Sie mich fragen, dann hat das Gerät eben nicht funktioniert.«

»Es gab noch eine weitere Aussage, bei der das Gerät eine Lüge angezeigt hat. Es ging darum, ob sie eine außereheliche Affäre hatte.«

»Wenn Sie von mir wissen wollen, ob Sally ihren Mann betrogen hat – das weiß ich nicht. Sie hat mir nie von einem Geliebten erzählt. Und Miguel hat mich auch nie angerufen und gefragt: ›Hör mal, warst du wirklich gestern Abend mit Sally essen?‹ – Sie wissen schon, die Art von komischen Fragen, die Ehemänner stellen, wenn sie vermuten, dass ihre Frau sie hintergeht.«

»Angenommen, sie hatte eine Affäre. Würden Sie ihr zutrauen, dass sie ... wie soll ich das formulieren?«

»Dass sie den Mörder ihrer Tochter decken würde, um ihren Geliebten zu schützen? Niemals. Ich weiß, dass der Staatsanwalt das behauptet hat, und ich weiß, dass Deirdre Meadows das in ihrem blöden Buch schreiben wollte. Verzeihen Sie mir meine Ausdrucksweise, aber das ist kompletter Schwachsinn. Katherine war Sallys Ein und Alles. Sie hätte niemals aus Liebe zu irgendeinem Mann den Mord an ihrer Tochter gedeckt.«

»Vielleicht aus Angst?«, fragte Jack.

»Wie meinen Sie das?«

»Noch einmal, ich möchte nichts unterstellen. Es geht mir nur darum, keine Möglichkeit auszulassen. Könnte es sein, dass Sally Angst hatte, den Namen des Mannes preiszugeben, der ihre Tochter ermordet hat, weil sie fürchtete, er könnte zurückkommen und auch sie töten?«

»Nein. Auf keinen Fall.«

»Wie können Sie sich da so sicher sein?«

»Weil ich meine Schwester kenne – besser gesagt kannte.«

»Wussten Sie vor dem Mord an ihrer Tochter, dass sie von einem Mann verfolgt wurde?«

»Nein, das habe ich wie alle anderen erst nach dem Mord erfahren.«

»Wenn ein Mann ihr nachstellte, wie können Sie da die Theorie des Staatsanwalts verwerfen, dass dieser Mann Sallys Liebhaber war und dass Sally Angst hatte, ihn als den Mörder ihrer Tochter zu identifizieren.«

»Weil ich es besser weiß. Ich weiß, dass Sally nach dem Mord von der Idee besessen war, den Mann zu finden, der ihr nachstellte. Sie hat regelrecht Jagd auf ihn gemacht.«

Jack legte seine Gabel weg und bemühte sich, das, was er gerade von Rene erfahren hatte, zu verarbeiten. »Das wusste ich nicht.«

»Aber es stimmt. Ich bin davon überzeugt, dass Sally diesem Mann nie *begegnet* ist, ganz zu schweigen davon, dass sie ihn geliebt haben könnte, es sei denn, sie war die beste Schauspielerin der Welt.«

»Woher wissen Sie, dass Sally den Mann gesucht hat?«

»Wie gesagt, Sally ist nach Afrika gekommen, um über die Sache hinwegzukommen. Sie hat fürchterlich darunter gelitten, dass der Mörder ihrer Tochter nie gefasst wurde. Und dann, zwei Jahre nach dem Mord, hat der Mörder per E-Mail mit ihr Kontakt aufgenommen, und zwar, als sie hier in Afrika war. Wir waren zusammen im Internetcafé, um unsere E-Mails abzurufen, als sie die Nachricht entdeckte.«

»Erzählen Sie mir davon.«

»Zuerst bin ich meine neuen Nachrichten durchgegangen, dann hat Sally ihre abgerufen. Plötzlich wurde sie kreidebleich. Ich hab sie gefragt, was los ist, und sie sagte: ›Das ist eine Nachricht von dem Mann, der mich früher belästigt hat.‹«

»Haben Sie sie gelesen?«

»Ja. Sie war wirklich boshaft. Einfach nur: ›Hallo, wie geht's?‹ Man würde nie denken, dass so etwas von einem Stalker kommt. Aber wahrscheinlich ist das die Art, wie diese Typen Kontakt zu einem aufnehmen.«

»Was hat Sally unternommen?«

»Sie hat angefangen, mit ihm zu korrespondieren. Ein- oder zweimal hat sie sogar mit ihm gechattet. Sie hatte einen Plan.«

»Und welchen?«

»Sie wollte sich mit dem Mann treffen.«

»In Afrika?«

»Nein. Sie war bereit, das nächste Flugzeug nach Miami zu nehmen, wenn er sich darauf einließ, sich mit ihr zu verabreden.«

»War das nicht ein bisschen riskant?«

»Das fand ich auch. Ich habe zu ihr gesagt: ›Sally, das könnte der Mann sein, der Katherine ermordet und dir ein Messer in die Rippen gestoßen hat.‹ Schließlich habe ich sie dazu überredet, etwas zu versuchen, was nicht ganz so riskant war.«

»Und was war das?«

»Ich riet ihr, weiterhin per E-mail mit ihm zu korrespondieren und zu versuchen, irgendwelche Informationen aus ihm herauszubekommen, die der Polizei helfen könnten, ihn zu fassen.«

»Und hat es funktioniert?«

»Sie hat es versucht. Woche für Woche hat sie versucht, ihm etwas darüber zu entlocken, wo er wohnte, was für ein Auto er fuhr, egal was. Aber der Typ war schlau. Hat nie irgendetwas von sich preisgegeben. Stattdessen hat er den Spieß immer wieder umgedreht und ihr Fragen gestellt. Er wollte wissen, was sie gerade tat, was sie anhatte, wie es ihr gefallen würde, einen großen Dings in ihrer Dings zu haben.«

»Hat sie überhaupt irgendetwas aus dem Mann rausbekommen?«

»Eines Abends war sie total frustriert. Da hat sie ihm gedroht, nie wieder mit ihm zu reden, wenn er ihr seinen Namen nicht nennen würde. Er hat ihr einen Namen genannt, aber wir wussten beide, dass das ein Fantasiename war.«

»Und wie lautete der Name?«

»Gott, ich weiß es gar nicht mehr. Er klang irgendwie seltsam.«

»Lassen Sie sich Zeit. Denken Sie nach.«

Sie runzelte die Stirn. »Ich glaube, es war ... nein. Ja, jetzt hab ich's. Alan Sirap.«

Jack erstarrte. »Alan Sirap?«

»Ja. Kennen Sie ihn?«

Offensichtlich hatte sie keine Ahnung, dass Sirap der Name des sechsten Erben in Sallys Testament war, der »Unbekannte«, über den es bisher keinerlei Informationen gab. Jack holte tief Luft und sagte: »Nein, ich kenne ihn nicht. Aber allmählich habe ich das Gefühl, als würde ich ihn kennen.«

## *Dreiunddreißig*

Nach dem Mittagessen warf Jack einen Blick unter die Kühlerhaube.

Er hatte Rene angeboten, sie zurück nach Korhogo zu bringen, und da ihre Arbeit in Odienné beendet war, hatte sie dankend angenommen. Leider hatte den gemieteten Landrover eine Art Raucherhusten befallen. Jack war kein Automechaniker, aber mit seinem geliebten alten Mustang, den er seit Jahren fuhr, hatte er genug Erfahrungen gesammelt, um zu wissen, dass es ratsam war, die Filter auszuwechseln, bevor sie sich auf den Rückweg über die staubige Piste machten.

Theo saß gemütlich auf dem Beifahrersitz, die Füße auf dem Armaturenbrett, und fächelte sich mit einer Zeitung Luft zu. »Weißt du was, ich habe das Gefühl, dass das tatsächlich funktioniert.«

Jack war gerade dabei, den Dreck aus einem Luftfilter zu pusten. »Woher willst du das wissen? Du hast doch heute noch keinen Finger gerührt.«

»Ich rede nicht von dem Landrover. Ich rede von diesem *Chapalo*.«

»Diesem was?«

Theo hob eine Flasche hoch und sagte: »Ich rede von dem Hirsebier, das meine belgischen Kumpels mir gegeben haben. Das soll gut gegen Kater sein.«

»Du glaubst also, noch mehr Alkohol zu trinken wird dir helfen, dich von einem Alkoholkater zu erholen?«

»Das ist nicht nur der Alkohol. Das Zeug ist *pimenté*, so wie die Einheimischen es trinken. Die tun da scharfe Peperoni rein, um es aufzupeppen. Auf jeden Fall merke ich, dass mein Kater verschwindet.«

»Bestens«, sagte Jack. »Wenn ich mich das nächste Mal überfressen habe, schieb ich mir anschließend noch einen Cheeseburger *pimenté* rein«.

»Hm. Klingt gut.«

Jack schlug die Motorhaube zu, ging um den Wagen herum und lehnte sich in das offene Fenster der Beifahrertür. Sie hatten in der kleinen Gasse neben ihrem Hotel geparkt, wo wenigstens ein bisschen Schatten war. »Ist dein Kopf mittlerweile klar genug, dass du über Alan Sirap nachdenken kannst?«, fragte Jack.

Theo trank einen Schluck aus seiner Flasche und verzog das Gesicht, als hätte er zu viel von dem *pimenté* abbekommen. »Das ergibt keinen Sinn.«

»Du meinst, dass Sally ihn als sechsten Erben benannt hat?«

»Das ist der Typ, der Sally ein Messer in die Rippen gerammt und ihre Tochter ermordet hat. Und Rene sagt, ihre Schwester wollte nach Miami zurückfliegen, um sich mit ihm zu treffen? Also, für mich ergibt das keinen Sinn.«

»Rene hat ihr das immerhin ausgeredet. Ihr war klar, wie gefährlich das gewesen wäre.«

»Oder wie sinnlos.«

»Wieso?«, fragte Jack.

»Vielleicht hatte Sally keine Angst davor, sich mit ihm zu treffen, weil sie davon überzeugt war, dass er ihre Tochter *nicht* ermordet hatte.«

»Du meinst also, sie hat versucht, das Gegenteil zu beweisen?«

»Hä?«

»Der einzige Grund, warum sie sich mit dem Mann treffen wollte, war der, dass sie ihn als Mörder ihrer Tochter ausschließen wollte.«

»Ist doch möglich, oder?«, sagte Theo.

»Ja. Aber es ist ebenso gut möglich, dass sie genau wusste, wie gefährlich er war, aber keine Angst vor dem Tod hatte. Zwei Jahre später, als sie versucht hat, deinen Bruder anzuheuern, um sich von ihm erschießen zu lassen, hatte sie ja offenbar auch keine Angst vor dem Tod.«

Theo kniff die Augen zusammen. Die Sonne stand jetzt so hoch, dass ihre Strahlen direkt auf die Windschutzscheibe trafen. »Wie auch immer, sie hat diesen Mr Sirap wohl genauso gehasst wie die anderen fünf Erben.«

»Klar«, erwiderte Jack. »Schließlich war es die Tatsache, dass dieser Typ ihr nachgestellt hatte, die den Staatsanwalt veranlasst hat, Sally zu beschuldigen, sie decke den Mörder ihrer eigenen Tochter.«

»Also gut. Das bedeutet, fünf der sechs Erben haben etwas mit Sallys Vergangenheit zu tun. Bleibt nur eine große Frage: Was hat Tatum mit Sallys Leben zu tun?«

Jack wandte sich ab, dann schaute er Theo wieder an. »Vielleicht ist er der Mann, der ihr ganzes Spiel erst möglich gemacht hat. Sie hat ihn dafür belohnt, dass er sie getötet hat.«

»Nein, nein, nein, das ergibt überhaupt keinen Sinn. Sie wollte niemanden mit ihrer Erbschaft belohnen. Sie wollte die Leute bestrafen. Und Tatum soll nicht bestraft werden, weil er ihr das Spiel ermöglicht hat, indem er sie tötete, sondern weil er ihren Plan durchkreuzt hat mit seiner Weigerung, sie zu töten.«

»Aber überleg doch mal. Ist die Strafe für die anderen fünf Erben nicht noch größer, wenn sie Tatum zum sechsten Erben macht?«

»Dafür braucht sie Tatum nicht. Dafür hat sie schon diesen Alan Sirap, oder wie der Typ richtig heißt. Wozu braucht sie zwei –«

Jack wartete darauf, dass Theo seinen Satz beendete, doch

dann wurde ihm klar, wieso er das nicht tat. »Zwei Killer? Wolltest du das sagen?«

Theo trank sein Bier aus und warf die Flasche aus dem offenen Fenster. Sie zerschellte an der Hauswand. »Das hast du gesagt, nicht ich«, erwiderte er wütend.

»Theo, nun komm schon.«

»Verdammt. Ich bin nicht hergekommen, um zu beweisen, dass mein Bruder schuldig ist. Es wäre nett, wenn du wenigstens zehn Minuten lang so tun könntest, als ob du ihn für unschuldig hältst.«

»Ich bin nicht –«

Theo stieg aus und ging in Richtung Hotel. Jack lief hinter ihm her, aber Theo marschierte schnurstracks durch die Eingangshalle ins Restaurant, wahrscheinlich, um sich noch eine Flasche *Chapalo* zu holen. Rene stand gerade an der Rezeption und bezahlte ihre Rechnung.

»Was ist denn mit dem los?«, fragte sie.

»Er ist sauer«, sagte Jack und nahm ihren Koffer. »Wir können unsere Sachen einladen.«

Sie gingen nach draußen und Jack stellte den Koffer in den Wagen. Rene nahm auf dem Beifahrersitz Platz, während Jack sich ans Steuer setzte. Selbst bei offenen Fenstern wurde die Mittagshitze von keiner Brise gemildert. Jack hatte lediglich Renes Koffer ins Auto getragen und war schon nass geschwitzt.

Rene schaute in den Rückspiegel und steckte sich für die lange Autofahrt die Haare hoch. Jack wandte sich ab, als sie bemerkte, wie er sie anstarrte, doch sein Blick schien sie nicht zu stören.

Mit einer Haarklammer im Mund fragte sie: »Wann fragen Sie mich endlich?«

»Wann frage ich Sie was?«

»Wann stellen Sie mir die Frage, die Ihnen doch sicherlich schon die ganze Zeit auf den Nägeln brennt: Warum hat Sally ihrer geliebten Schwester Rene nicht einen roten Penny von ihren sechsundvierzig Millionen vermacht?«

Jack nahm seinen staubigen Hut ab und wischte sich mit einem Halstuch den Schweiß vom Nacken. »Die Frage steht auf jeden Fall ganz oben auf meiner Liste.«

»Und worauf warten Sie noch?«

»Ehrlich gesagt, wollte ich mir noch ein, zwei Tage Zeit lassen, Sie erst ein bisschen besser kennen lernen, damit ich merke, ob Sie lügen oder nicht.«

Sie sah ihn erstaunt an. »Ach, Sie glauben also, dass Sie mich so gut kennen lernen werden?«

»Nein, ich wollte eigentlich nichts andeuten – also, was ich sagen wollte, ist, ich besitze eine Menge Menschenkenntnis.«

Sie schien sich über seine Verlegenheit zu amüsieren. »Können Sie das hier bitte mal festhalten?«

Jack drückte seinen Finger auf die Mitte eines langen, geflochtenen Zopfs, den sie auf ihrem Hinterkopf zu einem Knoten gedreht hatte, während Rene das Ganze mit einem bunten Band von der Art, wie sie von afrikanischen Frauen auf den Straßen von Korhogo verkauft wurden, zusammenband. Innerhalb weniger Sekunden hatte sich ihr Aussehen vollkommen verändert, aber es wunderte Jack nicht, dass sie mit einem Hut auf dem Kopf, unter dem ihre ganze Haarpracht verschwunden war, ebenso schön war wie zuvor.

Sie schaute Jack an und fragte. »Soll ich's Ihnen jetzt erzählen?«

»Was?«

»Na, die Geschichte von Sally und mir und ihrem Testament.«

»Warum nicht?«

»Sind Sie sicher? Ich kann auch noch warten, wenn Sie glauben, dass Sie nach der langen gemeinsamen Fahrt nach Korhogo besser beurteilen können, ob ich die Wahrheit sage.«

Offenbar bereitete es ihr Vergnügen, ihn wegen seines »Plans« aufzuziehen. »Ich gehe das Risiko ein«, sagte Jack. »Schießen Sie los.«

Sie holte tief Luft und wurde wieder ernster. »Die Wahrheit ist, dass Sally und ich einen kleinen Streit hatten.«

»Wie klein?«

»Eigentlich könnte man es eher ein Zerwürfnis nennen. Nachdem sie nach Amerika zurückgekehrt war, haben wir kaum noch miteinander gesprochen.«

»Was ist passiert?«

»Als sie hier war, gab es keine Probleme. Alle von Children First waren begeistert von ihr. Zwei Schwestern, die Seite an Seite für eine gute Sache arbeiteten, gegen die Kindersklaverei auf den Kakaoplantagen kämpften, das war wunderbar. Ich war wirklich traurig, als sie beschloss abzureisen, aber ich dachte, ich wüsste, was sie umtrieb. Bis ich zwei Monate später erfuhr, dass sie heiraten wollte.«

»Den Millionär.«

»Er war nicht nur Millionär. Sallys Multimillionär besitzt eine Kakaoplantage, auf der er Kindersklaven arbeiten lässt.«

»Ach, das wusste ich nicht«, sagte Jack kopfschüttelnd. »Gott, Sie müssen sich ja total verraten gefühlt haben.«

»Ich war stinkwütend.«

»Sind Sie das immer noch?«

»Im Nachhinein ist mir klar, dass Sally nach dem Mord an ihrer Tochter einfach nicht mehr sie selbst war. Wie ich schon sagte, sie hat alles versucht, von gemeinnütziger Arbeit bis zur Geldheirat. Aber nichts konnte sie glücklich machen.«

»Bis auf eins«, meinte Jack.

»Und das wäre?«

»Nach ihrem Testament zu urteilen würde ich sagen, Rache.«

Ihre Blicke begegneten sich. Schließlich sagte Rene: »Sie sind der Erste, dem ich von dieser Sache erzählt habe. Ich glaube, nicht einmal Sallys Nachlassverwalterin weiß über alles Bescheid.«

»Vielen Dank, dass Sie mir das anvertraut haben. Schließlich habe ich Sie in der Hoffnung aufgesucht, der Wahrheit ein Stück näher zu kommen.«

»Vielleicht ist es an der Zeit, dass auch ich die Wahrheit erfahre. Die ganze Wahrheit.«

»Wie meinen Sie das?«

»Ich habe über das nachgedacht, was Sie gestern gesagt haben. Sie meinten, Sally könnte einen derartigen Tiefpunkt erreicht haben, dass sie jemanden angeheuert hat, der sie erschießen sollte. Abgesehen von mir fällt mir nur noch ein Mensch ein, der sie gut genug gekannt haben könnte, um uns auf diese Frage eine Antwort geben zu können.«

»Ich höre.«

Ihre Augen leuchteten auf, als wäre ihr plötzlich ein erhellender Gedanke gekommen. »Hätten Sie Lust, Sallys reichen Exmann kennen zu lernen?«

»Ich dachte, der lebt in Frankreich.«

»Er ist Franzose, aber er lebt meistens hier.«

»Könnten Sie ein Treffen arrangieren?«

»Ich kann Ihnen nichts versprechen, aber zusammen mit Ihrem Freund Theo sind wir wahrscheinlich unschlagbar. Köpfchen, Schönheit, Muskeln. Wie kann da noch etwas schief gehen?«

»Ich weiß, wer von uns der Muskelmann ist. Das heißt dann wohl, dass ich –«

»Sie sind das *Gepäck*«, sagte sie mit einem Augenzwinkern. »Und jetzt holen Sie Ihren starken Freund. Uns läuft die Zeit davon.«

## *Vierunddreißig*

Die Straße nach Süden war asphaltiert bis nach Man, einer Stadt mit etwa 150 000 Einwohnern in einer atemberaubenden Landschaft. Man nannte sie die »Stadt der achtzehn Gipfel«, vielleicht eine übertrieben romantische Bezeichnung für ein Gewirr unansehnlicher Stadtviertel, die sich im Tal entlang der Berge erstreckten. Jack hatte keine konkrete Vorstellung von westafrikanischen Städten, aber Man erinnerte ihn an etwas, das er nicht richtig einordnen konnte, bis Theo bemerkte: »Sieht aus wie ein Kaff in Colorado ohne Weiße.«

Sie verbrachten die Nacht in Man und machten sich am nächsten Tag auf den Weg zu den Kaffee- und Kakaoplantagen im Westen der Elfenbeinküste. Ein Schauer am frühen Morgen, ein letzter tropischer Guss am Ende der siebenmonatigen Regenzeit, hatte die Luft gereinigt. Die Hochebene zu durchqueren war eine willkommene Abwechslung nach der staubigen Piste in der ausgedörrten Steppe im Norden, aber die Landschaft war nicht so schön, wie Jack sie sich vorgestellt hatte. Hohe, bewaldete Bergketten ließen erahnen, wie das Land ausgesehen hatte, bevor die Regenwälder abgeholzt worden waren.

»Sind wir bald da?«, fragte Theo.

Jack und Rene saßen vorne, Theo hinten. Theo grinste Jack im Rückspiegel an, aber statt seiner Zähne war nur ein Stück Apfelsine zu sehen, worüber Jack lachen musste. Es erinnerte ihn an Nate, was ihn wiederum an Kelsey erinnerte und ihm Gewissensbisse bereitete, weil er unterwegs immer wieder heimlich Renes Beine bewundert hatte. Er fragte sich, ob das bedeutete, dass er womöglich doch nicht an Kelsey interessiert war. Vielleicht hatte sie nur einen Teil von ihm wieder zum Leben erweckt, den er seit seiner Scheidung für tot gehalten hatte.

*Gut, dass wir die Sache im Keim erstickt haben*, dachte er. Vielleicht war es kein Zufall, dass er beim ersten Anzeichen für ernste Absichten zwischen ihnen die Gelegenheit beim Schopf ergriffen hatte und nach Afrika geflogen war.

»Noch etwa eine halbe Stunde«, sagte Rene.

Theo murmelte etwas vor sich hin und schlief wieder ein. Nach einigen Kilometern hörte die asphaltierte Straße auf und ging in eine unbefestigte Piste über. Sie fuhren nicht länger durch Waldgebiet, sondern vorbei an Kakaoplantagen. Tausende von Kakaobäumen standen in kilometerlangen Reihen in der hügeligen Landschaft, jeder etwa sieben Meter hoch mit großen, glänzend grünen Blättern.

»Fahren Sie langsamer«, bat Rene.

Jack drosselte das Tempo, während sie ihn auf mehrere Gruppen von Plantagenarbeitern aufmerksam machte. Angeführt wurden die Trupps jeweils von einem jungen Mann, der eine lange Stange trug, an deren Ende ein breites Messer befestigt war. Dessen Aufgabe war es, die reifen Kakaoschoten auszusuchen, vom Baum zu schneiden und zu Boden fallen zu lassen. Hinter ihm kamen noch jüngere Männer, fast noch Kinder, mit Macheten in der Hand und trennten die Schoten auf, um die Bohnen herauszuholen.

»Dieser Junge da drüben«, sagte Rene. »Der ist wahrscheinlich nicht älter als zehn.«

Wieder musste Jack an Nate denken. »Woher kommen diese Kinder?«

»Von überall. Aus Mali, Burkina Faso. Aus den ärmsten Ländern, die Sie sich vorstellen können.«

»Und wie kommen sie hierher?«

»Manchmal werden sie einfach entführt. Aber meistens werden sie mit irgendwelchen Versprechungen hergelockt. Die *Locateurs* – die Anwerber – sprechen sie an Bushaltestellen, auf Märkten und auf der Straße an und versprechen ihnen ein gutes Leben. Es ist alles ein Riesenschwindel. Sehen Sie die fünf Jungs da drüben? Für die ganze Gruppe hat Sallys Exmann irgendeinem *Locateur* wahrscheinlich so um die sechzig Dollar bezahlt.«

»Ist das seine Plantage?«

»Eine seiner Plantagen. Eine von zwanzigtausend.«

»Zwanzigtausend?«, wiederholte Jack verblüfft.

»Das klingt nach ziemlich viel, aber in diesem Land gibt es über sechshunderttausend Kakao- und Kaffeeplantagen.«

»Das sind ja eine Menge Bohnen.«

»Und eine Menge Geld«, sagte Rene, während ihr Blick wieder zu den Arbeitern hinüberwanderte. »Und eine Menge Kinder.«

Als Jack sie von der Seite anschaute, sah er die echte Sorge in ihrem Blick. Plötzlich überkamen ihn widersprüchliche Gefühle, Traurigkeit über die Tragödie, die sie bekämpfte, und Bewunderung für die Leidenschaft, mit der sie sich für diese Kinder einsetzte. Der Gedanke schien ihm egoistisch, vor allem, da er ihm angesichts dieser schwer arbeitenden Kinder in den Sinn kam, aber Rene war eine Frau, die einen geschiedenen Mann dazu bringen konnte, sich wieder lebendig zu fühlen.

»Biegen Sie dort ab«, sagte sie.

Sie befanden sich wieder auf einer asphaltierten Straße, woraus Jack schloss, dass ihr kleiner Umweg zu Ende war. »Und wohin jetzt?«, fragte er.

»Fast bis nach Daloa. Jean Luc besitzt dort ein Haus.«

Jack musste einen Augenblick überlegen, er hatte schon fast vergessen, dass Sallys reicher Exgatte Jean Luc hieß. »Sind Sie ihm je begegnet?«

»Nein.«

»Wissen Sie etwas über ihn?«

»Er ist Franzose, hat aber die meiste Zeit seines Lebens hier verbracht.«

»Und er ist reich.«

»Das ist nicht zu übersehen. Und gerade haben Sie ja eine Vorstellung davon bekommen, wie hoch seine Lohnkosten sind.«

»Ich schätze, mit Schokolade lässt sich gutes Geld verdienen.«

»Das kommt darauf an, was Sie unter ›gut‹ verstehen.«

»Ich nehme an, Sally hatte keine Ahnung von seinem Reichtum, als sie ihn kennen gelernt hat.«

»Auf dem einzigen Foto, das ich kenne, sieht er nicht schlecht aus. Aber als sie ihn geheiratet hat, war er schon Mitte sechzig. Daraus können Sie Ihre eigenen Schlüsse ziehen.«

Sie hielten vor einem Tor am Ende der asphaltierten Straße. Ein bewaffneter Wachmann trat aus dem Torhaus.

Theo richtete sich auf dem Rücksitz auf und fragte: »Soll ich das übernehmen?«

»Ich mach das schon«, sagte Rene. »Dies dürfte eine Situation sein, in der es von Vorteil ist, dass ich meiner Schwester so ähnlich sehe.«

»Als könnte das jemals von Nachteil sein«, bemerkte Theo.

Sie lächelte, dann stieg sie aus. Der Wachmann kam ihr entgegen. Jack hörte, wie die beiden sich unterhielten, doch sie sprachen Französisch.

»Was sagt sie?«, wollte Theo wissen.

»Für wen hältst du mich? Maurice Chevalier? Uns bleibt nichts anderes übrig, als ihr zu vertrauen.«

»Und damit hast du kein Problem?«

»Nein.«

»Gut. Denn falls sie mich an diesen Typen verkauft, spalte ich dir den Schädel mit 'ner Machete.«

Jack begann, die Melodie von »Thank Heaven for Little Girls« zu summen. Rene und der Wachmann beendeten ihr Gespräch mit einem Lächeln und mehrmaligem *merci, merci*, was Jack für ein gutes Zeichen hielt. Rene stieg wieder ein und der Wachmann öffnete das Tor.

»Was haben Sie ihm gesagt?«, wollte Jack wissen.

»Eine Magierin verrät niemals ihre Tricks«, erwiderte sie.

»Von wegen Tricks«, sagte Theo. »Sie haben ihm versprochen, dass er fünfzig Dollar bekommt, wenn wir wieder rausfahren.«

»Fünfundzwanzig. Woher wissen Sie das?«

»Mit so was kenne ich mich aus.«

»Fahren Sie weiter«, sagte sie. Jack folgte der Straße, die an weiteren Kakaobäumen vorbeiführte, diesmal kleineren, die im Schatten von Bananenstauden und Kaffeesträuchern wuchsen. Nach etwa achthundert Metern ging der holperige Feldweg in eine einigermaßen gut erhaltene, ebene Einfahrt über, die um einen Teich herum zu einer riesigen Villa am Fluss führte. Es war das schönste Haus, das Jack seit seiner Ankunft in Afrika gesehen hatte, aber es war längst nicht das eindrucksvolle Herrenhaus, das er erwartet hatte.

»Ziemlich bescheiden für einen Multimillionär«, bemerkte er.

»Aber typisch«, sagte Rene. »Wenn man hier seinen Reichtum zur Schau stellt, zieht man Banditen an. Im Luxus schwelgt man nur innerhalb der eigenen vier Wände.«

Sie parkten vor dem Haus neben zwei weiteren Geländewagen und stiegen aus. Jack nahm seine Unterlagen mit. Ein Afrikaner trat aus dem Haus und begrüßte sie auf der überdachten Veranda. Offenbar hatte der Wachmann die Besucher angekündigt. Rene unterhielt sich kurz mit ihm auf Französisch, dann wandte sie sich an Jack und sagte: »Das ist Mr Diabate, Jean Lucs persönlicher Sekretär. Er möchte wissen, warum wir hier sind.«

Jack öffnete seine Mappe und zeigte dem Mann Kopien von Sallys Testament und von ihrer Sterbeurkunde. »Sagen Sie ihm, dass ich amerikanischer Anwalt bin und Sallys Exmann ein paar Fragen stellen möchte.«

Rene übersetzte, dann schaute sie Jack an: »Was für Fragen?«

»Sagen Sie ihm, es geht um das Geld –«

»Vergiss es, Jack«, sagte Theo. »Rene, versuchen Sie's nochmal mit Ihrem Trick von vorhin und bieten Sie ihm ein paar Scheinchen an.«

»Das könnte nicht schaden«, sagte der Mann auf Englisch.

Jack zuckte zusammen, aber es war ein paar Scheine wert, wenn der Mann Englisch verstand. Er warf einen Blick in seine Brieftasche, klappte sie jedoch wieder zu. »Ist Jean Luc überhaupt hier?«, fragte er.

»Gewissermaßen«, erwiderte der Mann.

»Was soll das heißen?«

Diabate klopfte gelangweilt mit dem Fuß auf den Boden. Jack reichte ihm ein paar Dollarnoten und wartete, bis er sie nachgezählt hatte. Anscheinend zufrieden stopfte der Mann das Geld in seine Hemdtasche und sagte: »Monsieur, Jean Luc ist tot.«

## *Fünfunddreißig*

Tatum wusste, dass er das eigentlich nicht tun sollte. Aber wenn dein Anwalt nicht da ist, musst du eben für dich selbst sorgen, sagte er sich. Vor allem, wenn dein Bruder mit ihm weggegangen ist.

Jack hatte ihn vor seiner Abreise nach Afrika gewarnt: Unter keinen Umständen sollte er mit einem der anderen Erben in Sallys Testament Kontakt aufnehmen. Das wäre ein direkter Verstoß gegen die einstweilige Verfügung. Tatum hatte Jack hoch und heilig versprochen, sich »bedeckt zu halten« und »keine Dummheiten« zu machen. Genau genommen hatte er sich also mit keinem Wort verpflichtet, Jacks Ratschlag zu befolgen. Außerdem wollte er nur mit einem bestimmten Erben reden, mit den restlichen vier würde er garantiert keinen Kontakt aufnehmen, und somit hätte er die Auflagen seines Anwalts immerhin zu achtzig Prozent erfüllt. Und nach Tatums Rechnung war das etwas, worauf er ziemlich stolz sein konnte.

Gerry Colletti führte gerade in der Nähe seines Hauses seinen Hund Gassi, als Tatum ihn einholte. Es war früh am Morgen und Colletti war unterwegs in Morgenmantel und Pantoffeln, die aufgerollte Morgenzeitung unter dem Arm. Als er sich gerade bückte, um den frischen Haufen seines Pudels in eine Tüte zu packen, sprach Tatum ihn von hinten an.

»Hey, Colletti, ich dachte, du würdest nur Scheiße reden. Wusste gar nicht, dass du sie auch sammelst.«

Colletti ließ vor Schreck die Zeitung fallen und drehte sich erschrocken um. »Sie verstoßen gegen die Auflage des Gerichts. Verschwinden Sie, oder ich verständige den Richter.«

»Ich tue niemandem etwas zuleide.«

»Sie sind mir näher gekommen als erlaubt. Es spielt keine Rolle, ob Sie mir ein Haar krümmen oder nicht.«

»Ach, das spielt keine Rolle? Wenn das so ist, dann sollte ich dich vielleicht lieber zu Hackfleisch verarbeiten. Mich einsperren zu lassen, bloß weil ich ein bisschen mit dir geplaudert hab, lohnt sich ja wirklich nicht.«

Colletti machte einen Schritt rückwärts, versuchte, mehr Abstand zu gewinnen. Sein kleiner Hund knurrte und bleckte die Zähne. »Ganz ruhig, Muffin.«

»Dein Hund heißt *Muffin*?«, fragte Tatum spöttisch.

»Wenn Sie mir zu nahe kommen, beißt sie Ihnen ins Bein. Worüber wollen Sie mit mir reden?«

»Ich dachte, wir beide könnten uns vielleicht einig werden.«

Gerrys Miene entspannte sich ein wenig. »Was schlagen Sie vor?«

»Als Erstes möchte ich klarstellen, dass nicht ich es war, der dich auf dem Parkplatz überfallen hat.«

»Das ist mir egal.«

»Was soll das heißen, das ist dir egal?«

»Ich habe den Richter bereits davon überzeugt, dass Sie es waren. Ich kann die Polizei davon überzeugen, ich kann die Geschworenen davon überzeugen, wahrscheinlich könnte ich sogar Ihren eigenen Anwalt davon überzeugen. Es spielt keine Rolle, ob es stimmt, solange ich es beweisen kann.«

»Du kannst überhaupt nichts beweisen. Du bist nicht mehr als die Tüte mit Hundescheiße in deiner Hand.«

»Da irren Sie sich aber gewaltig, Mr Knight. Ich habe meinen besten Detektiv auf Sie angesetzt. Und der hat eine ganze Menge interessanter Dinge über Sie in Erfahrung gebracht.«

Tatum schüttelte lächelnd den Kopf. »Ich habe also einen eindrucksvollen Lebenswandel. Na und? Das ändert nichts an den Tatsachen. Ich habe dich jedenfalls nicht in der Mangel gehabt.«

»Sie verstehen nicht, was ich Ihnen zu sagen versuche. Wenn Sie nicht aus dem Spiel aussteigen und Ihre Erbschaft ausschlagen, kann ich Ihnen eine Menge Ärger bereiten.«

»So einfach stellst du dir das vor?«

»Mein Angebot steht. Ich bin sogar bereit, noch was draufzulegen. Dreihunderttausend Dollar in bar für Sie, ohne Bedingungen.«

»So sieht das also aus, ja? Ich soll meinen Anspruch auf sechsundvierzig Millionen Dollar aufgeben, bloß weil du das sagst?«

»Nein, weil Sie im Gefängnis landen werden, wenn Sie es nicht tun.«

Tatum wurde ernst. Er spürte, wie die blanke Wut in ihm aufstieg. »Du übernimmst dich, Colletti.«

»Im Gegenteil. Sie übernehmen sich. Für mich ist das Alltagskram.«

»Du hältst dich wohl für ganz besonders schlau, was?«

Colletti nahm seinen Hund auf den Arm und kraulte ihm den Kopf. »Was glauben Sie denn wohl, wie ich es geschafft habe, mir einen Platz in diesem Spiel zu sichern?«

»Das ist doch sonnenklar. Sally Fenning wollte sich an ihren Feinden rächen. Und du warst der Scheidungsanwalt ihres Exmanns.«

»Ach, Sie glauben also, ich wäre auf diese Weise auf die Liste geraten?«

»Reicht das nicht?«

»Gott, Tatum, Sie sind ja noch viel dümmer, als ich angenommen hatte. Miguel wollte, dass ich Sally sehr schonend behandle. Daher blieb mir jede Menge Munition, für die ich keine Verwendung hatte. Aber ich fand, es war eine Schande, dass ich all den Dreck über Sally ausgegraben hatte und gar nichts damit anfangen konnte. Und da kam mir eine Idee. Wenn Miguel keinen Vorteil aus den Informationen schlagen wollte, dann würde ich das eben tun.«

»Wovon zum Teufel quatschst du da?«

»Ich brauchte Sally nur eine Warnung zukommen zu lassen. Ich hab ihr gesagt, wenn sie meine Forderungen nicht erfüllte, dann würde ich öffentlich bekannt machen, dass sie eine Affäre mit dem Mann hatte, der ihre Tochter ermordet hatte, und dass sie den Mörder deckte.«

»Woher hast du das?«

»Das geht Sie gar nichts an. Aber ich sehe, Sie verstehen mich schon wieder nicht. Ich war mir meiner Anschuldigungen gegen sie sogar noch weniger sicher als meiner Vorwürfe gegen Sie. Trotzdem hatte ich Erfolg damit.«

»Womit?«

Colletti lächelte voller Genugtuung. »Fragen Sie jeden Scheidungsanwalt, der jemals eine verletzte Frau verteidigt hat, und er wird Ihnen sagen, eine solche Frau ins Bett zu kriegen, ist die leichteste Übung der Welt. Aber die Frau dazu zu bringen, dass sie die Beine breit macht, wenn sie die Mandantin des *gegnerischen* Anwalts ist ... Na ja«, fügte er selbstgefällig hinzu, »das erfordert schon ein gutes Stück Anstrengung.«

»Und du glaubst, ich mache jetzt auch die Beine breit?«

»Nein«, erwiderte Colletti. Sein Lächeln erstarb und er sah Tatum durchdringend an. »Du siehst eher aus wie einer, der sich einfach bückt und sich in den Arsch ficken lässt.«

Tatum ging auf ihn los und packte ihn an der Gurgel. Mit der anderen Hand versuchte er, den Hund in Schach zu halten, aber der Pudel sprang von Collettis Arm und biss Tatum ins Handgelenk. Tatum trat nach dem Tier und ließ mit schmerzverzerrtem Gesicht von Colletti ab. Sein Handgelenk blutete.

Colletti massierte sich den Hals. Tatum hatte ihn zwar nur kurz gepackt, aber mit einem harten Kampfsportgriff. Keuchend sagte er: »Siehst du, Tatum? Sogar Muffin hat ein Stück von dir abgekriegt.« Er nahm seinen Hund auf den Arm und ging davon.

Kochend vor Wut stand Tatum da und hielt sich das Handgelenk.

## *Sechsunddreißig*

Auf halbem Weg zurück nach Korhogo kehrten sie in einem Hotel ein. Sie hätten die kürzere Strecke um den großen Kossou-See herum nach Norden nehmen können, doch sie hatten sich entschieden, durch den Parc National de la Marahoué zu fahren, weil Jack sich in den Kopf gesetzt hatte, ein paar wilde Tiere zu Gesicht zu bekommen, wo er schon mal in Afrika war.

»Die werfen mit Kindern«, sagte Theo.

»Hä?«, fragte Jack.

Sie waren zum Abendessen in ein *Maquis* gegangen und aßen gegrilltes Hähnchen und *Attiéké*, ein einheimisches Gemüsegericht aus geriebenen Wurzeln. Auf dem Marktplatz ganz in der Nähe hatte sich eine Menschenmenge versammelt. Ein paar junge Leute bewegten sich rhythmisch zum Klang einer Trommel, aber die meisten Leute schienen sich für ein Schauspiel ganz besonderer Art zu interessieren.

»Ich schwör's dir«, wiederholte Theo. »Da hinten fliegen Kinder durch die Luft.«

»Ach, das sind die Kinderjongleure«, sagte Rene.

»Die jonglieren mit Kindern?«

»Das ist ein alter Brauch bei den Guéré, den Dan und, soweit ich weiß, auch bei den Wobé. Die Jongleure trainieren monatelang. Die kleinen Mädchen werden für den Zweck extra ausgesucht. Sie müssen dünn und geschmeidig sein und dürfen vor allem keine Angst haben. Fünf ist das beste Alter.«

»Und sie werfen sie durch die Luft?«, fragte Jack.

Theo war auf seinen Stuhl geklettert, um besser sehen zu

können. »Unglaublich. Los, kommt, das müssen wir uns ansehen.«

Rene sagte: »Afrika verfügt über einige sehr schöne Traditionen, aber diese spezielle entspricht nicht gerade dem, was ich mir unter Kinderbetreuung vorstelle.«

»Ich bin auch nicht unbedingt wild darauf«, schloss Jack sich an.

»Macht, was ihr wollt«, sagte Theo, stopfte sich ein Stück Hähnchenfleisch in den Mund und ging in Richtung Marktplatz.

Jack trank noch ein Glas Palmwein. Nachdem er eine halbe Flasche von dem Zeug getrunken hatte, gewöhnte er sich allmählich an den Geschmack. Auch Rene füllte ihr Glas noch einmal und prostete ihm zu. »Auf Jean Luc. Möge er den Würmern munden.«

Jack hob sein Glas. »Das war eine Überraschung, nicht wahr?«

»Eigentlich nicht. Daloa ist ein gefährliches Pflaster, auch wenn man vorsichtig ist.«

»Anscheinend war er nicht vorsichtig genug.«

»Man braucht nur einen einzigen Fehler zu machen. Das Rote Kreuz hat Daloa als diesjähriges Zentrum der Kampagne für den Welt-Aids-Tag ausgewählt. Was schließen Sie daraus?«

»Vermutlich hatte Jean Luc eine Schwäche für die einheimischen Frauen.«

»Oder für einige der Jungs, die er als Sklaven gekauft hat.«

Ihr Ton klang verbittert und Jack wollte gar nicht erst darüber nachdenken, wie oft *das* vorgekommen war. »Wann wurden Jean Luc und Sally geschieden?«

»Vor ein paar Monaten. Warum?«

»Auf der Fahrt hierher habe ich nachgedacht. Die Tatsache, dass er an Aids gestorben ist, könnte etwas über Sallys Gemütsverfassung aussagen.«

»Ja, daran habe ich auch gedacht.«

»Hat Jean Luc sie mit Aids angesteckt?«

»Das weiß ich nicht.«

»Es würde zu einigem, was ich über sie gehört habe, gut passen.«

»Was haben Sie denn über sie gehört?«

Jack konnte Rene nicht erzählen, dass Sally versucht hatte, Tatum anzuheuern, um sich von ihm erschießen zu lassen, denn diese Information fiel unter die anwaltliche Schweigepflicht. Er musste sich allgemeiner ausdrücken, wie er es schon bei ihrem ersten Gespräch in Korhogo getan hatte. »Sie schien sich einfach nicht sehr vor dem Tod zu fürchten. Und so etwas sage ich nicht leichthin. Ich kann mir vorstellen, was sie durchgemacht hat. Wahrscheinlich hat das Leben für sie seit dem Mord an ihrer Tochter keinen Sinn mehr gehabt. Und falls sie auch noch Aids hatte, könnte es ja sein, dass sie das Unvermeidliche nicht länger hinausschieben wollte.«

»Wollen Sie damit wieder auf die Theorie anspielen, die Sie bereits zu Anfang erwähnt haben – dass Sally womöglich jemanden angeheuert hat, der sie erschießen sollte?«

»Unter diesen Umständen ist diese Annahme nicht allzu weit hergeholt.«

Rene wandte sich ab. »Ich müsste lügen, wenn ich behauptete, ich hätte mir keine Sorgen um Sally gemacht«, sagte sie traurig. »Aber dass sie jemanden beauftragt haben soll, sie zu erschießen, will mir einfach nicht in den Kopf. Warum hätte sie sich die Mühe machen sollen? Sie hätte sich doch genauso gut selbst erschießen können.«

»Vielleicht Ihretwegen.«

»Sie geben mir die Schuld?«

»Nein, nein. Ganz im Gegenteil.«

»Ich kann Ihnen nicht folgen.«

»Ich will Ihnen etwas erzählen, das Ihnen vielleicht hilft zu verstehen, was ich meine. Vor ein paar Jahren habe ich im Fernsehen einen Film über eine Schauspielerin gesehen, die einen Oscar gewonnen hat. Ich weiß gar nicht mehr, um wen es sich handelte, aber das spielt auch keine Rolle. Aber bevor der große Erfolg kam, war sie so unglücklich, dass sie beschloss, sich das Leben zu nehmen. Das Problem war, dass sie fürchtete, ihre Freunde und Angehörigen würden sich große Vorwürfe machen, weil sie ihre Depressionen nicht rechtzeitig erkannt hatten, um sie vor dem Selbstmord zu bewahren. Also hat sie versucht, jemanden anzuheuern, der sie erschießen sollte. Aber der Killer hat ihr dann den Plan ausgeredet.«

»Sie meinen also, dass Sally ...«

»Ich meine, sie könnte an einen weniger mitfühlenden Killer geraten sein.«

»Und haben Sie irgendeine Ahnung, wer das gewesen sein könnte?«

Jack ließ seinen Blick zum Marktplatz wandern. Theo tanzte mit zwei Frauen, er lachte ausgelassen, wedelte mit den Armen und schien sich köstlich zu amüsieren. Plötzlich musste Jack daran denken, wie er auf dem Parkplatz des Gerichtsgebäudes mit Rick Larsen über Sallys Fall gesprochen hatte. Der Detective hatte ihm zu verstehen gegeben, dass Tatum mit seinem jüngeren Bruder nichts gemein hatte.

»Das muss ich noch rausfinden«, erwiderte Jack.

## *Siebenunddreißig*

Kelsey hatte sich in das Thema Mord vertieft – und zwar in alle Aspekte von der Absicht bis zur Ausführung der Mordtat.

Das Strafrecht war von Anfang an ihr Lieblingsfach gewesen, und sie hatte in den vergangenen Wochen wahrscheinlich mehr Stunden als nötig darauf verwendet, ihre Kenntnisse aufzufrischen. Sie verbrachte mehr und mehr Zeit mit dem Fall Sally Fenning, und nach allem, was die Medien berichteten, war die Polizei mittlerweile einem Verdächtigen auf der Spur. Falls Jacks Mandant unter Anklage gestellt werden sollte, dann wollte sie bei Gericht assistieren – aber *nur*, wenn Jack der Meinung war, dass sie über das erforderliche Wissen verfügte.

Sie trank einen letzten Schluck kalten Kaffee, dann räumte sie ihre Bücher zusammen. Die Juristische Bibliothek der University of Miami war bis Mitternacht geöffnet und sie war mal wieder eine der Letzten im Lesesaal. Im Hintergrund war bereits das Summen der Staubsauger zu hören und irgendein Jurastudent stand fluchend an einem Kopiergerät, das schon für die Nacht abgeschaltet worden war.

»Gute Nacht, Felipe«, sagte Kelsey zu dem Studenten mit dem Pferdeschwanz, der am Ausleihtresen arbeitete.

»Nacht«, erwiderte er.

Sie ging durch die Sicherheitsschranke und trat in den Hof hinaus. Die Nacht war kühl, deshalb legte Kelsey ihre Büchertasche auf eine Bank, um sich ein Sweatshirt überzuziehen. Sie hatte ihren Wagen am hinteren Ende des Studentenparkplatzes abgestellt. Um dorthin zu gelangen, musste sie den Campus überqueren, was ihr erst unheimlich vorkam, als sie ein dunkles Stück Weg zwischen ein paar riesigen Banyanbäumen erreichte. Am Nachmittag, als sie gekommen war, hatte die Sonne geschienen, und jetzt, um Mitternacht, sah alles ganz anders aus. Vor ihr war alles dunkel. Banyans waren seltsame, unheimliche Bäume mit langen Luftwurzeln, die wie Tentakeln herunterhingen. Wie eine Slalomfahrerin, die sich in Zeitlupe bewegte, bahnte Kelsey sich den Weg zwischen den Wurzeln hindurch. Als sie plötzlich gegen eine der Luftwurzeln stieß, die sie übersehen hatte, blieb ihr vor Schreck fast das Herz stehen. Sie trat einen Schritt zurück, holte tief Luft, doch ihr Puls raste. Am liebsten hätte sie sich auf dem Absatz umgedreht und wäre zurückgelaufen. Sie überwand ihre Angst und ging weiter, nur um mit der nächsten Wurzel zusammenzustoßen. Als sich diese auch noch in ihren Haaren verfing, begann Kelsey, am ganzen Körper zu zittern. Sie schob sie beiseite, hastete weiter, mit den Armen um sich schlagend, als bahnte sie sich mit einer Machete den Weg durch einen Urwald. Sie lief immer schneller, bis sie mit etwas kollidierte, das sie stolpern ließ und ihr den Atem raubte.

*Gott, was für eine Riesenwurzel.*

Sie raffte sich auf und rannte weiter, doch so schnell sie sich erhob, so schnell lag sie wieder am Boden. Bevor sie dazu kam zu schreien, hatte er sich auf sie gestürzt und rammte ihr ein Knie in die Magengrube, während sie auf dem Rücken lag.

»Keine Bewegung«, flüsterte er.

Er redete, als hätte er einen Wattebausch im Mund, um seine Stimme zu verstellen. In der Dunkelheit konnte sie kaum erkennen, dass er eine Skimaske trug, aber die Waffe, die er ihr vor die Nase hielt, war nicht zu übersehen.

»Tun Sie mir nichts«, sagte sie mit zitternder Stimme.

»Zwingen Sie mich nicht dazu.«

»Bitte, nehmen Sie meine Handtasche, alles, was Sie wollen.«

»Hast du etwa sechsundvierzig Millionen Dollar in deiner Handtasche, Schätzchen?«

Sie spürte, wie ihr Magen sich verkrampfte, und das lag nicht nur an seinem Knie. »Was wollen Sie von mir?«

»Du arbeitest doch für Swyteck, und der vertritt Tatum Knight, nicht wahr?«

»Stimmt.«

»Und Tatum ist einer der Erben in Sally Fennings Testament.«

»Ja.«

Er drückte ihr den Lauf der Waffe an die Wange. »Du hast zwei Wochen Zeit, um das zu ändern.«

»Ändern? Ich verstehe nicht.«

»Wie du das machst, ist mir schnuppe. Aber ich gebe Swyteck zwei Wochen Zeit, um seinen Mandanten dazu zu überreden, dass er aus Sallys Spiel aussteigt.«

»Wie soll ich das denn machen?«

»Dir wird schon was einfallen.«

»Was denn?«

»Ich sagte ja bereits: Das ist mir egal.«

»Und was ist, wenn ich es nicht schaffe?«

Die Waffe war immer noch auf ihr Gesicht gepresst, aber sie spürte etwas Scharfes an ihren Rippen. »Sieh zu, dass dir was einfällt, du Schlampe! Wenn Tatum Knight nicht aussteigt, geht es deinem kleinen Nate genauso wie Sally Fennings Tochter.«

Plötzlich war ihr, als würde sie keine Luft mehr bekommen. »Bitte nicht mein Sohn«, brachte sie mühsam heraus.

»Das Betteln kannst du dir sparen. Und kein Wort zu niemand. Wenn du zur Polizei gehst, wenn du irgendjemandem ein Sterbenswörtchen erzählst, ist es um Nate geschehen. Kapiert?«

Eine Träne lief ihr über die Wange.

»*Kapiert?*«, wiederholte er heiser.

»Ja«, erwiderte sie.

Mit einer schnellen Bewegung sprang er auf und drehte sie auf den Bauch. »Zähl bis tausend, bevor du dich rührst«, befahl er.

Sie lag mit dem Gesicht im Dreck, vor Angst wie gelähmt und zu verwirrt, um zu zählen, während seine Schritte in der Dunkelheit immer leiser wurden.

## *Achtunddreißig*

Am nächsten Morgen machte Jack einen Dauerlauf, und zwar nicht nur, um sich fit zu halten. Er wollte seinen Anrufbeantworter abhören und bis zum nächsten Laden, in dem man telefonieren konnte, waren es fast drei Kilometer. Lieber wäre er mit dem Auto gefahren, aber Theo war mit dem Landrover unterwegs auf der Suche nach Donuts. Rene hatte ihm klarzumachen versucht, dass er seine Zeit vergeudete, aber Theo hatte auf einmal einen derartigen Heißhunger entwickelt, dass er sich durch nichts hatte aufhalten lassen.

Jack war nass geschwitzt, als er den Laden endlich erreichte. Es war noch früh am Tag und er war es gewohnt, in Miami auch im Sommer zu joggen. Aber die afrikanische Hitze machte ihn fertig. Während er, die Hände in die Hüften gestemmt, ein paar Schritte machte, um die Seitenstiche loszuwerden, fragte er sich einen Augenblick lang, ob das, was er vor sich sah, eine Fata Morgana war. Der Landrover stand vor dem Lebensmittelladen und auf der Kühlerhaube saß Theo, der gerade dabei war, sich genüsslich irgendetwas in den Mund zu stopfen.

»Was hast du da?«, fragte Jack.

»Croissants.«

»Keine Donuts?«

»Ist ja fast dasselbe.«

Jack ging hinein und ließ sich das Telefon im Hinterzimmer zeigen. Er rief die Vermittlung an, bat darum, das Gespräch abzubrechen, sobald bei den horrenden Gebühren pro Minute ein Betrag von fünfzig Dollar erreicht war, dann wählte er sich in seine Mailbox ein.

Die letzte Nachricht war gerade erst vor einer Stunde eingegangen, um 1.37 Uhr Miami-Zeit. Sie war von Kelsey. Ihre Stimme zitterte und es hörte sich so an, als hätte sie geweint. »Jack, bitte ruf mich an, sobald du diese Nachricht hörst. Es ist sehr wichtig.« Mehr sagte sie nicht.

Es folgten einige Nachrichten, die mit seinem Job zu tun hatten, aber nach Kelseys Anruf war er nicht mehr richtig konzentriert und legte auf. Einen Augenblick lang überlegte er, ob er sofort zurückrufen sollte. Es war drei Uhr früh in Miami, aber sie schien ihm etwas so Dringendes sagen zu wollen, dass er lieber keine drei oder vier Stunden warten wollte. Er rief die Vermittlung an und ließ sich mit Kelsey verbinden.

»Hallo?«, meldete sie sich. Er hatte nicht den Eindruck, dass er sie geweckt hatte.

»Ich bin's, Jack. Alles in Ordnung?«

»Nein«, erwiderte sie mit bebender Stimme. »Aber ich bin froh, dass du anrufst.«

»Was ist passiert?«

Hastig berichtete sie ihm, was vorgefallen war. Am liebsten hätte Jack etwas Beruhigendes zu ihr gesagt, doch er fürchtete, dass die Leitung jeden Augenblick unterbrochen werden könnte. »Hast du ihn gesehen?«

»Nein, es war zu dunkel. Und ich bin mir fast sicher, dass er eine Maske getragen hat.«

»Versuch, dich an so viele Einzelheiten wie möglich zu erinnern, und schreib alles auf, damit du nichts vergisst. Seine Größe, seinen Geruch, sein Gewicht, seine Stimme, möglicherweise ein Akzent.«

»Er redete, als hätte er einen Wattebausch im Mund, ich hab also keine Ahnung, wie seine Stimme klingt.«

»Macht nichts. Schreib einfach alles auf.«

»Ich hab solche Angst.«

»Hast du die Polizei benachrichtigt?«

»Nein.«

»Kelsey, du musst unbedingt die Polizei anrufen.«

»Nein! Er hat gesagt –« Sie unterbrach sich, als gäbe es etwas, das sie ihm nicht sagen wollte.

»Was hat er gesagt?«, fragte Jack.

»Ich kann einfach nicht zur Polizei gehen.«

»Hat er dir gedroht?«

Als sie erneut zögerte, war er sich sicher, dass sie ihm etwas verschwieg. Wahrscheinlich, damit er sich nicht mit etwas belastete, an dem er von einem anderen Kontinent aus sowieso nichts ändern konnte. »Kelsey, ich komme zurück nach Miami.«

Er hörte die Erleichterung in ihrer Stimme, als sie antwortete: »Ich würde mich viel besser fühlen, wenn du hier wärst.«

»Ich bin hier irgendwie am Arsch der Welt, aber ich werde alle Hebel in Bewegung setzen, sobald ich aufgelegt habe. Irgendwie werde ich schon eine Möglichkeit finden zurückzukommen.«

»Danke.«

»Mach dir keine Sorgen, okay?«

»Zu spät.«

»Ich kann dir einen Bewacher besorgen, wenn du dich dann sicherer fühlst.«

»Nein, nicht nötig. Wenn ich Angst kriege, gehe ich zu meiner Mutter.«

»Sicher?«

»Ja. Komm möglichst bald zurück, Jack. Wenn du erst wieder hier bist, werden wir eine Lösung finden.«

»In Ordnung. Hoffentlich bis morgen.«

»Ja«, sagte sie leise. »Hoffentlich.«

Gegen Abend waren sie wieder im Kakao-Anbaugebiet in der Nähe von Daloa. Denselben Weg zurückzufahren schien nicht sinnvoll, aber möglichst bald nach Miami zurückzufliegen erwies sich als wesentlich schwieriger als erwartet. Sie waren eine Tagesreise vom Flughafen in Abidjan entfernt, und das war das einzig Positive an der ganzen Situation. Aber wenn Jack nicht dreizehntausend Dollar ausspucken wollte, um über Paris nach Miami zu fliegen, würden sie noch mindestens drei Tage an der Elfenbeinküste festsitzen. Schließlich rückte Theo mit Plan B heraus.

»Bist du sicher, dass wir den Burschen trauen können?«, fragte Jack.

»Das sind Belgarier. Bist du schon mal einem Belgaren begegnet, dem du nicht trauen konntest?«

»Was zum Teufel ist ein Belgare?«

»Die sind aus Brüssel. Ist doch klar.«

»Was ist klar? Sind das vielleicht Bulgaren, die in Belgien leben?«

Theo schaltete in einen niedrigeren Gang und lenkte den Landrover über die dunkelsten, holprigsten Wege, über die sie bisher gefahren waren. Rene wurde auf dem Rücksitz so hart durchgerüttelt, dass sie sich beinahe den Kopf am Dach gestoßen hätte. Jack beobachtete die winzigen Regentropfen, die auf die Windschutzscheibe zu fallen begannen.

*Belgaren?*

»Woher kennen Sie diese Männer?«, fragte Rene.

»Mit denen hab ich in Odienné ein paar Stunden in der Bar gesessen. Der gute alte Swyteck hat schlappgemacht und sich ins Bett verzogen. Und diese beiden Jungs waren so nett, mir ein paar Gläser afrikanischen Gin zu spendieren.«

»Treffen wir die beiden hier?«

»Nein. Wir müssen einen Typen namens Lutu finden.«

»Hört sich für mich nicht besonders belgarisch an«, bemerkte Jack.

Theo blieb ohne erkennbaren Grund an einer Kreuzung stehen. Sie waren umgeben von Kakaoplantagen, weit entfernt von den Lichtern der Stadt und durch die Wolken am Himmel in Dunkelheit gehüllt.

»Und jetzt?«, fragte Jack.

»Von hier ab gehen wir zu Fuß weiter«, sagte Theo.

»*Wohin* gehen wir?«

Theo warf einen Blick auf seine Karte, die aus nicht viel mehr bestand als ein paar undefinierbaren Linien, die Theo während des Telefonats mit seinen belgarischen Freunden auf eine Serviette gekritzelt hatte. »Da lang. Die Landebahn müsste sich hinter den Bäumen da befinden.«

»Die Straße führt doch in dieselbe Richtung. Warum können wir nicht dahin fahren?«

»Weil die mir gesagt haben, wir sollen lieber zu Fuß gehen.«

»Warum?«

»Warum, warum, ich weiß nicht, *warum*. Wir haben uns zusammen volllaufen lassen. Ich hab ihnen meine Telefonnummer in Miami gegeben und ihnen gesagt, sie sollen mal rüberkommen und sich ein bisschen an den Strand in die Sonne legen. Sie haben mir die Nummer von ein paar Freunden in Man gegeben, bei denen sie wohnen, und gesagt, falls ich Hilfe brauche, soll ich da anrufen. Ich hab angerufen, sie haben mir geholfen. Punkt. Reicht das etwa nicht?«

»Für Belgaren wird's wohl reichen«, sagte Jack und öffnete die Tür.

Sie stiegen alle drei aus. Der Regen war eher eine Art Nebel, aber vor dem Vollmond türmten sich Gewitterwolken, die ziemlich bedrohlich aussahen. Jack setzte seinen Hut auf und nahm seine Reisetasche vom Gepäckträger. Sie war zwar nicht sehr schwer, aber die Aussicht, sie auf der Suche nach einer versteckt gelegenen Landebahn wer weiß wie lange mit sich herumzuschleppen, fand er nicht gerade berauschend.

Plötzlich hörten sie das Brummen eines Flugzeugmotors.

Jack schaute zum Himmel, konnte jedoch nichts entdecken. Das Geräusch kam von irgendwo am Boden, wahrscheinlich von der Landebahn hinter ein paar großen Kakaobäumen.

Theo schaute auf seine Armbanduhr und fluchte. »Verdammt. Wir müssen uns beeilen.«

»Ich bringe den Landrover zurück, sobald ich in Korhogo eintreffe«, versprach Rene.

»Danke«, sagte Jack. »Und vielen Dank für alles. Wirklich, Sie haben uns sehr geholfen.«

»War mir ein Vergnügen. Tut mir Leid, dass wir uns unter diesen Umständen kennen gelernt haben.«

»Mir auch. Aber falls Sie mal nach Miami kommen ...«

Sie lächelte. »In Ordnung. Und falls Sie mal wieder in Korhogo sind ... rufen Sie mich nicht an, denn dann müssen Sie vollkommen verrückt geworden sein.«

Jack grinste, und dann hauchte sie ihm blitzschnell einen flüchtigen Kuss auf die Wange. »Bis irgendwann mal«, sagte sie.

»Ja, bis irgendwann mal«, erwiderte Jack verblüfft. Er schaute ihr nach, als sie zurück zum Wagen ging, einstieg und davonfuhr.

Theo räusperte sich. »Nun spiel hier nicht Casablanca. Komm schon, Bogie, das Flugzeug hebt ab.«

Jack warf einen prüfenden Blick auf den Abendhimmel. Es sah eindeutig nach Regen aus. Der Flugzeugmotor wurde lauter. »Gehen wir«, sagte er.

Nebeneinander eilten sie im Laufschritt über den ausgefahrenen Feldweg, darauf bedacht, sich nicht den Fuß zu verstauchen. Jack keuchte, Theo japste, das Flugzeug schien ganz in der Nähe zu sein. »Nur – noch – ein – kleines Stück«, stieß Theo atemlos hervor.

»Wartet der auf uns?«

»Nein, verdammt.«

»Soll das heißen, wenn wir das Flugzeug verpassen, dann –«

»Dann sind wir zwei hier allein mit den Antilopen«, antwortete Theo.

Jack erhöhte das Tempo und Theo hielt mit ihm Schritt. Sie liefen zwischen den Kakaobäumen hindurch, mussten hin und wieder den Kopf einziehen, wenn die riesigen, fächerartigen Blätter einer Bananenstaude über den Weg ragten. Der Nebel hatte sich in Regen verwandelt und Jack hörte dicke Tropfen auf das Laub über ihm klatschen. Als sie endlich die Lichtung erreichten, goss es in Strömen und innerhalb von Sekunden waren sie bis auf die Haut durchnässt.

»Scheiße!«, rief Jack.

»Da ist das Flugzeug«, sagte Theo. Er zeigte auf zwei Scheinwerfer am hinteren Ende der so genannten Startbahn, die nichts weiter war als ein Stück Wiese.

»Du hast gesagt, es wäre eine Turbo-Prop.«

»Ich hab gelogen.«

»Was ist es dann?«

»Eine zweimotorige Cessna.«

»Ein Kolbenrüttler? Ich hab dir doch gesagt, ich flieg nicht mit so einer Kiste.«

Theo verdrehte die Augen. »Dann bleib doch hier und penn in den Pfützen«, sagte er und rannte auf das Flugzeug zu.

Nach kurzem Zögern lief Jack hinter ihm her. Als sie das Ende der Startbahn erreichten, sprang ein Mann aus dem Flugzeug. Er war etwa so groß wie Theo und ganz in Schwarz gekleidet. Jack und Theo erstarrten. Er hatte eine Pistole auf sie gerichtet.

»Immer mit der Ruhe«, sagte Theo. »Wir sind Freunde von Hans und Edgar.«

»Die Belgaren«, fügte Jack hinzu.

»Eure Namen, wenn ich bitten darf?« Der Mann sprach mit einem Akzent, den Jack nicht einordnen konnte.

»Das ist Jack, und ich bin Theo.«

Der Mann lächelte und steckte die Pistole in seinen Gürtel. »Ich bin Lutu. Steigt ein.«

Theo machte einen Schritt auf das Flugzeug zu, aber Jack rührte sich nicht von der Stelle. »Los, mach schon, Jack«, sagte Theo.

Es regnete ohne Unterlass, die Motoren heulten, und dieser Freund der verrückten Belgaren hatte eine Pistole bei sich. »Lieber nicht«, sagte Jack.

In diesem Augenblick tauchten zwei weitere Scheinwerfer am anderen Ende der Landebahn auf. Sie gehörten zu einem offenen Jeep, in dem mehrere Männer saßen. Zwei von ihnen hatten Gewehre über den Schultern.

»Ach du Scheiße«, sagte Lutu.

»Ach du Scheiße, *was?*«, fragte Jack.

»Ich wusste doch, dass ich nicht so lange auf euch zwei hätte warten sollen. Sieht so aus, als könnten wir diesen kleinen Flieger nicht ohne Kampf kriegen.«

»Was soll das heißen?«, fragten Jack und Theo wie aus einem Mund.

»Der Mann, dem diese Plantage gehört, bezahlt seine Rechnungen nicht, also holen wir uns diese Maschine wieder zurück. So läuft das hier. Aber vielleicht ist der Plantagenbesitzer mit dieser Lösung nicht ganz einverstanden. Ihr versteht, was ich meine?«

Jack sah Theo wütend an. »Haben wir es hier mit einer Wiederinbesitznahme zu tun?«

»Woher soll ich das denn wissen?«

Jack riss sich den klatschnassen Hut vom Kopf und schlug damit nach Theo.

»Hey, hey, hey«, sagte Theo. »Willst du nun nach Hause oder nicht?«

Schüsse zerrissen die Nacht. Der Jeep mit den bewaffneten Männern raste auf sie zu.

»Verdammt!«, rief Jack.

»Los, steigt ein«, rief Lutu.

Sie kletterten über den Flügel in die Kabine. Lutu setzte sich hinter den Steuerknüppel, Theo schnallte sich neben ihm an, und Jack rutschte auf den Rücksitz. Bevor Jack seinen Gurt gefunden hatte, war das Flugzeug schon in Bewegung, und die Motoren heulten auf, als Lutu Vollgas gab. Sie rasten über die holprige Graspiste und Jack wurde hin und her geschleudert.

»Tut mir Leid«, sagte Lutu. »Ich muss zusehen, dass ich den Vogel in die Luft kriege.«

Jack quetschte sich zwischen die Sitze, um zu verhindern, dass er mit dem Kopf gegen das Dach schlug. Der Regen trommelte gegen die Windschutzscheibe und die Scheibenwischer liefen auf Hochtouren. Als Jack einen Blick aus dem Fenster riskierte, erkannte er den Jeep, der sich ihnen mit beängstigender Geschwindigkeit näherte. Sah aus wie ein Showdown, das Flugzeug gegen den Jeep, Lutu gegen den Wahnsinnigen, der sein Gewehr auf sie angelegt hatte. Jack sah, wie die Schulter des Mannes plötzlich zurückschnellte.

*»Die schießen auf uns!«*

»Juhuu!«, schrie Theo begeistert.

Das Flugzeug holperte durch ein weiteres Schlagloch und Jack flog auf die andere Seite. An irgendetwas musste er sich festhalten, also packte er Theo an der Gurgel.

*»Ju-hngrrr!«*

Lutu zog den Steuerknüppel zu sich her, sie hoben ab und das Geschüttele hatte ein Ende.

»Zieh hoch!«, schrie Jack.

»Pass auf«, sagte Lutu. Er hielt das Flugzeug gleichmäßig auf einer Höhe, die gerade ausreichte, um jeden Mann in dem sich nähernden Jeep zu enthaupten.

»Bist du verrückt?«, fragte Jack.

Das Flugzeug raste auf den Jeep zu. Im allerletzten Augenblick sprangen die Männer aus dem Wagen, um ihren Skalp zu retten.

»Juhu«, frohlockte Theo.

»Mist«, fluchte Lutu.

Die hohen Bäume am Ende der Wiese näherten sich mit hoher Geschwindigkeit. Lutu zog jetzt den Steuerknüppel voll durch, so dass das Flugzeug fast senkrecht aufstieg. Jack wurde in seinen Sitz zurückgeworfen und stieß sich so hart den Kopf, dass ihm schwindlig wurde. Verzweifelt bemühte er sich, nicht die Orientierung zu verlieren, starrte abwechselnd auf den Höhenmesser und auf die näher kommenden Baumwipfel.

»Komm schon, Baby«, murmelte Lutu.

»Himmel hilf«, sagte Jack.

Sie verpassten den höchsten Baum um einen halben Meter.

»Ja!«, rief Theo und schlug Lutu begeistert auf die Schulter. Jack befühlte die schmerzende Beule an seinem Hinterkopf.

Theo drehte sich grinsend um. »Dafür bist du mir was schuldig, Swyteck!«

»Ich freue mich schon drauf, dir das heimzuzahlen«, erwiderte Jack. Er rutschte wieder auf seinen Sitz und suchte hektisch nach seinem Sicherheitsgurt, während das Flugzeug sich in die Nacht erhob.

## *Neununddreißig*

Die Stimmung in Vivien Grassos Konferenzraum war noch angespannter, als Jack erwartet hatte. Als Nachlassverwalterin hatte Vivien den Platz am Ende des ovalen Tischs eingenommen. Zu ihrer Linken saßen Jack und Tatum, daneben Deirdre Meadows und ihr Anwalt, auf der gegenüberliegenden Seite Miguel Rios, Gerry Colletti und Mason Rudsky, jeweils in Begleitung ihres Rechtsbeistands. Alle Blicke waren erwartungsvoll auf Jack gerichtet.

Gleich nach seiner Rückkehr nach Miami hatte Jack Vivien angerufen und sie gebeten, für den frühen Montagmorgen eine Sitzung anzuberaumen. Natürlich hoffte Jack, bei diesem Treffen einen Hinweis darauf zu entdecken, wer Kelsey bedroht hatte. Aber das war ein zweitrangiges Anliegen, eines, das er mit großer Vorsicht angehen musste, da der Angreifer Kelsey eingeschärft hatte, den Vorfall weder der Polizei noch sonst jemandem gegenüber auch nur mit einem Wort zu erwähnen. Seinen wichtigsten Punkt dagegen konnte er ganz direkt ansprechen.

»Rene hat mir gesagt, dass Alan Sirap der Mann ist, der Sally nachgestellt hat.«

Alle schwiegen verblüfft. Nach einer Weile fragte Vivien: »Diesen Alan Sirap gibt es also tatsächlich?«

»Nein. Soweit Rene weiß, ist das ein Deckname, den der Mann benutzt hat, als er per E-Mail mit Sally korrespondiert hat. Aber es ist der einzige Name, den Sally wusste.«

»Ich bin mir nicht sicher, ob das reicht«, entgegnete Vivien.

»Für was reicht?«, wollte Jack wissen.

»Ich bin mir nicht sicher, ob das reicht, um seine Erbberechtigung geltend zu machen. Das heißt nicht, dass es unmöglich ist. Ich gehe davon aus, dass in der Geschichte unserer Rechtsprechung schon einmal ein Gericht ein Testament anerkannt hat, in dem ein Erbe nur mit seinem Spitznamen oder einem Alias bezeichnet war. Aber dann obliegt es sicherlich diesem Erben zu beweisen, dass er die Person ist, die in dem Testament genannt ist.«

Erneut herrschte Schweigen, während alle über die Bedeutung ihrer Worte nachdachten. »Indem Sally also diesen Alan Sirap als Erben benannt hat«, sagte Jack, »hat sie versucht, ihn zu zwingen, seine Identität preiszugeben. Sie hat ihn sozusagen vor die Wahl gestellt: Entweder du gibst zu, dass du mein Peiniger bist, dann hast du die Chance, sechsundvierzig Millionen Dollar zu erben, oder du bleibst anonym.«

»Zu Sallys Absichten kann ich nichts sagen«, erwiderte Vivien.

»Aber ich«, meldete Miguel sich zu Wort. »Sie scheinen alle vergessen zu haben, dass ich mit Sally verheiratet war, als dieser Dreckskerl zum ersten Mal aufgetaucht ist, und wenn Sie mich fragen, dann ist er es gewesen, der meine Tochter ermordet hat. Wollen wir uns doch nichts vormachen: Dieser Alan Sirap wird sich nicht zu erkennen geben, nicht einmal für sechsundvierzig Millionen Dollar.«

»Kommt drauf an«, wandte Jack ein. »Vielleicht ist er ja auch davon überzeugt, dass niemand ihm irgendetwas *beweisen* kann, außer dass er Sally ein paar E-Mails geschickt hat.«

Der Staatsanwalt schaltete sich ein, als machte ihn das Gerede von »Beweisen« nervös. »Bei allem Respekt für Mr Rios, wir wissen bereits, dass Mr Sirap – wer auch immer er sein mag – nicht vorhat, stumm zu bleiben. Jeder von uns hat einen Brief erhalten, in dem er uns rundheraus aufgefordert hat, aus dem Spiel auszusteigen.«

»Das stimmt«, murmelten die anderen fast im Chor.

»Inzwischen sind uns also bereits einige wichtige Fakten bekannt«, fuhr Rudsky fort. »Erstens, jeder von uns hat einen Drohbrief von einem Mr Sirap erhalten. Zweitens, wir wissen, dass Sirap der Deckname des Mannes ist, der Sally Fenning belästigt hat. Drittens, einige von uns vermuten, dass er derselbe Mann ist, der Sally mit einem Messer verletzt und ihre Tochter ermordet hat. Letztlich läuft es auf Folgendes hinaus, meine Damen und Herren: Offenbar sind wir alle in ein Spiel verwickelt, bei dem der Gierigste überlebt, und einer der Mitspieler ist ein kaltblütiger Mörder.«

Wieder verstummten alle und beäugten einander misstrauisch. Dann wurde die Stille durch ein langsames, sarkastisches Händeklatschen unterbrochen. Es war Gerry Colletti, der höhnisch applaudierte. »Raffinierter Trick, Swyteck«, sagte er trocken.

»Wovon reden Sie?«

Colletti warf Jack einen wütenden Blick zu, dann schaute er in die Runde, als erwartete er von dort Unterstützung. »Wir wissen doch alle, dass es zwei Möglichkeiten gibt, an Sallys Geld zu kommen. Entweder man überlebt alle anderen Erben, oder man überredet die anderen dazu, aus dem Spiel auszusteigen. Ich glaube, das habe ich korrekt dargestellt, nicht wahr, Madame Nachlassverwalterin?«

»Das ist korrekt«, sagte Vivien.

»Das heißt also, wenn wir uns nicht gegenseitig umbringen wollen, müssen wir uns eine Strategie überlegen. Wir könnten uns zum Beispiel darauf einigen, dass jeder ein Sechstel bekommt. Dieses Modell wurde bisher noch nicht diskutiert, denn wir verlegen uns lieber auf Imponiergehabe, nicht wahr? Jeder versucht, die anderen auszustechen, um am Ende den größten Batzen abzubekommen.«

»Hier geht es nicht um Imponiergehabe«, sagte Jack.

»O doch, *alles*, was wir tun, ist Imponiergehabe«, entgegnete Gerry. »Einige stellen sich dabei schlauer an als andere und mindestens einer von uns ist so blöd, dass er mich zusammengeschlagen hat«, er sah Tatum direkt an, »und mich bedroht hat, damit ich einen Rückzieher mache und aus dem Spiel aussteige. Aber jetzt sieht es so aus, als hätte Mr Knight sich mit jemandem zusammengetan, der einen besseren Plan hat: Man braucht die anderen nur in Angst und Schrecken zu versetzen, ihnen weiszumachen, dieser mysteriöse Mr Sirap trachte ihnen allen nach dem Leben, dann braucht man nur noch abzuwarten, bis die mit den schwächeren Nerven das Handtuch werfen.«

»Wollen Sie mir etwa unterstellen, ich hätte um dieses Treffen gebeten, um Ihnen allen Angst einzuflößen?«, fragte Jack.

»Wie hoch ist Ihr Honorar, falls Tatum Knight gewinnt, Mr Swyteck? Ein Drittel von sechsundvierzig Millionen? Kein schlechtes Taschengeld.«

»Sie sind ein Zyniker«, erwiderte Jack. »Ich kann nur hoffen, dass die anderen nicht ebenso kurzsichtig sind und meine Warnung ernst nehmen.«

»Ich hoffe ebenfalls, dass sie sie ernst nehmen«, sagte Gerry, »und ich bin bereit, ihnen dasselbe Angebot zu machen, das ich Mr Swytecks Mandanten bereits unterbreitet habe. Ich zahle Ihnen zweihundertfünfzigtausend Dollar bar auf die Hand, wenn Sie sich bereiterklären, die Erbschaft auszuschlagen.«

Einige der Anwesenden tauschten kurze Blicke aus, doch niemand sagte etwas.

»Irgendjemand interessiert?«, fragte Gerry.

»Ist das legal?«, wollte Deirdre wissen.

»Ich sehe da kein Problem«, sagte Vivien. »Es passiert häufig, dass Erben eines Testaments miteinander verhandeln.«

»Da haben Sie die Bestätigung«, rief Gerry. »Direkt aus dem Mund der Nachlassverwalterin.«

Deirdre verzog das Gesicht. »Wer würde denn so verrückt sein, die Aussicht auf sechsundvierzig Millionen Dollar aufzugeben?«

»Ich zum Beispiel«, sagte Mason Rudsky.

Alle Blicke richteten sich auf ihn. »Heißt das, Sie schlagen ein?«, fragte Gerry.

Rudskys Anwalt schien kurz vor einem Herzinfarkt zu stehen. Seine Stimme zitterte, als er seinen Mandanten entgeistert ansah und sagte: »Also, wir wollen doch nichts überstürzen, Mason.«

»Unsinn«, sagte Rudsky. »Gerry Colletti wurde bereits brutal zusammengeschlagen, und jetzt sieht es so aus, als wäre der sechste Erbe ein Kindermörder. Dieses Spiel kann nur noch in einer Tragödie enden.«

»Lassen Sie uns darüber unter vier Augen diskutieren«, sagte der Anwalt.

»Nein. Ich steige aus. Ms Grasso, sobald Mr Collettis Geld auf meinem Konto ist, werde ich alle nötigen Papiere unterschreiben, um auf meinen Anspruch auf dieses Erbe zu verzichten.«

»Sind Sie sich da ganz sicher?«, fragte sie.

»Absolut.«

Gerrys Augen funkelten diabolisch. »Sonst noch irgendjemand?«

Alle schauten einander an, wie um den gemeinsamen Puls zu überprüfen.

»Na, so was nenne ich Fortschritt«, sagte Gerry. »Mr Rudsky hat gerade mit einem Schlag eine Viertelmillion Dollar verdient. Und für alle anderen sind die Chancen von eins zu sechs auf eins zu fünf gestiegen.«

»Vergessen Sie eins nicht«, sagte Rudsky. Dann ließ er seinen Blick von einem zum anderen wandern, wobei er jedem in die Augen schaute. »Es kann gut gehen. Es kann in einer Katastrophe enden. So oder so, was Mr Colletti gerade gesagt hat, ist absolut richtig: Ihre Chancen sind gestiegen, sowohl für einen besseren wie auch für einen schlechteren Ausgang.«

Rudsky und sein Anwalt erhoben sich. Niemand anders rührte sich, als die beiden Männer den Raum verließen, ohne sich von einem einzigen der Anwesenden per Handschlag verabschiedet zu haben. Als die Tür sich schloss, breitete sich eine unangenehme Stille aus und eine ganze Weile schien niemand so recht zu wissen, was er tun oder sagen sollte.

Jack beschloss, seine Gedanken lieber für sich zu behalten: *Besser hätte ich es nicht ausdrücken können, Mr Rudsky.*

# Vierzig

Kelsey bekam keine Luft. Zumindest fühlte es sich so an. Auf irgendeiner Ebene ihres Bewusstseins spürte sie, wie ihre Brust sich hob und ihre Lunge sich ausdehnte, aber ihr Herz raste in Panik, während sie verzweifelt nach Luft rang. Sie sog sie ein. Kalte, schwere Luft, die in ihren Nasenlöchern schmerzte und in ihrem Hals brannte. Sie konnte einatmen, so viel sie wollte, sogar mehr als sie wollte, aber sie konnte nicht wieder ausatmen. Die Luft schien ihre Lunge zu füllen, sich dort festzusetzen, aber egal, wie sehr sie sich anstrengte, sie konnte sie nicht ausstoßen. Die Augen traten ihr aus den Höhlen, sie schlug mit den Armen um sich. Sie versuchte zu schreien, aber vergeblich. Die Luft war viel zu dicht, zu feucht.

*Wasser! Sie sank, verlor das Bewusstsein, all ihre Bemühungen waren nutzlos. Ihre Füße fühlten sich trocken an, aber ihr Kopf war klatschnass, unter Wasser, irgendwo eingeklemmt. Sie konnte sich nicht bewegen, nicht einmal den Kopf drehen. Sie konnte nur immer mehr von der kalten, schwarzen Nässe einsaugen, die sie erstickte.*

Es wurde stockdunkel im Zimmer. Ihr Kopf war völlig leer. Plötzlich war sie vollkommen trocken, ihre Lunge frei. Aber ihr Herz raste immer noch, während die Bilder vor ihrem geistigen Auge deutlicher wurden. Das war kein richtiger Traum mehr. Es war eine Mischung aus Traum und Erinnerung – die schreckliche Erinnerung an einen Tag, als Nate gerade laufen gelernt hatte, an ein grauenvolles Erlebnis, das normalerweise ganz weit hinten in ihrem Gedächtnis verborgen war, außer wenn sie sich in einem halb bewussten Dämmerzustand befand und zu erschöpft war, um gegen die Bilder anzukämpfen.

Kelsey eilte den Gehweg entlang bis zur Haustür und ging ohne zu klopfen hinein. Es war das Haus ihrer älteren Schwester und sie konnte nach Belieben kommen und gehen. Auf dem Weg durch das Wohnzimmer hin zur Küche hörte sie ihre Schwester und ein paar Freundinnen lachen. Die Frauen saßen am Küchentisch und spielten Karten. Kelsey begrüßte sie kurz und ging dann weiter ins Kinderzimmer, wo die Kinder auf dem Boden spielten. Drei Jungen und zwei Mädchen hatten einen riesigen Legoturm gebaut.

»Wo ist Nate?«, fragte Kelsey.

Die Kinder lachten und riefen durcheinander, waren viel zu sehr mit ihren Legos beschäftigt, um ihr eine Antwort zu geben. Eine ältere Frau saß auf dem Sofa und sah fern, während sie gleichzeitig versuchte, die Kinder im Auge zu behalten. »Er ist in der Küche«, sagte sie. »Bei seiner Mutter.«

»Das kann nicht sein, ich bin seine Mutter.«

»Er hat gesagt, er will zu seiner Mami.«

Kelseys Herz begann zu flattern. Sie lief zurück in den Flur, schaute in jedes Zimmer und rief laut nach Nate, erhielt jedoch keine Antwort.

»Wo ist Nate?«, fragte sie die Frauen in der Küche.

Kelseys Schwester schaute konzentriert auf ihre Spielkarten. »Nebenan im Spielzimmer bei den anderen Kindern.«

»Nein, da ist er nicht.«

»Wieso ist er da nicht?«

»Er ist einfach nicht da! Er ist hier nirgendwo!« Sie rief noch einmal seinen Namen, so laut, dass man es im ganzen Haus hören konnte. Stille.

Die Frauen legten ihre Karten weg und verteilten sich in alle

Richtungen – eine ins Wohnzimmer, eine in die Garage, eine in den Vorgarten.

»Nate!«

»Nate, wo bist du?«

»Nate, Liebling?«

Kelsey lief in den Garten, rief nach ihm so laut sie konnte, rannte durch das Haus, schaute in den Mülleimern und hinter den Büschen nach. Sie hastete um das Haus herum, dann blieb sie wie angewurzelt stehen. Eine hölzerne Veranda zog sich über die gesamte Breite des Hauses. In die Veranda eingelassen war ein Whirlpool, der mit einem großen Plastikdeckel abgedeckt war, um Laub und Insekten fern zu halten. Außerdem sollte der Deckel verhindern, dass Kinder hineinfielen, aber dazu hätte er zusätzlich mit einem Vorhängeschloss gesichert sein müssen, und das war er nicht. Kelsey sprang die Stufen hinauf, und schließlich sank sie auf die Knie.

Neben dem Whirlpool lag Nates Kuscheldecke.

»Nate!«, schrie sie, als sie aus dem Schlaf aufschreckte. Atemlos, ihr Gesicht mit kaltem Schweiß bedeckt, schaute sie sich um. Erleichtert stellte sie fest, dass sie sich in ihrem eigenen Schlafzimmer befand. Sie war zu Hause. Es war wieder dieser Alptraum gewesen, oder vielmehr die Erinnerung, die sie in ihren Träumen verfolgte. Nate war damals knapp anderthalb Jahre alt gewesen. Er konnte noch nicht schwimmen, aber zum Glück war der Whirlpool nur halb voll gewesen.

Kelsey stand auf und ging langsam in die Küche. Das Licht brannte noch und die Fotokopien lagen noch auf dem Tisch, genau da, wo sie sie hatte liegen lassen. Seit sie überfallen worden war, hatte sie Material gesammelt über den Mord an Sallys Tochter. Vor dem Schlafengehen hatte sie sich mit den

Unterlagen beschäftigt, was sich als schrecklicher Fehler erwiesen hatte.

Vielleicht war es aber auch eine rechtzeitige Warnung gewesen.

Sie setzte sich an den Tisch und sah die alten Artikel durch, die sie gesammelt und kopiert hatte. Ihr Blick blieb an dem letzten hängen, dem Artikel, in dem beschrieben wurde, wie das Kind laut Befund des Gerichtspathologen gestorben war: »Tod durch Ertrinken«. Kelsey überflog ihn noch einmal, brachte es jedoch nicht über sich, den Text gründlich zu lesen. Die Vorstellung allein war zu schmerzhaft für eine Mutter, für jeden normal empfindenden Menschen.

Dieser Psychopath – wer immer er sein mochte – hatte in der Badewanne zuerst das Messer gereinigt und sich dann die Hände gewaschen, und dann hatte er das kleine Mädchen in dem Wasser ertränkt, das vom Blut ihrer Mutter rot gefärbt war.

Kelsey lief ein kalter Schauer über den Rücken und einmal mehr erinnerte sie sich an die Worte des Mannes, der sie auf dem Campus überfallen hatte: »Wenn Tatum Knight nicht aussteigt, geht es deinem kleinen Nate genauso wie Sally Fennings Tochter.«

Der Traum hatte sie so erschöpft, dass sie ihren Kopf in die Hand stützen musste, um nachdenken zu können. Sie war immer noch fest entschlossen, die Polizei nicht einzuschalten. Wenn der Mann sie hätte vergewaltigen oder Nate etwas antun wollen, dann hätte er das mit Leichtigkeit tun können. Er wollte nur, dass Tatum aus dem Spiel ausstieg – mehr nicht. Sie musste seine Worte ernst nehmen, dass er Nate dafür büßen lassen würde, sollte sie sich an die Polizei wenden. Irgendetwas in ihr sagte ihr, dass sie etwas unternehmen musste. Warum hätte sie sonst diesen Traum gehabt?

Es sei denn, die Botschaft lautete, dass es bereits zu spät war.

Der Gedanke war unerträglich. Sie sprang auf und griff nach dem Telefon. Ihre Mutter wohnte in einem Apartment-Hochhaus mit Sicherheitsdienst rund um die Uhr, dem sichersten Ort, den Kelsey kannte. Aber sie hatte ihn nicht selbst dorthingebracht, denn sie wollte nicht, dass er oder ihre Mutter die Sorge in ihren Augen wahrnahmen. Sie wählte die Nummer, und als sie endlich die verschlafene Stimme ihrer Mutter hörte, sprudelte es aus ihr heraus.

»Mom, ich bin's ... Tut mir Leid, dass ich so spät noch anrufe, aber ich musste mich einfach vergewissern, dass es Nate gut geht ... Alles in Ordnung? ... Gott sei Dank.« Sie holte tief Luft und fügte mit zitternder Stimme hinzu: »Ich glaube wirklich, es ist das Beste, wenn er für eine Weile bei dir bleibt.«

## *Einundvierzig*

Deirdre Meadows starrte auf einen leeren Bildschirm. Nicht einmal das hektische Treiben in den Redaktionsräumen der *Tribune* konnte ihren Journalisteninstinkt auf Touren bringen. Nicht dass es ihr an Material gemangelt hätte – es gab eine tote Prostituierte auf dem Biscayne Boulevard, einen Richter, der der Bestechlichkeit beschuldigt wurde, und es war noch nicht einmal Mittag – aber mit den Gedanken war sie ganz woanders.

»Na, ein heißes Eisen im Feuer?«, fragte ihr Chefredakteur, als er an ihrem mit Papieren übersäten Schreibtisch vorbeikam.

»Ach, das Übliche«, antwortete sie lustlos.

Seit vierundzwanzig Stunden, seit sie Vivien Grassos Kanzlei mit einem riesigen Klumpen im Magen verlassen hatte, hatte sie nichts anderes getan als Trübsal zu blasen. Und das war Jack Swytecks Schuld. Kaum war er aus Afrika zurückgekehrt, hatte er alle zusammengerufen und ihnen erklärt, sie befänden sich in großer Gefahr wegen »Alan Sirap«. Sie selbst war von Hunden angefallen und von einem Wahnsinnigen bedroht worden, der geschworen hatte, entweder sie oder einen der anderen Erben zu töten – und sie hatte niemandem etwas davon erzählt. Ihr Schweigen war jedoch nicht von Geldgier motiviert, redete sie sich ein, sondern diente allein ihrer persönlichen Sicherheit.

Aber war Schweigen wirklich die einzige Möglichkeit?

Zum Teufel damit, dachte sie. Es war nicht ihre Aufgabe, das Leben der anderen zu retten. Wenn sie jetzt nicht aus Sallys

Spiel ausstiegen – nach dem Brief von Alan Sirap, nach Swytecks Warnung, dass Sirap der Mann war, der Sally nachgestellt hatte, nachdem Tatum Knight Gerry Colletti zusammengeschlagen hatte, nachdem Gerry angeboten hatte, alle anderen mit einer Viertelmillion Dollar auszukaufen –, dann waren sie für ihr Schicksal selbst verantwortlich.

Ihr Telefon klingelte. Hastig griff sie danach. »Meadows«, meldete sie sich.

»Wie geht es meiner Lieblingsjournalistin denn heute Morgen?«

Ihre Finger umklammerten das Telefon. Es war dieselbe mechanische Stimme – ihre Quelle. »Ich bin nicht Ihre Lieblings ... was auch immer.«

»Das stimmt nicht. Ich bin ein Mann, der zu seinem Wort steht, und ihr zweiwöchiges Schweigen macht Sie zu meiner Partnerin. Kaum zu glauben, dass seit unserem letzten Gespräch so viel Zeit vergangen ist, nicht wahr?«

»Was wollen Sie von mir?«, fragte Deirdre.

»Noch einmal, ich muss Sie beglückwünschen. Wie ich höre, hätten Sie erst gestern erneut Gelegenheit gehabt, den anderen Erben von unserer Partnerschaft zu erzählen, aber Sie haben das Richtige getan. Sie haben brav den Mund gehalten.«

»Woher wissen Sie von dem Treffen?«

»Ich habe meine Quellen. Genau wie Sie.«

»Wer ist es?«

»Das werde ich Ihnen bestimmt erzählen.«

»Woher wissen Sie, dass Ihre Quelle verlässlich ist?«

»Sie ist absolut verlässlich. Die Art Quelle, die Sie sich wünschen.«

Sie nahm einen Stift und einen Notizblock. »Wie sehr würde ich sie mir wünschen?«

»Genug, um sich das jetzt zu notieren.«

Sie erstarrte. Konnte er sie sehen, oder kannte er sie bloß gut genug, um zu erraten, dass sie sich gerade ihren Notizblock zurechtgelegt hatte?

»Ich habe beschlossen, Sie zu belohnen«, sagte er. »Betrachten Sie es als kleines Zuckerstück für gutes Betragen.«

»Ich höre.«

»Sie haben sicherlich nicht unsere kleine Abmachung vergessen – entweder Sie sterben als Erste, oder Sie erben die sechsundvierzig Millionen.«

Sie hielt den Atem an. »Wie sollte ich so etwas vergessen?«

»Gut. Denn ich möchte nicht, dass Sie auf die Idee kommen, ich wäre plötzlich weich geworden. Denken Sie immer daran, dass es für alle das Beste ist, wenn Sie tun, was ich Ihnen sage.«

»Wie meinen Sie das?«

»Nicht jeder muss sterben.«

»*Niemand* muss sterben.«

»Das liegt ganz bei Ihnen, nicht wahr?«

»Nein«, erwiderte sie scharf. »Machen Sie nicht mich dafür verantwortlich.«

»Reden Sie nicht mehr in diesem Ton mit mir«, sagte er gereizt. »Sonst könnte ich es mir am Ende noch anders überlegen.«

Sie kochte vor Wut, doch es gelang ihr, sich zu beherrschen. »Was könnten Sie sich anders überlegen?«, fragte sie ruhig.

»Ich habe eine Story für Sie.«

Zitternd nahm sie erneut ihren Stift zur Hand. »Was für eine Story.«

»Über Tatum Knight.«

»Nicht schlecht für den Anfang.«

»Ich möchte, dass Sie Folgendes schreiben. Tatum hat sich zwei Wochen vor ihrem Tod mit Sally Fennings getroffen, und zwar in einer Bar namens Sparky's, die Tatums Bruder Theo gehört.«

»Worüber haben sie gesprochen?«

»Sie hat ihn angeheuert, um sich von ihm töten zu lassen.«

Einen Augenblick lang brachte Deirdre keinen Ton heraus. *»Was?«*

»Hören Sie schlecht?«

»Nein. Das ist eine tolle Story. Aber ohne anderweitige Bestätigung kann ich so etwas nicht schreiben.«

»Sie können und Sie werden es schreiben.«

»Aber damit die *Tribune* das druckt, brauche ich zwei unabhängige Quellen und –«

»Halten Sie die Klappe und hören Sie mir zu! Ich habe nicht gesagt, Sie sollen die Geschichte *veröffentlichen*, ich habe gesagt, Sie sollen sie schreiben.«

Sie überlegte. »Warum soll ich sie schreiben, wenn ich sie nicht drucken kann?«, fragte sie verwirrt.

»Sie gehen mit der Geschichte zu Jack Swyteck und *drohen* damit, sie zu veröffentlichen.«

»Womit soll ich ihm drohen?«

»Sagen Sie ihm, dass die Geschichte morgen auf der Titelseite erscheinen wird – es sei denn, sein Mandant veranlasst, dass Sallys Nachlassverwalterin ihn von der Liste der potentiellen Erben streicht.«

Deirdre hatte jedes Wort verstanden, aber nichts auf ihren Notizblock geschrieben. Das Ganze war einfach zu absurd. »Und was soll das?«

»Wie gesagt, nicht jeder muss sterben. Wenn wir ein paar der anderen Erben dazu bringen können, dass sie aussteigen, ist das genauso gut, als wären sie tot, stimmt's?«

Sie überlegte einen Augenblick, erinnerte sich daran, dass Gerry Colletti am Tag zuvor dasselbe Argument vorgebracht hatte. »Stimmt.«

»Also schreiben Sie diese Geschichte, Deirdre. Und machen Sie Ihre Sache gut. Überzeugen Sie Tatum Knight davon, dass er schon morgen zum Hauptverdächtigen im Mordfall Sally

Fenning avancieren kann. Denn wenn er nicht aussteigt, machen wir weiter mit meinem ursprünglichen Plan. Dann muss einer dran glauben.«

Es klickte in der Leitung. Deirdres Informant hatte sich verabschiedet. Langsam legte sie den Hörer auf, dann lehnte sie sich erschöpft auf ihrem Stuhl zurück. Sie war nicht erpicht darauf, irgendjemanden zu erpressen, aber Tatum Knight mit einer an den Haaren herbeigezogenen Geschichte unter Druck zu setzen, war zweifellos besser als abzuwarten, bis ihr Informant einen ihrer Miterben tötete.

Nachdenklich trommelte sie mit den Fingern auf ihren Notizblock. Sally Fenning hatte Tatum Knight angeheuert, um sich von ihm töten zu lassen. Sie sollte das schreiben, aber nicht drucken. Allein auf Papier geschriebene Worte würden ausreichen, um Tatum Knight dazu zu bringen, dass er aus einem Wettrennen um sechsundvierzig Millionen Dollar ausstieg. Allein die Worte –

*Nein*, schoss es ihr durch den Kopf. Nicht die Worte allein. Die Worte hatten keine Macht, jedenfalls nicht genug, um zwei Männer wie Jack Swyteck und Tatum Knight einzuschüchtern.

Diese Macht hatten die Worte nur, wenn sie der Wahrheit entsprachen.

Ihr Blick wanderte durch den Redaktionsraum und blieb an den Bronzetafeln mit den Namen der Journalisten der *Tribune* hängen, die den Pulitzer-Preis gewonnen hatten. Dann starrte sie auf die Tür zum Büro des Chefredakteurs, der ihren Vorschlag einer ausführlichen Recherche über Sally Fenning in den Wind geschlagen hatte.

*O mein Gott*, dachte sie. *Und wenn das wirklich stimmt?*

## *Zweiundvierzig*

South Coconut Grove ist ein ruhiges Wohngebiet, das man in einem tropischen Wald errichtet hat. Kein Wunder, dass die kreuz und quer wie ein Labyrinth verlaufenden Straßen Namen tragen wie Leafy Way, Poinciana und Kumquat. Schatten, Charme und Ruhe sind die Vorzüge der Gegend, in der jedes Grundstück von dichtem Grün umgeben ist. Leute leben dort, weil man ganz nah neben einem Nachbarhaus wohnen kann, ohne es je zur Kenntnis zu nehmen.

Leute ziehen von dort weg, weil man in der eigenen Einfahrt ermordet werden kann, ohne dass es jemand mitbekommt.

Detective Rick Larsen parkte seinen Dienstwagen hinter mehreren Streifenwagen, die mit flackerndem Blaulicht am Straßenrand standen. Er schnappte sich seinen Notizblock, stieg aus und ging an wuchernden Bougainvilleen und Bambusbüschen vorbei, die die Straße säumten. An einem Abend im Grove kam man sich vor wie um Mitternacht im finsteren Wald, vor allem wenn der Himmel verhangen war. Gegen Sonnenuntergang hatte es angefangen zu regnen und es war schwer zu sagen, ob es immer noch regnete oder ob der Wind einfach das Wasser vom Laub der Bäume tropfen ließ. Diese Unbestimmtheit war typisch für den Grove.

Larsen hörte Stimmen von der anderen Seite des Gestrüpps. Er bückte sich unter dem gelben Absperrband hindurch, das die Einfahrt sicherte. Kies knirschte unter seinen Füßen, als er näher trat.

»Was haben wir denn hier?«, fragte er.

Die Blitzlichter der Ermittler, die den Tatort fotografierten, erhellten die Szenerie. Überall liefen Spezialisten herum, die nach irgendwelchen Spuren suchten. Die Leiche lag bäuchlings auf dem Boden. Eine Gerichtsmedizinerin kniete daneben und untersuchte sie, während sie in ihr Diktaphon sprach.

Ein junger uniformierter Polizist, der Erste, der am Tatort eingetroffen war, setzte Larsen kurz ins Bild. »Weißer, etwa fünfzig Jahre alt.«

»Wohnt er hier?«

»Nein. Die Hauseigentümerin hat die Leiche entdeckt, als sie den Müll rausbringen wollte. Sie hat die Polizei benachrichtigt.«

»Kennt sie ihn?«

»Nein. Sie sagt, sie ist ihm noch nie begegnet.«

»Hat sie irgendwas gesehen?«

»Nein.«

»Irgendwelche Zeugen?«

»Noch nicht.«

»Hat der Mann irgendwelche Papiere bei sich?«

»Nein. Er trägt ein T-Shirt und eine Sporthose ohne Taschen. Nach seinen Schuhen und seiner Kleidung zu urteilen ist er gelaufen oder spazieren gegangen. Andererseits wirkt er nicht besonders durchtrainiert. Schätze eher, dass er spazieren gegangen ist, wahrscheinlich auf Anraten seines Arztes, um seinen Cholesterinspiegel zu senken.«

»Sonst noch was?«

»Das ist so ziemlich alles. Die Gerichtsmedizinerin untersucht ihn gerade.«

Larsen machte sich ein paar Notizen, dann ging er zu der Leiche hinüber. Die Gerichtsmedizinerin war immer noch dabei, in ihr Dikatphon zu sprechen. »... beginnende, noch nicht bestimmte Leichenblässe, an Rumpf und Extremitäten entstehen bleiche Druckstellen.«

Sie schaltete das Gerät aus und schaute den Detective an. »Hallo Rick, wie geht's?«

»Besser als ihm.«

»Dann scheint's Ihnen ja richtig gut zu gehen.«

Er lächelte kaum merklich, wie es seine Art war. »Was ist passiert?«

»Rechter Oberschenkelknochen und mindestens sechs Rippen gebrochen, Ellbogen ausgerenkt, Genick gebrochen und weiß der Himmel, was für innere Verletzungen er hat. Ich würde sagen, der ist nicht nur ausgerutscht und hingeschlagen.«

»Unfall mit Fahrerflucht?«

»Wahrscheinlich.«

»Wie ist er denn hier in der Einfahrt gelandet? Ist er geflogen oder hat man ihn hergeschleppt?«

»Geflogen. Ich habe seine Flugbahn markiert. Er wurde irgendwo südlich der Einfahrt in die Luft geschleudert, ist wie eine Rakete durch diese zerzauste Bananenstaude da drüben geschossen, im Vorgarten an der Stelle gelandet, die ich mit einem Fähnchen gekennzeichnet habe, und dann bis in die Einfahrt gerutscht.«

»Hat jemand nach Bremsspuren gesucht?«

»Bisher wurden keine gefunden. Die Straße ist bis oben zum Main Highway gesperrt. Sie können ja selbst nachsehen.«

»Das werde ich.« Er wandte sich zum Gehen, dann blieb er stehen. Als gehörte es zu einer Art Ritual, hatte er die Angewohnheit, sich zuerst das Gesicht des Opfers anzusehen, bevor er mit der Untersuchung des Tatorts begann. Es war seine Art, sich daran zu erinnern, dass sein Job etwas mit Menschen zu tun hatte.

Er bückte sich, leuchtete dem Toten mit der Taschenlampe ins Gesicht – und musste ein zweites Mal hingucken. »Verdammt«, fluchte er leise vor sich hin.

»Kennen Sie den Mann?«

»Sie nicht? Er ist stellvertretender Staatsanwalt.«

»Ich arbeite erst seit wenigen Monaten für die Staatsanwaltschaft in Miami und habe noch nicht mit vielen Leuten zusammengearbeitet.«

»Nun, mit dem hier werden Sie wohl auch nie zusammenarbeiten«, sagte Larsen trocken. »Das ist Mason Rudsky.«

## *Dreiundvierzig*

Jack saß allein auf seiner überdachten Veranda und beobachtete die zuckenden Blitze über der Biscayne Bay, als das Telefon klingelte. Er zögerte, dachte daran, dass seine Exfrau sich bei einem Gewitter nie getraut hatte, ans Telefon zu gehen, als könnte der Blitz durch die Leitung ins Haus fahren. Sie hatte immer gemeint, jemand, der einen während eines Gewitters anrief, könne keinerlei Respekt vor dem Leben haben.

*Vielleicht ist es Cindy*, dachte er sarkastisch. Dann nahm er das Gespräch entgegen. »Hallo.«

»Guten Abend, Mr Swyteck.«

Jack schüttelte sein Telefon. Die Stimme klang irgendwie mechanisch, und er fragte sich beinahe, ob Cindy Recht gehabt hatte, als sie ihn davor gewarnt hatte, während eines Gewitters ans Telefon zu gehen. »Wer spricht da bitte?«

»Legen Sie nicht auf. Es würde Ihnen Leid tun.«

Die Stimme klang immer noch verzerrt, aber Jack wusste, dass das nicht an seinem Telefon lag. »Worum geht's?«

»Mason Rudsky.«

»Was ist mit ihm?«

»Er ist tot.«

Jack musste sich setzen. »Tot?«

»Ja, mausetot.«

»Was wissen Sie darüber?«

»Nur so viel: Den gestohlenen Wagen, der ihn überfahren hat, wird man niemals finden.«

»Wo ist seine Leiche?«

»Darüber brauchen Sie sich nicht den Kopf zu zerbrechen. Die Polizei ist bereits am Tatort.«

»Warum rufen Sie mich dann an?«

»Weil Sie im Kreis der Erbschaftsanwärter der Einzige sind, auf den alle hören. Und ich habe eine Nachricht für alle Beteiligten.«

»Und wie lautet die?«

»Sagen Sie ihnen Folgendes: Der Mann, der Mason Rudsky überfahren hat, wusste, dass Rudsky aus Sally Fennings Spiel ausgestiegen war.«

Jack stand auf, als würde es ihm helfen, wenn er sich bewegte. »Soll das heißen, es war Mord?«

»Selbstverständlich. Keiner hat auf die Bremse getreten. Man wird keine Bremsspuren auf der Straße finden.«

»Wer hat Rudsky ermordet?«

»Wie gesagt, jemand, der wusste, dass Mason Rudsky Gerry Collettis Angebot angenommen hatte.«

»Sie meinen die zweihundertfünfzigtausend?«

»Ich meine, wer ihn ermordet hat, wusste, dass Rudsky nicht länger im Rennen um Sally Fennings sechsundvierzig Millionen war.«

»Ich verstehe nicht recht. Wenn der Mörder das wusste, warum hat er Rudsky dann umgebracht?«

»Das ist genau das, was die anderen kapieren sollen. Vor allem Sie, denn ich habe gehört, dass auch Ihr Mandant sich unter Druck gesetzt fühlt, aus dem Spiel auszusteigen.«

»Ich bin mir sicher, dass alle sich unter Druck fühlen. So läuft nun mal das Spiel.«

»Nun, so wird das Spiel aber nicht weiterlaufen«, sagte der Mann.

»Sally hat es so gewollt«, erwiderte Jack. »Man gewinnt entweder, indem man alle anderen überlebt oder indem man die anderen dazu überredet, auszusteigen.«

»Es ist mir egal, was Sally gewollt hat. Ihr Idioten glaubt vielleicht, so könntet ihr bei dem Spiel gewinnen, aber Rudskys Tod soll euch allen eine Lehre sein. Es wird nur einen geben, der das Geld bekommt, und nur einen, der das Spiel überlebt.«

»Und was soll das heißen? Es steigt keiner mehr aus?«

»Ganz genau. Es steigt keiner mehr aus.«

»Und was soll das?«, fragte Jack. »Ein Kampf um Leben und Tod?«

»Ab jetzt geht es jeden an. Ein ganz neues Spiel. Mein Spiel.«

»Was gibt Ihnen das Recht, die Regeln zu ändern?«

»Sehen Sie in Ihrem Briefkasten nach.«

Jack blieb stehen. »Was?«

»Sehen Sie in Ihrem verdammten Briefkasten nach.«

Jack ging durch das Haus, das drahtlose Telefon immer noch am Ohr. Sein Briefkasten hing neben der Eingangstür an der Wand. Er öffnete die Tür, trat auf die Veranda hinaus, ließ seinen Blick über den Vorgarten und die gegenüberliegende Straßenseite schweifen, um zu sehen, ob ihn jemand beobachtete. »Ich bin da«, sagte er.

»Schauen Sie hinein.«

Langsam griff er nach dem Deckel des Briefkastens, überlegte, ob ihn vielleicht jeden Augenblick eine Schlange oder eine Ratte anspringen würde. Dann streckte er den Arm aus und hob ganz vorsichtig mit den Fingerspitzen den Deckel an. Nichts geschah. Im Briefkasten lag ein Umschlag.

»Was ist das?«, fragte er.

»Öffnen Sie den Umschlag.«

Der Umschlag war unverschlossen. Jack blickte hinein und entdeckte ein goldenes, herzförmiges Medaillon. »Hübsch«, sagte er. »Aber Sie klingen nicht gerade so, als wären Sie mein Typ.«

»Das hat Sally Fenning gehört, Sie Klugscheißer.«

Plötzlich hatte Jack Gewissensbisse, weil er einen Witz darüber gemacht hatte. »Woher haben Sie das?«

»Öffnen Sie das Medaillon«, sagte der Mann, ohne auf Jacks Frage einzugehen.

Am Rand des goldenen Herzens befand sich ein Verschluss. Jack öffnete ihn. In dem Medaillon befand sich ein Foto eines kleinen Mädchens. Jack wusste sofort, dass es sich um Katherine handelte, Sallys vierjährige Tochter.

Er hatte einen Kloß im Hals. Trotzdem fragte er: »Hat Sally das getragen, als Sie sie erschossen haben?«

»Ich habe nie behauptet, ich hätte sie erschossen.«

»Hat sie es getragen an dem Tag, als sie starb?«

»Nein«, erwiderte der Mann. »Unmöglich.«

»Und woher haben Sie es dann?«

Der Mann antwortete nicht gleich. Ein Blitz zuckte über den nächtlichen Himmel und es krachte in der Leitung. Schließlich sagte der Mann: »Sally trug es in der Nacht, als ich ihr mein Messer in die Rippen gerammt und ihre kleine Prinzessin ertränkt habe.«

Jack hörte ein Klicken in der Leitung, dann ertönte das Freizeichen. Einen Augenblick lang war er wie gelähmt, doch ein lauter Donner ließ ihn zusammenzucken. Vorsichtig tat er das Medaillon zurück in den Umschlag, eilte zurück ins Haus und verriegelte die Tür mit Kette und Sicherheitsschloss.

## *Vierundvierzig*

Am folgenden Morgen suchte Jack als Erstes Detective Larsen auf.

Jack hatte Larsen gleich nach dem Telefonat mit dem Mann mit der verstellten Stimme angerufen. Er wünschte, er hätte alles auf Band aufgenommen, aber die Polizei hätte ein Band sowieso nicht als Beweismittel benutzen dürfen, da es in Florida illegal war, irgendetwas ohne richterlichen Beschluss oder ohne Einverständnis aufzuzeichnen. Jack wiederholte das Gespräch so gut er konnte aus dem Gedächtnis, und was das Medaillon betraf, war seine Erinnerung ganz klar. Als Gegenleistung bat er nur um einen einzigen Gefallen, und auch deshalb war er um halb zehn in Larsens Büro.

»Wir gehen davon aus, dass es stimmt«, sagte Larsen.

Jack saß dem Detective gegenüber an dessen mit Papieren übersätem Schreibtisch. »Es hat also wirklich Sally gehört?«

»Nach dem Mord an ihrer Tochter hat Sally angegeben, dass nur ein Gegenstand fehlte, und zwar ein herzförmiges Medaillon, das sie um ihren Hals getragen hatte.«

»Könnte es sich um ein Duplikat handeln?«

»Unwahrscheinlich. Laut Aufzeichnungen in unseren Akten hat Sally damals ausgesagt, dass es sich um 14-karätiges Gold handelt und dass sie das Schmuckstück bei Latham's Custom Jewelry im Seabold Building in Downtown gekauft hatte. Wir haben heute Morgen mit dem Besitzer des Schmuckgeschäfts gesprochen. Es handelt sich um 14-karätiges Gold und er ist überzeugt, dass er es in seinem Laden verkauft hat.«

»Es gibt also mit ziemlicher Sicherheit nur eine Möglichkeit, wie der Anrufer in den Besitz des Medaillons gelangt sein kann.«

»Ziemlich sicher.«

»Okay. Vielen Dank für die Info.«

»Nein, ich danke Ihnen, Jack. Ich weiß es zu schätzen, dass Sie hergekommen sind. Da Sie nicht darauf eingegangen sind, nachdem ich Ihnen die Information über Deirdre Meadows Buch gegeben hatte, mir ein Gespräch mit ihrem Mandanten zu vermitteln, dachte ich schon, Sie könnten mich nicht mehr leiden. Aber ich würde sagen, jetzt sind wir quitt. Jetzt verstehe ich natürlich, warum Sie nicht wollten, dass ich mit Tatum rede. Nach allem, was heute Morgen in der Zeitung steht.«

»In der Zeitung?«

»Auf der ersten Seite der *Tribune*. Sie wissen doch –« Sein Telefon klingelte. Er murmelte eine Entschuldigung und nahm ab.

*Auf der ersten Seite?*, fragte sich Jack. Larsen diskutierte mit jemandem über irgendein polizeiinternes Problem, das Jack nicht im Geringsten interessierte. Er schaute Larsen an, doch der zuckte nur die Achseln und schimpfte und fluchte weiter ins Telefon.

Jack musste sich unbedingt die Zeitung besorgen und er hatte keine Lust, in Larsens Büro herumzusitzen und abzuwarten, bis der Detective seine Schimpftirade beendet hatte. Er hob die Hand zum Gruß und ging leise hinaus. Bemüht, nicht wie ein Flüchtling zu wirken, ging er so schnell wie möglich zum Ausgang und blieb vor dem kleinen Zeitungskiosk vor dem Gebäude stehen.

Die *Miami Tribune* sprang ihm sofort ins Auge und die Schlagzeile auf dem unteren Drittel der Titelseite ließ ihn zusammenzucken: SUPERREICHES MORDOPFER TRAF SICH MIT PROFIKILLER, stand da, VON DEIRDRE MEADOWS.

Es war zwar nicht der Aufmacher, aber es war auffallend genug. Und was nur unwesentlich kleiner darunter stand, war noch schlimmer: KILLER IST EINER DER ERBEN DES VERMÖGENS IN HÖHE VON 46 MILLIONEN DOLLAR. Jack kaufte die Zeitung, setzte sich auf eine Bank und überflog den Artikel.

Er konnte kaum glauben, was er da las. Es stand alles da, alles, worüber er mit Tatum gesprochen hatte. Tatums Verabredung mit Sally im Sparky's, ihr Wunsch zu sterben, ihre Diskussion darüber, dass sie jemanden anheuern wollte, der sie erschoss. Und dann gab es natürlich einen ausführlichen Bericht über die neuesten Entwicklungen im Fall Sally Fenning, einschließlich der einstweiligen Verfügung, die der Richter gegen Tatum wegen des angeblichen Überfalls auf Gerry Colletti verhängt hatte. Zu guter Letzt wurde in dem Artikel noch auf einen weiteren Bericht hingewiesen, in dem über den Unfall berichtet wurde, bei dem Mason Rudsky zu Tode gekommen war.

Eins fiel Jack allerdings bei der Meldung auf: Mit keinem einzigen Wort wurde erwähnt, dass Tatum den Auftrag abgelehnt hatte.

*Schönes Beispiel für unvoreingenommenen Journalismus, Deirdre.*

Jack stopfte die Zeitung in seine Aktentasche, nahm sein Handy und rief Deirdre bei der *Tribune* an. Es dauerte eine oder zwei Minuten, bis der Anruf durchgestellt wurde, aber schließlich hörte er ihre Stimme.

»Meadows«, sagte sie.

»Hier spricht Jack Swyteck. Ich habe gerade ihren Artikel über meinen Mandanten gelesen.«

»Gott, bin ich froh, dass Sie anrufen. Bestätigen Sie es oder streiten Sie es ab?«

Er konnte ihre Schadenfreude regelrecht spüren. »Spielt das

eine Rolle? Sie haben mich noch nicht mal angerufen und um einen Kommentar gebeten.«

»Die Story kam kurz vor Drucklegung rein. Ich hatte keine Zeit.«

»Hauptsache, man bringt eine Story als Erster, ob sie der Wahrheit entspricht, spielt da keine Rolle, nicht wahr?«

»Nein. Aber als Erster mit etwas rauszukommen, ist schon nicht schlecht. Vor allem, wenn ich *weiß*, dass ich Recht habe.«

Jack stand von der Bank auf und ging die Straße entlang, denn auf einmal hatte er das dringende Bedürfnis, sich vom Polizeigebäude zu entfernen. »Wer ist ihr Informant?«

»Warum zum Teufel sollte ich Ihnen das sagen?«

»Im Moment fällt mir kein Grund ein. Zumindest nicht bei einer Journalistin, die ihren Lesern verschweigt, dass sie selbst in die Geschichte verwickelt ist.«

»Wieso verwickelt?«

Jack blieb an der Straßenecke stehen und wäre beinahe vom Bordstein abgerutscht. »Soll das ein Witz sein? Sie sind eine von Sallys verbliebenen potentiellen Erben. Wenn die anderen vier aussteigen oder in Masons Fußstapfen treten, erben Sie sechsundvierzig Millionen Dollar. Meinen Sie nicht, das hätte ebenfalls in Ihren Artikel gehört?«

»Nein. Die Story hatte nichts mit mir zu tun.«

»Das hat *alles* mit Ihnen zu tun und das sollten Ihre Leser wissen. Ihr Artikel setzt meinen Mandanten unter Druck, das Handtuch zu werfen.«

»Wieso setzt der Artikel ihn unter Druck?«

»Das wissen Sie ganz genau. Und erwarten Sie nicht von mir, dass ich es Ihnen erkläre, damit Sie es zu einem raffinierten kleinen Zitat für die Zeitung von morgen verdrehen können.«

»Das war keine schnippische Frage, ich bin tatsächlich ratlos. Wie ist es möglich, dass mein wahrheitsgemäßer Bericht über ein Treffen zwischen ihm und Sally Fenning ihn unter

Druck setzt, aus dem Spiel auszusteigen und sein Erbe auszuschlagen?«

»Wechseln Sie nicht das Thema. Sie hätten erwähnen müssen, dass Sie in der Geschichte drinstecken.«

»Diese Story hat nichts mit meiner Verwicklung zu tun. Der Tipp kam von einem verlässlichen Informanten.«

»Genau darum geht es mir. Woher wissen Sie, ob Ihr Informant nicht ebenso wie Sie in diese Sache verwickelt ist? Sind Sie wirklich so dumm oder tun Sie nur so?«

»Beleidigen Sie mich nicht, Swyteck.«

»Dann hören Sie auf, mich zum Narren zu halten.«

»Ich werde Ihnen nicht sagen, wer mein Informant ist.«

»Einverstanden. Aber Sie sollten zumindest die Möglichkeit in Betracht ziehen, dass die ganze Geschichte eine Ente ist.«

»In die Welt gesetzt von wem?«

»Von einem der anderen Erben. Jeder von ihnen könnte sich das alles einfach ausgedacht und Sie und die *Tribune* manipuliert haben, die Story zu bringen, um so meinen Mandanten als potentiellen Erben zu disqualifizieren. Es ist so, wie Colletti es bei der letzten Sitzung gesagt hat: Es erhöht die Chancen der verbliebenen Erben.«

»Mein Informant ist keiner der Erben.«

Jack blieb an einem Fußgängerüberweg stehen. Er hatte nicht damit gerechnet, dass sie ihm etwas sagen würde, aber *damit* hatte er erst recht nicht gerechnet. »Woher wissen Sie das?«, fragte er.

»Normalerweise spreche ich nicht mit der Polizei über meine Storys, aber als Rudsky gestern Abend tot aufgefunden wurde, habe ich eine Ausnahme gemacht. Und jetzt, wo ich es denen gesagt habe, kann ich's Ihnen ja auch sagen.«

»Was können Sie mir sagen?«

»Vor ein paar Wochen hat mich ein Mann angerufen. Er ist mein Informant.«

»Ich frage Sie noch einmal: Woher wissen Sie, dass er keiner der Erben ist?«

»Weil er mit mir teilen will, falls ich am Ende alles erbe. Ein anderer Erbe bräuchte mir kein solches Angebot zu machen, denn er ist ohnehin schon am Spiel beteiligt.«

»Nun, dagegen ist nichts einzuwenden, aber Sie liefern mir einen Beweis für mein zweites Argument. Diese Person – Ihr Informant – ist eindeutig in die Geschichte verwickelt. Er hat ein Interesse daran, dass Sie den Jackpot gewinnen, und deshalb würde er alles behaupten, um Tatum dazu zu zwingen, auf die Erbschaft zu verzichten.«

»Da haben Sie völlig Recht.«

»Ich weiß, dass ich Recht habe. Eine Zeitung wie die *Tribune* sollte keine Story bringen, die sich auf eine einzige Quelle stützt, die noch dazu unzuverlässig ist.«

»Das würde die *Tribune* auch nie tun. Deswegen habe ich auch eine zweite Quelle ausfindig gemacht.«

Jack zögerte, fast wagte er nicht zu fragen. »Wer ist es?«

Sie lachte herablassend. »Normalerweise würde ich Ihnen sagen, stecken Sie sich die Antwort auf diese Frage, wohin Sie wollen. Aber mit Ihrem scheinheiligen ›mein Mandant ist absolut unschuldig‹ gehen Sie mir derart auf den Wecker, dass ich Ihnen Folgendes sagen will: Wenn mein Informant Ihnen näher stünde ... Nun, lassen Sie es mich so formulieren: Ich glaube nicht, dass es jemanden gibt, der Ihnen näher steht.«

Jack schwieg. Ihm war, als hätte sie ihm gerade einen Faustschlag vor die Brust verpasst.

»Wenn Sie mich jetzt entschuldigen wollen«, sagte Deirdre, »ich habe zu tun.«

Sie legte auf, und Jack stand da wie vom Donner gerührt. Er starrte sein Handy an, versuchte zu begreifen, was Deirdre gerade gesagt hatte, und ein Gedanke ging ihm durch den Kopf, der ihm den Magen umdrehte: *Niemand, der Ihnen näher steht.*

Ein Bus donnerte an ihm vorbei und hüllte ihn in eine schwarze Abgaswolke ein, doch er nahm es kaum wahr. »So eine Scheiße«, sagte er und ließ sein Handy in seine Jackentasche gleiten.

## *Fünfundvierzig*

Das Gespräch mit Theo war nicht gut gelaufen.

Er würde drüber hinwegkommen, sagte sich Jack, der sich bemüht hatte, nicht allzu vorwurfsvoll zu klingen. Je mehr er darüber nachgedacht hatte, umso unwahrscheinlicher war ihm der Gedanke erschienen. Es war einfach undenkbar, dass Theo *irgendjemandem* etwas über seinen Bruder erzählen würde, erst recht nicht einer krankhaft ehrgeizigen Journalistin. Aber er wollte sich erst ganz sicher sein, dass er ihn als den Informanten ausschließen konnte, bevor er die Person zur Rede stellte, von der Deirdre Meadows vermutete, dass sie ihm am nächsten stand.

»Kelsey?«, sagte er überrascht. »Ich wusste gar nicht, dass du heute ins Büro kommen würdest.«

Sie saß in Jacks Zimmer auf dem Sofa, als er in der Kanzlei eintraf. »Hast du einen Augenblick Zeit?«, fragte sie.

»Klar.« Jack zog sich einen Stuhl heran und setzte sich rittlings darauf. Während der Fahrt hatte er mindestens ein dutzend Mal in Gedanken wiederholt, was er ihr zu sagen hatte, aber an ihrem Gesichtsausdruck erkannte er, dass er sie allein mit seinem Blick in Bedrängnis brachte. »Kelsey«, sagte er, »bevor wir uns über ein anderes Thema unterhalten, möchte ich etwas ansprechen, was ich unbedingt wissen muss.«

»Bitte. Ich weiß, worauf du hinaus willst. Die Zeitung von heute Morgen. Der Artikel über Tatum.«

»Ja?«, erwiderte er zögernd.

Kelsey holte tief Luft. Es war nicht zu übersehen, dass sie mit sich rang. »Ich weiß nicht, wie ich dir das sagen soll.«

Jack spürte, wie sich sein Magen verkrampfte, und gegen seinen Willen wurde er wütend. Er schaute ihr in die Augen. »Hast du mit Deirdre Meadows gesprochen?«

Sie blinzelte, dann schaute sie zur Seite. Und da wusste er es. Er wollte sie nicht verurteilen, aber er konnte nicht anders, als ungläubig den Kopf zu schütteln.

»Warum?«, fragte er.

Als sie ihn ansah, waren ihre Augen voller Tränen. »Ich hatte Angst, es dir zu sagen. Ich wusste, dass du mich für eine komplette Idiotin halten würdest. Sie hat mich reingelegt, Jack.«

»Sie hat dich reingelegt? Wie denn?«

»Sie hat mich angerufen und mir gesagt, sie wüsste bereits, dass Tatum sich mit Sally getroffen hat, bevor sie ermordet wurde. Sie kannte alle Einzelheiten, die wir von Tatum erfahren hatten – dass es an dem Abend fürchterlich geregnet hat, dass sie sich in Theos Bar verabredet hatten, dass sie ihn anheuern wollte, um sich von ihm erschießen zu lassen. Der einzige Punkt, in dem sie sich irrte, war der Zeitpunkt. Sie behauptete, aus verlässlicher Quelle zu wissen, dass die beiden sich weniger als vierundzwanzig Stunden vor Sallys Tod getroffen hätten. Ich hab ihr erklärt, ihre Quelle wäre falsch informiert. Und da wurde sie unverschämt.«

»Wie meinst du das, sie wurde unverschämt?«

»Sie hat mir unmissverständlich zu verstehen gegeben, dass sie, falls ich nicht bereit wäre, das richtig zu stellen, die Story wie folgt drucken würde: Tatum und Sally haben sich vierundzwanzig Stunden vor ihrem Tod getroffen. Ich habe sie gedrängt, sich mit dir in Verbindung zu setzen, aber sie meinte, du hättest auf ihren Anruf nicht reagiert und sie stünde unter Zeitdruck.«

»Und was hast du ihr also gesagt?«

»Ich habe ihr erklärt, ich könne ihr nicht bestätigen, dass ein solches Treffen *überhaupt* stattgefunden hat, aber ich könne ihr versichern, dass es auf keinen Fall ein Treffen vierundzwanzig Stunden vor Sallys Tod gegeben hat.«

»Gute Antwort.«

»Aber damit war sie nicht zufrieden. Sie meinte: ›Sagen Sie mir, wann das Treffen stattgefunden hat. Wenn nicht, bleibe ich bei meiner Version.‹ Ich wusste einfach nicht, was ich tun sollte, aber ich war so durcheinander und dachte mir, dass es bestimmt nicht klug wäre, den Mund zu halten und sie etwas drucken zu lassen, von dem ich mit Sicherheit wusste, dass es falsch war. Also hab ich ihr gesagt, das Treffen habe nicht vierundzwanzig Stunden, sondern eher zwei Wochen vor Sallys Tod stattgefunden.«

Jack stöhnte. »Verdammt, Kelsey, die hat doch nur auf den Busch geklopft, um herauszufinden, ob das Treffen überhaupt jemals stattgefunden hat. Ist dir das denn nicht klar gewesen?«

»Aber sie kannte doch schon alle Einzelheiten über dieses Treffen.«

»Sie hat dich glauben lassen, sie wüsste alles. Aber sie hatte nicht mehr als ein Gerücht. Das konnte sie nicht drucken. Sie hat bloß geblufft. Aber nach dem Telefonat mit dir hatte sie eine verlässliche Quelle.«

»Es tut mir sehr Leid.«

»Das glaube ich dir. Aber Herrgott nochmal, du kannst dich doch nicht einfach von irgendeiner Journalistin so manipulieren lassen!«

»Ich weiß einfach nicht mehr, was ich sagen soll. Ich bin völlig durcheinander. Du weißt ja selbst, dass ich in letzter Zeit ziemlich mit den Nerven fertig bin.«

»Im Moment haben wir es alle schwer.«

»Nein, du verstehst nicht, was ich meine.« Sie schniefte. »Dieser Mann hat Nate bedroht.«

»Was?«

»Der Mann, der mich auf dem Campus überfallen hat. Er hat gesagt, wenn Tatum nicht aus dem Spiel aussteigt ...« Ihr versagte die Stimme.

»Dann was?«

»Er hat gesagt –« Sie warf einen Blick auf das Foto auf Jacks Schreibtisch, ein Schnappschuss von Nate auf Jacks Schultern. Ihr Kinn zitterte. »Er hat gesagt, Nate würde es genauso ergehen wie Sallys Tochter.«

»Dieser Dreckskerl«, sagte Jack wütend.

»Deswegen hab ich Nate zu meiner Mutter geschickt, wie du es mir geraten hast.«

»Ich wünschte, du würdest meinen Rat vollständig beherzigen und die Polizei einschalten.«

»Nein. Das kann ich nicht. Er hat gesagt, er würde Nate etwas antun, wenn ich mich an die Polizei wende, und das Risiko kann ich nicht eingehen. Aber siehst du nicht, was ich durchmache? Dass ich es vermasselt hab, weil ich einfach völlig durch den Wind bin? Ich habe schreckliche Angst. Du kannst dir bestimmt vorstellen, was eine solche Drohung für mich bedeutet. Es ist ja schon schlimm genug, was diesem kleinen Mädchen passiert ist. Aber Nate – ich hab dir die Geschichte mit dem Whirlpool erzählt, als du ihn zum ersten Mal mit auf Theos Boot genommen hast. Ich habe immer noch Alpträume deswegen.«

»Was dich und Nate angeht, gibt es bestimmt niemanden, der mehr Mitgefühl hat als ich. Aber du musst einen klaren Kopf bewahren. Du kannst dich Leuten wie dieser Journalistin nicht so ausliefern.«

»Ja, das sehe ich ein. Aber ich hoffe, dass das mein Verhalten wenigstens erklärt. Ein Mann hat gedroht, meinen Sohn zu ertränken, wenn Tatum Knight nicht aussteigt. Ich war verwirrt, wusste nicht, was ich tun sollte, was ich wem sagen sollte. Diese Journalistin hat mich aus heiterem Himmel angerufen und mich über ein Gespräch ausgefragt, das Tatum Knight mit Sally Fenning geführt hat, bevor sie ermordet wurde.«

»Du hättest sofort auflegen sollen.«

»Ich weiß, aber ich schwöre dir, Jack, sie kannte bereits die ganze Geschichte. Ich dachte, ich würde unserem Mandanten helfen, wenn ich ihr versicherte, dass das Treffen nicht vierundzwanzig Stunden vor Sallys Tod stattgefunden hat.«

Jack schaute sie durchdringend an. Es widerstrebte ihm, so hart mit ihr umzuspringen, aber irgendwie hatte der Anwalt in ihm die Oberhand gewonnen. »Hast du im Ernst angenommen, du würdest ihm helfen, Kelsey? Oder hast du gedacht, auf diese Weise könntest du dem Mann, der dich bedroht hat, genau das verschaffen, was er verlangte – dass Tatum Knight aus dem Spiel ist?«

Sie starrte ihn mit offenem Mund an. »Ich kann nicht glauben, dass du mir so etwas unterstellst.«

»Ich habe dir nur eine Frage gestellt.«

»Die Antwort lautet: Nein. Nein, verdammt.«

Jack tat es fast ein wenig Leid, dass er die Frage so direkt gestellt hatte, aber als Tatums Anwalt blieb ihm gar nichts anderes übrig.

»Glaubst du wirklich, ich würde bewusst die anwaltliche Schweigepflicht brechen?«, fragte sie mit zitternder Stimme. »Ich habe weiß Gott nicht vor, meine Karriere als Anwältin zu ruinieren, noch bevor ich mein Examen abgelegt habe.«

Jack überlegte, versuchte, sein Misstrauen beiseite zu schieben. Die ganze Geschichte schien sie viel zu sehr erschüttert zu haben, als dass sie noch in der Lage wäre, ihn anzulügen. »Also gut«, sagte er. »Du hast die Sache vermasselt. Lassen wir's dabei. Trotzdem war das, was du getan hast, ein großer Fehler.«

»Hör auf, Jack.«

»Womit?«

»Ich habe mich schon mehrmals für mein Verhalten entschuldigt. Diese Journalistin hat mich genau im falschen Moment erwischt. Seit dem Überfall habe ich keine Nacht mehr richtig geschlafen. Ich kann an nichts anderes mehr denken als an Nate und die kleine Katherine und an diesen Psychopathen, der sie in einer mit blutigem Wasser gefüllten Badewanne ertränkt, wie sie verzweifelt mit den Beinchen strampelt und –«

Sie verlor die Fassung und begann hemmungslos zu schluchzen. Sie war völlig aufgelöst. Spontan trat Jack auf sie zu. Sie erhob sich, als wünschte sie, dass er sie in die Arme nahm, doch er blieb stehen. Plötzlich fühlte er sich wie ihr Arbeitgeber und nicht wie der Mann, an dessen Schulter sie sich ausweinen konnte. »Beruhige dich«, sagte er und legte ihr eine Hand auf die Schulter. »Es wird schon alles gut werden.«

»Ich fühle mich so schrecklich elend. Ich wünschte, ich könnte das wieder gutmachen.«

»Mach dir keine Gedanken. Das kriegen wir schon wieder hin.«

Er versuchte, wieder etwas körperliche Distanz zu ihr zu schaffen, aber sie nahm seine Hand. »Bist du sicher?«

»Wir hätten uns früher oder später sowieso mit dem Thema auseinander setzen müssen. Tatum hat sich nun mal mit Sally getroffen. Und sie hat versucht, ihn als ihren eigenen Killer anzuheuern. Deirdres Versäumnis zu erwähnen, dass Tatum den Auftrag abgelehnt hat, ist der einzige Schaden, der entstanden ist.«

»Kann ich dir dabei behilflich sein?«

»Ich kümmere mich schon darum.«

Sie standen nur einen halben Meter voneinander entfernt, ein bisschen zu nah für Jacks Geschmack. Kelsey schaute ihn mit großen Augen an, die verschiedene Gefühle ausdrückten – Verlegenheit, Bedauern. Sie drückte seine Hand und sagte: »Es ist mir sehr wichtig zu wissen, dass dein Verhältnis zu mir dadurch nicht verändert wird.«

Er sagte nichts.

Sie rang sich ein Lächeln ab. »Glaubst du, du kannst einer verängstigten allein erziehenden Mutter verzeihen, dass sie sich wie eine unerfahrene Jurastudentin aufführt?«

Er überlegte, versuchte, ihren Gesichtsausdruck und ihren Händedruck zu ignorieren, versuchte, die Erinnerung an den einen schönen Abend zu verdrängen, den sie miteinander auf der Schaukel auf ihrer Veranda verbracht hatten, und die einsamen Nächte, in denen er davon geträumt hatte, was zwischen ihnen sein könnte. Er würde eine ganze Weile brauchen, um sich über seine Gefühle klar zu werden, und es ging ihm ein bisschen auf die Nerven, dass sie ausgerechnet jetzt die Trumpfkarte »allein erziehende Studentin« ausspielte. Doch er sagte das, was sie hören wollte, sprach die Worte aus, ohne etwas dabei zu empfinden. »Ja, ich kann dir verzeihen.«

Sie lächelte ein wenig erleichtert. »Wird zwischen uns wieder alles gut?«, fragte sie.

»Bestimmt. Aber die Antwort auf eine viel schwierigere Frage steht noch aus.«

»Und die wäre?«

»Ob Tatum dir verzeihen wird.«

## *Sechsundvierzig*

Die Kneipe war brechend voll, hauptsächlich mit jungen Leuten Anfang Zwanzig, Idioten, die sogar Batteriesäure saufen würden, wenn es zwei Glas für den Preis von einem gäbe. Deirdre Meadows war schon bei ihrem vierten Gin-Tonic angelangt. Sie saß an einem Tisch mit ihrer besten Freundin Carmen Bell, einer freien Journalistin und selbst erklärten Dichterin, die keinem Menschen außer ihrer alten Vertrauten Deirdre jemals verraten würde, dass es ihre wahre Bestimmung war, schnulzige Texte für Grußkarten der Firma Hallmark zu schreiben. Die beiden trafen sich jeden Mittwochabend, wenn Deirdre ihre Artikel abgeliefert hatte, aber heute war ein ganz besonderer Abend.

»Spitze«, sagte Carmen. »Gute Arbeit.«

Deirdre zerbiss einen Eiswürfel und lächelte. »Und das Beste kommt erst noch.«

»Schieß los.«

Deirdre warf einen Blick über ihre Schulter, um sich zu vergewissern, dass niemand ihnen zuhörte. In der Nische hinter ihnen kippten drei junge Männer Tequila, während sich ihre Freundinnen ausgelassen amüsierten.

»Weißt du noch, wie ich mich aufgeregt habe, als mein Chefredakteur meine Idee von einer dreiteiligen Serie über Sally Fenning vom Tisch gewischt hat?«, fragte Deirdre.

»Ja, ja, da hat er doch was geschwafelt von wegen zu knappes Budget.«

»Tja, inzwischen ist das Budget anscheinend nicht mehr so knapp. Er hat mir grünes Licht gegeben.«

»Wahnsinn! Jetzt kann dich ja nichts mehr aufhalten.«

Deirdre steckte sich eine Erdnuss in den Mund. »Sieht ganz so aus, nicht wahr?«

Carmen beugte sich vor und flüsterte mit verschwörerischer Miene: »Erzähl mal. Wer ist der Informant?«

»Carmen! Also wirklich!«

Carmen lächelte. »Du hast keinen blassen Schimmer, wer es ist, stimmt's?«

»So ist es«, erwiderte Deirdre, und sie mussten beide lachen.

Dann wurde Carmen ernst. »Hast du Angst vor ihm?«

»Ein bisschen.«

»Nur ein bisschen?«

»Na ja ...«, erwiderte sie achselzuckend. »Jetzt, nachdem ich bei der Polizei gewesen bin, hab ich etwas weniger Angst.«

»Moment mal. Seit wann spricht eine Journalistin mit der Polizei über ihre Informanten?«

»Das hier ist was anderes. Dieser Informant hat gedroht, mich zu töten.«

Carmens Augen weiteten sich. »Er hat *was*?«

»Nichts. Vergiss, was ich gesagt habe. Wir wollten doch feiern. Mich von dir ins Bockshorn jagen zu lassen, ist das Letzte, was ich jetzt brauche.«

Carmen kaute an ihrem Plastikstrohhalm, bis er am oberen Ende ganz platt war.

»Würdest du bitte damit aufhören?«, sagte Deirdre gereizt.

»Tut mir Leid. Es gefällt mir einfach nicht, wenn meine Freundin Morddrohungen erhält.«

»Ich bin sehr vorsichtig, okay?«

»Gut. Und ich hoffe, du bist ebenso klug.«

»Keine Sorge. Möchtest du eine kleine Geschmacksprobe? *Johnny, ich hab Angst, kann ich heute Nacht bei dir schlafen? Johnny, kannst du mich in den Arm nehmen? Johnny, ich könnte bestimmt viel besser schlafen, wenn wir ihn noch mal wecken und du ihn mir –«*

»Okay, okay, alles klar«, sagte Carmen lächelnd.

»*Wirklich?*«

»Na ja, eigentlich nicht so richtig.«

»Das beweist mal wieder, dass ich mein Leben besser im Griff habe als du, nicht wahr?«

»Ach zum Teufel mit dir.«

Deirdre lachte und nahm einen Zehn-Dollar-Schein aus ihrer Handtasche. Sie legte ihn auf den Tisch, dann klimperte sie mit dem Wohnungsschlüssel ihres Freundes und sagte: »Tut mir Leid, dass ich so plötzlich aufbrechen muss, aber Johnny legt die Kette vor, wenn ich nicht bis elf zu Hause bin.«

»Mist, Deirdre. Wann findest du endlich mal einen Mann, der nicht von dir verlangt, dass du deinen Arsch zu ihm bewegst, um ihn mal nackt zu sehen?«

»Sobald ich sechsundvierzig Millionen erbe.«

»Nicht dass Geld für dich eine Rolle spielen würde.«

»Natürlich nicht. Wer interessiert sich denn schon für Geld?«

Etwa zwei Sekunden lang schafften sie es, ernst zu bleiben, dann prusteten sie los. »Wir sehen uns«, sagte Deirdre.

Als sie sich ihren Weg durch die lärmende Kneipe bahnte, hätte sie schwören können, dass sie mehr Blicke als gewöhnlich auf sich zog. Das lag nur an ihrer Ausstrahlung, und seit dem heutigen Morgen schien sie eine ganz neue zu haben. Ein wildfremder Mann hielt ihr sogar die Tür auf.

»Danke«, sagte sie lächelnd beim Hinausgehen.

Die Sonne war längst in den Everglades versunken und es war einer jener perfekten Herbstabende, gerade kühl genug, um einen die verfluchte Sommerhitze und die Feuchtigkeit vergessen zu lassen, die sich bis Halloween gehalten hatte. Das Valet war ein teurer Laden und wie üblich hatte Deirdre keine passenden Münzen für eine Parkuhr an der Straße gehabt und deswegen ihren kleinen Honda in der schmalen Gasse neben dem Drugstore geparkt. Das war ihr immer wie eine gute Idee erschienen, wenn der Laden geöffnet war, aber jetzt waren alle Fenster stockdunkel und keine Kunden kamen und gingen. Nachts sah alles irgendwie anders aus.

Sie nahm ihren Schlüsselbund aus der Tasche und überquerte die Straße mit schnellen Schritten. In einem roten Pick-up saß ein Mann auf dem Fahrersitz, was Deirdre im ersten Moment beunruhigte, bis sie den blonden Haarschopf sah, der sich in seinem Schoß auf und ab bewegte. Der Typ würde sie garantiert nicht belästigen. Ihr Wagen stand gleich um die Ecke, und mit jedem Schritt in die Dunkelheit hinein wurden die Geräusche aus der Kneipe hinter ihr gedämpfter.

Die Leuchten ihres Wagens blinkten kurz auf, als sie die Fernbedienung betätigte. Sie stieg ein, verriegelte die Türen und versuchte, den Schlüssel ins Zündschloss zu stecken. Doch ihre zitternden Hände machten aus dem simplen Vorgang, das Auto anzulassen, eine schwierige Aufgabe. Und das Zittern rührte eher von den Nerven als vom Alkohol.

*Verdammt, reiß dich zusammen!*

Beim zweiten Versuch sprang der Motor an. Sie legte den ersten Gang ein und fuhr mit quietschenden Reifen los. Um sich zu beruhigen, schaltete sie das Radio ein.

Sie hatte Carmen angelogen. Sie hatte wesentlich mehr als »ein bisschen« Angst vor ihrem Informanten. Dass sie die Geschichte über Tatum Knight in der Zeitung gebracht hatte, war ein eindeutiger Verstoß gegen seine Anweisungen, dessen war sie sich bewusst. Sie war sich nicht sicher, wie er darauf reagieren würde, aber *dass* er irgendetwas tun würde, stand außer Frage. Sie hatte sich an die Polizei gewandt in der Hoffnung, sie würde Personenschutz bekommen. Aber dort hatte man ihr nur einen Zettel mit Ratschlägen für Opfer von Belästigungen in die Hand gedrückt und ihr gesagt, sie solle wiederkommen, wenn sie sich dazu durchgerungen hätte, ihr Telefon überwachen zu lassen, und zwar sowohl die private Leitung als auch die im Büro. Dann könne man über Personenschutz reden.

Eine Journalistin mit einer Wanze im Telefon. *Sind die noch ganz bei Trost?*

Sie erreichte Johnnys Wohnung in Rekordzeit. Die Angst, der Gin, das Adrenalin hatten dafür gesorgt, dass sie schneller als gewöhnlich gefahren war. Die Parkplätze vor Johnnys Haus waren belegt und Deirdre musste an Carmens Worte denken. Der Blödmann hätte auf seinen eigenen Parkplatz verzichten und seinen Wagen auf dem Gästeparkplatz abstellen können, damit sie nicht die fünfhundert Meter durch die Dunkelheit laufen musste. Sie war drauf und dran, einfach nach Hause zu fahren, aber bei ihm fühlte sie sich einfach sicherer. Sie fuhr auf den Gästeparkplatz, fand eine Lücke und stieg aus.

Gables Point war eine ruhige Wohnanlage mit vielen Bäumen und nur bescheidener Beleuchtung. Sie ging den Fußweg am Swimmingpool entlang, nicht die kürzeste Strecke zu Johnnys Wohnung, aber besser beleuchtet, bis auf die letzten hundert Meter, wo der Weg sich zwischen dicht stehenden Bäumen hindurchwand. Das Licht von den Lampen um den Pool herum begleitete sie noch ein Stück weit, aber schließlich war sie von Dunkelheit eingehüllt. Sie blieb stehen. Diesen Weg hatte sie während der vergangenen Monate mindestens ein Dutzend Mal genommen, ohne darüber nachzudenken. Aber diesmal riet ihr ihr Instinkt, sich auf dem Absatz umzudrehen und die Flucht zu ergreifen. Es war spät. Es war dunkel. Hier standen jede Menge Bäume, hinter denen sich jemand verstecken konnte.

*Du machst dich noch selbst verrückt.*

Sie setzte einen Fuß vor den anderen, dann ging sie immer

schneller. Ihr Puls raste. Als Tatortreporterin für die *Tribune* war sie manche Nacht an weit gefährlicheren Orten gewesen. Sie hatte Killer interviewt, Leichen gehörten für sie zum Alltagsgeschäft. Sie hatte keinen Grund, sich zu fürchten.

Sie hatte den halben Weg hinter sich. Jetzt kam eine Biegung, doch Deirdre nahm die Abkürzung geradeaus. Keine Zeit für die malerische Strecke, und in der Dunkelheit gab es ohnehin nichts zu sehen. Sie stapfte quer durch das Gras, als sie das Geräusch vernahm. Sie blieb stehen und drehte sich um. Nichts zu sehen, nichts zu hören. Aber sie war sich sicher, dass da einen Augenblick zuvor etwas gewesen war. Schritte. Hinter ihr.

Oder hatte sie sich das nur eingebildet?

So schnell sie konnte, rannte sie los, schlug mit den Händen die Zweige weg, die ihr ins Gesicht peitschten. Sie verstauchte sich einen Knöchel, schrie auf vor Schmerz, rannte aber weiter. Noch zwanzig Meter bis zu Johnnys Wohnung. Sie hatte den Weg wieder erreicht und beschleunigte ihre Schritte. Mit einem einzigen Satz nahm sie die drei Stufen vor der Eingangstür, dann suchte sie verzweifelt nach dem Hausschlüssel.

*Der Idiot, lässt noch nicht mal die Außenbeleuchtung brennen.*

Sie fand den Schlüssel, hielt ihn mit beiden Händen, um nicht so sehr zu zittern, und schob ihn ins Schloss, drehte ihn zweimal um. Dann drückte sie die Klinke und lehnte sich gegen die Tür. Sie ließ sich einen Spalt weit öffnen, dann wurde sie von der Sicherheitskette blockiert.

*Mist!*

Sie warf einen kurzen Blick über die Schulter, sah jedoch nichts. Oder vielleicht doch. Einen Schatten. »Johnny, mach die verdammte Tür auf!«

Verzweifelt rüttelte sie an der Tür, hoffte, ihn mit dem Lärm zu wecken.

»Johnny!«

Wieder hörte sie Schritte und ihr blieb fast das Herz stehen. Dann atmete sie erleichtert auf. Die Schritte kamen von drinnen.

»Johnny, ich bin's!«

Die Tür wurde geschlossen und sie hörte die Kette klappern. Die Klinke wurde heruntergedrückt und Deirdre schob die Tür auf. Sie stürzte ins Haus, konnte es kaum erwarten, sich in Johnnys Arme zu werfen. Er packte sie, sie schmiegte sich an ihn und er hatte sie fest im Griff, ehe sie überhaupt wusste, wie ihr geschah.

Das war nicht Johnny.

Deirdre spürte ein kaltes Messer an ihrem Hals. »Verdammtes Miststück«, sagte der Mann heiser. »Ich hab dir gesagt, du sollst die Geschichte *schreiben*, von Drucken war keine Rede.«

Sie schrie, doch das hörte sie nur in ihrem Kopf, denn die scharfe Klinge drang tief in ihr Fleisch, schnitt ihr die Kehle durch bis auf das Genick und brachte sie für immer zum Schweigen.

## *Siebenundvierzig*

Um 16.00 Uhr am Freitagnachmittag waren Jack und Tatum wieder am Nachlassgericht.

Seit dem Mord an Deirdre waren weniger als zwei Tage vergangen und alles hatte sich geändert. Oder zumindest hatte alles eine intensivere Bedeutung erhalten, Jack wusste nicht mehr, wo ihm der Kopf stand – die Medien saßen ihm im Nacken, die Anwälte der überlebenden Erben überschütteten ihn mit Anrufen, die Polizei überhäufte ihn mit Fragen. Ein Nachbar hatte am nächsten Morgen bemerkt, dass unter der Haustür Blut herausquoll. Die Polizei fand die Leiche in der Diele und Deirdres Freund war, unverletzt, aber gefesselt und geknebelt, im Wandschrank eingesperrt. Er hatte nichts gesehen und war als Zeuge wertlos. Da Tatum durch die einstweilige Verfügung des Richters bereits als der Verbrecher unter den Erben abgestempelt war, hatte Detective Larsen sich natürlich als Erstes mit seinen Fragen an Jack und dessen Mandanten gewandt. Der Mord an Mason Rudsky war immer noch ungeklärt, und die Tatsache, dass Deirdre Meadows am selben Tag ermordet wurde, an dem ihre Story in der *Tribune* erschienen war, in der sie berichtet hatte, dass Sally Tatum hatte anheuern wollen, um sich von ihm erschießen zu lassen, machte die Lage auch nicht einfacher.

»Bitte erheben Sie sich!«

Richter Parsons betrat den Gerichtssaal durch den Seiteneingang. Die Zuschauer standen auf und das Fußgescharre war deutlich lauter als gewöhnlich. Sämtliche fünfzehn Reihen des Zuschauerraums waren voll besetzt, in erster Linie mit

Journalisten und Fernsehreportern. Es war die erste gerichtliche Anhörung, seit ein Staatsanwalt und eine ehrgeizige Journalistin in dem Rennen um sechsundvierzig Millionen Dollar vorzeitig aus dem Leben geschieden waren, und die örtlichen Medien hatten sich schließlich alle auf den Fall gestürzt, obwohl es sich nicht um einen Sexskandal handelte.

»Bitte nehmen Sie Platz«, sagte der Richter.

Jack und Tatum kehrten auf ihre Plätze zurück, wieder einmal getrennt von den anderen. Miguel Rios, Gerry Colletti und deren Anwälte saßen an einem Tisch gleich neben den leeren Geschworenenbänken. Als Nachlassverwalterin saß Vivien Grasso am selben Tisch, aber in deutlicher Distanz zu Jack und Tatum.

Von Alan Sirap fehlte nach wie vor jede Spur.

»In Sachen Nachlass von Sally W. Fenning«, rief der Gerichtsdiener, dann übernahm der Richter. Er schien sich erst auf die Situation einstellen zu müssen oder vielleicht wartete er auch nur ab, bis die Fernsehkameras bereit waren, seine Ansprache aufzunehmen.

»Guten Tag«, sagte er mit Grabesmiene. »Zunächst einmal möchte ich meine tiefe Besorgnis darüber zum Ausdruck bringen, dass dieser Fall eine solch tragische Entwicklung genommen hat, und ich möchte den Freunden und Angehörigen von Mason Rudsky und Deirdre Meadows mein aufrichtiges Beileid aussprechen.

Darüberhinaus möchte ich klarstellen, dass ich diesen Gerichtssaal ohne eine vorgefasste Meinung darüber betrete, wer für die schrecklichen Ereignisse verantwortlich ist. Ich sage das, weil wir heute über einen sehr ernst zu nehmenden Antrag von Mr Colletti verhandeln, einem der potentiellen Erben. Ich möchte Mr Colletti und allen anderen Anwesenden klipp und klar zu verstehen geben, dass das Gericht nicht bereit ist, aufgrund von Emotionen oder Entrüstung irgendwelche außergewöhnlichen Maßnahmen zu ergreifen. Ich bestehe darauf, dass mir Beweise vorgelegt werden, und falls es Beweise gibt, werde ich dem Antrag stattgeben. Und zwar nur dann. Habe ich mich deutlich genug ausgedrückt?«

»Ja, euer Ehren«, antworteten die Anwälte.

Tatum beugte sich zu Jack hinüber und flüsterte: »Das höre ich gern.«

Jack nickte, bemüht, sich seine Beunruhigung nicht anmerken zu lassen. Die Worte des Richters erinnerten ihn auf unheimliche Weise an die Art von Vorankündigungen, die er als Staatsanwalt von der Richterbank gehört hatte, wenn ein Richter sich über irgendeine »unverschämte Taktik« der Staatsanwaltschaft ereifert hatte, die »das Gewissen des Gerichts beleidigten«, nur um anschließend den Angeklagten zu einer lebenslänglichen Freiheitsstrafe zu verurteilen.

»Mr Colletti, bitte bringen Sie ihren Antrag vor«, sagte der Richter.

Collettis Anwalt wollte sich erheben, doch Gerry bedeutete ihm, sitzen zu bleiben, und trat stattdessen selbst vor, wie um zu sagen: *Das übernehme ich*. Offensichtlich war das eine Entscheidung in allerletzter Minute und Jack wusste sofort, was er davon zu halten hatte. Bei so viel Medienpräsenz wollte Colletti natürlich selbst im Rampenlicht stehen.

Gerry trat an das Pult im Zentrum des Gerichtssaals, nicht ohne einen letzten Blick in Richtung der Fernsehkameras zu werfen, ehe er dem Publikum den Rücken zukehrte und sich an den Richter wandte. »Sie haben vollkommen Recht, euer Ehren. Der Antrag, den ich eingereicht habe, ist sehr ernst gemeint. Und ich habe gute Gründe für meine Entscheidung.«

»Das zu beurteilen ist meine Aufgabe«, erwiderte der Richter trocken.

»Da gebe ich Ihnen Recht. Wie dem Gericht bekannt ist,

existiert im Staat Florida ein Gesetz, das gemeinhin als Slayer Statute bezeichnet wird. Dieses besagt, dass ein Mörder von seinem Opfer nichts erben kann.«

»Das Gesetz ist mir bekannt. Wie ich bereits zu Beginn der Sitzung klargestellt habe, möchte ich wissen, welche Art von Beweisen Sie zu präsentieren gedenken, um zu begründen, warum dieses Gesetz hier zur Anwendung kommen soll.«

»Tatum Knight ist als Erbe benannt in Sally Fennings Testament. Mit meinem Antrag berufe ich mich auf das Slayer Statute, um ihn als potentiellen Erben ihres Vermögens zu disqualifizieren.«

»Aufgrund welcher Beweise, Mr Colletti?«

»Sie haben sicherlich den Artikel in der *Tribune* von gestern gelesen. Offenbar ist Mr Knight ein Auftragskiller, der angeheuert wurde, um Sally Fenning zu töten.«

»Einspruch«, sagte Jack und erhob sich. »Seit wann wird man aufgrund von in Zeitungsartikeln erhobenen Anschuldigungen wegen Mordes angeklagt?«

»Ich gebe dem Einspruch statt«, sagte der Richter. »Unter bestimmten Umständen sind Zeitungsartikel statthaft, aber wenn das alles ist, was Sie haben, Mr Colletti, dann haben Sie Ihren Antrag ziemlich voreilig gestellt.«

»Herr Richter, ich räume ein, dass ich zurzeit nicht in der Lage bin zu beweisen, dass Tatum Knight Sally Fenning getötet hat.«

»Und um was geht es dann hier?«, fauchte der Richter.

»In Anbetracht der Morde an Mason Rudsky und Deirdre Meadows hielt ich es für dringend geboten, diesen Antrag jetzt sofort einzureichen, und zwar als vorbeugende Maßnahme.« Er schaute Jacks Mandanten an und fügte hinzu: »Nur für den Fall, dass Mr Knight mich auch noch umbringt, bevor ich dazu komme, genügend Beweise zu sammeln.«

»Einspruch«, sagte Jack. »Dieser so genannte ernste Antrag

entbehrt jeder Grundlage und ist nichts weiter als Effekthascherei.«

»Mr Colletti, haben Sie irgendwelche Beweise dafür, dass Sie persönlich in Gefahr sind?«

»Allerdings. Deswegen habe ich meinen Antrag verbunden mit der Aufforderung, Mr Knight wegen Missachtung des Gerichts zur Verantwortung zu ziehen, da er gegen die Auflagen verstoßen hat. Das Gericht hatte angeordnet, dass Mr Knight sich weder mir noch den anderen Erben auf weniger als fünfhundert Meter nähern darf, außer bei Gericht und bei Sitzungen mit Sally Fennings Nachlassverwalterin. Wie in meiner dem Antrag beigefügten eidlichen Erklärung dargelegt, hat Mr Knight mich erneut angegriffen, als ich vor meinem Haus mit meinem Hund spazieren ging.«

Der Richter warf einen kurzen Blick in die Akte. »Wie ich Ihrer eidlichen Erklärung entnehme, ist das vor über einer Woche passiert. Warum haben Sie so lange gebraucht, um diesen Beweisantrag vorzulegen?«

»Ehrlich gesagt, habe ich eine Heidenangst vor diesem Mann. Aber jetzt, nachdem zwei der Erben ermordet aufgefunden wurden, empfand ich es als meine Pflicht, diesen Vorfall dem Gericht zur Kenntnis zu bringen.«

Der Richter nickte, anscheinend schien ihn diese Erklärung zufrieden zu stellen. »Mr Swyteck, wir alle haben Mr Collettis eidliche Erklärung gelesen. Haben Sie etwas dazu zu sagen?«

Jack stand auf und sagte: »Wenn es gestattet ist, würde ich Mr Colletti gern zu den Fotografien befragen, die er seiner eidlichen Erklärung beigefügt hat.«

»Fotografien?« Der Richter blätterte in seiner Akte, offenbar hatte er die Fotos übersehen.

»Ich habe mehrere Fotos eingereicht«, beeilte Gerry sich zu erklären, »um die Schwere der Verletzungen zu belegen, die

Mr Knight mir bei diesem zweiten Überfall zugefügt hat. Wie in meiner eidlichen Erklärung beschrieben, geriet er in Wut, packte mich am Kragen, warf mich zu Boden und trat mich mehrmals mit den Füßen.«

»Das ist kompletter Blödsinn«, flüsterte Tatum.

Jack legte ihm eine Hand auf die Schulter, um ihn zu beruhigen. »Euer Ehren, ich denke, ich habe das Recht, den Zeugen bezüglich der Authentizität dieser Fotografien zu befragen.«

»Authentizität?«, rief Gerry empört. »Wollen Sie damit etwa andeuten –«

»Der Zeuge soll vereidigt werden«, ordnete der Richter an.

Gerry schüttelte den Kopf, als würde nur wertvolle Zeit vergeudet. Dann trat er in den Zeugenstand, und der Gerichtsdiener nahm ihm den Eid ab.

Jack trat auf ihn zu und sagte: »Mr Colletti, diese Fotos von Ihren Prellungen – wer hat die aufgenommen?«

»Die habe ich selbst aufgenommen. Ich habe eine Kamera mit Selbstauslöser. Man drückt auf einen Knopf, stellt sich vor die Kamera und wartet, bis es klickt.«

»Wann genau haben Sie diese Fotos aufgenommen?«

»Sofort nach meiner zweiten Begegnung mit Mr Knight. Nach dem Überfall, den ich in meiner eidlichen Erklärung beschrieben habe.«

»Und welchem Zweck dienen diese Fotos?«

»Nun, ich bin kein Angeber, und deswegen würde ich normalerweise keine Fotos, die mich vom Gürtel aufwärts nackt zeigen, der Öffentlichkeit zugänglich machen.« Er lehnte sich lächelnd zurück, offenbar in der Überzeugung, einen medienwirksamen Witz gemacht zu haben.

Der Richter verdrehte die Augen, niemand lachte. Gerry räusperte sich und fuhr fort: »Ich habe die Fotos eingereicht, um dem Gericht die Schwere der Schläge zu beweisen, die Mr Knight mir zugefügt hat.«

Jack ging zurück an seinen Tisch und nahm zwei weitere Stapel Fotos in die Hand. Einen davon reichte er dem Richter mit den Worten: »Euer Ehren, dies sind einige Vergrößerungen, die wir von Mr Collettis Originalen angefertigt haben. Ich entschuldige mich dafür, dass ich sie dem Gericht nicht früher vorlegen konnte, aber die Kopie von Mr Collettis Antrag wurde mir erst am heutigen Morgen zugestellt und ich habe diese Abzüge erst vor wenigen Minuten aus dem Fotolabor erhalten.«

»Die Entschuldigung ist akzeptiert.«

Jack wandte sich wieder an den Zeugen, reichte ihm ein Foto und fragte: »Mr Colletti, handelt es sich bei dieser Vergrößerung um eine akkurate Abbildung Ihres linken Arms, wie er auf dem Original zu sehen ist?«

Gerry betrachtete das Foto. »Ja, das ist mein Arm.«

Jack reichte ihm ein weiteres Foto. »Dies ist eine stärkere Vergrößerung. Handelt es sich um eine akkurate Abbildung Ihres Unterarms, wie er auf dem Original zu sehen ist?«

»Ja, ja, das ist richtig.«

»Noch ein letztes Foto«, sagte Jack und reichte es ihm. »Dies ist eine noch stärkere Vergrößerung. Handelt es sich um eine akkurate Abbildung Ihres linken Handgelenks, wie es auf dem Original zu sehen ist?«

»Das ist mein Handgelenk, ja.«

»Und das ist Ihre Rolex-Armbanduhr?«

»Ja.«

»Sie verfügt über eine Datumsanzeige, richtig?«

Gerry zögerte, als ahnte er, worauf Jack hinaus wollte. »Ja.«

»Sehen Sie sich das Foto noch einmal an. Würden Sie uns bitte das Datum auf Ihrer Rolex vorlesen?«

Gerrys Gesichtsausdruck veränderte sich. Leise las er vor: »N-O-V-. Zwei.«

»Das bedeutet 2. November, oder?«

Colletti rutschte nervös auf seinem Stuhl herum, scheinbar auf der Suche nach einer Möglichkeit, der Schlinge zu entgehen, die Jack ihm um den Hals gelegt hatte.

Der Richter betrachtete die Fotos, die Jack ihm gegeben hatte, dann fuhr er den Zeugen an: »Mr Colletti, ich warte auf Ihre Antwort.«

»Ich nehme an, dass es das bedeutet.«

»Und der 2. November war nach meiner Rechnung zwei Wochen vor Ihrer angeblichen zweiten Begegnung mit meinem Mandanten, richtig?«

Gerry sagte nichts.

Jack trat einen Schritt näher. »Mr Colletti, diese Fotos wurden nicht nach Ihrer angeblichen zweiten Begegnung mit meinem Mandanten am 15. November aufgenommen. Sie wurden aufgenommen, nachdem Sie angeblich in den frühen Morgenstunden des 2. November auf dem Parkplatz hinter Martin's Pub zusammengeschlagen worden waren. Ist es nicht so, Sir?«

Stille herrschte im Gerichtssaal. Alle Blicke waren auf den Zeugen gerichtet, der immer noch auf die Fotos starrte, als hoffte er, dadurch das Datum ändern zu können. Schließlich zuckte Gerry die Achseln und schaute den Richter an. »Gott, ich verstehe wirklich nicht, wie ich das verwechseln konnte.«

»Ich glaube, ich habe genug gehört«, erwiderte der Richter.

»Einen Augenblick noch, Herr Richter«, sagte Gerry. »Da dies hier ein vollständiges Beweisaufnahmeverfahren ist, würde ich Mr Knight gern ein paar Fragen stellen.«

Tatum im Zeugenstand war das Letzte, was Jack gebrauchen konnte. Wäre Gerry mit seinem Schachzug mit den Fotos nicht zu weit gegangen, hätte er es wahrscheinlich nicht verhindern können. Aber jetzt hatte er Oberwasser. »Herr Richter, mit aller Aufrichtigkeit lässt sich wohl feststellen, dass es einen Verstoß gegen die richterliche Auflage gegeben hat.«

»Verstoß!«, ereiferte sich Gerry. »Er hat mich gewürgt!«

»Ja, Mr Colletti«, sagte er Richter, »wir haben alle Ihre Fotos gesehen.«

Von den Zuschauerrängen war leises Lachen zu hören. Jack sagte: »Wir sind einverstanden mit einer Strafe von fünfhundert Dollar, unter der Voraussetzung, dass keine weiteren Verstöße gegen die Auflage mehr toleriert werden.«

»Ich protestiere«, rief Gerry.

»Einverstanden«, sagte der Richter und fügte hinzu, den Hammer wie um seinen Worten Nachdruck zu verleihen, auf Jack gerichtet: »Und das bedeutet Null Toleranz, Mr Swyteck. Beim nächsten Mal landet Ihr Mandant im Gefängnis.«

»Verstanden«, erwiderte Jack.

Der Richter wandte sich an Gerry. »Sie können Ihren auf das Slayer Statute gestützten Antrag, Mr Knight als Erben zu disqualifizieren, einreichen, wenn Sie wollen. Aber lassen Sie mich eins klarstellen: Unterstehen Sie sich, eine Anhörung zu verlangen und die Zeit dieses Gerichts zu vergeuden, solange Sie keine Beweise vorlegen können.«

»Sehr wohl, euer Ehren«, antwortete Gerry zerknirscht.

Schließlich sah der Richter in die Runde. »Wenn nichts weiter vorliegt, möchte ich hiermit –«

Vivien Grasso stand auf und sagte: »Euer Ehren, da wäre noch eine Sache.«

Alle Blicke richteten sich auf die Nachlassverwalterin. »Und die wäre?«, wollte der Richter wissen.

»Ich habe im Lauf der vergangenen Tage sehr gründlich über diese Angelegenheit nachgedacht«, sagte sie mit einem gequälten Gesichtsausdruck, »und ich entschuldige mich dafür, dass ich es ausgerechnet jetzt vorbringe. Aber das, was sich heute hier in diesem Gerichtssaal abgespielt hat, war der Tropfen, der das Fass zum Überlaufen gebracht und mir dazu verholfen hat, einen endgültigen Entschluss zu fassen.«

»Was für einen endgültigen Entschluss?«, fragte der Richter.

»Ich möchte hiermit mein Amt als Sally Fennings Nachlassverwalterin niederlegen.«

Ein Raunen ging durch die Menge, als witterte die Reportermeute eine Sensation.

»Wie bitte?«, sagte der Richter.

»Eine meiner wichtigsten Pflichten als Nachlassverwalterin besteht darin, das hinterlassene Vermögen an die Erben zu verteilen. Es widerstrebt mir einfach, etwas an Erben zu verteilen, die sich gegenseitig zusammenschlagen oder töten, um an ihr Erbe zu gelangen.«

»Lassen Sie mich Ihnen versichern«, entgegnete der Richter, »dass niemand irgendetwas verteilt und niemand etwas erbt, ehe die Morde an Mason Rudsky und Deirdre Meadows vollständig aufgeklärt sind.«

»Das weiß ich zu schätzen, Herr Richter, aber ich habe meinen Entschluss gefasst.«

»Ich fürchte, das reicht nicht. Nach dem Gesetz kann dieses Gericht Sie nicht von Ihren Pflichten als Nachlassverwalterin entbinden, ehe ein Nachfolger gefunden ist.«

»Darum habe ich mich bereits gekümmert«, erwiderte sie. »Ich habe mich mit mehreren Personen in Verbindung gesetzt, die als Nachfolger in Frage kämen. Eine davon hat sich gestern bereit erklärt, das Amt zu übernehmen, falls ich mich entschließen sollte, es niederzulegen.«

»Und wer ist das?«

Vivien drehte sich zum Zuschauerraum um und sagte: »Sie ist hier im Gerichtssaal anwesend. Es ist Rene Fenning, Sallys Schwester.«

Jack fuhr so schnell herum, dass er sich beinahe den Hals verrenkte. In der Mitte der achten Reihe der Zuschauerplätze stand eine Frau auf. Sie trug ein dunkelblaues Kostüm, war perfekt geschminkt und frisiert, als wäre sie einer Modezeitschrift entsprungen. Jack hatte sich an jenem letzten, verregneten Abend in Afrika von einer Frau verabschiedet, die nicht weniger schön gewesen war, aber ganz anders ausgesehen hatte.

»Ms Fenning?«, sagte der Richter.

»Eigentlich Dr. Fenning«, korrigierte Vivien Grasso. »Sie ist Ärztin.«

»Dr. Fenning, hat Ms Grasso Ihre Absichten korrekt zum Ausdruck gebracht?«

»Ja, euer Ehren«, erwiderte sie.

»Treten Sie bitte vor. Dann können wir die Übergabe jetzt offiziell vollziehen.«

Atemlose Stille herrschte im Gerichtssaal, als Rene nach vorne ging, zu hören war nur das leise Kratzen der Bleistifte, mit denen die Journalisten den neuen Aufmacher für die Zeitung des nächsten Tages niederschrieben. Auch Jack beobachtete jede von Renes Bewegungen. Im Dreck und Schweiß von Afrika hatte er eine Ahnung von ihrer Schönheit bekommen. Oft genug hatte er versucht sich vorzustellen, wie Rene an einem anderen Ort aussehen mochte, unter anderen Bedingungen, aber seine Fantasie hatte bei weitem nicht ausgereicht, um ihr gerecht zu werden. Er hatte kaum damit gerechnet, Rene jemals wiederzusehen, schon gar nicht, dass es so bald passieren würde. Noch war nicht genau abzusehen, welche Folgen es haben würde, wenn sie Vivien Grasso als Sallys Nachlassverwalterin ablösen würde. Aber aus einem ganz anderen Grunde, der ihn innerlich lächeln ließ, war Jack froh, dass sie nach Miami gekommen war.

»Verdammt, die ist ja noch schärfer als ihre Schwester«, flüsterte Tatum.

Jack hätte ihm sagen können, dass sie auch außergewöhnlich klug war, doch er überging die Bemerkung. Die Brüder Knight mussten ein spezielles Gen haben, das sie dazu zwang, das Offensichtliche zu kommentieren.

Rene kam durch die Mahagonischwingtür des Zuschauerraums und trat neben Vivien Grasso ans Pult. Der Richter begrüßte sie mit einem freundlichen Lächeln, dann stellte er ihr kurz ein paar Fragen zu ihrem beruflichen Werdegang und ihrem Verhältnis zu ihrer Schwester. Es war nichts, das Jack nicht bereits gewusst hätte, aber irgendwie war es interessant, es noch einmal aus Renes Mund zu hören.

Zum Schluss blickte der Richter auf und fragte: »Sind die Erben damit einverstanden, dass Dr. Fenning die Verwaltung des Nachlasses ihrer Schwester übernimmt?«

Schweigen. »Gut. Da niemand einen Einwand zu haben scheint«, fuhr der Richter fort, »möchte ich Dr. Fenning bitten, nach Abschluss der Sitzung noch kurz in mein Dienstzimmer zu kommen. Es ist noch ein bisschen Papierkram zu erledigen, außerdem muss ich sie vereidigen. Viel Glück, junge Frau. Die Sitzung ist beendet«, sagte er und bekräftigte seine Worte mit einem Hammerschlag.

»Erheben Sie sich!«

Alle standen auf. Bis der Richter den Gerichtssaal durch die Seitentür verlassen hatte, war es so still, dass man eine Stecknadel hätte fallen hören, doch kaum hatte sich die schwere Eichentür hinter ihm geschlossen, war der Saal augenblicklich erfüllt von Stimmenlärm.

Colletti warf Jack quer durch den Raum einen Blick zu, aber offensichtlich hatten er und sein Anwalt es eilig, ins Freie zu gelangen, um sich den Journalisten für Interviews zur Verfügung zu stellen. Hastig packten sie ihre Papiere ein und liefen durch den Mittelgang in Richtung Ausgang, gefolgt von Miguel Rios und dessen Anwalt. Jack wollte gerade zu Vivien Grasso hinübergehen, um sein Verständnis auszudrücken, doch in diesem Augenblick trat Rene auf ihn zu. »Überrascht?«, fragte sie lächelnd.

»In Zusammenhang mit diesem Fall überrascht mich überhaupt nichts mehr.«

»Nach Ihrem Besuch in Afrika hat mein Gewissen sich zu regen begonnen. Und da habe ich mir gesagt, es wird allmählich Zeit, dass ich meinen Teil dazu beitrage, herauszufinden, was mit meiner Schwester passiert ist.«

»Ich denke, das war die richtige Entscheidung.«

Sie schaute zur Seite, dann sah sie ihn an. »Wir sollten uns wohl möglichst bald treffen.«

»Treffen?«

»Ja. Ich meine, ich werde mich natürlich mit allen Anwälten treffen.«

»Ja, natürlich«, sagte Jack. »Jederzeit.«

»Sie haben bestimmt mehr zu tun als ich. Ich wohne im Hyatt, bis ich eine Wohnung gefunden habe. Rufen Sie mich an, lassen Sie mich wissen, wann es Ihnen recht ist.«

»Mach ich.«

Ein Journalist, der hinter der Absperrung stand, rief Renes Namen. Mehrere weitere Medienvertreter warteten im Mittelgang auf sie, begierig darauf, mit der neuen Nachlassverwalterin, Sallys einziger überlebenden Angehörigen, zu sprechen.

Rene schaute Jack an und sagte: »Sieht so aus, als würde ich meine ersten Erfahrungen damit machen, wie man möglichst höflich ›kein Kommentar‹ sagt.«

»Wenn Sie klug sind.«

Sie hob die Brauen und Jack fügte hinzu: »Und die Journalisten sind bestimmt nicht klüger.«

»Gut pariert.«

»Das machen Rechtsanwälte den ganzen Tag.«

Sie lächelte. »Schön, Sie wiederzusehen.«

»Ja, finde ich auch.«

Sie drehte sich um und ging in Richtung Ausgang. Jack sammelte seine Papiere zusammen, dann, einer spontanen Eingebung folgend, warf er einen Blick über die Schulter und sah gerade noch, dass sie sich auch nach ihm umgewandt hatte. Sie lächelten einander flüchtig zu, als ginge ihnen derselbe Gedanke durch den Kopf, etwas wie: *Gott sei Dank hast du auch geguckt, da ist es nicht ganz so peinlich*. Im nächsten Augenblick war Rene in der Menge verschwunden und plötzlich sah Jack, dass Kelsey an der Absperrung stand. Er entschuldigte sich bei seinem Mandanten und bedeutete ihr, zu ihm zu kommen. Sie kam durch die Schwingtür, dann traten sie näher an die Richterbank, um sich etwas ungestörter unterhalten zu können.

»Vorsicht«, sagte Kelsey.

»Wie bitte?«

»Wenn du und die neue Nachlassverwalterin so weitermacht und ihr euch gegenseitig mit den Augen verschlingt, wird es bald in jeder Zeitung stehen.«

»Wir haben uns nicht – müssen wir hier darüber reden?«

»Ist sie der Grund, warum du nicht wolltest, dass ich heute während der Anhörung neben dir sitze?«

Jack hatte das Gefühl, dass sie ihm Vorwürfe machte, und das behagte ihm überhaupt nicht. »Es war Tatum, der dich nicht dabei haben wollte. Nachdem du die anwaltliche Schweigepflicht gebrochen und bei Deirdre Meadows über ihn geplaudert hast, vertraut er dir einfach nicht mehr, tut mir Leid.«

»Und was ist mit dir?«

»Kelsey, das ist wirklich nicht der richtige Ort für ein solches Gespräch.«

»Die Frage ist ganz einfach: Vertraust du mir?«

Er holte tief Luft, als wäre die Frage viel zu kompliziert, um sie in dieser Umgebung zu beantworten. »Ja, ich vertraue dir.«

»Mehr als Rene?«, fragte sie, die Augen zu Schlitzen verengt.

»Ich kenne Rene doch kaum.«

»Das sah aber ganz anders aus.«

Jack sprach noch leiser, nicht aus Furcht, jemand könnte hören, was er sagte, sondern weil ihm das ganze Gespräch zusehends unangenehm wurde. »Kelsey, bevor ich nach Afrika geflogen bin, waren wir uns darüber einig, dass es für Nate das Beste wäre, wenn wir die Sache zwischen uns erst mal auf Eis legen. Ich weiß also wirklich nicht, was ich sagen soll.«

»Sei einfach ehrlich. Was glaubst du wohl, wie ich mich fühle, wenn du einer anderen Frau im Gerichtssaal schöne Augen machst, und das zwei Tage, nachdem du mir versichert hast, es sei alles in Ordnung zwischen uns?«

»Ich meinte, *beruflich* gesehen ist alles in Ordnung zwischen uns.«

»Beruflich? Der Blick, mit dem du mich dabei angesehen hast, war etwa so beruflich wie der Blick, den du eben Rene zugeworfen hast.«

»Ich habe nicht –« Er war drauf und dran, es zu leugnen, aber es kam ihm unehrlich vor. Die Enttäuschung war Kelsey ins Gesicht geschrieben, als wünschte sie sich eher, dass er alles abstritt, als dass er ihr weitere Schmerzen zufügte.

»Hör zu«, sagte er, »ich weiß nicht, was du glaubst gesehen zu haben. Aber ich habe ehrlich keine Ahnung, was in der nächsten Zeit geschehen wird.«

Sie schüttelte langsam den Kopf. »Dann musst du blind sein.«

»Was?«

»Diese Frau hat fast drei Jahre in der gottverlassenen afrikanischen Wüste verbracht. Tu doch nicht so naiv, Jack.«

Sie drehte sich auf dem Absatz um und ging und er folgte ihr nicht. Er schaute ihr einfach schweigend nach, er wusste nicht, was er denken sollte, und hatte auch keine Lust, weiter darüber nachzudenken. Aber er konnte seine Gedanken nicht vertreiben und das machte ihm ein schlechtes Gewissen.

Denn er konnte an nichts anderes denken als an Rene.

# *Teil Vier*

## *Achtundvierzig*

Es war Happy Hour im Sparky's, aber Jack fühlte sich nicht besonders happy. Seit er den Gerichtssaal verlassen hatte, saß er grübelnd auf einem Barhocker und schüttete Theo sein Herz aus, der hinter der Theke stand und die meiste Zeit die Kasse im Auge behielt, um nicht von seinem neuen Barkeeper übers Ohr gehauen zu werden. Im Sparky's ging es eher raubeinig zu, hier verkehrte ein anderes Publikum als in den Schickimicki-Bars in der Nähe der Brickell Avenue oder rund um den Alhambra Circle. Es gab weder Wodka der Sorte Ketel One noch Chivas Regal, und das einzige Importbier war El Presidente aus der Dominikanischen Republik, das Theo jeden Dienstagabend unter Preis an die Tomatenpflücker von Homestead ausschenkte, damit denen auch mal einer was Gutes tat. Aber im Grunde genommen ging es zur Happy Hour im Sparky's zu wie in jeder Kneipe. Schummrige Beleuchtung, laute Musik, Drinks bis zum Abwinken. Kondome und scharfe Pfefferminzpastillen in den Automaten auf den Toiletten. An jedem Wochenende dieselbe Szenerie, Männer begafften Frauen, Frauen begafften Männer, die Leute redeten zu laut, lachten zu laut und wurden mit jeder Runde in diesem Schnaps-und-Bier-Paarungsspiel hemmungsloser und unzurechnungsfähiger.

»Ruf sie an«, sagte Theo, der Mühe hatte, sich bei dem Lärm an der Theke Gehör zu verschaffen.

»Wen?«

Theo schickte eine Kellnerin mit dem nächsten Tablett voller Cocktailgläser los. Zwei weitere Bestellungen lagen vor ihm, aber er schob die Zettel beiseite und langte unter die Theke, was nur Ärger bedeuten konnte – dort bewahrte er seinen persönlichen Vorrat auf. Im selben Moment bemerkte Jack an seinem Freund das berüchtigte T-Shirt mit der Aufschrift »Du bist noch besoffener, als ich aussehe«.

»O nein, bitte nicht«, sagte Jack.

Theo grinste ihn hinterhältig an, während er zwei Gläser und seine Spezialflasche Herradura Tequila Añejo hervorholte. »Du nimmst jetzt den Hörer und wählst Renes Nummer. Oder du säufst mit mir um die Wette.«

»Mit oder ohne Rettungsring?«

Theo schob den Salzstreuer und die Schale mit den Limonenscheiben zur Seite. »Ohne.«

»Du bist echt brutal, Mann.«

»Wir hören erst auf, wenn einer von uns beiden umkippt. Und wir wissen beide, dass nicht ich es bin, der am Ende an die Decke starrt.«

»Wie kommst du darauf, dass ich sie anrufen will?«

»Weil du schon seit einer halben Stunde von ihr redest. Also, entweder du rufst sie jetzt an oder du kannst morgen den ganzen Tag mit Eisbeuteln auf dem Kopf rumlaufen.«

»Von Herradura kriege ich keinen Kater.«

»Vergiss den Tequila. Ich werde dir so eins auf die Mütze geben, dass du die Englein singen hörst. Also frag mich nicht noch mal, ob du sie anrufen sollst, verdammt. *Ruf sie an.*«

Theo schob das Telefon über den Tresen, aber Jack war sich immer noch nicht schlüssig. Aus anwaltlicher Sicht hätte er sie längst aufsuchen müssen. Das Letzte, was er und sein Mandant gebrauchen konnten, war, dass Rene durch Gerry Colletti oder Detective Larsen von dem Gerede über Tatum erfuhr, bevor Jack mit ihr gesprochen hatte. Aber irgendetwas machte ihn nervös und ließ ihn zögern. Er sah Theo an: »Ich will ja nicht behaupten, dass sie mit mir geflirtet hat, aber es war verdammt nahe dran.«

»Willst du mich etwa eifersüchtig machen?« Theo spitzte die Lippen und warf ihm einen übertrieben schmatzenden Kuss zu.

Jack reagierte nicht darauf. »Warum sollte sie überhaupt nett zu mir sein, geschweige denn mit mir flirten? Wenn man der Zeitung von gestern glaubt, dann hat Sally Fenning – Renes *Schwester* – meinen Mandanten angeheuert, um sich von ihm eine Kugel in den Kopf jagen zu lassen.«

»Du sagst es, Jacko: *Wenn man der Zeitung von gestern glaubt.* Offenbar glaubt Rene der Zeitung nicht. Ein Grund mehr, dass du sie anrufst und sie ordentlich –.«

»Theo«, stöhnte Jack.

»– ins Bild setzt, wollte ich sagen.«

»Klar.«

Theo reichte ihm das Telefon. »Los, mach schon.«

Jack ließ sich von der Auskunft die Nummer des Hotels geben. Mit finsterer Miene sah Theo ihm zu, wie um sich zu vergewissern, dass er tatsächlich anrief. Die Telefonzentrale des Hotels stellte ihn auf Renes Zimmer durch und nach dem dritten Klingeln hob sie ab.

»Rene, hallo, ich bin's, Jack.« Unbeholfen fügte er hinzu: »Swyteck«. Theo verdrehte nur die Augen.

»Hallo«, erwiderte sie. »Ich bin gerade auf dem Sprung.«

»Ich möchte Sie nicht aufhalten. Ich wollte nur noch mal auf unser letztes Gespräch zurückkommen. Vielleicht könnten wir ja einen Termin vereinbaren.«

Theo verzog das Gesicht. »Einen *Termin*?«

Jack wimmelte ihn mit einer unwirschen Handbewegung ab und wartete auf ihre Antwort. Das Warten kam ihm ziemlich lang vor, aber er hatte das deutliche Gefühl, dass sie überlegte.

»Können Sie mich in einer halben Stunde hier abholen?«, antwortete sie schließlich.

»Heute Abend?«

»Nun ja, wenn es Ihnen heute Abend nicht passt –«

»Doch, doch, heute Abend ist in Ordnung.«

»Bestimmt? Ich wollte mir gerade ein Taxi bestellen. Aber wo Sie jetzt anrufen und je länger ich darüber nachdenke, würde ich doch lieber nicht so gern allein weggehen.«

»Vergessen Sie das Taxi. Ich hole Sie ab. Wo wollen Sie denn hin?«

»Zu Sallys früherem Haus«, erwiderte sie knapp.

»Die Villa drüben auf den Venetian Isles?«

»Nein.« Nach kurzem Zögern sagte sie langsam: »Ich möchte zu dem Haus, in dem sie ganz früher gewohnt hat, dem Haus, in dem Katherine ermordet wurde.«

Jack umklammerte den Telefonhörer noch fester, sagte aber nichts.

»Sie müssen nicht mitkommen, wenn Sie nicht wollen«, sagte Rene.

Die Musik, das Gelächter, das Stimmengewirr an der Bar um ihn herum – all das nahm er plötzlich nur noch als unangenehme Geräuschkulisse wahr.

»Ich möchte mitkommen«, sagte er. »Ich hole Sie in zwanzig Minuten ab.«

## *Neunundvierzig*

Auf den Straßen, die aus Downtown Miami hinausführten, herrschte noch dichter Berufsverkehr und sie erreichten die Ausfahrt zur Ninety-Fifth Street erst gegen sieben Uhr, kurz nach Einbruch der Dunkelheit.

Der Geschäftsbezirk von Miami Shores lag an der Straße, die die Interstate 95 mit dem Highway U. S. 1 verband. Es war ein Stadtviertel mit weitgehend kleinstädtischem Charakter, ruhige Wohnstraßen, der Drugstore neben dem Diner an der Ecke, weiße Kirchtürme, die sich über das Blätterdach grüner Palmen und ausladender Eichen erhoben. Hier befand sich alles im Umbruch, ausgelöst durch den steten Zuzug junger Familien, die sich besonders in den Gebieten abseits der Interstate niederließen. Aber Sallys frühere Bleibe war davon unberührt. Das winzige Haus im Ranchstil, zwei Blocks von der Interstate 95 entfernt, war in den sechziger Jahren gebaut worden und besaß noch die ursprünglichen Jalousiefenster und Aluminiumvordächer sowie eine Veranda mit Terrazzofliesen. Fehlte nur noch der rosa Plastikflamingo im Vorgarten.

Jack parkte seinen Mustang in der Auffahrt. Ein schmerbäuchiger Mann in Jeans und Unterhemd erwartete sie auf der Vordertreppe unter dem gelblichen Licht der Verandalampe.

»Wer ist das?«, fragte Jack.

»Der Hausverwalter«, erwiderte Rene. »Lassen Sie mich einfach machen, okay?«

»Äh?«

»Ich habe ihm nicht erzählt, dass meine Schwester hier gewohnt hat und ich mich einfach nur umsehen möchte. Ich habe behauptet, ich bräuchte auf die Schnelle eine Bleibe und würde ihm zehn Prozent mehr Miete zahlen, wenn mir das Haus gefällt. Nur deshalb hat er sich darauf eingelassen, sich an einem Freitagabend mit mir zu treffen.«

»Wohnt denn da jemand?«

»Ein alter Mann. Soweit ich gehört habe, wird es seit dem Mord nur von Monat zu Monat vermietet, wenn überhaupt.«

»Um in ein Haus mit einer solchen Geschichte einzuziehen, muss man wohl schon ziemlich am Ende sein.«

»Ja«, erwiderte Rene, und kaum hörbar fügte sie hinzu: »Noch mehr, als Sally es war.«

An der Treppe zum Eingang wurden sie vom Hausverwalter begrüßt. »Sie müssen Jimmy sein«, sagte Rene.

»Stimmt.« Er kaute auf einem Zahnstocher und hatte die Daumen hinter seinen Hosenträgern eingehakt.

»Ich bin Rene, das ist Jack. Wir wollen uns das Haus ansehen.«

Jimmy kniff ein Auge zu, offenbar eine nervöse Angewohnheit. »Sie wissen, dass hier mal ein kleines Mädchen ermordet worden ist?«

»Wir sind im Bilde.«

»Gut. Hauptsache, Sie wissen Bescheid. Hier kommen nämlich dauernd Leute, die auf Wohnungssuche sind. Die sehen sich die Hütte an, sind begeistert, aber wenn sie das mit dem Mädchen hören, machen sie sofort 'n Rückzieher. Und ich hab mal wieder bloß meine Zeit verschwendet.«

»Wir haben kein Problem damit.«

»Haben sie keine Kinder?«

»Nein«, erwiderte Rene.

Jimmy holte einen dicken Schlüsselbund aus der Hosentasche, suchte den passenden Schlüssel, entriegelte das Schloss, drückte die Tür auf und machte sofort einen Schritt zurück.

Der beißende Gestank von altem Katzendreck schlug Jack ins Gesicht wie ein ammoniakgetränkter Lappen.

»Katzen«, sagte Jimmy. »Der Spinner, der hier wohnt, hat inzwischen elf Stück.«

»Elf?«, fragte Jack ungläubig.

»Ja. Ich kann den Gestank von den Viechern nicht ertragen. Gehen Sie nur rein und sehen sich um. Ich warte so lange hier draußen.«

Rene ging vor und schaltete das Licht an. Jack folgte ihr, während Jimmy draußen stehen blieb. Kaum waren sie drinnen, schloss sich die Tür hinter ihnen. Jimmy war offenbar entschlossen, den Katzengestank nicht aus dem Haus zu lassen.

Das Wohnzimmer war klein und ein einziges Chaos, der grüne Teppichboden war abgetreten. Ein Sofa war mit einem schmuddeligen weißen Bettlaken bedeckt, auf dem Jack fünf schlafende Katzen zählte. Zwei Sessel, eine Ottomane und selbst der Couchtisch waren ebenfalls mit alten Laken verhüllt, und Jack entdeckte weitere drei Katzen.

»Gott, stinkt das hier.«

Rene warf ihm lediglich einen Blick zu, der auszudrücken schien: *Leb erst mal drei Jahre in Afrika, Kumpel.*

Jack fuhr zusammen, als er auf ein Katzenspielzeug trat, das unter seinem Schuh quietschte. Er lachte nervös, während Rene mit keiner Wimper zuckte. Sie schien plötzlich weder die Geräusche noch den Gestank noch den Anblick wahrzunehmen, sondern nur an die Vergangenheit zu denken, die zu ergründen sie hierher gekommen war. Auch Jack spürte, dass die Stimmung umgeschlagen war. Keine Scherze mehr, kein neckisches Lächeln, nichts mehr lenkte jetzt von der Tragödie ab, die sich in diesen Wänden abgespielt hatte, von dem schrecklichen Verbrechen, das das Leben eines Kindes beendet und das einer jungen Mutter für immer verändert hatte.

»Sie war vierundzwanzig, als es passiert ist«, sagte Rene mit zitternder Stimme.

Jack stand wie erstarrt da und ihm war, als hörte er das Blut in seinen Adern rauschen. Vierundzwanzig. Konnte er sich noch erinnern, wie das war, vierundzwanzig zu sein? Konnte er auch nur im Entferntesten erahnen, was es bedeutete, mit vierundzwanzig keinen Cent in der Tasche, aber ein vierjähriges Kind zu haben, nachts bei Hooters zu ackern, während der Ehemann sich mit zwei Jobs dumm und dusselig schuftete, um den endgültigen Bankrott abzuwenden? War das das Leben einer Prinzessin, das sich Sally als kleines Mädchen erträumt hatte, sechsmal die Woche nach Mitternacht nach Hause zu kommen, den Gestank von Zigarettenqualm und abgestandenem Bier in den Haaren, zu viel Schminke auf dem hübschen Gesicht, die Titten in ein hautenges Top gequetscht, dazu Nylonshorts, die so knapp waren, dass sie ihre blanken Arschbacken zur Schau stellten, weil sie ein paar mehr Dollar Trinkgeld einstrich, wenn sie aufgetakelt wie eine Hure herumlief? Er fragte sich, ob sie in ihrem Erwachsenenleben überhaupt jemals wirklich glücklich gewesen war. Er fragte sich auch, ob Sally möglicherweise zu dem Schluss gekommen war, dass dieses beschissene kleine Leben gar nicht so schlecht gewesen war, dass es noch viel schlimmer hätte kommen können und dass der wirkliche Alptraum erst angefangen hatte.

»Ich glaube, ich schaffe es nicht, alleine da reinzugehen«, sagte Rene.

Spontan nahm Jack ihren Arm und begleitete sie durch den dunklen Flur. Sie gingen ganz langsam, ihre Schritte hallten auf dem Steinfußboden, als befänden sie sich auf einer Zeitreise in eine unfassbar düstere Vergangenheit. Jack versuchte nicht, Rene zur Eile zu bewegen. Ganz zögerlich setzte sie einen Fuß vor den anderen und blieb schließlich an der offenen Badezimmertür stehen.

Jack schaltete das Flurlicht ein, so dass sie ins Bad sehen konnten. Eine Katze sprang vom Klodeckel und huschte davon. Durch das Waschbecken zog sich ein breiter rostiger Streifen und die weißen Fliesen waren fleckig von Schimmelpilzen. Der Spiegel des Medizinschranks war zerbrochen. An der hinteren Wand des Badezimmers befand sich eine Tür mit Jalousiefenster, die offenbar auf die Terrasse führte.

»Da hindurch ist er reingekommen«, sagte Rene.

»Durch das Jalousiefenster?«

Sie nickte. »Er hat durch die Lamellen gefasst und den Riegel geöffnet.«

Jack betrachtete das Schloss, stellte sich vor, wie der Türknauf gedreht wurde, und fragte sich, womit Sally und Katherine wohl gerade beschäftigt waren, als der Fremde eingedrungen war, was in seinem Kopf vorgegangen sein mochte, als er die Tür hinter sich schloss, ins Haus schlich und das Schlafzimmer ansteuerte. War er nervös und angespannt, sexuell erregt und ohne jede Furcht? Oder hatte er Angst, diese kranke Angst eines Psychopathen, dass die Realität seinen in endlosen Stunden aufgestauten perversen Fantasien nicht genügen könnte, die Angst, dass alle Planung und Vorfreude hinfällig sein könnten, weil es ihm vielleicht ganz einfach nicht reichen würde, Macht über das kleine Mädchen und über die rattenscharfe Mutter zu haben und mit ihnen machen zu können, was er wollte?

Rene betrat das Badezimmer, ging am Waschbecken vorbei und blieb dann wie angewurzelt stehen. Jack begriff auf der Stelle. Die Badewanne. Sie war weg. Sie war herausgerissen und durch eine Duschkabine ersetzt worden, aber die Spuren waren noch deutlich sichtbar, wie eine riesige Narbe, die auf brutale Weise bezeugte, was hier geschehen war. Jack hatte schon viele Schauplätze von Verbrechen und Fotos von Tatorten gesehen, aber er hatte sich nie daran gewöhnen können. Einen Tatort direkt vor sich zu haben, verschaffte einem Gewissheit, dass die Tat wirklich geschehen war, dass sie nie mehr ungeschehen gemacht werden konnte, dass die furchtbare Bitterkeit einem in die Kehle stieg, bis man den Schmerz, die Schreie, die Panik des Opfers fast schmecken konnte. Genau hier, an dieser Stelle, hatte sich der Mörder auf den Fliesenboden gekniet, die Wanne voll laufen lassen und Sallys Blut vom Messer gewaschen. Genau hier, an derselben Stelle, hatte er das Blut aus Sallys Bluse gewrungen, bis das Wasser sich leuchtend rot verfärbt hatte. Anschließend hatte er Sallys Tochter, die noch lebte, an Füßen und Händen gefesselt hierher geschleppt und sie in die Wanne gelegt und sich garantiert noch ein letztes Mal am Entsetzen in den Augen des Mädchens ergötzt. Dann hatte er sie langsam umgedreht, so dass sie mit dem Gesicht nach unten im Wasser lag, und genüsslich zugesehen. Jack wusste, dass der Mörder zugesehen hatte, schließlich hatte er vier Jahre seines Lebens damit verbracht, solche Psychopathen, die in der Todeszelle saßen, zu verteidigen. Er hatte das Leuchten in ihren Augen gesehen, wenn sie von ihrem Triumph erzählten, der sich nur dann einstellte, wenn sie jede Minute ihrer Tat bis zum bitteren Ende auskosten konnten. Dieses Schwein hatte sich am Todeskampf des Kindes geweidet. Die Kleine hatte sich gewunden, verzweifelt mit den gefesselten Beinen gestrampelt wie eine perverse Parodie der Kleinen Meerjungfrau, doch ihr Mörder war erst zufrieden gewesen, als er mit eigenen Augen sehen konnte, wie viel von dem blutigen Wasser ihre winzige Lunge fassen konnte.

»Wir gehen jetzt besser«, sagte Jack.

»Nein, ich möchte das Kinderzimmer sehen.«

Sie traten aus dem Bad und gingen weiter den Flur entlang. Die Tür stand einen Spalt breit offen, gerade so weit, dass eine Katze hindurchschlüpfen konnte. Rene stieß sie weit auf und schaltete die Deckenlampe ein. Nur eine von vier Glühbirnen funktionierte und verbreitete schummriges Licht. Auch hier Dutzende von Katzen. Katzen auf dem Bett, auf der Kommode, auf dem Fußboden, in Wäschekörben, die überall herumstanden. Überall waren Katzen und Jack spürte, wie seine Augen zu tränen begannen.

»Sieht aus, als hätten die elf Katzen Junge gekriegt«, sagte er.

»Ich will mir den Wandschrank ansehen.«

Von dem, was er über das Verbrechen gelesen hatte, wusste Jack, dass der Angreifer sich im Wandschrank versteckt gehalten hatte. Auf dem Weg durch das Zimmer machte Rene einen Bogen um ein orangefarbenes schlafendes Fellknäuel. Vor dem Wandschrank blieb sie stehen.

»Soll ich ihn öffnen?«, fragte Jack.

Einen Augenblick lang starrte sie nur auf die Tür. Dann nickte sie.

Er hatte ohne zu zögern angeboten, den Schrank zu öffnen, aber als er die Hand nach dem Türgriff ausstreckte, spürte er, wie ihn irgendwas zurückhielt. Seit dem Verbrechen waren fünf Jahre vergangen, die verschiedensten Leute hatten seitdem hier gewohnt, und sein Verstand sagte ihm, dass es hinter dieser Tür nichts gab, wovor man sich fürchten musste. Aber irgendein Gefühl hielt ihn zurück.

»Bitte«, sagte Rene, »öffnen Sie die Tür.«

Der metallene Knauf fühlte sich kalt an, kalt wie das Eiswasser, das der Mörder in den Adern gehabt haben musste. Jack drehte den Knauf und zog die Tür einen Spalt auf, ein unerwarteter schwarzer Schatten huschte an ihm vorbei, und ihm blieb fast das Herz stehen.

Eine Katze raste über seine Füße.

Er und Rene tauschten Blicke aus, wie um sich gegenseitig zu beruhigen. Er machte die Tür weit auf und schaute in den Schrank.

»Sie haben gesagt, er ist durch die Badezimmertür hereingekommen?«

»Das hat Sally mir erzählt. Im Polizeibericht stand, es hätten sich Einbruchsspuren an der Badezimmertür befunden.«

»Er kommt also ins Bad, geht über den Flur in Katherines Zimmer und versteckt sich im Wandschrank.«

»So vermutet man.«

Jack zeigte auf eine Klappe in der Decke des Wandschranks. »Was glauben Sie, wo die hinführt?«

»Auf den Dachboden?«

An der Wand angebrachte Regalbretter führten wie eine Art Leiter nach oben. Jack kletterte bis auf das dritte Brett, drückte gegen die hölzerne Klappe und öffnete sie einen Spalt. »Stimmt, es ist ein Dachboden. Vielleicht ist der Mörder ja von dort gekommen.«

»Möglich. Ich glaube kaum, dass Sally alle Theorien, die von der Polizei in Betracht gezogen und wieder verworfen wurden, gekannt hat. Der Staatsanwalt war extrem wortkarg bezüglich seiner Ermittlungen.«

»Sie sagen es. Ich habe vor ein paar Wochen versucht, ihm auf den Zahn zu fühlen. Aber solange die Ermittlungen nicht abgeschlossen sind, hält die Staatsanwaltschaft sich extrem bedeckt.«

»Könnten Sie mal einen Blick riskieren?«

»Auf den Dachboden?«

»Die Polizei hatte fünf Jahre Zeit, das Verbrechen aufzuklären. Was spricht dagegen, dass wir selbst mal da oben nachsehen.«

Jack zuckte die Achseln. »Okay, meinetwegen.«

Er kletterte weiter hinauf, schob die Klappe beiseite und steckte den Kopf durch die Luke. Die Luft war stickig und ihm brach augenblicklich der Schweiß aus, denn auf dem Boden war es um einiges heißer als im Rest des Hauses. Als seine Augen sich an die Dunkelheit gewöhnt hatten, entdeckte er eine nackte Glühbirne, die von der Decke baumelte. Er zog an der Schnur, die den Schalter betätigte.

»Hier ist Licht«, sagte er.

»Gut.« Er vernahm ihre Stimme durch die Decke nur gedämpft.

Jack kletterte weiter hinauf und zog sich auf den Dachboden. Es gab keinen Fußboden, nur Deckenbalken und dazwischen Dämmwolle, deshalb verteilte er sein Gewicht auf drei Balken – mit Füßen, Hintern und Händen. Die Beleuchtung war nicht besonders gut, aber sie reichte, um feststellen zu können, dass der Dachboden über das ganze Haus von einer Giebelseite zur anderen verlief. Unter dem First war der Boden bestenfalls einen Meter hoch, Fenster waren keine zu sehen.

»Ich kann mir nicht vorstellen, wie er hier von außen hereingekommen sein soll«, rief Jack nach unten. »Ich sehe keinerlei Zugang von außen.«

»Und von einem anderen Zimmer?«

Diese Frage hatte er befürchtet. »Ich werde mal nachsehen.«

Vorsichtig kroch er über die Balken, bemüht, nicht auszurutschen und mit der Hand oder dem Fuß durch die Decke zu stoßen. Je weiter er sich von der Luke wegbewegte, umso heißer wurde es. Sein Hemd klebte am Rücken. Als er zufällig mit dem Fuß ein Stück der Isolierung aufriss, wirbelte er eine Wolke staubiger Glasfiberpartikel auf und bekam einen Hustenanfall. Aber er konnte keine weitere Luke im Dachboden entdecken.

»Sieht so aus, als gäbe es nur den einen Zugang«, rief er.

»Ich werde mir mal den Wandschrank im anderen Zimmer ansehen«, rief sie zurück.

Quer über die Dachbalken gestreckt stieß er mit dem Kopf gegen das Dach und kam sich vor, als übte er für ein Schubkarrenrennen auf dem Jahrmarkt. *Das fällt ihr ja früh ein.* »Gute Idee«, sagte er.

Er hörte ihre Schritte unter sich, als sie den Flur entlangging, von dem die beiden Zimmer abzweigen. Eine Tür, wahrscheinlich die Zimmertür, wurde geöffnet, und dann noch eine, vermutlich die des Wandschranks.

»Nichts«, hörte er sie von unten rufen.

Plötzlich flackerte die Glühbirne und der Dachboden lag im Dunkeln.

»Das hat mir gerade noch gefehlt«, murmelte Jack. Er verharrte in seiner Krebsposition und hoffte, die Glühbirne würde wieder aufleuchten. Durch die Luke hinter ihm drang nur schwaches Licht. Er wusste, dass die Balken alle den gleichen Abstand hatten, also würde er den Weg wieder zurückkriechen können, auch wenn er kaum etwas sehen konnte. Er wartete, damit sich seine Augen an die Dunkelheit gewöhnten, und da fiel ihm etwas auf.

Am anderen Ende des Dachbodens, direkt über dem Elternschlafzimmer, fiel von unten ein Lichtstrahl in den Dachboden. *Was zum Teufel ...?*

»Rene, wo sind Sie?«

»Im Schlafzimmer.«

»Sehen Sie ein Loch in der Decke?«

Er wartete auf ihre Antwort, die schlicht »nein« lautete.

Das Licht fiel immer noch wie ein Laserstrahl durch die Decke des Schlafzimmers. Er hatte es vorher nicht bemerkt, als die Lampe noch gebrannt hatte. Da der Dachboden jetzt im Dunkeln lag, war das Licht von unten deutlich sichtbar. Jack kroch bis auf Armeslänge an die Stelle heran.

Einen Augenblick lang starrte er auf das Licht, bis ihm auffiel, dass die Isolierung neben dem Deckenbalken aufgeschnitten war. Das Loch war zwar klein, aber unübersehbar, und da die Isolierung an der Stelle entfernt war, hatte es den Anschein, als hätte jemand absichtlich hier ein Loch gemacht.

»Rene? Sind Sie sicher, dass Sie da kein Loch sehen?«

Eine Weile war nichts zu hören, offenbar war sie auf der Suche. »Nein«, antwortete sie. »Da ist nur der Deckenventilator.«

*Der Ventilator.* Jack riss die Isolierung noch ein bisschen weiter auf. Er entdeckte den Stromanschluss und die Halterung für einen Ventilator. Neben der Halterung befand sich eine weitere. Sie war an dem Balken befestigt, aber nicht mit dem Ventilator verbunden, und ihr Zweck war nicht ersichtlich. Er musterte die Stelle genauer. Durch die Öffnung in der Decke fiel gerade so viel Licht, dass Jack den Herstelleraufdruck seitlich auf der Halterung erkennen konnte: Velbon.

Der Name hätte ihm vermutlich überhaupt nichts gesagt, wäre nicht seine Ex-Frau Fotografin gewesen. Velbon war der bekannteste Hersteller von Stativen und Halterungen für Videokameras. In dem Augenblick begriff Jack, was er gefunden hatte.

Durch das Loch in der Decke, das von unten wahrscheinlich nur als Schlitz im Deckenventilator erkennbar war, warf er einen Blick in das Zimmer unter ihm und hatte genau das Bett im Visier.

Fünf Jahre zuvor musste das Sallys Bett gewesen sein. Der Mörder konnte beobachtet haben, wie Sally sich ins Bett legte. Wie Sally in ihrem Bett schlief. Wie Sally all das tat, was ihr in ihrem Bett eben gefiel.

»Rene?«, rief er so laut, dass sie es unten hören konnte.

»Ja?«

»Ihrer Schwester wurde mit Sicherheit nachgestellt.«

## *Fünfzig*

Am Montagmorgen um sechs Uhr stand Gerry Colletti in seiner Küche, fertig angezogen und auf dem Sprung zur Arbeit. Er betrachtete noch einmal sein Spiegelbild in der Glasvitrine, und wie immer gefiel ihm, was er sah. Die meisten Anwälte trugen mittlerweile lässige Kleidung, nicht so Gerry. Der Anzug von Armani. Die Schuhe von Ferragamo. Die seidene Krawatte und die Socken – den wahren Wert eines Mannes erkennt man an den Socken – von Hermès. Das Hemd hatte er sich in Hongkong maßschneidern lassen, wie alle seine Hemden, denn auf der ganzen Welt gab es keinen Designer, der Konfektionshemden mit Kragenweite achtundvierzig und einer Ärmellänge von sechsundsiebzig Zentimetern herstellte. Gerry hatte seit seiner Zeit im Wrestling-Team am College nicht mehr trainiert, es sei denn, man wollte das Flachlegen weiblicher Mandanten als Training bezeichnen, also war es definitiv die Kleidung, an der man einen Mann von Welt erkannte, die Kleidung und ein guter Schneider.

»Gabby, bestellen Sie mir noch Hawaiian-Gold«, sagte er in sein Diktiergerät. Eine Liste der persönlichen Dinge, die seine Sekretärin für ihn besorgen musste, sprach er regelmäßig auf Kassette, aber jetzt fiel ihm ein, dass für Gabby der Auftrag, »Hawaiian-Gold« zu besorgen, alles von einer Kiste Ananas bis hin zu einer Tüte mit bestem Marihuana bedeuten konnte. »Ich meine Hawaiian-Gold-Kaffee«, verbesserte er sich und verstaute anschließend das Diktiergerät in seiner Jackentasche.

Er goss Kaffee für unterwegs in einen Becher, klemmte sich

das Wall Street Journal unter den Arm und eilte zur Tür, die die Küche mit der Garage verband.

Gerry hatte ein ruhiges Wochenende verbracht, was ganz nach seinem Geschmack gewesen war. Er litt immer noch unter der Schmach vom Freitagnachmittag, als Swyteck ihn bei der gerichtlichen Anhörung lächerlich gemacht hatte. Dass ihm mit den Fotos und dem Datum auf der Armbanduhr ein derart dämlicher Fehler unterlaufen war, passte eigentlich nicht zu ihm. Dieser Ausrutscher musste ihm zu denken geben. Er war zu ungeduldig. Verstand und Geduld waren das Einzige, was nötig war, um dieses Spiel zu gewinnen, zwei Dinge, über die Tatum Knight und Miguel Rios weiß Gott nicht verfügten. Und genau das würde auch ihren Untergang bedeuten. Nur die beiden trennten ihn noch von den sechsundvierzig Millionen Dollar. Nun gut, die zwei und Alan Sirap.

*Wer auch immer das sein mochte.*

Gerry betrat die Garage und drückte den Knopf an der Wand, mit dem sowohl das Licht eingeschaltet als auch das Garagentor geöffnet wurde. Sein smaragdschwarzer BMW stand bereit für einen Ausflug, gewaschen und poliert, und glitzerte unter der Neon-Hängeleuchte. Gerry blieb einen Moment stehen und genoss den Anblick, während sich das Garagentor geräuschvoll öffnete. Er war schon immer ein Autonarr gewesen, wie auch sein Vater – ein schlecht bezahlter, ölverschmierter Automechaniker mit Dreck unter den Fingernägeln, der nie in seinem Leben einen neuen Wagen besessen hatte. Sein Vater hatte nie irgendetwas Neues gehabt. Die ganze Familie hatte nie etwas Neues gehabt. Seine Mutter hatte sie verlassen, als Gerry zehn war, war zurückgekommen, um ihn zu holen, hatte die Scheidung eingereicht, anschließend den alten Herrn ausgenommen und gewartet, bis die Scheidung rechtskräftig war, um schließlich ihren Scheidungsanwalt zu heiraten. Ein verdammt cleverer Scheidungsanwalt. Sie hatte diesen Schweinehund geheiratet und kurz darauf Gerry wieder zurück zu seinem Vater gebracht, der restlos pleite war und nichts zu beißen hatte.

Irgendwann kriegt man für alles die Rechnung.

Er öffnete die Wagentüren mit der Fernbedienung und setzte sich ans Steuer. Er schloss die Tür und machte es sich bequem. Er stellte den Kaffeebecher in die Halterung, legte die Zeitung aufgeschlagen auf den Beifahrersitz, damit er im Stau was zu lesen hatte, und klemmte das Kleingeld für die Maut ans Armaturenbrett. Ein letztes Mal betrachtete er sich im Rückspiegel, dann drehte er den Zündschlüssel.

Nichts.

Er drehte ihn erneut, aber es gab nur ein Klicken und sonst nichts. Es war ein erbärmliches Geräusch, vor allem dann, wenn man es gewohnt war, stattdessen das satte Dröhnen eines perfekt eingestellten Achtzylinders zu hören.

Sein erster Gedanke galt der Batterie, aber das konnte gar nicht sein. Schließlich hatte die Zentralverriegelung auf die elektronische Fernbedienung reagiert und die Innenbeleuchtung hatte sich eingeschaltet, als er die Tür geöffnet hatte. Die Uhr funktionierte ebenfalls. Irgendwas stimmte nicht mit dem Starter.

Oder irgendjemand hatte sich daran zu schaffen gemacht.

Ein anderer hätte vielleicht Angst bekommen, aber Gerry grinste nur. Er war stolz auf seine Furchtlosigkeit. Während seines Berufslebens hatte ihm manch ein Ehemann gedroht und einige waren ihm sogar an den Kragen gegangen. Als Scheidungsanwalt brauchte man Mumm und Nerven wie Drahtseile.

Jemand hatte an seinem Wagen herumgefummelt – das kam ihm gerade recht. Das war genau der Tropfen, der das Fass zum Überlaufen brachte. Mit diesem erneuten Einschüchterungsversuch hatte sich Tatum Knight gänzlich als Erbe disqualifiziert. Dieser Idiot hatte schlichtweg keine Kontrolle über sich und Gerry war sich plötzlich todsicher, dass Tatum Knight die Stromkabel zerschnitten hatte, aus Rache für Gerrys genialen Schachzug vor Gericht. Auf lange Sicht würde seine Strategie unweigerlich zum Erfolg führen, auch wenn Swyteck bei der Anhörung vom Freitag ein paar Punkte wettgemacht hatte. Und wenn Tatum Knight sich weiterhin so bescheuert aufführte, würde Gerry seine Belohnung noch eher als erwartet einstreichen.

Er löste die Verriegelung der Motorhaube und stieg aus, um sich die Sache näher anzusehen. Wenn es das war, was er glaubte, würde er auf jeden Fall Anzeige erstatten. Aber er würde sich nicht auf einen Verdacht verlassen. Er würde sich die abgerissenen Drähte ansehen, vielleicht ein paar Fotos davon machen.

Die Motorhaube hatte sich ein Stück weit geöffnet, als sie in die Haltesicherung einrastete. Gerry langte unter sie, um den Entriegelungshebel zu betätigen, damit sich die Haube ganz öffnen ließ. Er konnte sich nicht erinnern, wann er das letzte Mal die Motorhaube geöffnet hatte, und er wusste nicht genau, wo sich der Hebel befand. Mit beiden Händen tastete er unter der Haube herum, als ein schwarzer Schatten wie Spiderman vom Garagentor an der Decke herab auf die Motorhaube sprang, die mit voller Wucht auf Gerrys Finger schlug. Er spürte, wie ihm Blut gegen den Bauch spritzte, und hörte das grässliche Krachen von Knochen, die bis eben noch seine wertvollen Hände gewesen waren.

Eine Schnur legte sich um seinen Hals, erstickte seinen Schrei, während der Mann nach oben langte und von Hand das Garagentor verschloss. Gerrys Kopf fiel nach hinten, und in dem Augenblick sah er es, direkt über sich: Die Klappe zum Dachboden war zur Seite geschoben – ein Zugang, der bei hoch gefahrenem Garagentor verdeckt wurde. Als Gerry die

Garage betreten hatte, war diese Klappe noch nicht geöffnet gewesen.

Gerry stand seinem Angreifer gegenüber, unfähig wegzulaufen oder sich zu wehren und seine eingeklemmten Finger unter der Motorhaube hervorzuziehen. Er fühlte sich wie ein Tier in der Falle. Der Schmerz war so heftig, dass sein ganzer Körper zu zucken begann. Er versuchte zu schreien, aber die Drahtschlaufe um seinen Hals zog sich immer enger zu. Er konnte kaum sehen, alles verschwamm ihm vor den Augen, aber er begriff, dass der Angreifer, dessen Gesicht unter einer Skimütze verborgen war, ihn anstarrte.

Die Spannung des Drahtseils ließ nach. Gerry bekam wieder Luft. Der Mann sagte irgendetwas.

»Armer Gerry Colletti«, sagte er spöttisch. »Hat gedacht, er könnte sich den Hauptgewinn mit faulen Deals ergaunern.«

»Hä?«, versuchte er zu sagen, aber ihm kam nur ein Grunzen über die Lippen.

»Wenn er nur gewusst hätte, dass die Würfel längst gefallen sind.«

»Was reden –« wollte er sagen, aber das Seil um seinen Hals spannte sich wieder und raubte ihm den Atem. Seine Knie gaben nach und er wäre zusammengesackt, wenn der Angreifer den Draht nicht wie ein Henkersseil festgehalten hätte. Er spürte, dass es mit ihm zu Ende ging, als er den Mann noch sagen hörte: »Wir sehen uns in der Hölle wieder, Gerry. Ist angeblich eine einzige riesige Goldmine.«

## *Einundfünfzig*

Detective Rick Larsen von der Mordkommission traf am Abend an Gerry Collettis Haus ein. Es war ein angenehmer Herbsttag gewesen, aber nach Sonnenuntergang wurde es doch merklich kühler. Normalerweise trug Larsen weiße kurzärmelige Hemden mit einer locker gebundenen Krawatte, aber heute Abend hatte er eine Windjacke übergezogen, genau das Richtige bei dem Wetter. Seine früheren Kollegen oben in Buffalo mussten jetzt schon durch hohen Schnee stapfen.

Zwei Einsatzfahrzeuge blockierten die Einfahrt. Davor stand der Van der Gerichtsmediziner und der gesamte Garten war mit gelbem Band als Schauplatz eines Verbrechens gekennzeichnet.

Larsen hatte eigentlich frei, aber er hatte angeordnet, dass man ihn sofort benachrichtigte, sollte einem der übrig gebliebenen Erben aus Sally Fennings Testament irgendetwas zustoßen. Nachdem Mason Rudsky und Deirdre Meadows schon in der Leichenhalle lagen, musste man kein Hellseher sein, um zu vermuten, dass dahinter System steckte. Er hatte schon erwogen, Rios, Colletti und Knight überwachen zu lassen, so dass die Polizei zur Stelle war, falls einem von ihnen etwas passierte. Aber das kostete Geld und es gab kein Geld für die Überwachung einer Person, geschweige denn für die von dreien. Außerdem hatte ihm sein Instinkt gesagt, dass der Mörder sich wahrscheinlich eine Weile zurückhalten würde, bis der Medienrummel sich gelegt hatte, und einige Wochen, vielleicht sogar Monate abwartete, bevor er wieder zuschlug.

Es war nur selten in seiner langen Laufbahn vorgekommen, aber diesmal hatte sein Instinkt versagt.

Larsen stieg aus seinem Wagen und ging zu dem Polizisten, der den Zugang zum Tatort überwachte.

»Ist es der, von dem wir glauben, dass er es ist?«

»Er ist noch nicht offiziell identifiziert. Aber es ist sein Haus, sein Wagen, und soweit ich weiß, entspricht sein Gesicht dem Foto im Führerschein. Wenn es nicht Gerry Colletti ist, dann muss es sein Zwillingsbruder sein.«

»Wer hat ihn gefunden? Jemand, der zufällig vorbeigekommen ist?«

»Nein. Das Garagentor war geschlossen.«

»Sieht nicht verschlossen aus«, erwiderte Larsen mit einem vorwurfsvollen Unterton, als überlegte er sich schon, welchen Kollegen er zusammenstauchen musste, weil der am Tatort etwas geändert hatte.

»Seine Sekretärin hat es geöffnet. Sie hat ihn durchs Fenster gesehen, dachte, er lebt vielleicht noch, und ist reingegangen.«

»Seine Sekretärin?«

»Er hat elf Termine versäumt, weder auf den Pieper reagiert, noch ist er ans Handy gegangen. Am späten Nachmittag dann hat sie sich Sorgen gemacht und ist hergekommen. Da hat sie ihn schließlich in der Garage gefunden.«

Larsen schaute die lange, gepflasterte Einfahrt hoch. Das Spurensicherungsteam untersuchte das Gelände rund um die Garagenöffnung und der Gerichtsmediziner war mit der Leiche beschäftigt.

»Ist die Sekretärin noch hier?«

»Im Einsatzfahrzeug. Ich habe ihre Aussage aufgenommen, aber sie ist zu durcheinander, um nach Hause zu fahren.«

»Bitten Sie sie, sich zur Verfügung zu halten. Kann sein, dass ich noch mit ihr sprechen möchte.« Er klopfte dem Polizisten wohlwollend auf die Schulter und steuerte die Garage an.

Ein Windstoß wirbelte Mangoblätter vom Boden auf und in die Garage hinein. Der kräftige Nordostwind war ein typischer Vorbote für jene scheußlich kalten Wetterfronten, die Ende November die Temperaturen auf zehn Grad und darunter sinken ließen. Larsen mochte es ganz gern, wenn es etwas kühler wurde, aber ihm taten die armen Teufel Leid, die zwei Monatsgehälter dafür ausgaben, eingepackt in dicke Winterklamotten in Miami Beach herumzulaufen. Er war ein mitfühlender Typ, zumindest war das sein Ruf. Jeder Mord ging ihm nahe und gegenüber den Opfern und deren Familien empfand er echtes Mitleid. Selbst wenn das Opfer ein Arschloch von Anwalt war.

»Gerry Colletti«, sagte er vor sich hin, als er am Eingang zur Garage stehen blieb.

Das Drahtseil lag immer noch um den Hals des Opfers. Collettis blutige Hände klemmten noch unter der Motorhaube, und sein Körper hing zusammengesackt über dem Wagen wie ein Stück Wild, das das Pech gehabt hatte, von einem Raser auf dem Highway angefahren worden zu sein. Larsen betrachtete die Hände und sagte nur: »Autsch.«

»Was Sie nicht sagen«, meinte der Gerichtsmediziner. Auf Knien vermaß er die Position der Leiche. »Als ich zwölf war, hat meine Schwester mir den Klavierdeckel auf die Finger geknallt.«

»Muss ganz schön wehtun.«

»Ja, verdammt. Aber wenn man mit einem Draht, an dem sich schwere Bilder aufhängen lassen, erwürgt wird, ist der Schmerz in den Fingern wahrscheinlich nebensächlich.«

»War das die Todesursache?«

»Sehen Sie selbst. Das Drahtseil liegt immer noch um seinen Hals, und ich nehme nicht an, dass es dazu dienen sollte, uns auf eine falsche Fährte zu lenken. Wir haben Blutungen in den Lippenschleimhäuten, im Mund und in den Augenlidern gefunden. Außerdem Blutstau an Gesicht und Hals, die dunkelrot angelaufen sind. Alles deutet auf Erwürgen.«

»Selbstmord können wir wohl ausschließen?«

»Würde ich sagen. Das Würgemal am Hals verläuft horizontal«, sagte der Gerichtsmediziner und zeigte auf die Stelle. »Wenn sich jemand aufhängt, hat man eher senkrechte, V-förmige Streifen. Bei horizontaler Strangulierung liegt äußerst selten Selbstmord vor.«

»Vor allem wenn die Hände unter der Motorhaube fest klemmen.«

»Gut kombiniert, Columbo.«

In der Garage kletterte ein Mann an einer Leiter herunter. Es war Larsens jüngerer Kollege. »Rick, sieh dir das mal an.«

Die Leiter stand direkt neben der Beifahrertür des Wagens. Larsen kletterte bis auf die vierte Sprosse, hoch genug, um den Spalt zwischen der Decke und der hochgefahrenen Garagentür einsehen zu können. Die Zugangsklappe war zur Seite geschoben und Larsen leuchtete mit der Stablampe in den Dachboden hinein. »Hier ist er reingekommen«, sagte er.

»Sieht ganz so aus«, erwiderte sein Kollege.

Während er die Leiter wieder hinunterstieg, erklärte Larsen, wie die Szene sich seiner Meinung nach abgespielt hatte. »Der Killer versteckt sich auf dem Dachboden. Hört, wie sich das Garagentor öffnet. Schiebt die Klappe zur Seite, während das Garagentor hochrattert. Colletti hört nichts. Er kann auch nichts sehen, da das hochgefahrene Garagentor die Luke verdeckt. Der Killer klettert raus, wartet, bis Colletti um den Wagen herumkommt und springt runter.«

»Und wie kommen die Hände unter die Motorhaube?«

»Der Täter hatte vorgesorgt. Der Wagen ist nicht angesprungen. Möchte wetten, dass die Schlüssel noch stecken.« Larsen lugte durch das Fenster in der Beifahrertür und beantwortete seine Frage selbst. »Stimmt.«

Der Gerichtsmediziner stand vom Garagenboden auf. »Hey, Columbo, schauen Sie sich das mal an.«

Missmutig ging Larsen um den Wagen herum. Dieses »Columbo«-Gefasel ging ihm reichlich auf die Nerven. »Was gibt's?«

Mit einem Vergrößerungsglas betrachtete der Mediziner die linke Schulter des Opfers. »Sieht nach einem getrockneten Fleck aus.«

»Blut?«

»Nein. Auf einem dunklen Anzug wäre trockenes Blut einfach nur braun. Für das bloße Auge erkennbar ist hier lediglich der äußere Fleckenrand.«

»Und was sagt Ihnen das?«

»Der Anzug ist aus einem Seidenmischgewebe. Ist Ihnen schon mal Wasser auf Seide getropft, zum Beispiel bei einer Krawatte?«

Larsen verzog das Gesicht. »Eine Seidenkrawatte? Glaub ich nicht. Aber einmal habe ich mir auf meine Polyesterhose gepinkelt.«

»Seien Sie froh, dass es keine Seide war. Wasser hinterlässt Flecken auf Seide und genau so einen Rand.«

»Sie meinen, es ist Wasser?«

»Etwas mit einem hohen Wasseranteil, das relativ rückstandslos trocknet, aber kein Wasser.« Er zog die Brauen hoch, um seinen Worten mehr Gewicht zu geben. »Vielleicht Sperma.«

Larsens Kollege kicherte. »Was? Glauben Sie etwa, der Typ hat sein Opfer erwürgt und dann auf sein Werk gewichst?«

Larsen und der Mediziner verzogen keine Miene, als hätten sie schon verrücktere Dinge erlebt. Larsen betrachtete erneut die Leiche, die unter der Motorhaube eingeklemmten Hände, die Würgemale am Hals – die aussahen, als wäre viel mehr Kraft angewandt worden als nötig, um das Opfer zu erwürgen. »Hier war eine Menge Wut und Verachtung im Spiel.«

»Was zu einem Täter passt, der sich abreagieren will.«

Larsen schüttelte den Kopf. »Ich glaube nicht, dass es sich um Sperma handelt.«

»Das wird das Labor uns sagen können.«

»Ich würde darauf wetten, dass es Spucke ist.«

»Spucke?«

Larsen nickte bedächtig, nahm die ganze Szenerie noch einmal in sich auf und ließ den Tathergang vor seinem geistigen Auge ablaufen. »Wie ich bereits sagte, hier ist reichlich Verachtung im Spiel. Irgendwas ganz Persönliches. Colletti nur umzubringen hat dem Täter nicht gereicht. Er hat sich noch ein letztes Mal an dem Anblick des Häufchens Elend geweidet, das da auf seinem Luxusschlitten kauerte, dann hat er all seinen Hass rausgerotzt.«

»Er hat ihn bespuckt?«

»Ja«, erwiderte Larsen und zog genüsslich lächelnd seine Mundwinkel nach oben. »Lasst uns dem Himmel danken, er hat ihn bespuckt.«

## *Zweiundfünfzig*

»Sie wollen, dass du dich einem DNS-Test unterziehst«, sagte Jack.

Tatum wischte sich den Bierschaum von den Lippen und schwieg, als müsste sein Anwalt ihm noch ein bisschen mehr sagen, bevor er darauf reagierte.

Ein Restaurant als Treffpunkt war nicht unbedingt Jacks erste Wahl, aber Tatum wohnte im nördlichen Teil von Miami Beach, und bei der Vorstellung, »die ganze Strecke bis runter nach Coral Gables« zu fahren, bloß um seinen Anwalt zu treffen, hatte er gestöhnt wie ein kranker Wasserbüffel. Also hatte Jack vorgeschlagen, sich im Gusto zu treffen, einem kubanischen Restaurant in der Nähe der Lincoln Road. Die Bedienung war freundlich und das Essen gut, das perfekte Ambiente für ein erstes Date oder ein gemütliches Abendessen mit Freunden. Aber das folkloristische Drumherum war regelrecht albern, wenn es einzig und allein darum ging, einen Mandanten zur Abgabe von Körperflüssigkeiten zu überreden.

Der Kellner brachte Jack ein Rumpsteak »medium« und stellte Tatum einen Teller mit der Spezialität des Hauses hin. »*El balsero* für Sie, Señor.«

»Was ist das denn?«, maulte Tatum. »Ich dachte, ich hätte ganz normale Krabben bestellt.«

»Da sind ganz normale Krabben drin«, sagte Jack beschwichtigend. »*El balsero* heißt glaube ich so viel wie ›Bootsflüchtling‹.«

»*Sí, sí.* Bootsflüchtling.« Der Kellner lächelte stolz, und Jack erwiderte sein Lächeln, wenn auch leicht irritiert. Jack hatte

Mandanten, Freunde und sogar Verwandte, die tatsächlich mit einem Boot nach Miami gekommen waren, daher war er sich nicht sicher, was die politisch korrekte Reaktion auf ein Gericht war, das »der Bootsflüchtling« hieß. Aber das hier war schließlich ein kubanisches Restaurant, der Kellner war kubanischer als er, und ein Wandgemälde zeigte eine nostalgische Ansicht des Hafens von Havanna, also beschränkte er sich darauf, weiterhin freundlich zu lächeln.

Tatum starrte auf seinen Teller.

*El balsero,* erklärte der Kellner, sei eine persönliche Kreation des talentierten Küchenchefs, der einen schrägen Humor und offenbar auch zu viel Zeit habe. Als Boot diente eine ausgehöhlte Kochbanane, die so lang war, dass Freud daran sein Vergnügen gehabt hätte. Die Bootsinsassen wurden von sechs Krabben symbolisiert, die mit dem Schwanz nach oben standen und von einer sämigen, scharfen Tomatensauce in Position gehalten wurden. Dünne Pommes Frittes auf beiden Seiten des Boots stellten, wie sollte es anders sein, die Paddel dar.

»Sieht mehr aus wie eine Gondel und nicht wie ein Boot«, sagte Tatum.

»Ich hab eher an ein Kanu gedacht«, gab Jack zurück. »Lewis und Clark paddeln in einem Kanu über einen Fluss aus roter Sauce.«

»Ah.« Der Kellner lächelte breit. »Superman.«

»Nein, nein, nicht Superman. Nicht *Lois* und Clark. Ich rede von den Abenteurern aus dem neunzehnten Jahrhundert, Lewis, Clark und Sacajawea.«

Der Kellner zuckte nur mit den Achseln. Einen Augenblick war Jack versucht, ihm das Problem in seinem unbeholfenen Spanisch zu erklären, ließ es jedoch bleiben, weil er das ungute Gefühl hatte, dass er sich dabei nur vergaloppieren würde. »Ist nicht so wichtig. *Gracias por la comida*«, sagte er.

»*De nada*«, antwortete der Kellner höflich. Gern geschehen.

Jack streute klein gehackte Zwiebeln und Petersilie auf sein Rumpsteak, verteilte die schwarzen Bohnen auf dem weißen Reis und gab noch ein wenig scharfe Sauce zu. So war es ganz nach seinem Geschmack. Als er aufsah, hatte Tatum seine Krabben schon verputzt.

»Verdammt gut«, sagte Tatum. »Lois hat besonders gut geschmeckt.«

»*Lewis.*« Jack verdrehte resigniert die Augen und machte eine wegwerfende Handbewegung.

Tatum lehnte sich demonstrativ zurück, offenbar hatte er genug von Smalltalk und paddelnden Krabben. Er sah Jack an. »Aus welchem Grund sollte ich Larsen eine DNS-Probe überlassen?«

»Um sich eine ganze Meute von Detectives der Mordkommission vom Hals zu halten.«

»Die glauben also, ich hätte Colletti kalt gemacht«, sagte Tatum. Es klang mehr wie eine Feststellung als wie eine Frage.

»Natürlich.«

»Hab ich aber nicht.«

»Ich weiß. Theo hat mir erzählt, dass Sie beide letzte Nacht mit seinem Boot zum Angeln rausgefahren sind. Und dass Sie erst heute Morgen wieder zurückgekommen sind.«

Tatum nahm noch einen kräftigen Schluck von seinem großen Bier. »Haben Sie das den Cops gesagt?«

»Ja.«

»Und warum wollen die dann meine DNS?«

»Larsen hält nicht besonders viel von einem Alibi, das nur von Ihrem Bruder bezeugt werden kann. Und ich kann es ihm, ehrlich gesagt, nicht verdenken.«

Tatum beugte sich über den Tisch. »Können Sie es ihm nicht verdenken oder glauben Sie auch, Theo hätte für mich gelogen?«

Jack wandte sich ab, wusste nicht so recht, was er darauf

antworten sollte. »Wo sind denn eigentlich die Fische, Tatum?«

»Es haben keine angebissen«, erwiderte er ohne mit der Wimper zu zucken.

»Die ganze Nacht hat kein einziger Fisch angebissen, wie?«

»Es passiert oft, dass die Fischer mit leeren Händen zurückkommen. Theo hat sogar noch einen Witz gemacht. Er meinte, Jack sagt immer, deshalb nennt man es fischen und nicht –«

»Fangen. Ich weiß, ich weiß. Hören Sie, Ihr Alibi ist verdammt dünn. Ich habe heute Morgen unter vier Augen mit Larsen gesprochen. Ich glaube nicht, dass man Sie schon heute Abend oder morgen verhaften wird, vielleicht auch noch nicht übermorgen. Aber es sieht schlecht aus für Sie. Ich werde von der Polizei, von Miguels Anwalt, von den Anwälten der toten Erben und von der Presse mit Anrufen bombardiert. Allmählich komme ich mir vor wie ein Jongleur und nicht wie ein Anwalt. Larsen bietet uns die Möglichkeit, Sie mit Hilfe einer wissenschaftlichen Methode zu entlasten, bevor wir alle Bälle fallen lassen und er Ihnen ein Paar Handschellen verpasst.«

»Das müssen Sie mir näher erklären.«

»Auf Collettis Anzug hat man einen Fleck entdeckt. Es handelt sich um Speichel und die Menge reicht für eine DNS-Probe. Da der Fleck sich auf dem Rücken befand, ist es unwahrscheinlich, dass der Speichel vom Opfer selbst stammt. Larsen geht davon aus, dass der Mörder Colletti bespuckt hat.«

»Ziemlich bescheuert, so was zu machen.«

»Manche Morde sind persönliche Racheakte, da gehen den Tätern schon mal die Gefühle durch. Wie auch immer, die Polizei will eine DNS-Probe von Ihnen. Das Labor vergleicht die beiden Proben, und wenn sie nicht übereinstimmen – bingo, dann nimmt jemand anders den Spitzenplatz auf der Liste der Verdächtigen ein.«

»Und wenn ich mich weigere?«

»Wenn es genug Hinweise gibt, dass Sie mit dem Verbrechen zu tun haben, wird man eine gerichtliche Anordnung beantragen, um eine Haarprobe oder einen Abstrich zu erzwingen.«

Tatum stocherte schweigend in der leeren Bananenschale auf seinem Teller herum. Nach einer Weile fragte Jack: »Und, wie lautet Ihre Antwort?«

Tatum blickte auf, sein Gesichtsausdruck war todernst. »Sollen sie mich doch einsperren.«

»Wie bitte?«

Er trank sein Bier aus. »Tut mir Leid, Jack. Ich kann den Cops keine DNS-Probe geben.«

## *Dreiundfünfzig*

Theo konnte Tatum verstehen, aber er wusste auch, dass er das Jack nie würde erklären können.

Jack hatte ihm von dem Gespräch im Restaurant erzählt und Theo hielt große Stücke auf ihn, aber ein in Yale ausgebildeter Anwalt, dessen Vater Gouverneur gewesen war, würde nicht einmal ansatzweise begreifen, warum Tatum nicht bereit war, eine DNS-Probe abzugeben. Das hatte nichts damit zu tun, ob Jack in Ordnung war. Theo konnte Tatum zwar verstehen, aber das hieß noch lange nicht, dass er mit seiner Entscheidung einverstanden war. Er hatte seinen Bruder sogar angerufen, war jedoch gegen eine Wand gelaufen.

»Damit könntest du beweisen, dass du unschuldig bist. Mann, kapierst du das denn nicht?«

»Ich geb denen keine DNS.«

»Aber das funktioniert. Durch einen DNS-Test bin ich sogar aus der Todeszelle rausgekommen.«

»Du hattest keine andere Wahl, Theo. Du warst ja bereits in der Todeszelle.«

»Und dich wollen sie da reinstecken. Mach den Test.«

»Nein.«

»Verdammt, Tatum, warum nicht? Wir waren die ganze Nacht angeln. Du bist unschuldig. Ich *weiß*, dass du unschuldig bist.«

»Dann hör endlich auf, mich mit dem beschissenen Test zu nerven.«

Theo hätte noch dreißig Jahre so weiterreden können, ohne Tatum zu überzeugen. Wenn Tatum sich etwas in den Kopf gesetzt hatte, gab es daran nichts mehr zu rütteln. Das war schon immer so gewesen. Aber diesmal hatte er vielleicht Recht. Wenn Jack Swyteck das nicht verstehen konnte, dann hatte er eben Pech gehabt. Wenn Theo es nicht akzeptieren wollte, war das seine Entscheidung. Zwar mochte niemand Tatum zutrauen, dass er Prinzipien hatte, aber keiner kannte ihn so gut wie Theo. Und Theo wusste genau, was im Kopf seines Bruders vorging. Sie waren Schwarze, und dazu Brüder – keine Blutsbrüder oder Wir-benutzen-dieselbe-Nadel-Brüder – sondern wirkliche Brüder, aus demselben Fleisch und Blut, geboren von derselben cracksüchtigen Mutter, der eines Abends irgendein Arschloch, dem die zehn Dollar für ihren Blowjob zu viel waren, die Kehle aufgeschlitzt hatte. Vielleicht hatten sie denselben Vater, vielleicht auch nicht (wahrscheinlich schon, so ähnlich, wie sie sich sahen), jedenfalls würden sie nie erfahren, wer der Mann war. Ein Alibi von solchen Verlierertypen war einem Detective Rick Larsen und seinen Schwarzenhassern natürlich nicht gut genug. Sie brauchten eine DNS-Probe – einen hieb- und stichfesten, wissenschaftlich untermauerten Beweis seiner Unschuld, weil sein Alibi für sie ein Scheißdreck wert war. Und wenn Tatum sich jetzt weigerte, eine DNS-Probe abzuliefern, dann war das seine Art zu sagen: Ihr könnt mich alle mal, und zwar kreuzweise.

Theo konnte ihn verstehen. Zumindest versuchte er es. Es fiel ihm nicht leicht, tatenlos mitanzusehen, wie sein Bruder sich die Chance entgehen ließ, die Bluthunde auf eine andere Spur zu hetzen. Schließlich hatte er vier Jahre für ein Verbrechen, das er nicht begangen hatte, in der Todeszelle gesessen. Es erforderte eine Menge Mut, sich einem Detective der Mordkommission entgegenzustellen, dem Dämon ins Auge zu blicken und zu sagen: »Du willst mich haben? Dann komm mich holen.« Theo bewunderte seinen Bruder dafür. Eigentlich waren sie sich in dieser Hinsicht sehr ähnlich. Die Knight-Brüder hatten noch nie vor irgendwem oder irgendwas den Schwanz eingezogen und sich immer gegen ihre schlimmsten Alpträume behauptet. Mit einer Ausnahme. Es gab einen Dämon, dem sich Theo nie gestellt hatte. Er war nie wieder in dem Supermarkt gewesen, wo er den Kassierer in einer Blutlache gefunden hatte.

*Höchste Zeit, das nachzuholen.*

Theo konnte sich noch genau erinnern. Er fuhr dieselbe Strecke, die sie damals genommen hatten, und es kam ihm so vor, als wäre es erst in der Nacht zuvor gewesen, oder war es schon eine Million Jahre her?

Um neun Uhr abends war es zwar genau so dunkel, aber es herrschte wesentlich mehr Verkehr als morgens um vier. Die Straße war frisch asphaltiert und es gab eine weiße Mittellinie. Um das Viertel ein bisschen zu verschönern, hatte die Stadtverwaltung ein paar Palmen gepflanzt. Natürlich nicht die herrlichen ausladenden Königspalmen oder die kanarischen Dattelpalmen, die man entlang der breiten Boulevards im schicken Coral Gables fand, sondern unansehnliche, braune Palmen, die man nur pflanzte, um den Leuten den Wind aus den Segeln zu nehmen, wenn sie sich mal wieder über den Mangel an Grünflächen in ihrem Viertel beschwerten. Jetzt hatte man ihnen also dieses Kroppzeug hingestellt, kümmerliche Bäume, irgendwo in den Everglades ausgerupft, die ein oder zwei mickrige Wedel kläglich in die Luft streckten, die Stämme von Kanthölzern gestützt und von oben bis unten mit Graffiti bemalt. So stellten sich wohl Bürokraten Landschaftsplanung vor.

An der Ampel bog Theo ab. Das Gebäude, in dem sich früher der Billardsalon befunden hatte, war mit Brettern vernagelt und von Brandspuren übersät; vielleicht hatte jemand achtlos eine Zigarette weggeworfen oder der Besitzer war so blöd gewesen, seine Spielschulden nicht zu bezahlen. Die

Tankstelle an der Ecke war noch da, aber die neuen Zapfsäulen sahen aus wie aus einem Science-Fiction-Film. Theo konnte sich noch gut erinnern, wie es hier vor Jahren ausgesehen hatte. Er hatte nichts vergessen. In seiner einsamen Zelle waren ihm die Bilder jener schrecklichen Nacht unzählige Male durch den Kopf gegangen. Aber allein der Gedanke daran, an den Ort des Geschehens zurückzukehren, verursachte ihm Herzrasen.

Er stellte den Wagen ab und machte das Radio aus. Die Musik hatte in jener Nacht laut geplärrt, bis sie hinter dem Supermarkt geparkt hatten, wo Lionel, der Anführer der Gang, erklärt hatte, dies sei seine Aufnahmeprüfung.

*»Du willst doch ein Grove Lord werden, oder?«*

*»Klar, Mann.«*

*»Du hast fünf Minuten Zeit, es zu beweisen. Danach bin ich weg, mit dir oder ohne dich.«*

Theo stieg aus und schloss den Wagen ab. Diesmal war sein Kopf nicht vom Alkohol benebelt, nur von Erinnerungen und Zweifeln.

Unter seinen Schritten knirschte der Kies, als er die Gasse entlangging. Er näherte sich dem Supermarkt von der Rückseite, genau wie ihn jener Nacht. Es war ein düsterer, enger Durchgang, nur beleuchtet von einer Straßenlaterne am hinteren Ende. Damals war er gerannt, aber diesmal ließ er sich Zeit, alle Einzelheiten in sich aufzunehmen. Die schmutzigen Häuserwände auf beiden Seiten, die Risse im Pflaster, die Verkehrsgeräusche von irgendwoher vor ihm. Am Ende der Gasse hielt er sich links, betrat den Gehweg und steuerte den Eingang von Shelby's an, das jetzt allerdings nicht mehr Shelby's hieß. Auf dem Ladenschild stand MORTON'S MARKET. Theo hatte davon gehört, dass der alte Shelby sein Geschäft verkaufen musste. Er hatte schließlich aufgegeben, als ihm immer mehr Kunden wegliefen wegen des Geredes über den armen

Neunzehnjährigen, der von diesem schwarzen Stück Scheiße aus Liberty City mit einem Brecheisen totgeschlagen worden war.

»Haste mal'n Dollar, Kumpel«, sprach ihn der Obdachlose an, der neben dem Eingang auf dem Gehweg saß.

»Kriegste, wenn ich rauskomme«, erwiderte Theo und blieb dann vor der Glastür stehen. Er musste daran denken, wie ihm damals die Nerven blank gelegen hatten und wie erleichtert er gewesen war, dass im Laden niemand zu sehen und die Kasse nicht besetzt war. Um diese Tageszeit war es anders, im Laden entdeckte er zwei Kunden und einen Mann an der Kasse, der fernsah. Aber alles andere war praktisch unverändert, dieselbe Anordnung der Regale, dieselben beigefarbenen Fliesen auf dem Boden, Ständer mit Bierbüchsen und Knabbereien am Eingang. Der Laden mochte jetzt Morton's Market heißen, aber für Theo war es Shelbys Laden.

Er schob die Tür auf und ging hinein.

Der Kassierer warf einen Blick über die Schulter, musterte Theo kurz und wandte sich wieder seinem Fernseher zu. Theo ging um den Zeitschriftenständer und um das Fass mit gekühlten Bierdosen herum. Der Mann an der Kasse kümmerte sich nicht weiter um ihn. Theo Knight, ehemaliger Todeskandidat, hatte soeben den Laden betreten und der junge Bursche beachtete ihn gar nicht. Ob er wusste, was hier vorgefallen war? Ob es ihm jemand erzählt hatte?

*Bist du schon mal hinten im Lagerraum gewesen?*

Theo blieb stehen und blickte den Flur hinunter. Plötzlich sah er wieder das Blut vor sich, die helle Blutspur, der er wie ein Idiot gefolgt war, die ihn auf direktem Wege ins Florida State Prison geführt hatte, wo er vier Jahre abgesessen hatte und seiner Hinrichtung immer wieder um Haaresbreite entgangen war.

Die Eingangstür wurde geöffnet. Theo drehte sich um und

der Kassierer zuckte zusammen. Zwei Halbwüchsige kamen herein. Beide waren schwarz, trugen viel zu weite Hosen, T-Shirts mit dem Logo von Miami Hurricane, dicke Goldkettchen und schwarze Wollmützen, die offenbar die verkehrt herum aufgesetzten Baseballkappen aus Theos Jugend ersetzt hatten. Sie hatten den typisch lässig-großspurigen Gang, der sich anscheinend von Generation zu Generation vererbte. Der Kassierer wirkte nervös. Die Jungs trennten sich. Einer strebte dem hinteren Gang zu, der andere dem vorderen. Sie tigerten auf und ab, als wollten sie den Laden abchecken und die Zeit totschlagen, bis die Kunden sich endlich verzogen und sie mit dem Kassierer und der Kasse allein ließen.

Theo beobachtete die beiden. Diesmal würde er nicht abhauen. *Ich bleib bei dir, Kumpel.*

Schließlich fing einer der Jungs an, laut zu lachen. Dann, ohne erkennbaren Grund, prustete der andere ebenfalls los. Sie schienen sich köstlich über Theo oder den ängstlichen Kassierer zu amüsieren. Theo gefiel die Sache nicht, die beiden gingen ihm langsam fürchterlich auf die Nerven.

Die Jungs beruhigten sich wieder und derjenige, der als Erster losgegackert hatte, holte zwei Colabüchsen aus dem Kühlregal, ging zur Kasse und legte das Geld auf den Tresen. Der Kassierer wirkte immer noch nervös, aber seine diffuse Angst hatte sich in Angst vor einer allzu vertrauten Gefahr verwandelt. Er gab das Wechselgeld heraus. »Danke, Lenny.«

»Ich bin Leroy, du Arsch. Lenny ist der Hässliche.«

Theo sah den beiden Jungs nach, als sie den Laden kichernd und feixend verließen. »Wer ist hier hässlich, du Penner?«

Dann waren sie fort, unterwegs zum nächsten Laden, wo sie irgendeinen Kassierer einschüchtern konnten. Lenny und Leroy, zwei Brüder wie Theo und Tatum. Zwei kleine Arschlöcher, die nichts Besseres zu tun hatten, als sich im Viertel herumzutreiben und die Leute aufzumischen. Sie sahen gleich aus.

Kleideten sich gleich. Verhielten sich gleich. Man verwechselte sie ständig, hielt einen für den anderen.

Plötzlich lief Theo ein eiskalter Schauer über den Rücken. Der Gedanke drehte ihm den Magen um, aber allmählich dämmerte ihm, dass die Weigerung seines Bruders, eine DNS-Probe abzugeben, überhaupt nichts mit Mut oder Prinzipien oder Widerwillen gegen Detective Larsen zu tun hatte. Für Tatums Haltung gab es nur einen einzigen Grund, das Einzige, worum es bei dem Test ging: Gene.

Theo schüttelte den Kopf, er wollte es nicht glauben, und dennoch glaubte er es.

*Tatum, du feiges Dreckschwein.*

## *Vierundfünfzig*

Jack blieb gerade noch Zeit, den Kaffeeduft einzuatmen, als Theo am Mittwochmorgen in seine Kanzlei gestürmt kam. Er hatte Tatum im Schlepptau, was nichts Gutes verhieß.

»Was ist los?«, fragte Jack und stand von seinem Schreibtischsessel auf.

Plötzlich tauchte seine Sekretärin hinter dem kollossalen Doppelpack auf, das seine Tür versperrte, reckte sich auf Zehenspitzen und winkte vom Flur aus, um Jacks Aufmerksamkeit zu erregen. »Die Knight-Brüder sind hier«, sagte sie.

»Danke, Maria.«

Theo schloss die Tür. »Setz dich, Tatum.«

Tatum nahm Platz und Jack ließ sich wieder hinter seinem Schreibtisch nieder. Es hatte ihn zwar niemand dazu aufgefordert, aber Theos Tonfall ließ keinen Zweifel daran, dass es klüger war, es Tatum gleichzutun.

Tatum starrte seinen jüngeren Bruder an. »Kannst du mir vielleicht endlich sagen, was zum Teufel –«

»Halt's Maul«, blaffte Theo.

Jack hatte seinen Freund schon lange nicht mehr so in Fahrt erlebt. »Theo, beruhige dich mal, okay?«

»Mich beruhigen?«, erwiderte Theo mit einem wütenden Lächeln. »Ich habe mich schon die ganze Nacht beruhigt, aber das hat mich nur noch wütender gemacht. Also erzähl mir nicht, ich soll mich beruhigen.«

»Was ist denn passiert letzte Nacht?«

»Ich war noch mal bei Shelby's.«

Jack und Tatum zuckten die Schultern und sahen einander ratlos an.

Theo ging erregt auf und ab. »Ich habe mich gefragt, warum weigert sich Tatum, eine DNS-Probe abzugeben, um seine Unschuld zu beweisen, wo doch ein DNS-Test seinen eigenen Bruder vor dem elektrischen Stuhl bewahrt hat. Und dann ist mir plötzlich ein Licht aufgegangen: Genau das ist der Grund, warum er den Test nicht machen will.«

»Wovon redest du?«, wollte Tatum wissen.

»Du weißt genau, wovon ich rede.«

»Ich hab nicht die geringste Ahnung.«

»Ich hab vier Jahre in der Todeszelle vergeudet. Also keine Lügen mehr, Tatum.«

»Du gehst mir gewaltig auf den Sack. Hör auf, mich einen Lügner zu nennen.«

»Dann hör du auf, mich anzulügen«, schrie Theo ihn an. »Es gibt keine Entschuldigung mehr dafür. Deshalb hab ich dich hierher geschleppt und unterwegs an mich gehalten, bis wir beide vor unserem Anwalt sitzen. Sag's ihm, Jack. Alles, was hier gesagt wird, ist geschützt durch das Anwaltsgeheimnis, stimmt's?«

»Ihr seid beide meine Mandanten. Aber es sind zwei verschiedene Fälle. Mir ist nicht ganz klar, worum es hier eigentlich geht.«

»Jack, können wir uns darauf einigen, dass nichts von dem, was hier gesagt wird, nach außen dringt? Kannst du das verdammt noch mal für mich tun?«

Theo traten fast die Augen über. »Sicher«, antwortete Jack in einem beruhigenden Ton. »Fällt alles unter das Anwaltsgeheimnis.«

»Nichts, was hier gesagt wird, kann vor Gericht verwertet werden. Niemand kann hier rausgehen und den Cops erzählen, worüber wir hier gesprochen haben, stimmt's?«

»Das ist richtig«, sagte Jack.

Theo starrte Tatum an. »Sag's mir, Bruder.«

»Was soll ich dir sagen?«

»Ich will die Wahrheit hören.«

»Die Wahrheit *worüber*?«

»Hast *du* den Kassierer bei Shelby's umgebracht?« Theo schrie nicht, aber sein Tonfall war unbarmherzig und seine Frage schlug ein wie eine Bombe. Jack schaute Theo an, dann Tatum, dann wieder Theo, und fragte sich, was in den letzten vierundzwanzig Stunden vorgefallen war. Er rechnete damit, dass Tatum jeden Augenblick aufspringen und seinem Bruder an die Gurgel gehen würde.

Tatum lachte bloß in sich hinein. »Wie bitte?«

Es war ein nervöses Lachen. Jack konnte den Riss in Tatums Stimme hören und in dem Augenblick war ihm klar, dass Theo einer entsetzlichen Wahrheit auf der Spur war, die alles ändern würde. Jack sah Tatum an. »Er will wissen, ob Sie das Mitglied der Grove Lords sind, für das er eingebuchtet wurde.«

Tatum warf seinem Anwalt einen Blick zu, der besagte: *Halt dich da raus, Swyteck.*

Theo lief immer noch auf und ab und die Worte sprudelten nur so aus ihm heraus. »Letzte Nacht ist es mir klar geworden. Du hast dich geweigert, den DNS-Test für den Mord an Gerry Colletti zu machen, weil du eine Übereinstimmung fürchtest.«

»Ich habe Colletti nicht getötet.«

»Das weiß ich. Aber ich rede nicht von der Übereinstimmung deiner DNS mit der in der getrockneten Spucke, die sie auf Collettis Anzug gefunden haben. Du hast Angst vor der Übereinstimmung mit den Haaren und Hautfetzen, die der Kassierer von Shelby's unter den Fingernägeln hatte. Der Junge hat sich gewehrt wie ein Tiger, stimmt's, Jack?«

»Nach den Spuren am Tatort zu urteilen sah es jedenfalls so aus.«

»Die Leute von der Gerichtsmedizin, die bei meinem Prozess ausgesagt haben, meinten, der Junge hätte sich gewehrt und dem Angreifer einen ordentlichen Kratzer am Kopf beschert. Er hatte Haut und Haare unter den Fingernägeln. Mein erster Anwalt hat versucht, damit vor Gericht was anzufangen. Er hat die Geschworenen gefragt, warum hat mein Mandant keine Wunde am Kopf, wenn das Opfer Haut und Haare unter den Fingernägeln hatte? Pech für mich, dass ich erst sieben Monate nach dem Verbrechen festgenommen und von einem Arzt untersucht worden bin. Der Kratzer konnte bis dahin längst verheilt sein. Zumindest hat der Staatsanwalt das der Jury verklickert. Aber zum Glück ist es noch mal gut gegangen. Von den Hautfetzen und den Haaren wurde schließlich eine DNS-Probe entnommen. Zu der Zeit, als mein Prozess lief, waren DNS-Tests noch nicht so üblich. Vier Jahre später schon. Als Jack ins Spiel kam und meine Habeas-Corpus-Petition eingereicht hat, wurde der Test gemacht und das war meine Rettung.«

»Und darüber war keiner glücklicher als ich«, sagte Tatum.

»Ganz genau, und ich weiß auch warum. Die Einzelheiten habe ich noch nicht ganz durchschaut, da musst du mir jetzt mal unter die Arme greifen, Jack. Wenn einmal DNS-Proben entnommen wurden, bewahren die Cops den Scheiß doch auf, oder?«

»Du meinst CODIS«, sagte Jack.

»Erklär's ihm, Jack. Erklär Tatum, was er sowieso schon weiß und was ich gerade rausgefunden habe.«

Erstaunlicherweise lief alles so ab, als hätten Jack und Theo es einstudiert. Aber Jack zerbrach sich schon ebenso lange wie Theo den Kopf darüber, wer der wirkliche Mörder war, und jetzt, wo Theo die Fährte aufgenommen hatte, war Jack Schritt für Schritt dabei. »CODIS ist das Kombinierte DNS-Indexsystem des FBI«, sagte Jack. »Wenn anhand von Spuren an einem Tatort eine DNS-Analyse durchgeführt wird, werden die Ergebnisse in das Datensystem von CODIS eingegeben. Als es mir damals schließlich gelungen ist, einen Test durchführen zu lassen, konnten wir Theos DNS mit der Analyse aus den Haaren und Hautfetzen, die beim Opfer gefunden wurden, vergleichen. Das DNS-Profil des unbekannten Täters wurde anschließend in der CODIS-Datenbank gespeichert.«

»Und genau das ist der Grund, warum mein Bruder keine DNS-Analyse machen lassen will. Ein solcher Test würde zwar beweisen, dass er Gerry Colletti nicht umgebracht hat, aber ein Vergleich mit den bei CODIS gespeicherten Daten würde ebenfalls beweisen, dass er den Kassierer im Supermarkt getötet hat.«

Gespanntes Schweigen machte sich im Zimmer breit, während die Brüder einander anstarrten.

»Es war überhaupt nicht vorgesehen, dass das so abläuft«, sagte Tatum schließlich ruhig.

»O Mann«, entfuhr es Jack.

»Damit konnte ich bei den Grove Lords weiterkommen«, fuhr Tatum fort. »Ich musste jemand umlegen, damit ich mein eigenes Revier kriegte. Und Lionel hat den Typ bei Shelbys ausgeguckt. Es hätte auch ein anderer sein können. Aber er hat ihn nun mal ausgesucht und ich hab ihn umgelegt.«

Theo war kurz davor zu explodieren. Jack begriff, dass er etwas unternehmen musste, wenn er nicht noch einen Mordfall am Hals haben wollte. »Und warum haben Sie Theo den Mord in die Schuhe geschoben?«

»Eigentlich hätte niemand sonst in dem Laden sein sollen. Aber als ich rausgerannt bin, ist mir ein Typ über den Weg gelaufen. Ich hatte Angst, dass er mich identifizieren könnte. Mir blieb nicht viel Zeit zum Überlegen. Mann, ich hatte Schiss. Als ich wieder im Wagen saß, haben Lionel und ich uns den Plan ausgedacht.«

»Welchen Plan?«, wollte Jack wissen.

»Wir mussten dafür sorgen, dass noch jemand anders in den Laden ging.«

Theos Stimme zitterte vor Wut. »Einer, der aussah wie du.«

Tatum schüttelte den Kopf, in seiner Stimme lag Bedauern. »Ich wollte nicht, dass du es machst, Theo. Das hab ich Lionel auch gesagt. Alle Grove Lords trugen die gleichen Klamotten. Schwarze Hosen, Miami-Heat-T-Shirts, Goldkettchen und die Baseballkappe verkehrt rum. Wir hätten irgendeinen nehmen können. Aber Lionel wollte unbedingt Theo haben.«

»Und hast du dich nicht dagegen aufgelehnt?«

»Doch, zuerst schon. Ich hab ihm gesagt, das läuft nicht. Aber im Prinzip warst du die beste Lösung.«

»Erzähl mir keinen Blödsinn, Tatum. Es war dunkel und wir liefen alle in den gleichen Sachen rum. Mindestens zehn Grove Lords hätten genauso ausgesehen wie du.«

»Wir haben dich nicht nur ausgesucht, weil wir uns so ähnlich sehen. Wir haben uns schon mehr dabei gedacht.«

»Was soll das heißen?«, schrie Theo.

»Du warst fünfzehn, Mann. Lionel hat gemeint, sie könnten dich nicht wie einen Erwachsenen verurteilen. Ich war fast achtzehn. Es war klar, dass man mich als Erwachsenen anklagen würde. Deshalb ist die Wahl auf dich gefallen.«

Theo atmete schwer und war sprachlos vor Wut. Jack ergriff an seiner Stelle das Wort. »Also haben Sie Ihren kleinen Bruder ans Messer geliefert, weil Sie dachten, er käme mit einer Jugendstrafe davon; die Zeit könnte er im Jugendknast absitzen und mit achtzehn würde seine Akte gelöscht.«

»Das war der Plan.«

Jack bohrte weiter. »Der Mann auf dem Gehweg, den Sie beinahe über den Haufen gerannt hätten – das war der Augenzeuge, der Theo bei der Gegenüberstellung irrtümlich identifiziert hat.«

»Stimmt.«

»Und weil er einen Augenzeugen hatte, konnte sich der Staatsanwalt ziemlich sicher fühlen. Theo wurde als Erwachsener angeklagt und nicht als Jugendlicher. Und die Jury hat ihn wegen Mordes verurteilt.«

»Und als Nächstes kriege ich mit, dass er in der Todeszelle sitzt«, sagte Tatum. »Das war ein einziger Alptraum für mich.«

»Für *dich*!«, brüllte Theo. »Du Mistkerl!«

»Kannst du dir nicht vorstellen, dass mich das fast um den Verstand gebracht hat?«

»Nein! Du hättest mich krepieren lassen!«

»Das hätte ich niemals zugelassen.«

»Ich wusste von Anfang an, dass die Grove Lords mich reingelegt haben. Wie oft haben wir durch die Trennscheibe miteinander geredet, Tatum? Wir beide haben uns das Hirn darüber zermartert, wer das Schwein gewesen sein könnte. Mindestens fünfzig Kandidaten kamen in Frage. Du hast nicht ein einziges Mal auch nur angedeutet, dass du der Mörder warst. Die ganze Zeit hast du nur *so getan,* als würdest du mir die Stange halten, als ich in der Todeszelle saß. Aber du hättest bis zum bitteren Ende still gehalten und mich sterben lassen für etwas, das du getan hast.«

»Du weißt genau, dass das nicht wahr ist. Erinnerst du dich an den Abend, als ich ein Geständnis ablegen wollte. Ich hab dir gesagt, ich würde es auf meine Kappe nehmen, damit du aus der Todeszelle rauskommst.«

»Das war kein bisschen echt, Mann. Das war nur dein schlechtes Gewissen.«

»Es *war* echt.«

Theo starrte ihn wütend an, dann schaute er zu seinem Anwalt. »Sag mir eins, Jacko. Als du das letzte Mal einen Aufschub der Hinrichtung erreicht hast, wie viel Zeit hatte ich noch?«

»Siebzehn Minuten.«

»Hat mein Bruder im letzten Moment angerufen und gesagt: ›Halt alles auf, die haben den Falschen, ich bin schuldig, ich, Tatum, bin der Mörder?‹«

Sie alle kannten die Antwort, dennoch sagte Jack: »Nein.«

Theo trat mit hasserfülltem Blick auf Tatum zu. »Wie nah warst du wirklich dran, dich zu stellen?«

Tatum konnte ihm nicht in die Augen sehen, hielt den Blick auf den Boden gesenkt. »Du bist mein Bruder«, sagte er. »Ich kann es wieder gutmachen, Mann.«

»Zu spät«, erwiderte Theo.

»Nein, hör zu«, sagte Tatum hastig. »Ich krieg das Geld, die sechsundvierzig Millionen von Sally Fenning.«

»Willst du mich etwa kaufen?«

»Gib mir noch 'ne Chance, es wieder gutzumachen.«

»Gib mir meine vier Jahre wieder.«

»Wenn ich's könnte, würd ich's tun.«

»Das ist dein Problem, stimmt's?«

»Ich tue alles, was ich kann. Das ist ein Haufen Geld, Theo.«

»Ich will kein Geld von dir.«

»Das ist ein Riesenbatzen, selbst durch drei geteilt.«

»Lassen Sie mich da raus«, sagte Jack.

»Wer redet denn von dir, du Trottel«, fauchte Tatum.

Plötzlich schien die Zeit still zu stehen. Jack hatte es gehört. Theo hatte es auch gehört. Und an Tatums Gesichtsausdruck ließ sich ablesen, dass er wünschte, er hätte die Klappe gehalten.

»Geteilt durch *drei*?«, sagte Jack.

»Hab ich drei gesagt?«, stotterte Tatum. »Ich wollte sagen zwei.«

»Nein«, gab Jack zurück. »Sie haben drei gesagt und auch drei gemeint. Wenn ich nicht der Dritte bin, wer ist es dann?«

Tatums Augen huschten unruhig zwischen Jack und Theo hin und her. Er schien etwas sagen zu wollen, aber er wusste, dass es zwecklos war. Jetzt war es raus, die Worte waren aus seinem Munde gekommen und damit war es eine Tatsache: Es gab einen Dritten, mit dem Tatum sich das Geld teilen wollte. Er hatte einen Partner.

»Ich verschwinde«, sagte er und sprang von seinem Stuhl auf.

»Tatum!«, rief Jack, aber sein Mandant war bereits zur Tür hinaus und eilte den Flur entlang. Jack folgte ihm. »Tatum, wenn ich Sie weiterhin als Ihr Anwalt vertreten soll, müssen wir miteinander reden.«

Tatum blieb auf halbem Weg stehen und fuhr herum. »Du bist gefeuert, kapiert? Es gibt nichts zu reden.«

»Welche von den drei Morden gehen auf Ihr Konto?«, fragte Jack.

Tatum riss die Augen auf. »Sieh dich vor, Swyteck.«

»Wir wissen, dass Sie Colletti nicht getötet haben, weil Sie und Theo auf dem Boot waren. Das muss also Ihr Partner erledigt haben. Haben Sie die Journalistin oder den Staatsanwalt umgebracht?«

Tatum baute sich vor Jack auf und hob drohend den Zeigefinger, aber Jack wich keinen Schritt zurück. »Hör mir gut zu«, sagte Tatum. »Es ist so, wie Theo da drin gesagt hat. Alles, worüber wir gesprochen haben, unterliegt dem Anwaltsgeheimnis. Du hältst gefälligst die Klappe.«

»Das Anwaltsgeheimnis kennt Ausnahmen.«

Tatum musterte Jack von oben bis unten. »Willst du mir drohen?«

»Ich sage nur, wie es ist. Ein Anwalt darf nicht ausplaudern, was sein Mandant in der Vergangenheit angestellt hat. Aber wenn ein Anwalt glaubt, dass sein Mandant in der Zukunft ein Verbrechen begehen wird, greift das Anwaltsgeheimnis nicht mehr notwendigerweise. Aus dem, was ich soeben gehört habe, schließe ich, dass Sallys Ex-Ehemann der Nächste auf Ihrer Liste ist.«

Tatum konnte sich ein Grinsen nicht verkneifen, als fände er es geradezu rührend, wie tapfer sein Anwalt ihm die Stirn bot. »Und, was willst du tun? Die Cops rufen?«

Jack erwiderte nichts.

Tatums Grinsen wurde breiter. »Hätte mich auch gewundert«, sagte er, drehte sich auf dem Absatz um und marschierte in Richtung Ausgang.

Jack folgte ihm, vorbei an seiner Sekretärin, der das Entsetzen über das, was sie soeben mitangehört hatte, ins Gesicht geschrieben stand. »Vielleicht rede ich erst mit Miguel Rios. Und dann mit der Polizei.«

Tatum blieb an der Tür stehen. Sein Lächeln war verschwunden.

In diesem Augenblick wurde die Tür geöffnet und Kelsey betrat die Kanzlei. Tatum packte sie brutal.

»Loslassen!«, rief Jack.

»Keine Bewegung!«, sagte Tatum.

Die Augen vor Schreck weit aufgerissen, blickte Kelsey um sich, während Tatum sie wie einen menschlichen Schutzschild vor seinen Körper hielt. Mit seiner Hand formte Tatum eine Pistole, den ausgestreckten Zeigefinger auf Kelseys Schläfe gerichtet.

»Wag es nicht, mir zu drohen, Swyteck.« Er tat so, als würde er abdrücken, schleuderte Kelseys Kopf nach vorn, als hätte soeben ein 9-mm-Geschoss ihren Schädel zertrümmert, und stieß sie zu Boden.

Kelsey rollte über den Teppich und stieß einen Schrei aus, der zugleich Angst und Erleichterung ausdrückte.

Tatum warf einen letzten verächtlichen Blick in die Runde. Wütend schaute Jack seinem ehemaligen Mandanten nach, der die Tür hinter sich zuschlug und hinter der Milchglasscheibe mit der Aufschrift JACK SWYTECK, RECHTSANWALT verschwand.

## *Fünfundfünfzig*

»Ich könnte ihn umbringen«, sagte Theo.

Er war allein mit Jack in dessen Büro. Jack hatte sich einen Augenblick Zeit genommen, Kelsey zu beruhigen, und sie dann gebeten, im Besprechungszimmer zu warten, während die beiden Männer die Lage erörterten.

»Ihn umzubringen ist keine Lösung«, sagte Jack.

»Das weiß ich selbst. Aber ich werde ihn mir noch mal im Ring vorknöpfen, und zwar ohne Handschuhe.«

»Ich kann verstehen, dass du außer dir bist. Mir geht es nicht anders. Aber zum gegenwärtigen Zeitpunkt müssen wir das zurückstellen und in Ruhe nachdenken.«

»Worüber?«

Jack nahm hinter seinem Schreibtisch Platz. »Tatum hat soeben vor meinen Augen Kelsey bedroht«, sagte er, während er eine Büroklammer gerade bog. »Wenn wir nicht einschreiten, ist wahrscheinlich Sallys Exmann der Nächste, der dran glauben muss. Tatum geht davon aus, dass ich entweder nichts tun kann, um ihn aufzuhalten, weil ich sein Anwalt war, oder dass ich nichts unternehmen werde, weil ich Angst habe. Wir müssen ihn eines Besseren belehren, aber das heißt nicht, dass wir uns blindwütig auf ihn stürzen.«

»Willst du die Polizei einschalten?«

»Lass uns zuerst darüber nachdenken, okay?«

»Also gut. Schieß los.«

Jack nahm einen Notizblock aus der Schreibtischschublade, weil er das Gefühl hatte, sich Stichpunkte machen zu müssen, aber er dachte und redete zu schnell, um mitschreiben zu können. »Fangen wir ganz vorne an. Beim ersten Treffen mit den Erben von Sally Fennings Testament hat Vivien Grasso die Karten auf den Tisch gelegt. Sie hat klipp und klar gesagt: ›Sollte einer der Erben meinen, er könnte die anderen aus dem Weg räumen, um als Einziger übrig zu bleiben, vergessen Sie's. Ihr Motiv wäre offensichtlich und Sie kämen nie damit durch.‹«

»Tatum hat sich was ausgedacht, um das Problem zu umschiffen.«

»Zumindest ist er davon überzeugt. Ich glaube, er hat einen Partner – einen, der die Morde ausführt, während er sich Alibis verschafft.«

»Nach dem Motto: ›Ich war mit meinem Bruder angeln‹«, sagte Theo.

»Richtig. Solange er Alibis hat und man ihm auch sonst nichts nachweisen kann, wird die Tatsache, dass er derjenige ist, der am Ende übrig bleibt, nicht ausreichen, ihn wegen Mordes anzuklagen. Da kann er Recht haben oder auch nicht. Aber bei einer Sechsundvierzig-Millionen-Dollar-Erbschaft kann er sich die besten Strafverteidiger leisten.«

»Also, eins ist sicher«, sagte Theo. »Ich kenne meinen Bruder. Wenn er schon so weit gekommen ist, wird er nicht aufhören.«

»Das heißt, wir müssen herausfinden, wer sein Partner ist.«

»Irgendeine Idee?«

Jack lehnte sich in seinem Schreibtischstuhl zurück und überlegte. »Ich denke schon die ganze Zeit darüber nach. Es könnte sein, dass zwei Killer am Werk sind – oder zumindest hat sich einer die Mühe gemacht, es so aussehen zu lassen, als wären zwei Killer am Werk.«

»Wie kommst du auf zwei?«

»Der Erste ist derjenige, der mich nach dem Mord an dem Staatsanwalt angerufen hat, um mir zu sagen, dass niemand aus dem Spiel aussteigen könne. ›Alle müssen sterben‹, hat er gesagt. Wenn man den Mann beim Wort nimmt, ist Geld nicht sein wichtigstes Motiv.«

»Ich kann mir nicht vorstellen, dass so ein Psychopath Tatums Partner ist.«

»Stimmt. Aber der andere Mörder – oder zumindest die andere Person – ist der Mann, der Kelsey überfallen und verlangt hat, Tatum solle sich aus dem Spiel zurückziehen.«

»Moment mal«, sagte Theo. »Wenn der Typ Tatums Partner ist, warum sollte er dann Tatum aus dem Spiel haben wollen? Ich würde eher das Gegenteil annehmen.«

»Das muss ein Täuschungsmanöver sein. Das wäre doch eine gute Tarnung für Tatum und seinen Partner, oder? Es würde so aussehen, als sollte Tatum gezwungen werden, die Erbschaft auszuschlagen, während er und sein Partner in Wirklichkeit die anderen Erben einen nach dem anderen umlegen, so dass Tatum am Ende seelenruhig den ganzen Jackpot einstreichen kann.«

»Du scheinst ja ziemlich davon überzeugt zu sein, dass sein Partner keiner der Erben ist.«

»Es ergibt nur einen Sinn, wenn sein Partner *kein* Erbe ist. Wenn er ohnehin schon im Spiel wäre, würde er Tatum nicht brauchen.«

Theo stand auf. »Also, wir suchen einen Freund von Tatum, der kein Erbe ist und beim Anblick von Blut nicht in Ohnmacht fällt«, sagte er, während er auf und ab ging.

Jack und Theo sahen einander an, als käme ihnen der Name gleichzeitig in den Sinn. »Denkst du an denselben Mann wie ich?«, fragte Jack.

»Ist doch nahe liegend, oder?«

»Der Typ, der Tatum überhaupt ins Spiel gebracht hat. Der Mistkerl, der Sally mit Tatum bekannt gemacht hat.«

»Sallys ehemaliger Leibwächter?«, sagte Theo.

»Genau der.«

Sie schauten einander in die Augen, während sie über die Möglichkeit nachdachten. Es passte alles zusammen. »Und nun? Rufst du die Polizei an?«, wollte Theo wissen.

Jack schüttelte den Kopf. »Dein Bruder gehört zwar nicht gerade zu meinen besten Freunden, aber Tatsache ist, dass alles, was ich über ihn weiß, dem Anwaltsgeheimnis unterliegt.«

»Als er hier rausgestürmt ist, hast du doch selbst gesagt: Die Schweigepflicht kann außer Kraft gesetzt werden, wenn der Mandant vorhat, ein weiteres Verbrechen zu begehen.«

»Ich bin Strafverteidiger, Theo. Ich muss mir meiner Sache verdammt sicher sein, bevor ich das Anwaltsgeheimnis breche.«

»Bist du dir denn nicht sicher?«

»Nicht sicher genug. Ich kann nicht einfach zur Polizei rennen und sagen, hört mal, mein Mandant hat sich verplappert. Er will den Gewinn durch drei teilen, statt durch zwei, und deshalb glaube ich, dass er mit Sallys ehemaligem Leibwächter Straftaten geplant und die anderen Erben umgebracht hat.«

»Was schlägst du also vor?«

»Ich werde dir dazu verhelfen, deine Rechnung mit deinem nichtswürdigen Bruder zu begleichen. Hilfe zur Selbsthilfe, wenn du so willst.«

»Ich höre.«

»Ich finde, du solltest Sallys ehemaligem Leibwächter einen Besuch abstatten.«

Theo ballte grinsend eine Hand zur Faust und massierte sie mit der anderen. »Mit Vergnügen.«

»Keine Gewalt«, sagte Jack.

»Und was soll ich stattdessen tun?«

»Meinen Plan befolgen.«

»Deinen Plan?« Theo lachte in sich hinein. »Als du das letzte Mal einen Plan hattest, endete er damit, dass ich von irgendeiner Russisch sprechenden Latinopuppe gekidnappt, in ein schäbiges Hotelzimmer gesperrt und drei Tage lang an einen Bettpfosten gekettet worden bin.«

»Soll das eine Beschwerde sein?«

Theos Grinsen wurde noch breiter. »Du bist der Boss. Wie lautet dein Plan?«

## *Sechsundfünfzig*

Sie einigten sich auf einen Smith&Wesson-Revolver mit kurzem, vernickelten Lauf.

Jack und Theo hatten nur ein paar Minuten gebraucht, um ihr Vorgehen abzustimmen. Kelsey wollte sich an der Aktion beteiligen und da sie diejenige gewesen war, die von Tatum am unmittelbarsten bedroht worden war, fand Jack, dass sie ein Recht auf Vergeltung hatte. Sie begleitete Theo in ein Waffengeschäft auf dem Biscayne Boulevard, um die Waffe zu finden, die am ehesten der ähnelte, mit der sie vor der Bibliothek bedroht worden war.

»Das ist sie«, sagte Kelsey. Sie zeigte durch die verschlossene Glastür der Ausstellungsvitrine.

»Sind Sie sicher?«

»Es war dunkel, und der Mann trug eine Maske. Aber genau so eine Waffe hat er mir direkt vors Gesicht gehalten, und durch die Fenster der Bibliothek fiel genug Licht, dass ich zumindest so viel erkennen konnte. Vielleicht war es nicht dasselbe Modell, aber es war genau die Art.«

»Danke«, sagte Theo. »Das genügt mir. Soll ich Sie nach Hause fahren?«

»Nein, mein Wagen steht vor Jacks Kanzlei. Können Sie mich dahin bringen?«

»Kein Problem.«

Jack stand am Wasserspender, als Kelsey wieder ins Büro kam. Sie sagte, sie habe etwas in ihrem Schreibtisch vergessen, aber

Jack begleitete sie zu ihrem Wagen, weil er spürte, dass sie irgendetwas beschäftigte. Am Bordstein zwischen Kelseys geparktem Wagen und einem schwarzen Olivenbaum, der aus einem Stückchen Erde im Gehweg wuchs, blieben sie stehen.

»Würdest du dich wundern zu hören, dass ich heute Morgen ins Büro gekommen bin, um meinen Schreibtisch zu räumen?«

»Niemand hat dich aufgefordert zu gehen.«

»Niemand hat mich aufgefordert zu bleiben.«

Obwohl es keine bewusste Entscheidung seinerseits gegeben hatte, konnte er nicht leugnen, dass ihre Schlussfolgerung berechtigt war.

»Es tut mir Leid, dass ich dir neulich nach der Anhörung mitten im Gerichtssaal so eine Szene gemacht habe. Das war ziemlich unprofessionell«, sagte Kelsey.

»Verstehe.«

»Wirklich? Oder sagst du das nur so?«

»Ich habe das Gefühl, dass die ganze Geschichte allmählich ziemlich aus dem Ruder läuft.«

»Aus dem Ruder läuft? Jack, ich bin auf dem Heimweg von der Bibliothek überfallen worden. Der Mann hat mir eine Pistole vor die Nase gehalten und gedroht, meinen Sohn zu ertränken. Heute hat mich dein Mandant gepackt und so getan, als wollte er mir eine Kugel in den Kopf jagen. Ich mache dich gar nicht dafür verantwortlich, aber jetzt kommt der Teil, der wirklich verrückt ist: Ich laufe immer noch mit dem Gefühl herum, ich müsste dir gegenüber irgendwas wieder gutmachen.«

»Ich versuche nicht, dir dieses Gefühl zu vermitteln.«

Ihr Tonfall wurde ruhiger, aber ihr Gesichtsausdruck war gequält. »Ich möchte, dass wir das überwinden – ich meine, zwischen uns ist alles so verkrampft, seit diese Journalistin mich wegen Tatum angerufen hat.«

»Ich wäre froh, wenn es nicht passiert wäre, aber ich kann nicht so tun, als wäre nichts gewesen.«

»Sie hat mich reingelegt. Es war ein Schnitzer.«

»Ein Schnitzer, der meinen Mandanten hätte ins Gefängnis bringen können.«

»Wo er offenbar hingehört.«

»Darum geht es nicht.«

»Ich weiß. Ich habe einen Fehler gemacht. Und ich habe gesagt, dass es mir Leid tut.«

Jack schaute weg. Kelsey trat näher an ihn heran und legte den Kopf schief, um seinen Blick aufzufangen. »Hey«, sagte sie mit einem gequälten Lächeln. »Komm mir jetzt nicht mit ›Liebe heißt, dass man nie sagen muss, es tut mir Leid‹, sonst erwürge ich dich.«

So wie sie ihn ansah, wusste er, dass Aufrichtigkeit die einzige Möglichkeit war. »Kelsey, ich –«

»Bitte nicht.«

»Es ist wichtig. Was ich sagen will, ist – ich war fünf Jahre lang mit einer Frau verheiratet, die alle meine Geheimnisse kannte. Ob persönlich oder beruflich, spielte keine Rolle. Ich habe ihr völlig vertraut und dennoch haben wir uns getrennt. Welche Chance soll eine Beziehung haben, wenn dieses Vertrauen zerstört ist, bevor man überhaupt angefangen hat?«

Eine Frau, die einen kleinen Spaniel Gassi führte, kam den Gehweg entlang. Sie grüßte, zog ihren Hund von Jacks Schuh weg und ging weiter.

Kelsey schaute Jack an. »Du magst sie wirklich, stimmt's?«

»Ich hab die Frau noch nie gesehen.«

»Die meine ich nicht. Ich rede von Sallys Schwester Rene.«

Jack zuckte die Achseln, wusste nicht, was er darauf antworten sollte.

Kelsey holte tief Luft und seufzte resigniert. »Du bist ein guter Kerl, Jack. Aber ehrlich gesagt halte ich diese Vertrauensfrage für intellektuelle Spielerei, du hältst dich daran fest, weil du Angst hast, dich auf etwas einzulassen, das für dich verstandesmäßig keinen Sinn ergibt. Aber du hast es verdient zu bekommen, was du haben möchtest, selbst wenn du eigentlich keine Ahnung hast, warum du es willst.«

»Äh. Danke.«

»Ich wünsche dir viel Glück.«

»Ich bin mir noch gar nicht sicher, dass da überhaupt was ist.«

»Keine Bange.«

Er sah sie an, fragte sich, wie das möglich war, dass Frauen an anderen Frauen Dinge wahrnahmen, die Männer nicht einmal mit einem Mikroskop entdecken könnten.

»Trotzdem werde ich meinen Teil dazu beitragen, dass dein Plan aufgeht. Ich bin zu allen Schandtaten bereit.« Sie streckte die Hand aus, als wollte sie seine Wange streicheln, zog sie aber wieder zurück. »Bis bald, Jack.«

»Ja. Bis bald.«

Er sah ihr zu, wie sie in den Wagen stieg und den Motor anließ. Als sie losfuhr, winkte er kurz. Vielleicht hatte sie es gesehen, vielleicht auch nicht. Aber das Loch in seinen Eingeweiden und die Leere, die er empfand, hatten nichts mit ihr zu tun. Auch nicht mit Rene.

*Verdammt,* sagte er zu sich selbst. *Tut mir wirklich Leid, Nate.*

## *Siebenundfünfzig*

Theo war voller Tatendrang. Das war nicht der vertraute Jieper auf die Art Spiel, die nicht ohne einen Großvorrat an Massageöl, essbaren Höschen und fluoriszierenden XXL-Kondomen abging (auch wenn er Glück hatte, blieb er lieber auf der sicheren Seite). Diesmal bereitete er sich auf ein Spiel vor, bei dem er seine Fähigkeiten als Schauspieler unter Beweis stellen musste.

Selbst ohne laufende Kameras gab es für ihn keine reinere Form der Kunst, als einen Heuchler wie Tatums Freund Javier in einen Haufen Wackelpudding zu verwandeln.

»Darf ich reinkommen?«, fragte Theo. Javier stand auf der anderen Seite der Fliegengittertür, nur mit Sportshorts bekleidet, ohne Hemd. Er schien gerade aus dem Bett zu kommen. Bis spät nachmittags zu schlafen war für einen Rausschmeißer in einem Club am South Beach wahrscheinlich ziemlich normal. Offenbar hatte er als Jugendlicher Hanteltraining gemacht, vermutlich unterstützt von Steroiden, aber mittlerweile war er auf dem besten Weg, fett zu werden. Ein schweres Goldkettchen hing um seinen Hals und Theo bemerkte, dass die Haut auf seiner Brust genauso gerötet war wie bei den Typen im Sportstudio, die sich die Haare mit Wachs entfernten wegen der Mädchen, die nicht auf behaarte Männer standen.

Javier musterte ihn, als überlegte er, ob er Theo kannte. »Du siehst meinem Kumpel Tatum verdammt ähnlich. Du musst sein unausstehlicher kleiner Bruder sein.«

»Ich heiße Theo. Höchste Zeit, dass wir miteinander reden.«

»Worüber?«

»Geschäfte.«

»Was für Geschäfte?«

»Die Sorte, über die man nicht auf der Veranda spricht.«

Javier deutete ein Lächeln an, dann ließ er Theo eintreten und ging mit ihm durch das Haus in die Küche. Theo zog einen Barhocker heran, während Javier vier Plastikbehälter mit Vitaminpillen und Bodybuildingpräparaten vom Küchentresen räumte.

»Bier?«

»Nein, danke, hab schon gefrühstückt.«

Theo ließ seinen Blick unauffällig durch das Apartment schweifen, während Javier sich eine Dose Bier aus dem Kühlschrank holte. Ein neuer Fernseher mit Großbildschirm dominierte das Zimmer direkt neben der Küche. Der Rest des Mobiliars sah aus, als gehörte es zu dem schäbigen Apartment. Sollte Javier wirklich in illegale Geschichten verwickelt sein, dann war er entweder ein kleiner Fisch oder aber ein großer Ganove, der seinen Erfolg äußerst geschickt tarnte.

Javier riss die Dose auf und nahm auf der gegenüberliegenden Seite des Tresens Platz. »Also, worum geht's?«

»Ich habe mir noch mal Tatums Angebot durch den Kopf gehen lassen.«

Javier trank einen Schluck Bier und wischte sich anschließend den Schaum vom Mund. »Was für ein Angebot?«

»Sally Fennings sechsundvierzig Millionen.«

»Was ist damit?«

Theo sah Javier mit zusammengekniffenen Augen an, um dessen Reaktion auf den nächsten Satz einschätzen zu können. »Ich bin einverstanden mit einem Drittel.«

»Tja«, erwiderte Javier spöttisch. »Wer wäre das nicht?«

»Und für dich ist das auch okay?«

Javier nahm noch einen Schluck und rülpste. »Was soll okay sein, Kumpel?«

»Dass wir die Kohle durch drei teilen anstatt durch zwei.«

Er lächelte fragend. »Weißt du irgendwas, was ich nicht weiß?«

Bevor er hierher gekommen war, war Theo sich seiner Sache ziemlich sicher gewesen, aber jetzt fragte er sich allmählich, ob Javier wirklich Tatums Partner war. »Du willst mich doch nicht etwa für dumm verkaufen, Javier?«

Javier leerte seine Bierdose und zerknüllte sie dann in seiner Faust. »Seh ich vielleicht so aus?«

Nein, dachte Theo, und das war das Problem. Javier wirkte einfach nur dumm und das brachte Jacks Plan völlig durcheinander. Sie hatten sich vorgestellt, dass Theo hierher kommen, ein bisschen auf den Busch klopfen und herausfinden sollte, ob Sallys Leibwächter tatsächlich Tatums Partner war. Aber wenn ihre Vermutung stimmte, hätte Theo inzwischen ein bisschen mehr aus diesem Schwachkopf herausbekommen müssen.

*Es sei denn, Javier war total abgebrüht.*

Das Telefon klingelte. »Einen Moment«, sagte Javier. Er warf die leere Bierdose in den Mülleimer und ging durch die Küche.

Theo sah, wie er den Hörer abnahm, und auf einmal gefiel es ihm überhaupt nicht mehr, in welche Richtung sich Jacks Plan entwickelte. Was, wenn Javier wirklich ein abgebrühter Ganove war? Und wenn Tatum am Apparat war, um seinem Kumpel zu sagen, dass man Theo nicht trauen konnte – dass man Theo ausschalten musste?

Hastig sah er sich noch einmal in der Küche um. Sein Puls beschleunigte sich, als er den Messerblock neben dem Herd entdeckte.

»Hallo«, sagte Javier. Theo fragte sich, ob der Anrufer der war, den er sich erhoffte, oder der, den er befürchtete.

## *Achtundfünfzig*

Die große Frage war, wie sie mit Miguel Rios umgehen sollten.

Bei der Auseinandersetzung mit Tatum in seinem Büro hatte Jack nicht direkt geblufft, als er ihm damit gedroht hatte, Sallys Exmann würde als Erster davon erfahren, dass Tatum eine »Aufteilung durch zwei« mit einem Partner vorhatte, der ebenso gefährlich wie mysteriös war. Allerdings konnte er die Drohung nur wahrmachen, wenn der Verstoß gegen das Anwaltsgeheimnis ethisch vertretbar und angemessen war. Aber war er das wirklich? Ausschlaggebend war nicht, ob sein Mandant (oder ehemaliger Mandant, das spielte keine Rolle) in der Vergangenheit getötet hatte. Wenn er diese Information preisgäbe, würde er seine Anwaltszulassung verlieren, selbst wenn er ein eidliches Geständnis hätte. Entscheidend war, ob Tatum vorhatte, erneut zu töten. Wenn Theo mit seinem Besuch bei Javier keinen Volltreffer landete, hatte Jack nichts in der Hand, woran sich festmachen ließe, dass sein Mandant einen weiteren Mord plante und das Leben eines unschuldigen Menschen unmittelbar bedroht war. Und von einem Beweis, der einen Strafverteidiger zu dem außergewöhnlichen Schritt zwang, das Vertrauen eines Mandanten zu verraten, war er erst recht weit entfernt.

Aber auch Verantwortungsbewusstsein spielte hier eine Rolle. Auf jeden Fall wollte er sich mit Miguel treffen, um dafür zu sorgen, dass wenigstens einer von Sallys verbliebenen Erben sich der Gefahr bewusst war, in der er schwebte.

»Sie glauben doch nicht etwa, dass ich mir vor Angst in die Hose mache?«, sagte Miguel.

Jack saß auf der Sofakante, während Miguel unruhig auf und ab ging. Seit Jack bei ihm eingetroffen war, hatte Miguel nicht eine Minute still gesessen. Er sprach schnell und gehetzt und Jack konnte seine Nervosität gut verstehen.

»Man braucht schließlich kein Genie zu sein, um zu wissen, was los ist«, sagte Jack.

»Und Ihr Mandant, was macht der?«

Jack wusste nicht recht, was er antworten sollte, denn allzu viel durfte er nicht preisgeben. »Ich vertrete Tatum nicht mehr.«

»Warum nicht?«

»Das ist alles, was ich Ihnen sagen kann.«

Miguel blieb stehen. Er sah Jack in die Augen, anscheinend spürte er, dass dieser ihm noch etwas mitteilen wollte. Tatsächlich versuchte Jack, Miguel einen Wink zu geben. Es war wie vor Gericht, wenn ein Strafverteidiger mitbekam, dass sein Mandant einen Meineid leistete. Manche Anwälte fanden es ethisch vertretbar, den Mandanten einfach reden zu lassen, ohne sich einzumischen. Kein Anwalt würde aufstehen und sagen: »Mein Mandant lügt«, aber sobald der Anwalt nur noch schwieg und nichts mehr unternahm, um seinem Mandanten noch weitere Aussagen zu entlocken, wusste jeder, der sich auskannte, was gespielt wurde.

Miguel war Polizist und Jack konnte nur hoffen, dass er genug Durchblick hatte, um die Andeutungen zu verstehen.

»Soll das heißen ...«

»Ich kann nur wiederholen: Mehr kann ich dazu nicht sagen.«

Miguel setzte sich auf die Armlehne des Sofas, sprang wieder auf und ging im Zimmer herum. »Das ist ja wunderbar. Zuerst Rudsky. Dann Meadows. Schließlich Colletti. Bleiben nur noch ich und Tatum Knight, der mir von Anfang an nicht geheuer war. Und dieser Alan Sirap, hinter dem sich offenbar der Stalker verbirgt. Ich brauche Sie wohl nicht daran zu erinnern, dass ich den Mann, der Sally belästigt hat, immer noch für den Mörder unserer Tochter halte?«

»Sie scheinen ja eine ziemlich klare Vorstellung von der ganzen Geschichte zu haben.«

»Klarer, als Sie glauben. Hören Sie sich das an.«

Er trat an die Stereoanlage und nahm eine Audiokassette aus ihrer Hülle. »Das hier habe ich heute Morgen der Polizei übergeben. Es ist die Aufnahme einer Nachricht, die auf meinem Anrufbeantworter war.«

»Heute Morgen?«

»Ja. Sie kam gegen halb neun – acht Uhr zweiunddreißig laut Anrufbeantworter.«

Jack sagte nichts, erinnerte sich jedoch daran, dass Tatum um diese Zeit mit Theo im Auto gesessen hatte, um in die Kanzlei zu fahren. Er fragte sich, wo Javier gewesen war.

»Ich stand unter der Dusche, als der Anruf kam«, sagte Miguel, während er den Kassettenrekorder einstellte, »deshalb hat sich das Gerät eingeschaltet. Mir ist es eiskalt über den Rücken gelaufen, als ich es abgehört habe. Ich hab dann gleich die Polizei angerufen und mir für heute frei genommen. Detective Larsen wollte, dass ich zu Hause bleibe, für den Fall, dass noch ein Anruf kommt.«

»Kam Ihnen die Stimme irgendwie bekannt vor?«

»Nein. Sie ist verzerrt. Hier, hören Sie sich das an.« Er drückte die Starttaste und trat von der Stereoanlage weg. Zuerst war nur ein Rauschen zu hören, dann ein Knistern, und schließlich Miguels Stimme.

*»Hallo, hier spricht Miguel. Hinterlassen Sie eine Nachricht nach dem Signalton.«*

Als Nächstes ertönte das Signal, dann nichts. Jack schaute Miguel an, der ihm mit den Augen zu verstehen gab, dass es gleich losgehen würde. Es dauerte eine Weile, bis schließlich eine Stimme schnarrte:

*»Du bist der Nächste, Miguel. Aber das hast du dir sicher schon gedacht, stimmt's?«*

Die Worte ließen Jack erschaudern und er konnte nur ahnen, wie es Miguel dabei ergangen war. Dass Jack die Stimme schon einmal gehört hatte, machte die Sache nur noch beängstigender. Es war dieselbe mechanisch und hohl klingende Stimme, die auch bei ihm angerufen hatte, derselbe Psychopath, der ihm gesagt hatte: »Jeder muss dran glauben.« Aber es gab einen großen Unterschied. Auf Miguels Anrufbeantworter klang die Stimme wesentlich erregter.

*»Komm ja nicht auf die Idee, aus dem Spiel auszusteigen, du Arschloch. Es wird dir nichts nützen. Mason Rudsky hat es auch nichts genützt, oder? Swyteck hab ich's auch gesagt – jeder von euch muss dran glauben. Und weißt du auch warum? Weil Sally es so wollte. Sie hatte nicht den Mumm, es auszusprechen, erst recht nicht, es zu tun. Aber ich weiß, was sie wirklich wollte. Sie wollte euch bestrafen. Und jetzt ist es an mir, euch die Strafe zu verpassen, die ihr verdient habt. Daran hast du jetzt zu knabbern, Mikey. Der überlebende Erbe kriegt sechsundvierzig Millionen Dollar. Jammerschade, dass es keinen Erben geben wird. Keinen einzigen Überlebenden.«*

Es rauschte wieder in den Lautsprechern, die Nachricht war zu Ende. Miguel schaltete den Kassettenrekorder ab. Er schien darauf zu warten, dass Jack etwas sagte, aber das war unnötig. Es war genauso, wie Jack es vermutet hatte. Der Mörder betrachtete sich als Sallys Beschützer und Rächer. Geld war nicht sein Motiv. Er wollte Gerechtigkeit für Sally, diese kranke Vorstellung von Gerechtigkeit, die aus einer kranken Liebe geboren wurde. Die Botschaft war eindeutig.

Sallys Stalker war wieder da – diesmal als Rächer.

## *Neunundfünfzig*

Theo konnte genug von dem Telefonat in der Küche mithören, um zu wissen, dass der Anrufer nicht Tatum war. Wie geplant, war Kelsey am anderen Ende der Leitung.

Allerdings war das nicht Jacks Idee gewesen. Das hatte Theo sich Kelsey zuliebe auf dem Weg zum Waffengeschäft ausgedacht, denn ein Gewaltverbrecher, der es auf Kinder abgesehen hatte, war für ihn der letzte Abschaum. Er hatte Kelsey versprochen, mit ihrer Hilfe herauszufinden, ob der Leibwächter der Mistkerl war, der ihr die Knarre ins Gesicht gedrückt und gedroht hatte, ihren Sohn zu töten. Ihre Aufgabe bestand darin, Javier anzurufen, während Theo ihm einen Besuch abstattete, und ihm zu erzählen, sie müsse immerzu an ihn denken, seit sie ihn an jenem Abend im Club Vertigo kennen gelernt hatte. Sie sollte ihn zehn bis fünfzehn Minuten bei der Stange halten und ziemlich dick auftragen – wie freundlich und respektvoll er während ihres damaligen Gesprächs gewesen war, als er sich bemüht hatte, ihr trotz seiner Pornosucht nicht ständig auf den Mund zu starren, und wie schwer es war, in Miami einen so rücksichtsvollen Mann zu finden, der obendrein noch viel attraktiver war als Rock Bottom, der Wrestling Star.

»Meinen Sie das ernst?«, sagte Javier und grinste wie ein kleiner Junge.

Theo musste raus aus dem Zimmer, nicht nur, um zu verhindern, dass er jeden Moment losprustete, sondern weil er etwas zu erledigen hatte. Er tippte Javier fragend auf die Schulter: »Klo?«

Javier machte nur eine kurze Handbewegung, als befürchtete er, schon ein kurzes »Da lang« könnte seine Romanze mit Kelsey stören.

Theo ging den Flur entlang und vertraute darauf, dass Kelsey diesen Spinner mit seiner hoffnungslosen Gier nach Telefonsex möglichst lange hinhalten konnte.

Theo marschierte am Badezimmer vorbei direkt zum Schlafzimmer. Kelsey hatte versprochen, ihn kurz anzupiepen, bevor sie das Gespräch beendete, damit er Zeit genug hatte, wieder rechtzeitig in der Küche zu sein, und nicht Gefahr lief, von Javier beim Herumschnüffeln erwischt zu werden.

Er suchte nach der Waffe. Kelsey hatte weder das Gesicht ihres Angreifers erkannt noch konnte sie seine Stimme identifizieren, da er sich anscheinend irgendein Stück Stoff in den Mund geschoben hatte. Aber sie hatte die Waffe direkt vor ihren Augen gehabt – so eine wie die, die sie Theo am Vormittag im Waffengeschäft gezeigt hatte, eine kurze Smith&Wesson mit poliertem Nickellauf.

Man konnte nie genau wissen, wo einer seine Waffe aufbewahrte, aber bei einem Typ wie Javier, einem allein lebenden Mann, der keine Kinder hatte, konnte man wohl davon ausgehen, dass sie im Nachtschrank oder sonst wo in der Nähe des Bettes lag, auf jeden Fall in Reichweite, falls er mitten in der Nacht überraschend Besuch bekam. Theo würde eine Menge Glück brauchen, aber sollte er eine Waffe finden, die auch nur im Entferntesten einer Smith&Wesson ähnelte, würde Javier ein blaues Wunder erleben.

Die Tür zum Schlafzimmer stand offen. Leise ging Theo hinein. Vor dem Fenster hingen keine Vorhänge, sondern lediglich Jalousien, durch die die Morgensonne streifiges Licht auf den Fußboden, die Kommode und das ungemachte Bett warf. Das Zebramuster war verwirrend, aber Theo wartete, bis sich seine Augen daran gewöhnten, damit er kein Licht machen musste. Durch die offene Tür konnte er Javiers Stimme hören, es bestand also noch kein Grund zur Beunruhigung. Seine Schritte wurden von dem dicken Teppichboden gedämpft. Er ging um eine leere Pizzaschachtel herum zum Nachttisch und öffnete die obere Schublade.

Beim Anblick einer davonhuschenden Kakerlake zuckte er zusammen. In der Schublade lagen nur eine halb volle Tüte Chips, ein paar Münzen und Krümel zahlloser anderer Knabbereien, die Javier redlich mit seinen sechsbeinigen Freunden zu teilen schien. Er schloss die obere Schublade und öffnete die untere. Sie war völlig zugemüllt – eine Wegwerfkamera, Filme, alte Zeitschriften, Videokassetten. Aber keine Waffe.

Als Nächstes nahm er sich die Kommode vor. In der oberen Schublade befanden sich Unterwäsche und Socken, ein perfektes Versteck für eine Waffe. Aber es war keine da. Auch nicht in der mittleren oder der unteren Schublade.

*Das gibt's doch nicht, ein Leibwächter ohne Waffe.*

Er drehte sich um und warf einen Blick auf das Bett. Da es ungemacht war, konnte er zwischen Matratze und Sprungrahmen einen kleinen Zwischenraum erkennen. Das könnte es sein, dachte er – die Stelle war leicht zugänglich für einen Mann, der im Schlaf überrascht wurde. Er schob seine Hand in den Zwischenraum und fühlte das kalte Metall. Volltreffer.

Theo packte den Griff und zog die Waffe heraus in der Erwartung, dass es sich um einen Smith&Wesson-Revolver mit poliertem Nickellauf handelte. Aber es war nicht die Waffe, die Kelsey beschrieben hatte. Sie war schwarz und es war auch kein Revolver. Theo kannte sich gut genug mit Handfeuerwaffen aus, um eine 9-mm-Glock zu erkennen. Selbst Kelsey, die von Waffen nicht die geringste Ahnung hatte, würde leicht zwischen einem nickelbeschlagenen Revolver und einer schwarzen Pistole unterscheiden können.

Aber das bedeutete noch lange nicht, dass es keine weitere Waffe im Haus gab.

Theo hörte Javier immer noch in der Küche telefonieren. Kelsey machte ihre Sache gut. Er ließ seinen Blick durch das Zimmer schweifen und entschied sich für den Wandschrank. Nachdem er die Spiegeltüren zur Seite geschoben hatte, blieb er wie angewurzelt stehen. Statt mit Kleidung war der Wandschrank bis oben hin voll gestopft mit Videokassetten. Sie sahen alle gleich aus, schwarze Plastikhüllen mit einem weißen Etikett auf dem Rücken. Auf jedem Etikett stand jeweils nur ein Wort, und die Kassetten waren in alphabetischer Reihenfolge geordnet. Alicia. Amanda. Brittany. Zwei Kassetten für Caitlin. Vier für Pauline. Hunderte Kassetten, jede beschriftet mit einem Frauennamen.

Im ersten Moment konnte sich Theo keinen Reim darauf machen, doch dann dämmerte es ihm. Jack hatte ihm von der Kamerahalterung erzählt, die er auf dem Dachboden von Sallys Haus gefunden hatte. Er überflog die Reihen mit Kassetten, suchte nach einer Hülle mit Sallys Namen. Aber das unterste Regal endete bei »P«. Das letzte Drittel des Alphabets musste woanders gelagert sein.

Sein Pager vibrierte. Es war das vereinbarte Zeichen von Kelsey, dass ihr nichts mehr einfiel, was sie Javier noch sagen konnte, und sie das Gespräch bald beenden würde. Er schob Javiers Pistole in den Hosenbund, vielleicht würde er sie noch brauchen. Dann nahm er eine x-beliebige Kassette aus dem Schrank und verstaute sie in seiner Jackentasche, um seine Theorie später noch überprüfen zu können. Er huschte aus dem Schlafzimmer, eilte ins Bad und schloss die Tür. Hastig rief er Jack an, begierig, ihm von seiner Entdeckung zu berichten.

»Ich bin's, Theo.«

»Was gibt's?«

Theo zögerte, war sich nicht hundertprozentig sicher, ob seine Schlussfolgerung richtig war, aber aus welchem anderen Grund sollte ein Typ wie Javier einen ganzen Wandschrank voller Videokassetten haben, jede mit dem Namen einer anderen Frau beschriftet?

»Wollen wir wetten?«

»Wetten worauf?«

»Ich wette mit dir fünf zu eins, dass Sally Fennings Stalker es geschafft hat, sich von ihr als Leibwächter anheuern zu lassen.«

## *Sechzig*

Jack beendete das Telefonat. Theo hatte ihm kurz von seiner Entdeckung berichtet und Jack brannte darauf, Sallys Exmann die Frage zu stellen: Konnte Javier – der Mann, der ihr Leibwächter geworden war – der Stalker sein, der Mann, der ihre Tochter ermordet hatte?

Miguel saß auf der Sofakante, die Stirn auf die Hände gestützt. Jack beobachtete, wie sein Gesichtsausdruck immer angestrengter wurde.

»Alles in Ordnung?«, fragte Jack.

»Ich kann's einfach nicht glauben«, erwiderte Miguel mit vor Zorn bebender Stimme.

»Bisher ist es auch nur eine Theorie. Aber wir wissen, dass Sally belästigt wurde. Wir wissen, dass irgendjemand sie wahrscheinlich vom Dachboden über ihrem Zimmer aus gefilmt hat. Und jetzt finden wir eine Unmenge Videobänder im Wandschrank ihres Leibwächters.«

Miguel antwortete nicht. Er schien die Dinge erst verarbeiten zu müssen.

»Das passt auch zu der Nachricht, die Sie heute Morgen auf Ihrem Anrufbeantworter hatten«, fuhr Jack fort.

»Wie meinen Sie das?«

»Er war ihr Leibwächter. Ihr Beschützer zu Lebzeiten. Der Mann, der die Nachricht hinterlassen hat, scheint dieselbe Rolle zu spielen. Sally zu beschützen und sie rächen zu wollen.«

»Sollten wir nicht die Polizei einschalten?«

»Noch nicht. Theo will dem Mann noch ein bisschen auf

den Zahn fühlen, damit er das Band mit Sallys Namen rausrückt. Wir haben es noch nicht gefunden, aber –«

»Und Sie werden es auch nie finden.«

»Warum sagen Sie das?«

»Welcher Idiot würde denn so dämlich sein, das Band noch aufzubewahren, nach allem, was passiert ist?«

»Sagen Sie das nicht. Das ist für diese Typen so ähnlich wie Trophäensammeln. Sie bewahren Schmuck ihrer Opfer auf, Haarschnipsel, Kleider, alles, was ein vernünftiger Mensch bei der erstbesten Gelegenheit verbrennen würde. Deshalb meine ich, Theo soll ruhig noch ein bisschen mehr Druck machen. Wenn Sie die Polizei einschalten, garantiere ich Ihnen, dass das Band verschwindet.«

Miguel schüttelte langsam den Kopf. »Wie konnte sie bloß so einen Widerling als Leibwächter engagieren?«

»Sie ist reingelegt worden. Sie hat den Stalker nie gesehen. Als er sich Jahre später bei ihr für den Job des Leibwächters beworben hat, gab es für sie keinen Grund, eine Verbindung herzustellen.«

Miguel senkte den Blick und kaute auf der Unterlippe. »Ich glaube das einfach nicht. Sally hätte sich niemals hinters Licht führen lassen.«

»Nun, wenn sie nicht hereingelegt wurde, würde das bedeuten, dass sie wissentlich den Mann angeheuert hat, der ...«

Miguels Augen funkelten wütend. »Haben Sie es jetzt endlich kapiert, ja? Es ist doch nicht zu fassen, dass man so verdammt verrückt sein kann, den Kerl zu decken, der die eigene Tochter ermordet hat.«

Jack wich einen Schritt zurück. »Das kommt mir doch ziemlich weit hergeholt vor. Wollen Sie damit sagen, sie hatte etwas mit dem Stalker?«

»Ich habe nicht behauptet, dass er sie von vorneherein belästigt hat. Er hat erst später damit angefangen. Das hab ich mir schon immer gedacht. Der Kerl hat damit angefangen, nachdem sie ihn weggeschickt oder ihm die kalte Schulter gezeigt hat oder was auch immer. Ich hab gewusst, dass die Schlampe ein Verhältnis hatte. Ich hab's immer gewusst.«

Verdattert über die Reaktion zögerte Jack einen Augenblick. »Moment mal. Bei unserem ersten Gespräch haben Sie mir dasselbe erzählt, was Sie auch den Polizisten gesagt haben, die den Mord an Ihrer Tochter untersucht hatten. Sie haben behauptet, Sally hätte Ihnen erst nach dem Mord berichtet, dass sie belästigt worden war.«

»Und?«

»Irgendwie passt das nicht zu dem, was Sie soeben gesagt haben – dass Sie gewusst hätten, dass Sally eine Affäre hatte. Dass Sie es *schon immer* gewusst hätten.«

Miguels Augen verengten sich zu Schlitzen; es schien ihm gegen den Strich zu gehen, wie Jack seine Worte auseinander nahm. »Ihr Scheiß-Anwälte, ihr versucht doch immer, einem die Worte im Mund zu verdrehen.«

»Ich versuche lediglich, Ihre eigenen Aussagen miteinander in Einklang zu bringen.«

»Was ich sagen wollte – Sie wissen schon, als ich gesagt hab, ich hätte gewusst, dass sie eine Affäre hatte: erst, nachdem unsere Tochter ermordet wurde, habe ich begriffen, dass sie fremdging, erst nachdem sie behauptet hat, sie wäre belästigt worden.«

»Nein, das haben Sie mir bei unserem letzten Gespräch so gesagt. Eben haben sie aber etwas ganz anderes behauptet. Sie sagten, Sie hätten es immer schon gewusst.«

»Was wollen Sie von mir, Swyteck. Machen Ihnen diese Haarspaltereien Spaß? Ja, ich sagte immer. Immer, seit unsere Tochter tot aufgefunden wurde und Sally mit dieser Stalker-Geschichte rausgerückt ist, hatte ich meine Zweifel. Das heißt immer. Ich habe nicht vom Beginn aller Tage geredet.«

Jack überlegte einen Augenblick, fragte sich, ob er ihn vielleicht zu hart angepackt hatte. »Okay, ich hab's verstanden.«

»Ich hatte meine Zweifel, okay? Ich hatte immer meine Zweifel, ob sie die Wahrheit sagte, wenn sie meinte, sie wüsste nicht, wer der Stalker war. Der Staatsanwalt hatte dieselben Zweifel, nachdem sie am Lügendetektor versagt hatte.«

»Okay, verstehe.«

»Vielleicht sollte ich Sie daran erinnern, dass ich es war, der den Lügendetektortest bestanden hat, als ich drei Mal gefragt wurde, ob ich meine Tochter ermordet oder erstochen oder sonst wie um die Ecke gebracht hätte.«

Jack sah ihn nachdenklich an. Miguel redete beinahe wie die Sorte Mandanten, die, wenn er sie im Gefängnis besuchte, ihre Unschuld allzu heftig beteuerten.

»Ich würde mich gern den ganzen Tag mit Ihnen unterhalten«, sagte Miguel, »aber ich habe noch einiges zu erledigen.«

»Klar«, erwiderte Jack. »Nett, dass Sie sich Zeit genommen haben.«

»Keine Ursache.«

Miguel begleitete ihn durch das Wohnzimmer auf die geschlossene Veranda, die ihm jetzt als Büro diente. Auf dem Weg zur Haustür schaute sich Jack unauffällig um. Er war nicht auf der Suche nach etwas Speziellem, aber plötzlich sagte ihm sein Instinkt, dass er so viel wie möglich über Miguel in Erfahrung bringen wollte, von der Farbe der Wände bis zu dem Computertyp, den er benutzte.

Miguel öffnete die Tür und Jack trat aus dem Haus. »Rufen Sie mich an, wenn ich etwas für Sie tun kann.«

»Mach ich«, erwiderte Miguel.

Die Tür schloss sich hinter Jack, und als er den Gehweg betrat, hatte er das deutliche Gefühl, dass er von Miguel nichts hören würde. Zumindest nicht so bald.

## *Einundsechzig*

Javier saß in der Fernsehecke, als Theo wieder in die Küche kam. Er ging um den Frühstückstresen herum, zog sich einen Stuhl heran, setzte sich rittlings darauf und stützte die Ellbogen auf die Armlehne. Javier war nicht gerade schmächtig, aber von Theo fühlte er sich eingeschüchtert, und das lag nicht allein an dessen Körpergröße.

»Und wie geht's unserer Freundin Kelsey?«, fragte Theo.

Das dämliche Grinsen verschwand von Javiers Gesicht. »Du kennst sie?«

»Ob ich sie kenne? Ich hab ihr gesagt, sie soll dich anrufen.«

»Du? Ach so ... äh ... vielen Dank.«

»Bedank dich nicht, du Trottel. Du hast das doch nicht etwa ernst genommen?«

»Hast du gelauscht?«

»Brauchte ich nicht. Ich hab ihr den Text vorgesagt. Sie sollte dich ein bisschen ins Reich der Fantasie entführen, damit ich Zeit hatte, mich in deinem Schlafzimmer umzusehen.«

Javier fiel die Kinnlade herunter und er brauchte eine Weile, bis er seine Sprache wiedergefunden hatte. »Du warst in meinem Schlafzimmer?«

Theo warf ihm einen Blick zu, der die meisten Männer in die Flucht geschlagen hätte. »Wenn ich eins noch weniger ausstehen kann als Typen, die einer allein stehenden Mutter nachstellen, dann sind das Leute, die ein Kind bedrohen. Also, spuck's aus. Wo ist der Revolver mit dem vernickelten Lauf, den du Kelsey vor die Nase gehalten hast?«

Javier wollte wutentbrannt aufspringen.

»Bleib gefälligst sitzen«, herrschte Theo ihn an und richtete die ausgeliehene Pistole auf ihn.

»Hey, das ist meine.«

»Hat dir noch nie jemand gesagt, dass Waffen schlechte Hausgenossen sind? So ein Schießeisen kann sich im Nu gegen dich richten.«

»Pass auf, Mann, die ist geladen!«

»Ich weiß, spürt man am Gewicht.« Das war ein netter kleiner Hinweis an Javier, dass Theo sich mit Waffen bestens auskannte.

Javier lehnte sich wieder zurück, während sein Blick nervös zwischen Theos zornig funkelnden Augen und dem schwarzen Loch am Ende des Revolverlaufs hin- und herwanderte.

»Ich glaube, ich hätte jetzt gern den Drink, den du mir vorhin angeboten hast«, sagte Theo. »Aber kein Bier.«

Mit einem Kopfnicken deutete Javier auf die Hausbar. »Bedien dich.«

Ohne Javier aus den Augen zu lassen, stand Theo auf und trat an den Schrank. »Mal sehen, was haben wir denn da?«, sagte er, während er die Flaschen in Augenschein nahm und Javier weiterhin mit dem Revolver in Schach hielt. »Scotch. Rum. Bourbon – wenn man das Zeug überhaupt Bourbon nennen kann. Da hat ja meine Oma für die Rumkugeln zu Weihnachten besseren Schnaps genommen.«

»In der Not frisst der Teufel Fliegen.«

Theo nickte und grinste schief. »Wart's ab. Wenn ich mit dir fertig bin, wirst du Fliegen für eine Delikatesse halten.«

Javier versank noch tiefer in seinem Sofa.

Theo überflog noch ein paar Etiketten, dann wählte er eine Flasche aus. »Na, wer sagt's denn. Sechsundfünfzigprozentiger Wodka. So was nenne ich Schnaps. Du auch einen?«

»Nein, danke.«

Theo schraubte den Verschluss von der Flasche, trat auf Javier zu und drückte ihm den Revolver in die Wange. »Ich fänd's aber nett, wenn du was trinken würdest.«

»Wenn du unbedingt willst.«

Theo begann, den Inhalt der Zweiliterflasche über Javiers Kopf und das Sofa zu gießen.

»Sag stopp«, höhnte er.

Javier gab keinen Mucks von sich. Als nur noch ein kleiner Rest in der Flasche übrig war, beendete Theo die Dusche. Er ging zurück zu seinem Stuhl, schüttete den restlichen Wodka auf den Couchtisch vor sich, so dass er eine kleine Pfütze bildete, und nahm ein Feuerzeug aus der Hosentasche. »Daran erkennt man guten Stoff. Echter sechsundfünfzigprozentiger Wodka brennt mit einer hübschen blauen Flamme.«

Javier erstarrte. Theo hielt das Feuerzeug an die Wodkapfütze und zündete sie an. Sogleich bildete sich eine kleine Flamme, die auf dem Couchtisch tanzte. Javier drückte sich auf dem Sofa weit nach hinten, um möglichst viel Abstand zu gewinnen. Theo ließ die Flamme eine Welle brennen und beobachtete Javier, dem der Angstschweiß aus den wodkagetränkten Poren brach. Plötzlich ließ er seine flache Hand mit solcher Wucht auf den Tisch niedersausen, dass die Flamme erlosch und Javier beinahe vom Sofa hochgefahren wäre.

Theo zielte mit dem Revolver genau auf Javiers linkes Auge. »Du bist doch ein kluges Kerlchen, oder?«

»Was?«

»Hast ein Gehirn in deiner Birne? Ich will's einfach nur wissen.«

»Die Leute halten mich für ziemlich clever.«

»Sehr gut. Ich möchte nämlich, dass du für mich was rauskriegst. Meinst du, du kriegst das hin?«

Javier zuckte wortlos die Achseln.

»Ich hab dich was gefragt«, raunzte Theo ihn an. »Ob du meinst, dass du das hinkriegst.«

»Klar doch«, erwiderte Javier mit zitternder Stimme. »Alles, was du willst.«

»Angenommen, ich stecke deine Bude in Brand.«

»Mann, bitte –«

»Schnauze!«, brüllte Theo. »Du lässt mich ausreden und hältst die Klappe. Kapiert?«

Javier nickte.

Theo schlug einen etwas freundlicheren Ton an, was Javier nur noch nervöser machte. »Also angenommen, ich stecke die Hütte hier in Brand. Und angenommen, du sitzt drinnen.«

Javier bemühte sich, keine Reaktion zu zeigen, aber sein linkes Auge begann zu zucken. »Ich rede nur von einer Möglichkeit, okay? Wenn das Feuer dann erloschen ist, werden die Leute sagen: ›Habt ihr schon gehört, dass Javiers Hütte abgebrannt ist?‹ Und irgendjemand wird sagen: ›Ja, und er ist dabei in Flammen aufgegangen.‹« Theo kratzte sich am Kopf. »Ich versteh das einfach nicht, du vielleicht?«

Javier war völlig verwirrt. »Was soll ich verstehen?«

»Hör zu, was ich dir sage, du Trottel. Dein Haus brennt *ab*, aber du gehst in Flammen *auf*. Was zum Teufel hat es damit auf sich? Brennen die Flammen in verschiedene Richtungen? Treffen die sich auf mysteriöse Weise irgendwo in der Mitte? Und wenn das der Fall ist, von welchem Punkt an beginnst du abzubrennen und fängt das Haus an, in Flammen aufzugehen?«

Theo machte das Feuerzeug an. Sofort breitete sich Panik auf Javiers Gesicht aus, als wäre ihm plötzlich bewusst geworden, wie leicht entzündlich er mit dem sechsundfünfzigprozentigen Wodka auf seinem ganzen Körper war.

»Pass auf mit dem Feuerzeug, ja«, sagte Javier. »Steck mich bloß nicht an.«

»Keine Sorge. Ich lass dich schon nicht lange brennen. Höchstens dreißig Sekunden, dann jag ich dir eine Kugel in den Kopf. Schon allein wegen der Nachbarn. Ich kann es mir nicht leisten, dass du hier wie eine kreischende Hexe durchs Wohnzimmer rennst. Noch dazu brennend.« Theos Lippen verzogen sich zu einem niederträchtigen Grinsen. »Brennende Hexe. Gefällt mir. Guter Name für einen Drink. Sechsundfünfzigprozentiger Wodka und vielleicht noch ein paar Scheibchen Jalapeño-Peperoni. Ich bin ein Genie, findest du nicht auch?«

»Sicher, Mann. Was du willst. Aber steck das Feuerzeug weg, okay?«

Theo lehnte sich zurück, sein Gesichtsausdruck wurde ernst. Er konnte äußerst entwaffnend lächeln, aber wenn es darauf ankam, konnte er ebenso finster dreinblicken wie Tatum. »Erzähl mir doch mal, wie du auf den Namen Alan Sirap gekommen bist, du Arsch.«

»Hä?«

»Ich spreche von dem falschen Namen, den du Sally Fenning übers Internet geschickt hast.«

»Ich hab keine Ahnung, wovon du überhaupt redest, ich schwör's dir.«

»Ach ja? Und warum hast du dann Videoaufnahmen von ihr gemacht?«

»Was für Videoaufnahmen?«

»Ich hab deine kleine Bibliothek gesehen, all diese Bänder in deinem Wandschrank. Ich hab keins von Sally gefunden, aber ich bin sicher, dass es hier irgendwo –«

»Das hat nichts –«

»Schnauze!«, schrie Theo ihn an. »Hab ich dir nicht gesagt, du sollst die Klappe halten?«

»Ist ja schon gut, Mann. Aber –«

»Werd nicht unverschämt, du Arschloch. Ich wette, du warst überhaupt nicht ihr Leibwächter. Wahrscheinlich hast du nie für sie gearbeitet, oder? Was warst du, ihr *selbst ernannter* Leibwächter? Ist Leibwächter vielleicht eine beschönigende Umschreibung für *Stalker*?«

Javier wurde aschfahl.

Theo machte sein Feuerzeug an, dann drehte er die Flamme hoch, bis sie zehn Zentimeter weit herausschoss. »Zeig mir das Band von Sally.«

»Es gibt kein –«

»Du wirst gleich geröstet, Mann.«

»Wenn ich's dir sage, es gibt kein Band.«

»Lüg mich nicht an.«

»Ich lüge nicht! Mensch, steck mich bloß nicht an. Mach keinen Blödsinn!«

Theo ließ die Flamme ausgehen, dann zog er das Band mit der Aufschrift »Pauline« aus seiner Jacke und warf es Javier hin. »Spiel es ab. Ich will dein Machwerk sehen.«

»Das ist nicht mein Machwerk.«

»Abspielen!«, schrie Theo.

»Okay, okay.« Javier nahm das Band, stand vorsichtig auf und ging zum Fernseher. Die ganze Zeit über hielt Theo die Waffe auf Javiers Kopf gerichtet. Javier schob die Kassette in den Videorekorder und stellte den Fernseher ein. Der Bildschirm flimmerte, dann wurde er blau. Theo rechnete damit, entwürdigende, heimlich gemachte Aufnahmen einer Frau zu sehen, die nichts ahnend im Bett lag und schlief oder auf dem Klo saß – einer Frau namens Pauline, der dieser Perverse mit seiner verborgenen Kamera aufgelauert hatte, so wie er es bei Sally gemacht hatte.

Aber es kam etwas völlig anderes. Man hörte zuerst eine Frau, dann einen Mann stöhnen, und schließlich erschien das Bild. Eine blonde Schönheit, nur mit Stilettos bekleidet, räkelte sich auf einem Wasserbett und streckte ihre Beine in die Luft. Ein Mann mit Waschbrettbauch lag unter ihr und mühte sich nach Kräften in einer jener Sex-Positionen, die bestenfalls dem Betrachter Spaß machen, aber nicht den Beteiligten.

»Das ist ja Pauline Preston«, sagte Theo.

»Kennst du die?«

»Ich bin ein Fan von ihr.«

»Ich hab vier Bänder mit ihr. Ein Freund von mir im Videoladen kopiert mir die Filme. Ich hab sie alphabetisch nach den Namen der Frauen geordnet. Die Titel sagen mir überhaupt nichts.«

»Soll das heißen, all die Videos im Wandschrank sind kopierte Pornos?«

»Na ja, ist so eine Art Hobby von mir.«

»Hobby? Das sind doch mindestens ein paar hundert.«

»Okay, ich übertreib's manchmal ein bisschen, geb ich ja zu. Das hab ich auch schon deinem Kumpel Jack im Vertigo Club erzählt. Ich glaube, ich bin –«

Theo wartete darauf, dass Javier den Satz beendete, aber der starrte wie gebannt auf den Bildschirm. Pauline suchte eine Dusche, verlief sich aber irgendwie und stapfte geradewegs in die Umkleidekabine eines Rugbyteams.

»Du glaubst, du bist was?«

»Ich bin süchtig«, sagte Javier zerknirscht, ohne den Blick vom Bildschirm abzuwenden. »Ich bin total süchtig nach diesem Scheiß.«

Theo zuckte bloß die Achseln. »Sind wir das nicht alle?«

## *Zweiundsechzig*

»Du hast ihm angedroht, ihn bei lebendigem Leib zu verbrennen?«, fragte Jack. Er stand mit seinem Wagen an einer roten Ampel, in der einen Hand hielt er das Handy, mit der anderen massierte er sich die Nasenwurzel, als wollte er einen Migräneanfall abwehren.

»Ich habe ihn schließlich nicht mit Benzin übergossen, sondern mit Wodka. Wie bei diesem Spiel, wo wir uns als Kinder Spiritus auf den Arm gesprüht und dann angezündet haben.«

»Das Spiel ist irgendwie an mir vorübergegangen.«

»Der Spiritus brennt zwar, aber nicht der Arm. Schlimmstenfalls wäre Javiers Haut gerötet gewesen – wie bei einem heftigen Sonnenbrand. Aber er hatte davon keine Ahnung, und so hat er alles ausgeplaudert.«

Jack war nicht so recht überzeugt davon, dass der Trick so harmlos war, wie Theo ihn darstellte. »Theo, das machst du nicht noch mal, okay?«

»Nicht mehr nötig. Das sind nämlich alles keine Spannervideos, sondern kopierte Pornos.«

»Wie bitte?«

»Der Bursche mag ja pervers sein, aber er ist kein Stalker. Zumindest war er es nicht bei Sally. Und glaub mir, mit der Drohung, ihn anzuzünden, kriegst du aus jedem die Wahrheit heraus. Dieser Javier ist definitiv nicht Alan Sirap.«

Nieselregen setzte ein und kleine Regentropfen liefen über die Windschutzscheibe. Das Wetter in Miami war unberechenbar, eben noch schien die Sonne und plötzlich fing es an zu regnen. »Dennoch könnte er Tatums Partner sein«, sagte Jack.

»Unmöglich. Mit so einem Trottel würde Tatum sich niemals zusammentun.«

»Vielleicht hast du ja Recht. Ehrlich gesagt, hab ich mittlerweile eher bei Miguel ein komisches Gefühl.«

»Wie meinst du das?«

Die Ampel sprang um, doch wegen eines Fahrzeugs, das mit Sirenengeheul und Blaulicht auf die Kreuzung zugeschossen kam, setzte der Verkehr sich noch nicht in Bewegung. Als der Krankenwagen an Jack vorbeijagte, fiel ihm die spiegelverkehrt angebrachte Aufschrift auf der Motorhaube auf.

In diesem Augenblick wurde ihm plötzlich alles klar.

»Heiliger Strohsack«, entfuhr es ihm.

»Wie bitte?«, fragte Theo.

»Ich fahr noch mal zu Miguel.«

»Jack, was ist los?«

»Ich muss noch mal etwas überprüfen.«

»Brauchst du meine Hilfe?«

»Nicht nötig. Wenn ich Feuer brauche, reibe ich einfach zwei Stöcke aneinander.«

»Jetzt gibst du's mir aber.«

»Ich ruf dich an.« Jack schaltete das Handy ab und wendete. Knapp fünf Minuten später stand er wieder vor Miguels Haustür. Er musste dreimal klopfen, bis Miguel aufmachte.

»So schnell wieder hier?«

»Ich glaube, ich habe meine Sonnenbrille bei Ihnen liegen lassen.«

»Ist mir nicht aufgefallen, aber ich seh mal nach.«

»Haben Sie was dagegen, wenn ich reinkomme? Es fängt an zu regnen.«

Miguel zögerte misstrauisch, willigte aber schließlich ein. »Sicher. Sie können hier drinnen warten.«

Jack trat ein und schloss die Tür. Wie bei vielen Häusern in Florida, die in den sechziger Jahren errichtet worden waren, gab es auch in diesem Haus keine eigentliche Eingangsdiele, sondern nur eine Veranda, die Miguel allerdings umgebaut und zum Büro umfunktioniert hatte.

Aus dem Augenwinkel nahm Jack wahr, dass Miguel im Wohnzimmer hinter den Sofakissen und auf dem Tisch nach der Brille suchte. Jack blieben nur ein paar Sekunden, aber die reichten ihm. Der Computer stand ganz in der Nähe und er wollte lediglich aus dem richtigen Winkel einen einzigen Blick auf den Monitor werfen. Er trat zwei Schritte vor, um besser sehen zu können, und erstarrte.

Der Computer war ausgeschaltet und Jack war auf demselben Weg darauf zugegangen, wie Miguel es Tag für Tag tat, um das Gerät einzuschalten. Auf dem schwarzen Bildschirm spiegelte sich ein Poster, das an der Wand hing, die Reproduktion eines Art-Nouveau-Plakats für die Weltausstellung des Jahres 1900 – *Exposition Universelle*. Oben auf dem Plakat stand in verschnörkelten Großbuchstaben der Name der Stadt, in der die Ausstellung stattgefunden hatte. In Spiegelschrift war auf dem Bildschirm zu lesen: S-I-R-A-P. Paris.

Wie ein Film lief die Szene plötzlich vor Jacks geistigem Auge ab: Miguel saß spätnachts an seinem Computer. In der Rolle des Stalkers chattete er mit seiner Exfrau, die sich gerade in Afrika aufhielt. Auf einmal wollte sie seinen Namen wissen. Natürlich konnte er ihr nicht seinen richtigen Namen nennen. Er musste sich etwas ausdenken, irgendetwas, das ihm in den Sinn kam. Ohne sich dessen bewusst zu sein, tippte er den Namen ein, den er Tag für Tag, Woche für Woche, Monat für Monat jedes Mal auf dem schwarzen Bildschirm gesehen hatte, wenn er den Computer einschaltete. Der Name hatte sich in sein Unterbewusstsein eingebrannt, ebenso wie er vor wenigen Minuten in Jacks Unterbewusstsein hängen geblieben war, nachdem er auf dem Weg nach draußen Miguels Veranda durchquert hatte – was ihm allerdings erst bewusst geworden war, als er die spiegelverkehrten Buchstaben auf dem Krankenwagen gelesen hatte.

»Sirap«, murmelte Jack vor sich hin.

Er hörte das Knacken eines Pistolenhahns. Bevor er sich bewegen konnte, spürte er kaltes Metall an seinem Hinterkopf.

»Keine Bewegung.« Es war Miguels Stimme, aber sie kam vom anderen Ende des Zimmers. Miguel war von der Treppe gekommen, die hinauf zum Schlafzimmer führte. Jack konnte nicht sehen, wer ihm die Waffe an den Kopf drückte, aber zweifellos war es nicht Miguel.

»Hierher«, befahl Miguel. »Langsam.«

Jack drehte sich um, den Mann hinter sich, die Waffe an seinem Kopf.

Er blickte Miguel an, der ebenfalls eine Waffe auf ihn gerichtet hielt.

»Ich wusste, dass Sie es waren«, sagte Jack. »Sally hat Sie kurz vor der Hochzeit ein Mal betrogen. Das hat sie jedenfalls während des Verhörs durch den Staatsanwalt, das auf Video aufgenommen wurde, zugegeben. Hat sie Sie noch häufiger betrogen, Miguel, war es das, was Sie befürchtet haben?«

»Im Moment befürchte ich überhaupt nichts, Swyteck.«

Jack spürte, wie die Waffe härter gegen seinen Kopf gepresst wurde. Er musste Zeit gewinnen. »Das mit der Überwachungskamera über dem Bett in Ihrem früheren Haus war ja eine interessante Sache. Es gab keine Fenster im Dachboden. Die Kamera musste also von jemandem angebracht worden sein, der Zugang zum Haus hatte, ganz normalen Zugang, damit er jederzeit hinaufgehen und die Bänder wechseln konnte. Haben Sie eine Idee, wer das gewesen sein könnte, Miguel?«

»Wie ich der Polizei bereits sagte, ich habe keinen blassen Schimmer.«

»Ich glaube, es war jemand, der da gewohnt hat«, sagte Jack und sah Miguel unerbittlich an. »Sie haben Ihrer eigenen Frau nachgestellt, stimmt's? Was haben Sie damit bezweckt, Miguel? Wollten Sie sie einschüchtern, damit sie aufhört, Sie zu betrügen?«

Miguel hielt seinem Blick stand, doch allmählich wurde er wütend. »Ist das vielleicht zu viel verlangt? Eine Frau, die einen nicht betrügt?«

»Das ist doch keine Entschuldigung für den Mord an der eigenen Tochter.«

»Ach das«, schnaubte er verächtlich.

Miguels kalte Reaktion bestätigte Jacks Verdacht. »Sie mögen mich ja für neugierig halten, aber das ist mir schon bei meinem ersten Besuch hier aufgefallen, und jetzt fällt es mir wieder auf. All die gerahmten Fotos auf Ihrem Schreibtisch, auf dem Couchtisch und an den Wänden. Es gibt kein einziges von Ihrer Tochter.«

Miguel antwortete nicht, hielt aber immer noch die Waffe auf Jacks Brust gerichtet.

Jacks Augen verengten sich zu Schlitzen. Er durchbohrte Miguel mit einem Blick, der sich bei Kreuzverhören im Gerichtssaal stets bewährt hatte. »Sie war gar nicht Ihre Tochter, stimmt's?«

Kaum wahrnehmbar begann der Revolver zu zittern. Miguel war außer sich vor Wut.

»Deswegen haben Sie den Lügendetektortest bestanden«, fuhr Jack fort. »Die Polizisten haben Sie gefragt: ›Haben Sie Ihre Tochter getötet?‹ Sie haben mit nein geantwortet. Und es war die Wahrheit. Sie war nicht Ihre Tochter. Wie konnte das passieren, Miguel? War es der Liebhaber, den Sally unmittelbar vor der Hochzeit hatte?«

Miguels Gesichtsausdruck bestätigte, dass Jack den Nagel auf den Kopf getroffen hatte. »Sie halten sich wohl für richtig clever, was, Swyteck? Sie glauben, Sie sind der Einzige, der durchblickt.«

»Nein«, erwiderte Jack. »Ich glaube, Sally hatte es auch durchschaut. Deshalb hat sie beim Lügendetektortest versagt, als man sie fragte, ob sie wüsste, wer ihre Tochter ermordet hat. Sie wusste es nicht vom Verstand her. Aber tief in ihrem Herzen wusste sie Bescheid. Doch sie hatte einfach zu viel Angst vor ihm, als dass sie gewagt hätte es auszusprechen.«

Miguel starrte Jack hasserfüllt an, dann ließ er die Waffe sinken. Einen kurzen Augenblick lang glaubte Jack, dass er vielleicht wie durch ein Wunder zu Miguel durchgedrungen war. Doch der schaute den Mann an, der mit der Pistole in der Hand hinter Jack stand.

»Leg ihn um, Tatum.«

Jack zuckte zusammen. Nicht dass er überrascht gewesen wäre, aber Tatums Namen zu hören, versetzte ihm einen Schlag.

»Ich glaube, du bist an der Reihe, Boss«, sagte Tatum.

»Du bist dran?«, wiederholte Jack ungläubig, »ihr Idioten wechselt euch ab?«

»War eigentlich nicht so geplant«, erwiderte Tatum. »Aber als ich Miguel gesteckt hab, dass Colletti seine Frau bei der Scheidung im wahrsten Sinne des Wortes gefickt hat, konnte er es nicht abwarten, das Schwein zu rösten. Ich hatte nichts dagegen. Hauptsache, er ließ es so aussehen wie das Werk von diesem Spanner Alan Sirap.«

»Und wer war an der Reihe, als es darum ging, Kelsey in die Mangel zu nehmen?«

»Das war ich«, sagte Miguel. In dem Augenblick fiel Jack auf, dass dieser einen Revolver mit einem vernickelten Lauf in der Hand hielt. »Ihr sollte gar nichts passieren. Die ganze Aktion diente nur dazu, es so aussehen zu lassen, als wollte der Killer Tatum aus dem Spiel haben.«

»Sie waren also für die Drohungen zuständig, Miguel? Die Anrufe bei Deirdre Meadows, der Anruf bei mir, nach dem

Mord an Staatsanwalt Mason Rudsky, die vorgetäuschte Nachricht auf Ihrem Anrufbeantworter, das alles geht auf Ihre Kappe, stimmt's?«

»Spielt das eine Rolle? Vielleicht war ich's, vielleicht war's Tatum. Mit einem Stimmverzerrer, den man für vierzig Dollar in jedem Elektroladen kaufen kann, könnte es jeder gewesen sein.«

»Glauben Sie wirklich, dass Sie damit durchkommen?«

»Vielleicht«, erwiderte Miguel. »Vielleicht auch nicht. Aber für sechsundvierzig Millionen Dollar ist es den Versuch wert.«

»Aber Sie sind beide als Erben benannt. Einer muss aus dem Spiel aussteigen, dann können Sie den Jackpot unter sich aufteilen, richtig? Oder einer muss den anderen töten – dann kann er die Millionen allein einstreichen.«

»Alles schön der Reihe nach, Swyteck. Los, leg ihn um, Tatum.«

»Nein, ich hab gesagt, du bist dran.«

»Was zum Teufel spielt es für eine Rolle, wer dran ist? Leg ihn endlich um.«

»Für mich spielt es eine Rolle«, sagte Tatum.

»Wieso?«

»Weil ich weiß, dass du töten kannst, wenn der Macho bei dir durchkommt, so wie bei Gerry Colletti. Und ich weiß, dass du Drohungen austeilen kannst, wie bei Kelsey. Aber ich möchte sehen, ob du für Geld töten kannst. Einfach nur für Geld. So wie ich Deirdre und Mason Rudsky für Geld umgelegt hab.«

»Also gut, ich erschieß ihn selbst, damit du endlich dein verdammtes Maul hältst.«

Jack sah Miguel in die Augen, in der Hoffnung, ihn mit direktem Blickkontakt zu verunsichern. Zunächst schien es zu funktionieren, denn Miguel machte keine Anstalten, die Waffe zu heben. Doch dann wanderte sein Blick zu Jacks Brustkorb, als hätte er sich ein anderes Ziel ausgesucht. Im nächsten Moment schaute Jack in die Mündung des Revolvers.

Bevor Miguel abdrücken konnte, krachte eine Schusssalve, und hinter ihm explodierte die Fensterscheibe. Vier Kugeln trafen Miguel in die Brust. Von der Wucht der Projektile wurde er nach hinten geschleudert und sackte in einer Blutlache zu Boden.

Tatum ging in Deckung, riss Jack mit sich hinunter und drückte ihm die Waffe an den Kopf. Er brauchte Jack als Geisel, wenn er hier lebend rauskommen wollte.

Jack wurde von Tatums Gewicht fast erdrückt. Aber mit der Waffe am Kopf hätte er es ohnehin nicht gewagt, sich zu rühren. Die Wange auf den Boden gepresst, konnte er Miguels Schuhsohlen auf der anderen Seite des Zimmers erkennen. Ein Blutrinnsal verlief sich in die Fliesenfugen.

Schließlich ertönte von der Tür her eine Stimme. »Lass ihn los«, sagte Theo.

»Komm rein«, schrie Tatum. »Sonst puste ich ihm das Hirn raus.«

Jack gab keinen Mucks von sich. Am liebsten hätte er laut geschrien, Theo zugebrüllt, er solle verschwinden, sich in Sicherheit bringen. Aber er wusste, dass es zwecklos gewesen wäre. Er wusste, dass Theo ihn niemals im Stich lassen würde.

Jack hörte, wie eine Tür geöffnet wurde, dann Theos schwere Schritte auf den Fliesen. »Überraschung«, sagte Theo.

Das war wieder einer von Theos typischen Sprüchen, über den sie bestimmt irgendwann einmal lachen würden, vorausgesetzt, sie kamen hier lebend raus.

Tatum riss Jack vom Boden hoch, benutzte ihn als Schutzschild, die Waffe immer noch an seinem Kopf. Jack und Theo wechselten einen kurzen Blick. Dann starrte Theo seinen Bruder an.

»Hast du die Cops gerufen?«, fragte Tatum.

»Nein. Das hier ist allein meine Angelegenheit.«

Jacks Augen weiteten sich, als wollte er sagen: »Das kann doch wohl nicht wahr sein.« Aber als er die Entschlossenheit in Theos Gesicht sah, begriff er, dass Theo das ganz allein lösen wollte.

»Heb Miguels Waffe auf«, befahl Tatum.

Der Revolver lag auf dem Boden neben Miguels Leiche. Tatum hielt Jack immer noch fest im Griff und ließ Theo keine Sekunde aus den Augen, als dieser das Zimmer durchquerte, über die Blutlache hinwegtrat und sich nach der Waffe bückte.

»Nicht mit den Händen, du Trottel. Nimm die Jacke.«

Theo zog seinen Anorak aus und wickelte ihn um die Hand. Dann hob er den Revolver auf und schaute seinen Bruder an, als wollte er fragen: *»Und jetzt?«*

»Wir müssen ihn töten.«

»Wir müssen überhaupt nichts.«

»Du hast Recht. Du musst es tun. Und zwar mit Miguels Waffe.«

Theo sagte kein Wort.

»Los, mach schon, Mann. Leg ihn um. Wenn du's nicht tust, dann tu ich es.«

»Glaubst du etwa, ich lasse mir von dir Befehle erteilen?«

»Ich rede von einem Geschäft, Mann. Sechsundvierzig Millionen Dollar. Wir teilen es. Kapierst du das nicht? Alle sind tot bis auf mich. Die Kohle gehört mir. Mir und dir. Du brauchst nur noch abzudrücken und schon sind wir im Geschäft. Ist 'ne ganz saubere Sache.«

»Sag das noch mal.«

»Hör zu. Es ist ganz einfach. Jack, du und ich, wir sind zu dritt zu Miguel, um ihm auf den Zahn zu fühlen. Er gibt die Morde zu und erschießt Jack. Dann erschießt du Miguel. Und wir sind fein raus, Bruder. Wir müssen nur noch Jack loswerden.«

Theo schwieg.

»Du denkst drüber nach, stimmt's?«, sagte Tatum durch die zusammengebissenen Zähne. »Die Hälfte von sechsundvierzig Millionen Dollar. Komm schon, lass deinen Bruder nicht hängen. Erschieß Jack mit Miguels Pistole.«

Theo verzog keine Miene.

»Mach endlich, verdammt noch mal.«

Theo kniete sich neben Miguels Leiche. Er drückte Miguel die Pistole in die Hand und hob sie langsam.

»Ha, noch besser«, rief Tatum aufgeregt. »Lass Miguel mit seinem eigenen Finger abdrücken.«

Es sah aus, als hielte Miguel den den Revolver. Theo klemmte Miguels leblose Hand zwischen seinen riesigen Händen ein und zielte auf Jacks Kopf.

»So gefällst du mir schon besser, Theo. Jetzt nur noch abdrücken.«

Jack spürte seinen Herzschlag im Hals pochen. Theo war sein Freund. Er würde seinen Kumpel nie erschießen, den Anwalt, der ihn aus der Todeszelle gerettet hatte. Nicht in einer Million Jahren. Um keinen Preis.

Außer vielleicht für dreiundzwanzig Millionen.

»Theo«, rief Jack. »Das ist doch verrückt, Kumpel. Tatum hat dich doch schon mal reingelegt, er legt dich wieder rein.«

»Worauf wartest du noch?«, schrie Tatum.

Plötzlich peitschte ein Schuss durch das Zimmer. Tatums Pistole flog in die Luft, sein Kopf wurde nach hinten geschleudert. Jack warf sich zu Boden, und Theo sprang zu seinem verwundeten Bruder.

Tatum lag auf dem Rücken und hielt sich nach Luft ringend die Kehle. Die Kugel hatte seinen Hals durchschlagen, und mit jedem Herzschlag spritzte ein Schwall Blut aus der Halsschlagader, so dass sich schnell eine große Lache bildete. Tatums Augen wurden glasig und nahmen einen Ausdruck der Hilflosigkeit an. Diesen Blick hatte Jack zuletzt bei den Todeskandidaten gesehen, die er damals verteidigt hatte, eine Mischung aus Angst und Verblüffung, diesen unverwechselbaren, beinahe deplatzierten Blick in den Augen eines Mörders, der sich unversehens mit seiner eigenen Sterblichkeit konfrontiert sah.

Tatum schaute zu Theo auf. Seine Stimmbänder waren unverletzt, aber vor lauter Blut in der Kehle konnte er kaum noch sprechen. »Du mieses Stück Scheiße«, röchelte er kaum hörbar. »Du hast deinen eigenen Bruder erschossen.«

Theo schaute erst Jack, dann Tatum an. »Du irrst dich schon wieder, Tatum«, sagte er ungerührt. »Ich habe ihm soeben das Leben gerettet.«

Tatums Kopf schlug auf dem Boden auf und sein Körper erschlaffte.

# *Dreiundsechzig*

Vom Ruderhaus sah Jack zu, wie Theo zum Bug des Fischerboots ging und die Asche verstreute. Es war früh am Sonntagmorgen. Am Horizont ging gerade die Sonne leuchtend rot auf und ein warmer Wind trug das Flüstern des Ozeans aus dem Osten zu ihnen – vielleicht aus Nassau, was irgendwie passen würde, da Tatum häufig zum Glücksspiel dorthin gefahren war. Möwen begleiteten das Boot durch die tiefblaue Dünung und warteten auf die Fischköder. Eine Möwe tauchte in die Wellen, schnappte mit ihrem Schnabel ein treibendes Knochenstückchen, ließ es dann aber aus der Luft fallen.

»Nicht mal die Aasfresser wollen ihn haben.« Theos Stimme wurde vom Wind weggetragen.

Das Begräbnis auf See war Theos Idee gewesen. Mit dem Boot zum Fischen hinauszufahren war etwas, das ihn mit seinem Bruder verbunden hatte, Meilen blauen Wassers zwischen ihnen und einer Welt, die die Knight-Brüder nicht gerade mit offenen Armen empfangen hatte, einer Welt, die wohl schon immer gewusst hatte, dass sie ohne Tatum besser dran gewesen wäre. Tatum war ein Gangster gewesen, dennoch war sein Tod kein Grund zum Feiern. Theo brauchte Zeit, nicht so sehr zum Trauern, sondern um den Verrat seines Bruders zu verdauen. Jack war fest entschlossen, Theo den Raum zu lassen, den er benötigte.

Noch am Tatort hatten die beiden der Polizei genau beschrieben, was vorgefallen war. Als am selben Tag der Medienrummel losbrach, hatte Jack alle Anrufe von Journalisten entgegengenommen, nicht weil er publicitysüchtig gewesen wäre, sondern um Theo davor zu bewahren. Nur Stunden nach den dramatischen Ereignissen hatten sämtliche Nachrichtensender ausführlich über den Fall Sally Fenning berichtet – dass Tatum Knight Sally Fenning erschossen hatte, nachdem diese selbst dem Profi-Killer den Auftrag dazu erteilt hatte, und dass Miguel Rios aus krankhafter Eifersucht Sallys Tochter ermordet hatte, ein Verbrechen, das jahrelang ungesühnt geblieben war. In den Einzelheiten variierten die Berichte, je nachdem, welcher Sender die Meldung brachte, aber die Zeitung gab die Zusammenhänge im Großen und Ganzen korrekt wieder, was hauptsächlich der Recherchearbeit der kürzlich verstorbenen Deirdre Meadows zu verdanken war. In ihrer Sonntagsausgabe brachte die *Tribune* einen ausführlichen abschließenden Bericht, der sich weitgehend auf Deirdres unveröffentlichtes Manuskript stützte. In dem überschwänglichen Porträt der Journalistin, das dem Artikel vorangestellt war, beteuerte der Chefredakteur, die Redaktion habe Deirdres Arbeit an der Geschichte »von Anfang an hundertprozentig unterstützt« – ein ziemlich durchsichtiger Versuch, *posthum* Deirdres Nominierung für den Pulitzer Preis zu betreiben, den sie sich zu Lebzeiten so sehnlich gewünscht hatte.

»Fertig«, sagte Theo und wischte sich die salzige Gischt von den Augenbrauen. »Lass uns umkehren.«

»Gut, dass du es so gemacht hast«, sagte Jack.

»Ja. Zumindest komme ich nicht in Versuchung, auf sein Grab zu pinkeln.«

Jack ließ den Motor an und wendete. Beide Männer schwiegen während der fast einstündigen Fahrt. Jack dachte, es würde Theo gut tun, aus dem Haus zu kommen, und da Theo immer Lust hatte zu essen, gingen sie ins Greenstreet, ein kleines Café in Coconut Grove, um gemütlich zu frühstücken. Vor der Sally-Fenning-Geschichte hatte Jack samstags häufig mit seinem »kleinen Bruder« Nate im Greenstreet zu Mittag gegessen, nachdem sie auf Rollerblades den schattigen Fahrradweg auf dem Main Highway entlanggedüst waren, der in dem Teil des Grove endete, der mit seinen kleinen Geschäften und Restaurants immer noch etwas von der Atmosphäre des ehemaligen Hippieviertels hatte. Der Gedanke an Nate bedrückte ihn nach wie vor, aber eigentlich war er, was den Jungen betraf, optimistisch. Kelsey arbeitete nicht mehr für ihn und die romantischen Gefühle zwischen ihnen waren abgekühlt, aber nachdem Kelsey Theo schließlich so tatkräftig unterstützt hatte, konnten sie wieder freundschaftlich miteinander umgehen. Und wenn Nate erst einmal eingesehen hatte, dass Jack und seine Mutter nicht füreinander bestimmt waren, würde schon bald auch zwischen Jack und seinem »kleinen Bruder« alles wieder beim Alten sein.

All das war kompliziert, zu verworren für ein einfaches Sonntagsfrühstück. In wenigen Wochen würde der Winter anfangen. Die Sonne schien, es war warm, überall waren Jogger und Radfahrer unterwegs; Leute in Shorts und T-Shirts machten Schaufensterbummel und führten ihre Hunde Gassi – alles deutliche Anzeichen dafür, dass das Leben weiterging und der Dezember in Südflorida zum Aushalten war. Jack war zu sehr in seine Zeitungslektüre vertieft, um mitzubekommen, dass Theo seine Pfannkuchen schon verputzt hatte und sich gerade über Jacks Teller hermachte. Er überflog das aufgewärmte Material auf Seite eins A und nahm sich dann, zwar mit gemischten Gefühlen, aber vor allem erleichtert, die zweite Hälfte des ausführlichen Berichts über Sally Fenning vor.

*»Sally hatte AIDS im Endstadium«, berichtet ihre Schwester Rene Fenning, eine Kinderärztin, die im Dienste einer Wohltätigkeitsorganisation in Afrika arbeitet und zuletzt die Verwaltung von Sallys Vermögens übernommen hatte. »Nach dem Mord an ihrer Tochter wollte sie eigentlich nicht mehr weiterleben. Zwar weiß ich erst seit der Autopsie mit*

*Sicherheit, dass sie an dieser Krankheit litt, aber ich kann mir gut vorstellen, dass ihre Depressionen noch zunahmen, nachdem ihr zweiter Ehemann sie mit dem tödlichen HIV-Virus infiziert hatte.« Rene weist Behauptungen zurück, nach denen Sally ihren zweiten Mann »nur wegen des Geldes« geheiratet habe, aber nach der Tribune vorliegenden Informationen zählte der Ex-Mann zum Zeitpunkt seines Todes zu den fünfundzwanzig reichsten Männern Frankreichs. Einen großen Teil dieses Vermögens, achtzehn Millionen Dollar, die sich an der Börse auf sechsundvierzig Millionen Dollar vermehrten, erhielt Sally durch die Scheidung der Ehe, die nicht einmal zwei Jahre gedauert hatte. Rene: »Das Geld hat sie nie glücklich gemacht.«*

*Ihr Lebensverdruss bewog sie schließlich zu dem Auftragsmord, der faktisch ein Selbstmord war. Laut Informationen aus dem Umfeld der Ermittler sah Sally offenbar keinen anderen Weg, sich aus dieser Welt zu verabschieden, als die Menschen, die ihr Leben ruiniert hatten, um das Erbe kämpfen zu lassen – ein tödliches Überlebensspiel der Gierigsten, bei dem ein Auftragskiller und ein Stalker namens »Alan Sirap« dafür sorgen würden, dass das Spiel spannend blieb.*

Jack übersprang die weitschweifige Beschreibung von Sallys Testament und des mörderischen Spiels, da er diese Dinge bereits kannte. Er las am Ende des Berichts weiter, wo Detective Rick Larsen zitiert wurde.

*»Sie [Sally] wird den Ablauf nicht genau so geplant haben, aber sie muss gewusst haben, dass sich Bündnisse bilden würden, dass vielleicht sogar einige der Mitspieler sich zu*

*Extremen hinreißen lassen würden, wie Tatum Knight und Miguel Rios, die sich mit dem Ziel zusammentaten, alle anderen Erben aus dem Weg zu räumen, und dies wie das Werk eines Psychopathen, des nicht auffindbaren Alan Sirap, aussehen lassen wollten.« Larsen nimmt den Zigarrenstummel aus dem Mund und sagt achselzuckend: »Bei der Besprechung am Montagmorgen war das Team der Ermittler einhellig der Ansicht, dass Sally wahrscheinlich von einem Entscheidungskampf zwischen Tatum Knight und Alan Sirap ausging, allerdings ohne zu wissen, dass Sirap tatsächlich ihr Ehemann war.«*

*Letztendlich hatte diese Lücke in Sallys Kenntnissen tragische Konsequenzen für den ehemaligen Staatsanwalt Gerry Colletti, den stellvertretenden Staatsanwalt Mason Rudsky und die* Tribune-*Journalistin Deirdre Meadows. »Die ganze Geschichte ist eindeutig aus dem Ruder gelaufen«, so Rene Fenning. »Sicherlich hat Sally Streitereien und auch gerichtliche Auseinandersetzungen zwischen den Erben vorausgesehen, aber meiner Meinung nach hätte sie eher erwartet, dass die Beteiligten aus dem Spiel aussteigen, bevor es zu körperlicher Gewalt kommt. Hätte meine Schwester geahnt, dass Menschen aufgrund ihrer Gier zu Tode kommen würden, hätte sie diese Geschichte niemals in Gang gebracht.«*

*Anmerkung des Herausgebers: Die* Tribune-*Journalistin Deirdre Meadows hat mit Artikeln, die zuvor bereits in der* Tribune *veröffentlicht wurden, und durch Material für ein Buch, an dem sie vor ihrem Tod arbeitete, wesentlich zu diesem Bericht beigetragen.*

Jack schob die Zeitung beiseite. Theo saß ihm gegenüber an dem kleinen, runden Tisch und kaute mit vollem Mund, als versuchte er, einen kompletten Pfannkuchen am Stück zu verschlingen.

»Stimmt was nicht?«, fragte er mampfend.

»Ziemlich lahmer Artikel.«

Theos ganzer Körper zuckte bei dem Versuch, alles auf einmal herunterzuwürgen. Jack hätte sich nicht gewundert, wenn an Theos Hals eine Ausbeulung entstanden wäre, so ähnlich wie bei einer Python, die ein ganzes Kaninchen schluckte.

»Inwiefern?«

»Die entscheidende Frage wird nicht einmal im Ansatz erwähnt.«

»Und die wäre?«

Jack holte sein Portemonnaie hervor, um die Rechnung zu bezahlen, denn er wusste genau, dass Theo seins mal wieder »vergessen« hatte. Er schaute Theo an. »Die Frage, für deren Antwort eben erst fünf Leute gestorben sind: Wer bekommt das Geld?«

## *Vierundsechzig*

»Ich fliege zurück nach Afrika«, sagte Rene.

Sie stand auf Jacks Verandatreppe, bekleidet mit einer ärmellosen Bluse und weiten Jeans, die allerdings ihre Figur nicht verbergen konnten. Jack stand in der offenen Tür und wusste nicht, was er sagen sollte. »Jetzt schon?«

»Ja, leider. Ich war auf dem Weg zum Flughafen und wollte nur eben vorbeischauen, um mich zu bedanken.«

»Das freut mich. Kommen Sie doch einen Moment rein.«

»Gern.«

Jack trat zur Seite und ließ sie ins Haus treten. Theo kam aus der Küche und begrüßte sie. Er war gerade mit dem Boot, das hinter Jacks Haus lag, auf Angeltour gewesen und roch auch so.

»Entschuldigen Sie den Gestank«, sagte er.

»Kein Problem. Meine Toleranzschwelle liegt ziemlich hoch.«

Jack überlegte einen Augenblick, dann sagte er: »Rene ist schon wieder unterwegs nach Afrika.«

»Ah«, erwiderte Theo. »Zurück in den Kampf gegen die Sklavenhändler, wie?«

»Meine Arbeit dort ist noch nicht beendet.«

»Gut für Sie. Sie sind eine verdammt erstaunliche Frau, wissen Sie das eigentlich?«

»Danke. Irgendwie schon.«

»Hören Sie, ich hab da eine Frage«, sagte Theo. »Neulich hab ich im Fernsehen eine Sendung gesehen, in der behauptet wurde, dass Schokolade das gleiche Hochgefühl auslösen kann wie Sex.«

»Theo, nicht schon wieder«, murmelte Jack.

»Das liegt daran, dass derselbe Teil der Gehirns stimuliert wird«, sagte Rene.

»Ganz genau. Was bedeutet, dass Leute, die nicht genug Sex haben, dauernd einen Gieper auf Schokolade haben, stimmt's?«

»Klingt logisch.«

Theo hob eine Braue. »Bedeutet das denn umgekehrt auch, dass Leute, die keine Schokolade bekommen, immer nach Sex giepern?«

Rene lächelte nur.

»Theo«, stöhnte Jack.

»Verdammt, Swyteck, bis du es fertig bringst, sie danach zu fragen, wird sie dreitausend Meilen weit entfernt allein in einem Hotelbett liegen.«

»Theo, würdest du uns bitte etwas zu trinken holen?«

Theo überlegte, dann sagte er: »Ich hab genau das Richtige für euch. Bin gleich wieder da.«

Jack wartete, bis sein Freund in der Küche verschwunden war, dann bat er Rene, im Wohnzimmer Platz zu nehmen. Sie setzten sich einander gegenüber in zwei Sessel, zwischen sich den Sofatisch.

»Theo ist der geborene Alleinunterhalter, nicht wahr?«, meinte Rene.

»Und er findet nie ein Ende.«

Sie lächelten beide, dann sagte Jack: »Darf ich Sie etwas Persönliches fragen?«

»Kommt drauf an, um was es geht.«

»Um Sally.«

»Das scheint mir in Ordnung zu sein, nach allem, was Sie durchgemacht haben.«

»Es wundert mich, dass sie die ganzen sechsundvierzig Millionen Dollar in dieses Spiel für sechs Personen gesteckt hat – oder fünf, wie sich herausgestellt hat – lauter Menschen, die sie als ihre Feinde betrachtete. Mir scheint, sie hätte dasselbe Ziel, das sie mit sechsundvierzig Millionen erreicht, ebenso gut mit sechsundzwanzig oder sogar mit sechzehn erreichen können.«

»Sie hat alles auf eine Karte gesetzt.«

»Und genau das ist es, was mich so verwirrt. Ein Mann wie Tatum hätte für wesentlich weniger Geld getötet. Was ich sagen will, es gab keinen zwingenden Grund für sie, ihre Schwester zu enterben. Sie hätte Ihnen zwanzig Millionen Dollar vermachen und die anderen sich um den Rest streiten lassen können.«

»Ja, das hätte sie tun können. Aber sie hat es nicht getan.«

Jack wartete ab, ob sie noch etwas sagen würde. Schließlich fragte er: »Warum nicht?«

Sie senkte den Blick, als müsse sie Mut schöpfen, um auszusprechen, was sie zu sagen hatte. »Das ist einer der Gründe, warum ich hergekommen bin, um mit Ihnen zu sprechen.«

Ohne es zu bemerken, war Jack auf die Sesselkante gerutscht. »Ja?«

»Es hat sich herausgestellt, dass sie mich doch nicht enterbt hat.«

Jack blinzelte, als fragte er sich, ob er richtig gehört hatte. »Sagen Sie das noch mal.«

»Eine meiner Aufgaben als Sallys Vermögensverwaltering besteht darin, alle Testamente und letzten Verfügungen aufzufinden. Tja, und es gibt tatsächlich ein zweites Testament.«

»Ein zweites Testament?«

»Ja. Und zwar auf Französisch. Sie hat es in einem Bankschließfach in Paris aufbewahrt. Es wurde später verfasst als das, das sie in Florida aufgesetzt hat.«

»Was bedeutet, dass damit das andere ungültig ist.«

»So verstehe ich es zumindest.«

»Und in diesem Testament vererbt sie ihr Vermögen an wen?«

Ihr Gesichtsausdruck wurde ernst. »An mich.«

»Alles?«

»Ja, alles.«

Jack musste unwillkürlich lächeln. »Wunderbar. Das heißt also, diese Clowns hier in Florida haben einander unter Druck gesetzt, beschimpft, bekämpft, im wahrsten Sinne des Wortes umgebracht – wegen eines Testaments, das ...«

»... das Papier nicht wert war, auf dem es geschrieben stand«, sagte sie trocken.

»Nicht zu fassen.«

»Ja, unglaublich, nicht wahr?«

»Haben Sie sich gewundert, als das Testament auftauchte? Oder wussten Sie, dass Sally an Aids erkrankt war? Wussten Sie, dass sie irgendetwas plante, um ihre Feinde zu vernichten, um sich an den Leuten zu rächen, die ihr Leben ruiniert hatten? Wussten Sie, dass sie mit diesem zweiten Testament, in dem sie alles ihrer Schwester vererbt, dafür gesorgt hat, dass sie diejenige war, die zuletzt lachte?«

»Ich hatte zumindest gehofft, dass wir beide uns darauf einigen könnten, dass ich völlig überrascht war.«

»Habe ich denn Grund, etwas anderes anzunehmen?«

»Nur, wenn Sie glauben, ich hätte tatenlos bei diesem mörderischen Spiel zugesehen – in dem Bewusstsein, dass ich allein die Macht hätte, dem Ganzen ein Ende zu bereiten, indem ich die Existenz des zweiten Testaments bekannt gab.«

»Es würde mir schwer fallen, das zu glauben.«

»So etwas würde ich nie tun. Allerdings kann ich auch nicht behaupten, dass mich der Tod auch nur eines der potentiellen Erben mit großer Trauer erfüllt. Der Scheidungsanwalt, der Staatsanwalt, die Journalistin, die mit diesem verdammten Buch reich und berühmt werden wollte. Sie alle haben Sally das Leben zur Hölle gemacht. Aber ich bin eine Heilerin, keine Mörderin.«

Jack überlegte. Sie sah ihm direkt in die Augen und er spürte ihren Blick bis ins Mark. Er wollte ihr glauben und sie überzeugte ihn. Seine Exfrau hatte ihm damals etwas vorgemacht, aber das hier kam ihm anders vor.

Theo kam aus der Küche, in den Händen ein Tablett mit sechs Gläsern, drei davon gefüllt mit Cocktails, drei mit Wasser. »Drinks?«, fragte er.

»Ich würde gerne«, sagte Rene, »aber bei den verschärften Sicherheitsmaßnahmen am Flughafen mache ich mich lieber auf den Weg. Tut mir Leid. Vielleicht ein andermal?«

»Sicher.« Jack stand auf. Sie verabschiedete sich von Theo, der nicht widerstehen konnte, sie kurz in seine kräftigen Arme zu nehmen, Fischgestank hin oder her. Jack brachte sie zur Tür.

»Was werden Sie denn nun mit all dem Geld machen?«

»Hmmm ... Ich kenne da eine wirklich gute karitative Organisation in Afrika.«

»Ich hatte gehofft, dass Sie das sagen würden.«

»Aber natürlich bin ich nicht dumm. Ich glaube, ich werde eine oder zwei Millionen weglegen, damit ich nicht bis zur Rente arbeiten muss.«

»Ich hatte gehofft, dass Sie auch das sagen würden.«

»Sie würden sich wundern, wenn Sie sehen könnten, was über vierzig Millionen für meine kleine Organisation bewirken können. Kommen Sie mich doch mal besuchen.« Sie trat auf ihn zu und hauchte ihm einen Kuss auf den Mundwinkel. »Wann immer Sie wollen.«

Von der Veranda aus schaute er ihr nach, als sie zu ihrem Mietwagen ging. Theo trat mit zwei Cocktailgläsern aus dem Haus.

»Du lässt sie also gehen?«

»Sie wird zurückkommen.«

»Nein, wird sie nicht.«

Jack holte tief Luft. »Da hast du mal wieder Recht, mein Freund.«

Theo drückte Jack eins von den Gläsern in die Hand. »Trink einen Schluck. Das hilft.«

Jack trank das halbe Glas aus, dann verzog er das Gesicht. »Mann! Das brennt ja wie der Teufel!«

»Das liegt daran, dass der Wodka so kalt ist. Oder ich hab vielleicht ein bisschen zu viel Jalapeño-Saft reingetan.«

»Jalapeño? Was ist das für ein Cocktail, verdammt?«

»Brennende Hexe.«

»Nie gehört.«

»Javier und ich haben ihn erst vor ein paar Tagen erfunden.«

Jack traute seinen Ohren nicht. Er konnte sich noch gut erinnern, wie Theo Javier massiv bedroht hatte, damit dieser ausspuckte, was er wusste. »Ich glaube kaum, dass sich das zu einem Mode-Cocktail entwickelt.«

»Mist. Ich dachte schon, damit könnten wir reich werden.«

Rene schlug ihre Autotür zu, und als Jack hörte, wie sie den Motor anließ, stellte er sich vor, wie sie in Abidjan aus dem Flugzeug stieg, die lange, staubige Straße nach Korhogo entlangfuhr und die fliegenverseuchte Lehmhütte mit dem undichten Dach gegen ein richtiges Haus eintauschte, in dem sie ihre Patienten behandeln konnte. Er musste auch an Gerry Colletti denken und die anderen, die im Kampf um Sallys Vermögen gestorben waren. Dann begegnete er Renes Blick, als sie rückwärts aus der Ausfahrt setzte. In ihrem Gesicht lag eine tiefe Zufriedenheit, die gleiche Art von Zufriedenheit mit sich und der Welt, die Theo zu so einem angenehmen Gefährten machte.

Er lächelte Theo an und sagte: »Warum sollte man reich sein wollen?«

»Soll ich dir die Gründe alphabetisch nach Themenbereichen nennen oder numerisch von eins bis sechsundvierzig Millionen?«

Jack lachte in sich hinein, dann verfinsterte sich sein Blick, als Rene zum Abschied kurz hupte und davonfuhr. »Theo?«

»Ja?«

»Ich könnte wirklich ein paar Wochen Urlaub brauchen. Würdest du mich für verrückt halten, wenn ich ihn in Afrika verbrächte?«

Theo trank einen kräftigen Schluck Brennende Hexe, ohne eine Miene zu verziehen. »Ich würde dich für verrückt halten, wenn du es nicht tätest.«

## *Danksagungen*

Carolyn Marino und Richard Pine haben mich bei der Entwicklung dieser Geschichte nach Kräften unterstützt, aber meine Dankbarkeit geht weit darüber hinaus. Immer wenn angehende Autoren mich um Rat bitten, antworte ich ihnen, dass Regel Nr. 1 lautet: »Mach es spannend.« Wie einem das gelingt, wenn man nicht den besten Herausgeber und den besten Agenten in diesem Gewerbe zur Seite hat, weiß ich zwar nicht so recht, aber Gott sei Dank muss ich mir darüber keine Sorgen machen.

Wie immer bin ich all meinen Kritikern, die meine Manuskripte im Anfangsstadium gelesen und kommentiert haben, zu Dank verpflichtet: Dr. Gloria M. Grippando (danke, Mom), Eleanor Rayner, Amy Kovner und Cece Sanford. Wesley Reid hat mir zum Thema Reisen in Afrika mehr geholfen, als ihm bewusst ist (überleg dir gut, was du erzählst, es könnte in einem Buch landen), und was die rechtliche Seite betrifft, muss ich mich erneut bei Clay Craig, Anwalt für Nachlasssachen, für seine Einblicke in das »Slayer Statute« und andere mysteriöse Dinge in der Welt des »Flüstergerichts« bedanken. Für die Fehler bin selbstverständlich ich allein verantwortlich, auch für die in meinem Buch *»Die Abfindung«*. (Okay, Clay, sind wir jetzt quitt?)

Eine Menge Leute haben mir dazu verholfen, den derzeitigen Handel mit Kindersklaven in Afrika zu begreifen, nicht zuletzt Sudarsan Raghavan und Sumana Chatterjee, außerdem die Mitarbeiter von Senator Tom Harkin, dem Vorsitzenden des Senate Agricultural Committee, und sehr viele andere

Menschen von Anti-Slavery International, vom U. S. Department of Labor, von den Vereinten Nationen, von der International Labour Organisation, von Free the Slaves und der Child Labor Coalition. Bei ihnen bedanke ich mich ebenso wie bei der Chocolate Manufacturers Association of the United States of America, dem American Cocoa Research Institute und der World Cocoa Foundation, die Informationen über die weltweite Schokoladenherstellung und die Ernte von Kakaobohnen beigesteuert haben.

Und einmal mehr bekam ich Anregungen für die Namen der handelnden Personen, diesmal von der Familie Roberts, deren großzügiger Anteil an der jährlichen Versteigerung zur Unterstützung der St. Thomas Episcopal Parish School in Coral Gables, Florida, ihnen eine fiktive Reise nach Afrika eingebracht hat. Gegen ein Extraentgelt von fünfhundert Dollar hätte ich euch noch Insektenspray eingepackt. Vielleicht habt ihr ja nächstes Jahr mehr Glück.

Schließlich Tiffany – danke, ich liebe dich, ich könnte ein Buch über dich schreiben. Aber ich verspreche dir, ich tu's nicht.

JAMES
GRIPPANDO
DAS
FEHLURTEIL
ROMAN
ULLSTEIN